Bookvan

Sin corazón

SIN CORAZÓN

Mary Balogh

TITANIA

Argentina • Chile • Colombia • España
Estados Unidos • México • Perú • Uruguay

Titulo original: *Heartless*
Editor original: SIGNET ECLIPSE – Published by the Penguin Group, New York
Traducción: Encarna Quijada

1.ª edición Abril 2018

ISBN: 978-84-16327-46-1
E-ISBN: 978-84-17180-62-1
Depósito legal: B-8.284-2018

Fotocomposición: Ediciones Urano, S.A.U.

Impreso por Romanyà Valls, S.A. – Verdaguer, 1 – 08786 Capellades (Barcelona)

Impreso en España – *Printed in Spain*

Me complace enormemente que *Sin corazón* (junto con su compañera, *Melodia silenciosa*, que aparecerá en unos meses) se publique en esta preciosa edición. En la novela aparece uno de mis héroes favoritos de todos los tiempos. La historia está ambientada en la Inglaterra del siglo XVIII, un periodo anterior al de la Regencia, que es el que suelo utilizar en mis novelas. Hice el cambio adrede para poder ataviar a mis personajes con todo el esplendor de la época. Lucas Kendrick, duque de Harndon, acaba de regresar de París, el centro indiscutible en cuanto a elegancia se refiere, después de heredar sin esperarlo el título y la posición como cabeza de una familia que lo rechazó y lo exilió años atrás. Ahora tiene autoridad para mandar y viejas rencillas que resolver, y observa el mundo que conformó su pasado con un cinismo frío y peligroso.

Disfruté mucho creando esta faceta tan masculina del personaje, pero también me entretuve gustosa en vestirlo con todo el esplendor parisino. Al inicio del libro, Luke asiste a un baile con una casaca escarlata con faldones amplios y chupa dorada, ambas con ricos bordados de oro y puntilla blanca en el cuello y los puños. Lleva calzones de satén con medias blancas y zapatos enjoyados con tacones altos y rojos. Sus largos cabellos están empolvados formando dos cuidadosos canelones a los lados y recogidos en una bolsa de seda por detrás, y lleva maquillaje y un abanico, pero también luce una espada de gala al costado, con empuñadura enjoyada, con la que se dice que tiene una mayor destreza de lo habitual y, a pesar de sus maneras lánguidas y gráciles, tiene esa mirada en los ojos... una mirada que no tarda en posar sobre lady Anna Marlowe, al otro lado del salón de baile.

Y así se inicia una apasionada historia de amor que me tuvo tecleando hasta que los personajes fueron felices y comieron perdices. Espero que disfrutes viendo estas dos facetas de Luke tanto como disfruté yo creándolas. Y espero que Anna te parezca una heroína digna de él.

MARY BALOGH

1

—Vamos, niña —le dijo lady Sterne a su ahijada—, es hora de que pienses un poco en ti misma. Siempre has puesto a tu familia por delante... Primero tu madre, que en paz descanse, y luego tu señor padre, que descanse en paz también, y luego tu hermano y tus hermanas. Ahora Victor ya ha alcanzado la mayoría de edad y ha tomado posesión de la herencia, Charlotte se ha casado, Agnes es una preciosidad y seguro que se nos casa en cuanto se la presentemos a algunos caballeros adecuados y Emily... bueno, no puedes sacrificar tu vida por tu hermana pequeña. Es hora de que veles por tus intereses.

Lady Anna Marlowe sonrió y miró a su hermana, que se encontraba en el otro extremo de la galería mientras le tomaban medidas para confeccionarle ropa adecuada y elegante que vestir en Londres. Los rollos de telas, en su mayor parte sedas y reluciente satén, se amontonaban sobre las mesas, algunos de ellos parcialmente desenrollados. Tenía que reconocer que la escena, la idea de ver cómo se confeccionaban aquellas prendas que después vestirían, era emocionante.

—Agnes tiene dieciocho años, tía Marjorie —dijo—. Yo tengo veinticinco. Yo ya me quedo para vestir santos, como quien dice.

—Y estoy segura de que es justo lo que deseas —repuso lady Sterne—. La vida pasa deprisa, niña mía, y cuanto más vieja se hace una, más deprisa se va, créeme. Y al final acaba una arrepintiéndose por las cosas que no ha hecho. Aún no es tarde para que encuentres marido, pero lo será si esperas uno o dos años más. Los hombres no buscan una madre para sus herederos entre las mujeres que rondan los treinta... porque eso es lo que hacen cuando eligen a su esposa, buscar una madre para sus hijos. Tienes mucho amor que dar, Anna. Tendrías que concentrarte en dárselo a un marido y recibir su amor a cambio... además de la posición y estabilidad que te aportaría.

Ahí estaba la clave. Victor, el único hermano varón de Anna, había celebrado hacía poco su vigesimoprimer cumpleaños. Sus días de universitario ya habían terminado y aún hacía poco que tenía su título nobiliario. Era el conde de Royce desde la muerte de su padre hacía algo más de un año y pronto volvería a casa para hacerse cargo de sus responsabilidades. Y además acababa de comprometerse. ¿Dónde la dejaba a ella eso?, se preguntaba Anna. ¿Y a Agnes y a Emily? De pronto era como si su casa ya no fuera su casa. Y no porque Victor pensara echarlas, o Constance. Pero no estaba bien inmiscuirse en la vida de una pareja de recién casados en su propia casa... sobre todo en el papel de hermana solterona.

Anna era una solterona. Cruzó las manos con fuerza sobre el regazo. Pero no podía casarse. La sola idea hizo brotar la familiar sensación de ahogo y aturdimiento. Trató de combatir el mareo.

—Traje a Agnes a Londres por tu insistencia, tía. Es más probable que encuentre un marido adecuado aquí que en Elm Court. Si acaba casada, yo me daré por satisfecha.

—Por Dios, niña —dijo su madrina—. Insistí en que la trajeras a Londres, en que tú vinieras con ella. Mi intención era que las dos encontrarais marido, pero sobre todo tú, Anna. Eres mi ahijada, mi única ahijada. Agnes es la hija de mi querida Lucy, claro, pero no somos familia. Porque aunque sois todas tan amables de llamarme tía, no soy tal cosa. Veo que madame Delacroix casi ha terminado de tomar medidas. —Se puso en pie—. Querida mía, procuraré que también tú vistas de un modo adecuado para la ciudad. Disculpa mi franqueza, pero tu atuendo es un tanto rústico. Incluso el tontillo debería ser el doble de grande que el que llevas.

—Los tontillos grandes quedan ridículos —dijo Anna.

Quedaban ridículos, sí, pero eran muy femeninos y bonitos, dijo una voz traicionera en su interior. Y su madrina acababa de recordarle que no había ningún vínculo entre ella y Agnes. ¿Podía acaso esperarse que la llevara a todos los acontecimientos sociales en los que podría atraer a un marido? ¿No era esa su responsabilidad como hermana mayor? Y ¿no sería maravilloso vestir a la moda y moverse en sociedad, aunque solo fuera algunas veces? ¿Solo un poquito?

«Volveré. Y usted estará aquí cuando lo haga. ¿Recordará que es usted mía, Anna? ¿En cuerpo y alma?». La voz le resonó en la mente con tanta fuerza como si el hombre que había pronunciado aquellas palabras estuviera junto a ella. Y, sin embargo, aquello había pasado hacía ya un año, en Elm Court. Había pasado en un tiempo y un lugar muy lejanos. No, él no volvería, pero incluso si volvía, ¿qué mal podía haber en que disfrutara un poco? Solo tenía veinticinco años y había tenido muy pocas distracciones en la vida. Sí, solo un poquito... Al fin y al cabo, su intención no era la de encontrar marido. Anna sabía muy bien que nunca podría casarse.

—Bueno —dijo poniéndose en pie para acompañar a lady Sterne—, tal vez podría aceptar algunas prendas nuevas para no avergonzarte si me aventuro a salir contigo una o dos veces.

—Por Dios, niña, ¡cómo ibas a avergonzarme con lo bonita que eres! Y, sin embargo, la moda es importante. Ven. —Enlazó el brazo con el de Anna y avanzaron por la estancia—. Vamos, antes de que cambies de opinión.

Agnes estaba arrebolada y tenía los ojos brillantes, y en esos momentos estaba diciendo que no necesitaba todas aquellas prendas que, según madame Delacroix, eran indispensables para que una dama de alcurnia hiciera su primera aparición en sociedad. Anna miró a su hermana con ternura. Tenía dieciocho años y había guardado dos años de luto, primero por su madre y luego por su padre. Y, además, su madre estuvo enferma de tubercolisis y su padre... Bueno, su padre también estuvo enfermo. Y, además, eran pobres. Así que Agnes tuvo muy pocas oportunidades de disfrutar de su juventud.

—Por Dios, niña —le dijo lady Sterne a Agnes—, eso no puede ser, que te vean con los mismos vestidos una y otra vez. Madame Delacroix conoce su oficio. Además, le he dado instrucciones muy precisas. Y ahora le toca a Anna.

Lady Sterne había insistido desde el principio en correr con todos los gastos durante su breve estancia en Londres. Según decía, para ella tener a dos jóvenes con las que pasear y a las que presentar en sociedad sería un sueño hecho realidad. Ella no había tenido hijos. Anna había llevado consigo algo de dinero, su hermano Victor había insistido, aunque aún tardaría unos años en conseguir que la propiedad volviera a ser próspera. Quizá nunca lo sería si Victor... No, no quería pensar eso. No pensaría en nada de aquello durante uno o dos meses. Se daría la oportunidad de recuperarse un poco. Le había dicho a su madrina que llevaría un estricto registro de todo cuanto se gastara en ella y en Agnes, que lo consideraría un préstamo y se lo devolvería cuando pudiera.

Y así fue como, después de todo, Anna acabó en las hábiles manos de madame Delacroix y sufrió los habituales empujones, tirones, pinchazos y pruebas. Estuvo en pie durante lo que se le antojaron horas mientras discutía con las dos damas de más edad sobre telas y arreglos y diseños de enaguas, petos, batas, vestidos a la inglesa, vestidos a la francesa... había tantas cosas que se mareaba solo de pensarlo. Le habían puesto una cotilla mucho más apretada de lo que tenía por costumbre y bajó la vista para mirarse con cierto rubor y fascinación por la forma en la que le levantaba los senos y los hacía parecer más grandes y más femeninos. También la habían ataviado con un tontillo tan grande que no sabía cómo iba a pasar por las puertas.

Disfrutó de cada momento.

«Qué maravilloso —pensó— sentirse joven y libre». Claro que ella no era ninguna de las dos cosas. Su juventud ya había pasado, y en cuanto a su libertad... bueno. Por un momento, sintió náuseas al pensar hasta qué punto no era libre. Si él volvía de América como había prometido... Pero tampoco estaba tratando de ser libre para siempre. Apenas sería un par de meses. E incluso si él se enteraba, era complicado que fuera a echarle en cara que se hubiera permitido disfrutar por tan breve espacio.

Qué maravilloso sería poder sentirse joven y libre durante dos meses completos.

—Te lo aseguro, niña —dijo lady Sterne—, acabas de quitarte muchos años de encima. Has pasado una etapa muy difícil y en ningún momento has dejado de dedicarte a tu familia por entero. Es hora de que te dediques a ti misma. Aún no es tarde. Y como que me llamo Marjorie que te voy a encontrar un marido muy especial.

Anna rio.

—Me basta con asistir a unos cuantos bailes y conciertos, tía. Lo recordaré durante toda mi vida. No necesito un marido.

—¡Quita, quita! —dijo la madrina muy enérgica.

—¡Válgame Dios, muchacho, esta noche nos has hecho quedar a todos como unos palurdos! —dijo lord Quinn instalado en un sillón de la biblioteca de su sobrino, al tiempo que se daba una palmada en el muslo y cogía un vaso de brandi de manos de un criado antes de despacharlo. Se rio de buena gana—. Pero lo que de verdad los ha dejado boquiabiertos ha sido lo del abanico.

Lucas Kendrick, duque de Harndon, ni estaba bebiendo ni se había sentado. Se había apoyado con elegancia contra la repisa de mármol de la chimenea. Levantó el abanico al que acababa de referirse su tío, un pequeño objeto de marfil y oro, y lo abrió para agitarlo con gesto lánguido ante su rostro.

—Sirve para refrescarse la cara en una estancia calurosa. Tiene una función sobre todo práctica, querido.

Su tío tenía el ánimo risueño. Volvió a reír.

—¡Que me aspen, Luke —dijo—, es pura afectación, como puedan serlo los polvos, el colorete o los lunares postizos!

Su sobrino arqueó las cejas.

—¿Preferirías que apareciera en sociedad medio desnudo, Theo?

—Yo no, muchacho. —Dio un trago generoso a su bebida, la paladeó por unos instantes en la lengua y luego tragó—. He estado en París y sé cómo visten y se comportan allí los hombres. Aunque incluso allí, según creo recordar, tienes reputación de adelantarte a la moda, no de seguirla. Quizá sea bueno que también tengas reputación de buen tirador y espadachín; de otro modo, quizá podría pensarse...

—¿Sí? —Los ojos grises de su sobrino se entrecerraron ligeramente y el abanico se detuvo en su mano—. ¿Qué podría pensarse?

Pero su tío se limitó a reírse y lo miró de arriba abajo con gesto ocioso y apreciativo. Su mirada risueña se paseó por el pelo empolvado, que formaba dos canelones perfectos a los lados de la cabeza; su larga melena recogida por detrás en una bolsa de seda negra sujeta por una lazada negra en la nuca —era su pelo, no una peluca—; el rostro austero y hermoso con su capa de polvos y su toque de colorete y un lunar negro postizo; casaca de seda azul oscuro con faldones completos, forro plateado y exuberantes bordados y bocamangas de color plata; chupa plateada con bordados en azul; calzones ajustados de color gris y medias de seda blanca; zapatos con hebilla de plata, con sus tacones rojos altos. El duque de Harndon era la viva imagen del esplendor parisino. Y luego, por supuesto, estaba la espada de gala que llevaba al costado, con su empuñadura de zafiros, un arma con la que se decía que Su Excelencia era más que hábil.

—Me niego a contestar, muchacho —replicó lord Quinn—. No deseo encontrarme con la punta de esa espada asomándome por la espalda. Pero ha sido un detalle que dejaras el White's tan pronto esta noche. Te garantizo que vas a ser el tema de conversación para lo que queda de velada en el club. —De nuevo rio por lo bajo—. El abanico, Luke. Caray, te juro que cuando lo sacaste y vio que lo abrías, Jessop casi se traga el oporto, con vaso y todo.

—Si recuerdas, Theo —respondió Luke abanicándose de nuevo sin participar en las risas—, abandoné París con el mayor de los disgustos. Tú me convenciste de ello, pero que me aspen si dejo que me convenzas también para que me convierta en el típico caballero inglés que merodea por sus tierras ataviado con un gabán mal ajustado, la fusta en la mano y los perros a sus pies, con la barriga llena de cerveza inglesa y maldiciendo a diestro y siniestro. No esperes tal cosa de mí.

—Escúchame bien, Luke —dijo su tío de pronto, muy serio—. Si tuve que persuadirte para que volvieras a casa fue porque tú no asumías tus responsabilidades y todo iba a deteriorarse y a echarse a perder en Bowden Abbey en tu ausencia.

—Tal vez —comentó muy frío el duque de Harndon—. Me importa un bledo lo que pase con Bowden Abbey y con los que viven allí, Theo. Me ha ido muy bien sin ellos estos últimos diez años.

—Nada de eso, muchacho. Te conozco mejor que la mayoría. Podrás parecer todo lo frío que quieras cuando no estás encandilando a las damas y engatusando a las más bonitas para llevártelas a la cama, y puede que tengas derecho a ser frío después de la forma tan injusta en que se te trató.

Pero sé que el Luke de hace diez años sigue siendo en su mayor parte el mismo Luke de ahora. Te importan, muchacho. Y tienes una responsabilidad. Ahora eres el duque de Harndon, desde hace dos años.

—Nunca deseé esa posición ni la esperé, Theo. George era mayor que yo y se casó hace diez años. —Por un momento, en su voz hubo algo parecido a una mueca de desprecio—. Lo normal habría sido que engendrara un heredero varón en los ocho años que transcurrieron antes de su muerte.

—Sí —dijo su tío—. Pero hubo un único hijo que nació muerto, Luke. Te guste o no, tú eres el cabeza de familia, y te necesitan.

—Tienen una forma bien extraña de demostrarlo —repuso Luke abanicándose despacio otra vez—. De no ser por ti, Theo, ni siquiera sabría si alguno de ellos está aún con vida. Y si están pasando necesidad, quizás acabarán por arrepentirse si acudo en su ayuda.

—Es hora de curar las viejas heridas y superar la incomodidad de un largo silencio por ambas partes. Ashley y Doris eran demasiado jóvenes para responsabilizarlos por lo que pasó, y tu madre, mi hermana... Bueno, tu madre es tan orgullosa como tú, muchacho. Y Henrietta... —Y se encogió de hombros con un gesto elocuente, sin poder acabar la frase.

—Y Henrietta es la viuda de George —dijo Luke en voz baja, sin agitar el abanico.

—Sí —susurró lord Quinn—. Muchacho, has empezado con muy mal pie alquilando esta casa en lugar de establecer tu residencia en Harndon House. A la gente le resultará un tanto extraño que vivas aquí mientras tu madre, tu hermano y tu hermana están allí.

—Querido —dijo Luke mirando a su tío con los párpados entornados y mirada penetrante—, olvidas que me importa un bledo lo que piense la gente.

—Cierto. —Lord Quinn apuró su vaso—. Pero ni siquiera les has hecho una visita.

Luke se sentó, por fin, cruzando una pierna con elegancia sobre la otra. Dejó el abanico y se sacó del bolsillo una cajita de rapé esmaltada y enjoyada. Se puso un pellizco del tabaco en el dorso de una mano y procedió a aspirar un poco por cada orificio nasal antes de replicar.

—No, aún no los he visitado, querido. Tal vez mañana o pasado mañana, o quizá nunca.

—Y, sin embargo, has vuelto a casa —le recordó su tío.

—He vuelto a Inglaterra —repuso el duque—. A Londres. Tal vez ha sido por curiosidad, Theo, para ver cómo ha cambiado en diez años. Tal vez me sentía inquieto y aburrido en París. O tal vez es que estoy cansado de Angélique. Aunque me ha seguido hasta aquí. ¿Lo sabías?

—¿La marquesa de Étienne —preguntó lord Quinn—, conocida en ocasiones como la mujer más bella de Francia?

—La misma —concedió Luke—. Y debo admitir que coincido con la opinión general. Pero hace ya seis meses que es mi amante. Y no suelo dejar que ninguna pase de tres. No es fácil deshacerse de una amante después de los primeros tres meses. Se vuelven muy posesivas.

Lord Quinn sofocó una risa.

—Es evidente —comentó su sobrino— que todo el mundo sabe que tú tienes a la misma amante desde hace diez años o más, Theo.

—Quince —lo corrigió su tío—. Y no es posesiva, Luke. Sigue negándose a casarse conmigo cuando la conciencia me empuja a sacar de nuevo el tema del matrimonio.

—Un dechado de virtudes.

—¿Regresarás a Bowden? —preguntó el tío como si nada.

—Querido, serías un conspirador excepcional. Vas paso a paso, hasta que tu víctima ha hecho todo cuanto te habías propuesto que hiciera. No, no tengo ningún deseo de regresar a Bowden. No siento ningún apego por ese lugar.

—Y, sin embargo —le recordó su tío—, es tuyo, Luke. Mucha gente depende de ti allí, y se rumorea que no se está dirigiendo como debiera. Los arrendamientos son altos y los salarios bajos, y las granjas están cayendo en el abandono más absoluto.

El duque de Harndon volvió a abanicarse el rostro y le dirigió a lord Quinn una mirada penetrante.

—Hace diez años se me tachó de asesino. Mi propia familia, Theo. Tenía tan solo veinte años y era inocente como... bueno, puedes completar el símil por ti mismo. ¿Es posible encontrar a alguien tan increíblemente ingenuo como lo era yo a los veinte años? Me vi obligado a huir y todas mis misivas suplicantes y abyectas me fueron devueltas. Me dejaron sin un penique. Me abrí camino en la vida sin ayuda de mi familia, con la excepción de ti, Theo. ¿Y ahora debo volver para solucionar sus problemas?

Su tío sonrió, pero era una sonrisa suave, desprovista del buen humor del que hasta entonces había hecho gala.

—En una palabra, sí, muchacho. Y tú lo sabes lo mismo que yo. Estás aquí, ¿no?

El duque inclinó la cabeza dándole la razón, pero no contestó.

—Lo que tendrías que hacer es tomar esposa, Luke. Quizá te sería más fácil volver si estuvieras casado, y ya es hora de que te pongas a la labor de engendrar herederos.

La mirada de su sobrino se había vuelto glacial y altiva.

—Tengo un heredero —dijo—. Ashley puede sucederme cuando yo muera, del mismo modo que yo sucedí a George.

—Suele haber disensión entre los hermanos cuando uno es heredero del otro.

—¿Como sucedió entre George y yo? —Luke se abanicó el rostro despacio—. Pero no fue porque yo fuera su heredero, Theo. Y fuimos muy buenos amigos hasta que él cumplió los veinticuatro y yo los veinte. No recuerdo haberle envidiado jamás el título a pesar de lo que pudiera decirse después. Hubo una causa muy concreta para nuestra disputa. Casi lo mato, ¿no es cierto? Según dijo el médico, no lo maté por un par de centímetros. Un par de centímetros. Y yo era un pésimo tirador en aquella época.

Su voz sonaba fría, casi amarga.

—Estamos en primavera —dijo lord Quinn—, la época en la que la alta sociedad en pleno se encuentra en la ciudad, Luke. El momento perfecto para elegir a una dama adecuada para el lecho de un duque.

—Este duque no anda buscando compañera. La mera idea me da escalofríos. —Y fingió un teatral estremecimiento para enfatizar sus palabras.

—Quizá quieras considerarlo con mayor detenimiento cuando me vaya —dijo lord Quinn poniéndose en pie y estirándose—. Tengo que irme, muchacho.

—Me animas a casarme y, sin embargo, tú eres veinte años mayor que yo y nunca has encontrado el momento. Ya tienes cincuenta años y sigues siendo soltero.

El tío sofocó una risita.

—Tuve la desgracia de enamorarme de una dama casada. Y para cuando enviudó ya era demasiado tarde para que me diera un heredero. O quizá no, quién sabe. No importa. Yo no soy más que un barón. Y no tengo un montón de parientes díscolos pendientes de mí.

—¿Y yo sí? —dijo Luke cerrando el abanico para ponerse en pie y acompañar a su tío—. Deben entender que no lo voy a tolerar. No me gusta tener a nadie pendiente de mis pasos a menos que yo lo invite a hacerlo.

Una vez más, su tío se rio de buena gana.

—Toma esposa, Luke. ¡Válgame Dios!, sería la mejor solución para ti. Créeme. Y que te dé hijos lo antes posible. Tendré los ojos bien abiertos para ver quién está disponible este año. Muchacho, te elegiré a la más bella, siempre y cuando su posición social y su linaje acompañen a su belleza.

—Gracias, querido —dijo su sobrino con aire lánguido, siguiendo a lord Quinn al vestíbulo—, pero tengo por costumbre elegir yo mismo a mis compañeras de cama. Y no suelo dejar que lo ocupen durante más de tres meses seguidos. —Hizo una mueca al tiempo que un lacayo se adelantaba para abrir la puerta de la calle—. ¿De verdad tienes que encasquetarte el sombrero y que parezca que lo llevas pegado a la peluca? ¿No sabías que los sombreros no son para llevarlos en la cabeza, sino como decoración bajo el brazo?

Su tío echó la cabeza hacia atrás y soltó una risotada muy poco elegante.

—¡Al cuerno con la moda francesa! Ahora vives en un clima inglés, hijo. Aquí los sombreros no son un ornamento, están para mantener la cabeza caliente.

—¡Dios nos asista! —comentó el duque muy encendido.

Y volvió a la biblioteca cuando la puerta se cerró tras su tío.

Una prometida. Nunca se había planteado en serio tomar esposa, aunque tenía treinta años y de forma inesperada había subido de nivel con la muerte de su hermano hacía dos años, solo tres después de la muerte de su padre. No había considerado la idea de tomar esposa desde hacía al menos diez años. Y no le apetecía en especial pensar en ello.

El matrimonio no estaba hecho para él. El matrimonio significaba compromiso. Significaba pertenecer a alguien y que alguien te perteneciera. Significaba hijos y las ataduras que conllevaban. Significaba estar atado en cuerpo y alma. Significaba ser vulnerable... otra vez.

En ese momento, no era vulnerable. Ya habían pasado diez años —bueno, nueve, si tenía en cuenta que el primer año lo pasó lloriqueando y suplicando, y que luego se entregó a una vida de autocompasión y libertinaje desenfrenado—, diez años cultivando con esmero su invulnerabilidad. Había amasado una fortuna por sus propios medios, primero con el juego y después con inversiones estudiadas con cuidado. Se había convertido en un perfecto caballero parisino, y no solo lo aceptaban en todas partes, también lo buscaban en los círculos más elevados. Había aprendido a atraer a las damas más bellas y elegantes, y a hacerles el amor y deshacerse de ellas cuando se cansaba. Había recibido la enseñanza de expertos en el uso de la espada y la pistola, y se había convertido en alguien mortífero con ambas armas; había aprendido cómo ser encantador en sus maneras, pero de corazón insensible. Había aprendido que no se debía confiar en el amor, ni siquiera en el de la propia familia. Especialmente en el de la propia familia. Había aprendido a no esperar amor ni a darlo.

Luke sabía que tenía reputación de hombre despiadado y sin corazón. Era la reputación que quería. Así era como quería que lo viese el resto del mundo. Como quería ser.

¿Y tenía que plantearse tomar una esposa? ¿Solo porque su tío pensaba que era una buena idea? ¿Cuándo había permitido que su tío tomara las decisiones por él? Lo cierto, pensó, apoyándose de nuevo en la repisa de la chimenea y mirando con gesto ausente al otro lado de la habitación, era que seguía su consejo con frecuencia. Por sugerencia de Theo, había ido a Francia y había acabado por renunciar a la idea de volver a casa para recuperar su vida pasada... En ese momento se le antojaba ridículo que en aquel entonces hubieran querido para él una vida de dedicación a la Iglesia y que él mismo quisiera ser clérigo. Fue su tío quien sugirió que viajara a Francia para buscar una nueva vida. Y había vuelto a casa también por sugerencia de Theo... Bueno, no había vuelto a casa exactamente. Había vuelto a Inglaterra. A Londres. No estaba seguro de poder poner un pie en Bowden Abbey.

Henrietta estaba en Bowden. Su cuñada. La viuda de George.

Si tuviera una esposa, quizá le resultaría posible ir a casa. El pensamiento llegó sin avisar.

Pero él no quería una esposa. Y no quería ir a Bowden.

Sin embargo, Theo le había recordado que tenía responsabilidades allí, que había personas que dependían de él aparte de los miembros de su familia. Que el diablo se los llevara a todos, pensó. ¿Qué eran esas personas para él? Formaban parte de la servidumbre y de los arrendatarios que trabajaban las tierras de su padre. De George.

Y en ese momento de las suyas.

Él nunca había querido ser duque de Harndon. Jamás había envidiado la posición de George como primogénito. Tenía suficiente con ser lord Lucas Kendrick. Puede que incluso el reverendo lord Lucas Kendrick. Sonrió con pesar, aunque quizá la sonrisa fue más una mueca que una sonrisa. Pobre joven ingenuo. Tan entusiasmado a sus veinte años por entrar en la Iglesia, casarse y vivir feliz para siempre.

Bien, decidió, haría un esfuerzo y vería a su madre, puesto que estaba en la ciudad, y a Doris y a Ashley también. A juzgar por las palabras de Theo, había problemas con su hermana y su hermano, problemas con los que su madre no parecía capaz de hacerse y que tendría que solucionar él. Y los solucionaría, por Dios. Pero los problemas de Bowden los resolvería desde lejos. Nombraría un nuevo administrador, tal vez, y se desharía de Colby. O mejor, llamaría a Colby a Londres y dejaría que hablara por sí mismo.

No pensaba casarse. Se lo diría a Theo en términos bien claros la próxima vez que se vieran. Había que ser muy claro con Theo o, de lo contrario, sin darse cuenta se encontraba uno haciendo justo lo que él quería. Desde luego, se había equivocado de vocación. Debería haber sido diplomático.

Luke había vuelto a Inglaterra para hacer una aparición como duque y para visitar a su madre, su hermano y su hermana mientras estaban en

Londres. Había ido para ejercer su autoridad allí donde se necesitara... y solo en esos casos. Había ido allí a regañadientes por su sentido del deber... Y sí, quizá también por curiosidad. Pero no pensaba quedarse. En cuanto pudiera, volvería a París, donde estaba su sitio, donde era feliz... O sea, tan feliz como pudiera serlo un hombre sin corazón. En realidad, él no buscaba la felicidad. Si uno era feliz, también podía ser infeliz, y era inevitable que eso pasara tarde o temprano. Lo mejor era evitar en lo posible ambos extremos.

Lady Sterne se miró a sí misma sin demasiado entusiasmo. Estaba desnuda hasta la cintura, y a partir de ahí una sábana la cubría. Supuso que ya había llegado a una edad en la que era mejor cubrirse cuando hubiera otros ojos que la miraran además de los suyos. Ya no era joven ni bella. Pero volvió la cabeza sobre el brazo de su amante y reparó en los signos de la edad que se apreciaban también en su rostro y su torso. No le importaba, decidió. Ya hacía mucho que se conocían. Si lo viese por primera vez en ese momento, pensó, quizá —sin duda— lo vería como un hombre de mediana edad. Y le parecería aún mayor si lo viera sin peluca, como estaba viéndolo en ese momento, con ese pelo que empezaba a clarearle y cortado muy corto. En cambio, sus ojos solo veían al hombre al que conocía y amaba desde hacía años.

Él abrió los ojos y le sonrió.

—Los años se nos acumulan y se nos empiezan a notar, Marj —dijo, haciéndose eco de los pensamientos de ella—. ¿Me he pasado nuestra tarde juntos durmiendo?

—No, Theo. No dormiste durante la primera parte. ¡Ah! —Suspiró con satisfacción y se desperezó con exuberancia, sintiendo una de las piernas de él colocada sobre la suya—. Creo que esto mejora con la edad.

Él sofocó una risa.

—Pero antes no dormíamos nada. —Y de pronto cambió de tema para retomar la conversación que los había tenido ocupados antes de hacer el amor—. Entonces, ¿te parece bien la mayor? ¿No crees que es demasiado vieja, Marj?

—¿Para darle algunos hijos varones y alguna hija? —preguntó ella con desdén—. Por Dios, Theo, solo tiene veinticinco años. Tampoco es tan vieja. Posee una gran belleza y hace gala de una madurez muy adecuada. Ha sufrido mucho.

—La madurez —dijo él algo seco— no va a hacer babear precisamente a Harndon, amor. Quizá la otra joven le resulte más apetecible.

—Quizá. No conozco sus gustos. Pero Agnes solo tiene dieciocho años. Es guapa y dulce, pero no sería más que un juguete para un hombre con la edad y la experiencia de Harndon. Anna podría ser una compañera.

—Marj, algunos hombres quieren un juguete por esposa. Y una madre para sus hijos, por supuesto. Dieciocho me parece una buena edad.

—Hazlo por mí —volvió la cabeza para besarle la mejilla—, dejemos que sea Anna, Theo. Es una persona muy querida para mí y me gustaría que se casara con un duque. Y si encima es tu sobrino...

Él volvió la cabeza y sus labios se encontraron.

—¿Por qué no? De todos modos, no es fácil manejarlo. Me he pasado dos años engatusándolo solo para conseguir que vuelva a Inglaterra. Es posible que tarde otros dos en conseguir que vaya a Bowden. E insiste en que no está buscando esposa. Trataremos de despertar su interés por la bella madurita.

—También Anna insiste en que no busca marido —dijo lady Sterne—. He tenido que desplegar todo mi ingenio para convencerla de que acepte un vestuario elegante para moverse por la ciudad. Tenía un aspecto bastante rústico.

Lord Quinn hizo una mueca.

—A Harndon eso no le gustará. Así pues, si aceptamos que es muy probable que estemos embarcándonos en un imposible, ¿cuándo te parece que los reunamos? ¿En el baile de lady Diddering?

—Dentro de dos noches. Sí, es perfecto, Theo. Oh, ojalá funcione. Mi querida Anna convertida en duquesa. Y una dama de fortuna. Estoy tan impaciente por verla feliz como si fuera mi propia hija.

Él le acarició el pelo.

—¿Ha sido motivo de pesar en tu vida el no haber tenido hijos, Marj? Si lo hubiéramos intentado, tal vez...

—No. Lamentarse por el pasado no tiene sentido, Theo. He tenido una buena vida, y aún no se ha acabado, ni mucho menos. Solo estoy en los cuarenta. De hecho, aún no es del todo imposible que... —Pero no terminó la frase.

—Bueno, de momento esta tarde casi ha acabado. Voy a cenar con los Potter, y siempre son muy puntuales. Si te parece, podemos aprovechar el tiempo que nos queda.

—Sí. —Se volvió hacia él con otro suspiro de satisfacción—. Sí, hagamos eso, Theo.

2

Su madre, su hermano y su hermana estarían en el baile de los Diddering, al que su tío le insistía para que fuera. Luke ya se lo había imaginado. Después de diez años, sería demasiado incómodo reencontrarse con ellos rodeados de tanta gente. Además, no debía evitar el encuentro. Después de todo, si había ido a Inglaterra era para verlos y no podía esperar recibir una visita suya, aunque supieran que estaba en Londres. Theo se habría encargado de ello. Si dejaba pasar más días después de su regreso de París, podía pensarse que tenía miedo de verlos.

Luke no tenía miedo. Simplemente, era algo que no quería hacer y que habría deseado no tener que hacer... nunca. De haber estado George con vida o de haber tenido un heredero, todo habría sido diferente. Él podría haberse quedado para siempre en París y haber olvidado que era inglés de nacimiento. Podría haber olvidado que seguía teniendo familia allí. Ellos no lo hubieran necesitado y, desde luego, él a ellos tampoco. Había superado esa necesidad hacía mucho tiempo.

Pero George no estaba vivo, y él y Henrietta no habían tenido ningún hijo. Y ese era el dichoso vínculo que siempre lo ataba a Inglaterra y a Bowden Abbey, donde había nacido, y a la familia que seguía viviendo allí.

Era inevitable, y por ello, el día antes del baile de los Diddering, hizo su aparición en Harndon House, su casa en la ciudad. Si bien, él había alquilado otra por un mes... Un gesto absurdo, tal vez, e indicativo de cierta cobardía. El hecho era que no quería vivir bajo el mismo techo que su madre. Y no lo habían invitado a hacerlo, aunque no necesitaba invitación, claro. Quizá su madre ni siquiera se había enterado de su viaje a Inglaterra.

El mayordomo que lo recibió en el vestíbulo de Harndon House era un desconocido, pero era un maestro en el arte de permanecer impasible, cultivado entre los mejores de su gremio. Apenas pestañeó cuando Luke se identificó, aunque su reverencia se hizo más profunda y sus maneras se volvieron perceptiblemente más deferentes. Sin embargo, tenía un claro dilema. ¿Debía presentar a su señor como una visita o...?

Luke lo ayudó a decidirse.

—Pregúntele a la duquesa viuda de Harndon si recibe visitas esta mañana —dijo y cruzó el vestíbulo embaldosado para examinar un cuadro de un paisaje admirablemente ejecutado, con marco dorado.

Su madre lo recibió sola en el saloncito matinal, porque no había anunciado que tuviera intención de visitarla. Cuando él entró, se puso en pie. No había tenido más que un par de minutos para arreglarse antes de recibir al hijo al que no veía desde hacía diez años.

—¿Señora? —Luke hizo una reverencia desde la puerta—. Confío en encontrarla bien de salud.

—Lucas. —La mujer pronunció su nombre después de mirarlo en silencio durante unos segundos—. Había oído decir que habías cambiado. No te habría reconocido.

Ella estaba tal y como la recordaba: seria, de porte rígido, compuesta. Pelo oscuro sin empolvar, salpicado de canas. Era el único cambio que se apreciaba en ella después de diez años. Pero claro, su madre nunca había sido joven... ni vieja. Y nunca había sido una mujer sonriente, ni cálida ni maternal. El deber era el principio que había guiado a su madre en su vida. Y si alguna vez sintió amor por sus hijos, había quedado diluido por su empeño por prepararlos para la posición que debían ocupar en la vida. Aunque nunca fue severa ni descuidada, siempre se mostró seca y poco afectuosa.

—No era más que un niño cuando se me tildó de indigno de ser su hijo, señora —dijo—. Han pasado diez años.

Ella no contestó a sus palabras.

—Al fin has vuelto a casa para asumir tus responsabilidades, aunque no está bien que te hayas instalado en una casa que no es la tuya.

Él asintió con la cabeza, pero no le dio ninguna explicación. Y de pronto, sin motivo aparente, se encontró preguntándose si su madre lo había abrazado alguna vez. No que él recordara. Ese recibimiento, por llamarlo de alguna manera, era justo lo que habría esperado de ella. ¿Pensaba acaso que iba a recibirlo con los brazos abiertos y mirada ferviente, con lágrimas en los ojos y palabras de afecto? Aun cuando su madre se le hubiera ofrecido, él no lo habría querido. Llegaba con diez años de retraso. En su momento, su madre no hizo ningún esfuerzo por protegerlo de la severa sentencia de su padre. No le dio un beso de despedida ni le aseguró que lo amara a pesar de todo. Fue fiel a su deber hasta el final.

—Espero que mi hermana y mi hermano estén bien también.

—Doris tiene diecinueve años; Ashley, veintidós. Han vivido sin la guía de un padre durante cinco años y sin la guía de un cabeza de familia durante dos.

¿Era esa su forma de pedirle ayuda? ¿O estaba reprochándole que hubiera descuidado los deberes que conllevaba su posición? Seguramente lo último.

¿Sufrió cuando murió su padre?, pensó. ¿Cuando murió su hijo mayor? George había muerto de cólera, una enfermedad que solo se lo llevó a él de la familia, aunque por lo visto en el pueblo murieron varias personas.

—¿Hay algún problema? —preguntó.

Los dos seguían en pie en extremos casi opuestos de la estancia. Su madre no lo había invitado a tomar asiento, aunque de nuevo se le ocurrió que no necesitaba tal invitación, puesto que estaba en su casa. Sin embargo, se quedó donde estaba.

—Doris está decidida a casarse con el hombre equivocado, a pesar de que la traje a la ciudad para que encontrara a un marido digno de su posición y ha conocido a varios caballeros adecuados. Ashley está... bueno, se ha vuelto muy rebelde e intratable, y olvida por completo cuál es su posición.

—Se dice «vivir aventuras de juventud», señora.

—Lo peor es que han oído hablar de los excesos de su hermano mayor en París y esperan que apoyes sus indiscreciones o, cuando menos, hagas la vista gorda. Creen que ahora que su padre no está y George tampoco, pueden hacer lo que les plazca.

Luke enarcó las cejas.

—¿De veras?

—Has venido —dijo la duquesa viuda—. Si es para ser indulgente o hacer la vista gorda o para asumir la responsabilidad de tu posición, aún está por verse. Al igual que la pregunta de si vas a permitir que la duquesa —dijo con retintín— siga mandando en Bowden como si siguiera casada con el cabeza de familia.

Ah. Así que había un conflicto entre las dos mujeres, ¿no era eso? Entre su madre y Henrietta. Las dos eran duquesas, pero ninguna de ellas era la duquesa. Ninguna de ellas era su duquesa. Quizás era otro buen argumento para tomar esposa. El pensamiento llegó de improviso, surgió de la nada. ¿Qué más le daba si las dos mujeres se enemistaban? Le daba igual.

Y en ese momento, antes de que la conversación pudiera llegar más allá, la puerta se abrió a sus espaldas. Una joven muy hermosa, ataviada con un elegante vestido a la francesa con tontillo y con el pelo de un intenso negro sin empolvar, entró en tromba y se detuvo en seco apenas a medio metro de él.

¡Doris! No era más que una niña delgaducha y desgarbada de nueve años cuando él se marchó. Fue la única de la familia que de verdad sintió su marcha... Cuando pasó todo aquello, Ashley estaba en el internado. Aquel día, Doris se escondió entre los árboles, cerca de los portones de la entrada, al final del camino de acceso, y salió al camino cuando él pasó. Luke desmontó y la cogió en brazos, y la tuvo abrazada un buen rato antes de decirle que debía ser una niña buena, volver a casa y convertirse en una dama hermosa y educada. Doris no dejaba de llorar y no fue capaz de decir más que su nombre una y otra vez.

En ese momento, Doris lo miraba con los ojos muy abiertos y se mordía el labio. Luke tenía la sensación de que había estado a punto de arrojarse a sus brazos y se había contenido. Él, por su parte, no se movió. Hacía ya mucho que había perdido la costumbre de dar abrazos... al menos de los que se daban solo por cariño.

—¿Luke? —preguntó vacilante—. ¿Eres Luke? —Se rio sin aliento—. Decían que habías venido. Pareces tan... distinto.

Cuando era joven, no había nadie menos elegante que él. Solo le interesaban los libros y su futura carrera en la Iglesia, su familia y su hogar... y la mujer con la que planeaba casarse.

—Tú también, Doris. Has crecido. Y eres tan preciosa como imaginaba.

Ella se ruborizó y sonrió complacida. Pero el momento para los gestos espontáneos había pasado. Luke entendió, con cierto pesar, que Doris ya no se arrojaría a sus brazos. Aunque fuera su hermano, era un desconocido para ella. En un primer momento hasta había dudado de que fuera él.

—¿Por qué estás ahí de pie? —Miró con gesto dubitativo a su madre y volvió a mirarlo a él—. Ven y siéntate, Luke. ¿Vas a venir a vivir aquí? Parece raro que no lo hagas. ¿Te ha resultado difícil vivir en París? Tienes que ponerme al día sobre la última moda. Me temo que aquí estamos muy anticuados. Háblame de la moda en la ropa de las damas. Ya veo lo que visten los caballeros. Oh, Luke, estás espléndido, ¿no es cierto, madre?

En vez de contestar, la duquesa viuda hizo sonar la campanilla para que les llevaran el té.

Fue un raro regreso a casa. Aunque Doris parloteaba con aparente desenvoltura tras la sorpresa inicial, en el saloncito matinal reinaba un ambiente incómodo, rígido y formal. Luke se sentía como un extraño en una difícil visita de cortesía.

Y, en cierto modo, era justo eso.

Solo que él era el cabeza de esa familia.

Cuando estaba a punto de excusarse, la puerta volvió a abrirse y un apuesto joven entró a toda prisa. Por un instante, a Luke se le hizo un nudo en la garganta. ¿George? Pero George había muerto hacía tiempo. Se puso en pie e intercambió una reverencia con su hermano, que lo miraba con entusiasmo y admiración a un tiempo.

—¿Luke? —Se acercó—. Caray, nunca te habría reconocido. El tío Theo ya me avisó. ¡Caray!

—Ashley.

Luke inclinó la cabeza levemente. Su hermano tenía un semblante agradable y cordial. No era difícil imaginarlo inmerso en sus aventuras de juventud... una actividad admirable para un hombre de su edad, puesto que su rebeldía no era de las que pudieran destruirlo.

—He oído que eres más diestro en su uso que ningún otro hombre en toda Francia —espetó al tiempo que tomaba asiento y señalaba la espada que Luke llevaba siempre al costado—. Y también con la pistola. ¿Es cierto que has matado a tu oponente en dos duelos?

Totalmente cierto. Pero no era un tema apto para los oídos de dos damas. Dadas las circunstancias, habría sido de muy mal gusto hablar de aquello. Fue en un duelo cuando estuvo a punto de matar a su hermano mayor.

—Si es cierto —dijo con frialdad—, no es algo de lo que me guste alardear. Y no es un tema que debamos discutir en presencia de nuestra madre y nuestra hermana.

Ashley se ruborizó y al momento Luke se arrepintió por la severa reprimenda. En algún lugar muy profundo de su memoria recordaba lo que era ser joven e impulsivo.

—Yo... yo... Lo siento, madre —dijo Ashley.

Y la conversación se acabó.

Unos minutos después, Luke iba de camino a su casa alquilada, feliz por estar solo otra vez, feliz porque esa primera visita, rígida e incómoda, se hubiera acabado. Decidió que no sentía nada por esas personas. Ni siquiera por Doris... resultaba difícil ver en ella a la niña a la que tanto había querido. Se sentía aliviado.

Y, sin embargo, por dentro algo dolía. El eco de antiguos recuerdos, tal vez. Recuerdos reprimidos durante mucho tiempo, ya olvidados, de lo que fue ser rechazado por todos aquellos que habían dado un sentido y una estabilidad a su vida. El terrorífico vacío de tener que afrontar la vida solo cuando no sabía nada de la vida ni tenía defensas.

No era dolor por volver a casa. Él no quería volver. Lo que más deseaba en el mundo era regresar a París. Si tenía un hogar, estaba allí. Allí se sentía a gusto. Aquel mundo le resultaba familiar y era el mundo que lo había convertido en el hombre que era y sobre el que sentía que tenía cierto control.

Pero había vuelto a Inglaterra y había vuelto a ver a su familia... o lo que quedaba de ella. Y había vuelto a sentir la vieja mezcla de dolor e ira por el rechazo de su madre y la misma determinación por romper los lazos que lo unían a ella. No había visto ninguna señal de alegría en ella durante su visita ni había sentido nada que lo impulsara a querer volver a verla.

Y, sin embargo, también había visto a Doris y a Ashley. Y su madre había sugerido que necesitaban guía. Su guía como cabeza de familia. Él los había amado en aquella época de inocencia, cuando aún era capaz de amar.

¿Podía ofrecerles guía? ¿Algo que pudiera darse rápido y luego volver a París?

Henrietta mandaba en Bowden como si aún fuera la señora de la casa. Pero ¿por qué no? Era la viuda de George. Había sufrido por su posición. Quizá más que él, aunque ella tenía una casa confortable y una posición elevada.

Por lo que a él se refería, Henrietta podía seguir gobernando la casa y su madre podía seguir enfadándose por ello. Y, sin embargo, si él tomaba esposa, no habría ninguna duda sobre quién sería la señora de la casa.

¡Otra vez ese pensamiento! Theo y sus sugerencias, que de alguna manera siempre conseguían el mismo efecto que una aguja, pinchándolo noche y día hasta que lo obligaban a actuar.

Pero esa vez no. No sacrificaría su libertad tomando una esposa ni siquiera en pro del orden y la paz familiar.

Así pues, lo peor ya había pasado, pensó mientras seguía andando. Ya los había visto a todos, salvo a Henrietta, a quien no tenía intención de ver en absoluto. Averiguaría qué estaba pasando en la vida de Doris y Ashley, solucionaría los problemas que pudiera, mandaría a buscar los libros de cuentas a Bowden y quizá a Colby, y descubriría si había motivo para despedir al hombre y nombrar un nuevo administrador, y luego volvería a París. Para el verano ya podría marcharse.

Entre tanto, procuraría pasarlo bien. Sería una novedad hacer vida social entre los ingleses para variar, ver caras nuevas y oír rumores nuevos. Theo lo había animado a asistir al baile de lady Diddering la noche siguiente. Según su tío, era uno de los bailes más deslumbrantes de la primavera y donde resultaba más probable encontrar a toda la gente de importancia.

Lo que su tío no le había dicho era que también se trataba del lugar ideal para encontrar damas casaderas. Aunque Luke entendió perfectamente que era a eso a lo que se refería.

Iría, pues. Su madre y Doris estarían allí. Doris lo había comentado durante el té. Vería cómo se comportaba con los posibles pretendientes y si había algún indicio del compromiso poco deseable que había mencionado su madre. Y nunca estaba de más contemplar a las damas de alcurnia y bailar con ellas, incluso aunque no fueran material para su lecho. Disfrutaba mucho encandilándolas y viendo cómo sonreían y se ruborizaban. Incluso disfrutaba escoltando a las más bellas de vez en cuando.

Sí, iría. Quizás había olvidado cómo sentir emociones profundas, pero aún sabía cómo divertirse.

La fiesta de lady Diddering sería su primer baile, y según lady Sterne sería un acontecimiento importante y espléndido. La flor y nata de la aristocracia estaría allí.

Anna iba ataviada con sus nuevas galas: un vestido a la francesa de seda verde manzana con lazos desde el escote hasta el bajo con gran cantidad de bordados de oro y un peto decorado con los mismos bordados, de tal forma que parecía relucir de tanto oro. El vestido se abría por delante para dejar al descubierto unas enaguas enormes de un verde más claro que oscilaban sobre su nuevo tontillo. Anna no había dejado que le cortaran el pelo corto y lo rizaran bien apretado a la última moda, pero estaba rizado por los lados y por detrás, y empolvado de blanco. Nunca antes había usado los polvos. La pequeña cofia redondeada que llevaba era de fino encaje a juego con los tres volantes de la camisola que sobresalían por debajo de las mangas del vestido por los codos, y el mismo encaje caía desde la parte de atrás de la cofia en dos largas tiras. Los zapatos, verde claro con bordados de oro, tenían unos tacones de varios centímetros, otra novedad para ella. Había estado usándolos en privado durante un par de días para aprender a mantener el equilibrio. No llevaba maquillaje ni lunares postizos pese a la advertencia de su madrina, que había dicho que sería la excepción.

Y, sin embargo, no era en sí misma en quien Anna pensaba en los últimos minutos antes de que llegara el carruaje, no eran su apariencia o sus expectativas las que llevaron el rubor a sus mejillas y el brillo a sus ojos. Fue Agnes, que acababa de entrar en el salón donde Anna esperaba junto a lady Sterne. Cuando la vio, no pudo evitar maravillarse. Parecía imposible. ¡Si hasta hacía apenas nada no era más que una niña!

—Agnes —dijo cruzando las manos sobre el pecho—. Oh, Agnes, estás... preciosa.

¿Cómo podía no atraer a pretendientes? Seguro que habría suficientes incluso después de esa primera velada para que Agnes pudiera escoger.

—Sí —convino lady Sterne—. Estás preciosa, niña. Y no nos hemos equivocado al elegir ese tono particular de azul con la piel tan clara que tienes.

Pero Agnes, siempre tan modesta cuando se trataba de su apariencia, solo tenía ojos para su hermana.

—Anna —dijo tendiendo las manos para tomar las de su hermana—. Siempre has sido hermosa... oh, más que nadie que conozca. Pero estás... ah, no encuentro las palabras. ¿No es cierto, tía Marjorie?

—Vamos, niña —respondió lady Sterne—. Estoy por llevar un bastón conmigo al baile para ahuyentar a la multitud de jóvenes caballeros que van a congregarse en torno a vosotras dos. Creo que oigo a alguien en la puerta. Será Theodore con el carruaje. Quizás él habrá traído su bastón. Y, sin duda, lleva su espada. Apuesto a que la necesitará.

Las dos hermanas rieron y se miraron con admiración. Y, de pronto, las dos sintieron que les faltaba el aire. Cierto que eran las hijas del difunto conde de Royce y que como tales habían asistido a veladas de personas de alcurnia y habían bailado en fiestas y reuniones locales. Pero Londres les parecía un mundo diferente. Incluso después de que lord Quinn se inclinara sobre la mano de cada una y jurara que valían un potosí, y sabría Dios lo que eso significaba, y las ayudara a subir a su carruaje con lady Sterne; incluso después de que jurara que lo retarían a una docena de duelos antes de que la noche acabara por haberse rodeado tan egoístamente por las tres damas más fascinantes del baile... incluso después de eso, seguían sintiendo incertidumbre. ¿Y si sus modales eran demasiado rústicos para los gustos de la ciudad? ¿Y si su conversación era demasiado aburrida? ¿Y si los pasos de baile que ellas conocían se ejecutaban de modo diferente en la ciudad?

¿Y si nadie quería bailar con Agnes?

Viendo a su hermana, a Anna le parecía imposible que tal cosa pudiera pasar, sobre todo porque sabía que lady Sterne se aseguraría de que tuviera parejas de baile. Y aun así estaba nerviosa. Cuando el carruaje aminoró la marcha y al mirar por la ventanilla vio una gran mansión con todas sus ventanas iluminadas, sintió el estómago algo revuelto. Las puertas delanteras estaban abiertas, de modo que la luz se vertía al exterior y en el vestíbulo podía ver a damas y caballeros vestidos espléndidamente. Se había desplegado una alfombra por los escalones y el suelo para que aquellos que bajaban de los carruajes no hubieran de poner los pies sobre el duro suelo.

Agnes tenía los ojos como platos.

—¡Válgame Dios! —dijo lord Quinn mientras ayudaba a las damas a bajar del carruaje—. Han pasado muchos días desde la última vez que tuve ocasión de ser el centro de la atención y la envidia de otros. Ojalá tuviera tres brazos, pero solo he sido bendecido con dos. ¿Podrás caminar sin escolta, Marj?

Anna había conocido a lord Quinn el día antes y había sido presentada como la hija de una vieja amiga de su madrina. Le gustaba. Era un hombre de altura media y con tendencia a engordar. Tenía un aspecto agradable y mirada afable. Debía de tener la misma edad que... que él, pero aparte de eso no tenían nada en común. Y sabía hacer que se sintiera una a gusto. En ese momento, mientras ella lo tomaba de un brazo y Agnes lo tomaba del otro, no se le ocurrió nadie mejor con quien hacer su entrada en su primer baile en Londres.

—¿Nerviosa, querida? —le preguntó a Agnes.

—Un poco, señor —confesó ella.

—Algún joven la acompañará en su primer minué y en unos minutos, si acaso recuerda su nerviosismo, será con asombro. Y se dedicará a disfrutar del resto de la velada. ¿Y usted, querida mía? —dijo volviéndose hacia Anna.

—No, señor —mintió ella—. He venido a observar y a disfrutar de la vista y los sonidos de un baile en sociedad. No tengo motivo alguno para estar nerviosa.

El hombre rio por lo bajo y lady Sterne se llevó a las hermanas con premura al tocador para que se arreglaran las faldas y comprobaran sus cabellos y sus cofias en el espejo, aunque no había viento en el exterior que hubiera podido causar desarreglo alguno.

Y así fue como llegó el momento de entrar por vez primera en un salón de baile londinense. La estancia estaba decorada con flores y plantas, olía como un jardín de verano en un día caluroso. Pero las flores eran un detalle superfluo, pensó Anna, que por un instante sintió que se quedaba sin aliento. Los satenes, las sedas, los encajes y las joyas más opulentas debían de estar todas reunidas en aquella sala, vistiendo a los invitados presentes. Era difícil decir si eran las damas o los caballeros los más coloridos y espléndidos. Quizá las damas llevaban ventaja en el volumen de sus faldas y la cantidad de telas y adornos que desplegaban. Pero los caballeros destacaban por la elegancia del corte de sus casacas con los faldones completos y por las largas chupas de debajo, en las que un maestro bordador podía lucirse a placer.

Anna pensó en los estilos sobrios y formales que se llevaban en casa y miró a su alrededor, a la moda de Londres.

—¿Y bien? —le preguntó lady Sterne con una sonrisa en el rostro.

—Esto es un mundo nuevo —dijo Anna— cuya existencia creía conocer, aunque ahora veo que no.

—El asombro que sientes se refleja en tu rostro, niña —declaró su madrina—. ¿Todavía te arrepientes de que te convenciera para que asistieras?

—Oh, no.

Cuando volvía la vista atrás sobre los dos últimos años, su mente pensaba en el color... o más bien en la ausencia de este. Negro y gris, nada más. Eran los colores que habían vestido durante dos años, hasta hacía dos meses. Y estaba el pesar, primero por la prolongada enfermedad y la muerte de su madre, y luego por la repentina muerte de su padre. Pero no fue solo el luto lo que privó a la vida de su color. Fue todo lo demás también. La lucha por mantener unida a la familia pese a la adversidad; los esfuerzos por evitar la ruina y salvar a su padre de la prisión por sus deudas, y a su hermano y sus hermanas de la miseria; los esfuerzos fútiles, del todo inútiles, por saldar o redimir todas las deudas. Y lo más negro de todo... la telaraña que se había ido tejiendo inexorablemente a su alrededor, arrastrándola cada vez más adentro, atrapándola en eternidad de esclavitud. Y, sin embargo, él se fue después de la muerte de su padre. Se fue a América y prometió que volvería a buscarla. Ya hacía más de un año de eso, y quizá... —oh, rezaba para que eso pasara— ya no volvería.

Y en ese momento estaba en un mundo diferente.

Anna sonrió de pronto cuando su mirada se cruzó con la de lord Quinn y el hombre le guiñó un ojo. Y la sonrisa se mantuvo y se hizo más amplia. De pronto sintió un inesperado arrebato de entusiasmo y felicidad. Estaba en un nuevo mundo, un mundo de esplendor, un mundo de cuento de hadas con el que no soñaba desde hacía mucho, mucho tiempo, cuando soñar aún parecía tener algún sentido. Era cierto que solo sería por un breve periodo. Que quizás él volvería para reclamarla y traería de vuelta consigo la oscuridad. Pero en esos momentos, estaba en un salón de baile, en Londres, y el baile empezaba. Y tenía intención de pasarlo bien.

Oh, sí, sí, señor. Tenía intención de pasarlo como no lo había pasado en la vida. Levantó el abanico que le colgaba de la muñeca sujeto por una cinta, lo abrió y se refrescó el rostro con él. Y miró alrededor con una sonrisa de asombro y los ojos brillantes.

3

Luke llegó cuando el minué de apertura estaba acabando. Era inusualmente temprano para él, pero al parecer en Londres no se veía con muy buenos ojos que llegara uno tarde. O así se lo había advertido su tío. Theo estaba tramando algo, no hacía falta ser un genio para verlo.

—Marjorie ha traído a su ahijada del campo para que pase aquí la primavera —había comentado lord Quinn de pasada la noche anterior—. La hija del conde de Royce. Y a su hermana menor, también. Dos jovencitas encantadoras, te lo aseguro.

¿Con cuál de ellas, pensó Luke, querría casarlo?

—¿De verdad? ¿Y no serán un tanto rústicas, Theo?

—¡Válgame Dios, no! —respondió su tío—. Marjorie se ha asegurado de vestirlas. Y en todo caso, son lo bastante preciosas y educadas para que olvide uno cualquier pequeño atisbo de rusticidad. Que me aspen, si tuviera veinte años menos...

—Si tuvieras veinte años menos, querido tío, seguirías igual de apegado a lady Sterne, pero algo abochornado quizá por la diferencia de edad.

Su tío echó la cabeza hacia atrás y rio de buena gana.

—Tienes razón, muchacho. Tienes razón. Pero estábamos hablando de ti.

—Imagino —dijo Luke— que lady Sterne asistirá al baile de los Diddering mañana. ¿Con sus pupilas, tal vez?

—¿Cómo? —El tío pareció sorprendido—. ¿Es mañana ya? Vaya, tienes razón. ¿Si Marjorie estará allí con las jovencitas, dices? Podría ser. Sí, es posible que estén allí. Espero que alguien las saque a bailar, Luke. Aparte de mí, claro. Son unas desconocidas.

—Unas preciosas desconocidas —añadió Luke.

Su tío estaba excediéndose en su escenificación.

—¿Preciosas? Caray, sí. Me atrevo a decir que no les faltarán las parejas para el baile, ¿no crees?

Luke no había contestado. Se limitó a cambiar de tema. Pero para él lo que su tío pretendía estaba tan claro como un día despejado de verano.

Luke fue solo al baile, aunque Angélique, la marquesa de Étienne, había insinuado que le gustaría que fuera su acompañante. La marquesa había declarado su intención de pasar uno o dos meses en Londres poco después de que él confesara que pensaba volver a casa. En París la vida podía ser muy, muy tediosa, dijo la marquesa en aquel entonces con un suspiro, y había oído decir que Londres podía ser entretenido. No hicieron el viaje juntos y solo dieron un paseo en público, aunque él le había hecho dos largas visitas en su hotel. No tenía ningún deseo de que sus nombres aparecieran vinculados como los de una pareja estable.

El minué había acabado. La pista de baile empezó a despejarse. Las jóvenes eran devueltas a sus carabinas. Los ojos de Luke divisaron la elegante figura de lady Sterne, a quien habría reconocido aunque su tío no hubiera estado junto a ella. Desde el otro lado de la estancia, no parecía haber envejecido ni un día desde la última vez que la vio, hacía al menos ocho años, en París. Había una joven con ellos, o quizá sería más exacto decir una jovencita. Parecía tímida y dulce, y muy, muy joven. Luke la desnudó con mirada diestra y sintió que estaba cometiendo una obscenidad. No era más que una niña. Theo debía de haber perdido la razón.

Y entonces se les unió otra pareja. El caballero hizo una reverencia y se fue, dejando atrás a su acompañante. Sin duda, era la otra hija de Royce. Luke la observó con ojo crítico. Aunque solo la veía de perfil, se notaba que era la mayor de las hermanas. Vestía con un elegante tono de verde que le daba un aire fresco y atractivo. En ese momento estaba abanicándose el rostro y charlaba con lady Sterne. Luke se sacó su propio abanico del bolsillo, lo abrió y lo blandió con gesto ausente.

Cuando terminó lo que estaba diciendo, la joven se volvió. Su rostro se veía sonriente y animado. Y, sí, definitivamente era muy rústica. Unos meses en París, o quizás en Londres, borrarían enseguida esa expresión de su rostro y la sustituirían por un lánguido hastío. La joven miraba a su alrededor con un entusiasmo que casi podía palparse. Su pie no dejaba de golpetear el suelo aunque no había música. Y eso hacía que sus faldas se mecieran sugerentemente.

La joven pasó la mirada sobre Luke y le sonrió con expresión impersonal. Pero, unos instantes después, sus ojos volvieron a él. De no haber tenido una expresión tan luminosa y abierta, Luke habría jurado que estaba haciendo con él justo lo mismo que había hecho él con la hermana. De pronto, pareció darse cuenta de que él también la miraba. Le dedicó una sonrisa deslumbrante, se cubrió la boca con el abanico y siguió sonriendo con los ojos, que asomaban por encima del abanico.

Luke enarcó las cejas e hizo una leve inclinación de cabeza. Por Dios. Qué coqueta.

Pero Angélique lo había encontrado.

—Luc —dijo en un inglés con un marcado acento, colocando una delicada mano blanca sobre el amplio puño de su manga—. Has venido, *cheri*. Todo esto es muy pintoresco, *non?*

¿Pintoresco? ¿Lo era? Luke miró a su alrededor. La moda inglesa no parecía estar tan por detrás de la de París, si bien los franceses tenían por costumbre tildar a los ingleses de atrasados o, cuando menos, tratarlos con condescendencia. Por supuesto, había sutiles diferencias... más pelo y menos polvos y maquillaje de los que estaba acostumbrado a ver en una reunión social, por ejemplo. Y captó la mirada de asombro y desprecio de una dama de edad cuyos ojos estaban puestos en su abanico.

—Todo es muy inglés, Angélique —expuso—. Pero estamos en Inglaterra. ¿Es una contradanza lo que viene a continuación? ¿Me harás el honor?

Aunque a todos los efectos era un extraño para la sociedad inglesa, allí había gente a la que había conocido en París y gente que recordaba a su padre o a su hermano, y caballeros a los que había conocido en el White's. Y, por supuesto, estaban su madre, Doris y Ashley, a quienes mostró sus respetos cuando la contradanza terminó. Una hora después de llegar, Luke se sentía totalmente integrado y estaba encandilando a las damas y conversando con los caballeros. Siempre disfrutaba de los bailes. Le gustaba bailar.

Durante más de una hora evitó a lady Sterne y sus ahijadas, aunque al parecer solo la mayor era ahijada suya. Su tío no hizo ningún esfuerzo por atraerlo a su círculo... El viejo zorro era demasiado astuto para hacerlo, o eso creía él. Seguramente ni siquiera se había dado cuenta de que Luke ya sabía lo que pretendía.

Pero Luke no le quitó el ojo de encima a la hermana mayor. La joven seguía sonriendo y brillando y disfrutando abiertamente, y no le faltaban las parejas de baile, aunque la más joven, que habría sido considerada más bella por muchos, se quedó sin pareja durante una de las piezas. A la mayor tampoco le pasaba desapercibida su presencia. Sus ojos parecían detenerse sobre su persona con demasiada frecuencia para que pudiera ser algo casual, y su sonrisa se hacía más intensa cuando sus miradas se cruzaban.

Interesante. La conocería encantado cuando Theo lo considerara oportuno y descubriría si sus modales eran igual de coquetos en las distancias cortas como de lejos. Se preguntó con sorna si la joven sería consciente de que Theo lo había elegido como su futuro marido. Y entonces trató de ser realista. Si Theo se había propuesto promocionarlo como marido, seguro que lady Sterne estaba conspirando con él. Y cabía la posibilidad de que la ahijada estuviera al corriente... si es que era ella la escogida. Quizás habían decidido que le convenía la más joven.

Debía tener cuidado. No tenía intención de dejarse atrapar en un matrimonio con una joven rústica, inocente y de ojos brillantes. Ni con nadie.

Lady Sterne y lord Quinn se habían asegurado de que ella y Agnes tuvieran pareja para el minué de apertura. Anna se dio cuenta enseguida. Y lo agradecía. Aunque solo había ido al baile para observar y darle a Agnes la ocasión de conocer a posibles maridos, una vez allí sintió que también quería formar parte de aquello. Quería divertirse. Quería bailar. Y bailó, con un amigo de lord Quinn. Sus pies se deslizaron grácilmente siguiendo los pasos; sus oídos apreciaron la riqueza de sonidos de la orquesta que interpretaba las piezas; su nariz aspiró el millar de aromas de las flores y los caros perfumes, y sus ojos quedaron deslumbrados por el colorido y el movimiento de las sedas, los satenes, las joyas. Sin duda, fue uno de los momentos más felices de su vida. Y eso a pesar de que su compañero de baile no era un hombre atractivo, ni joven, ni un gran conversador. Pero bailaba bien.

Cuando el minué acabó, se deleitó en contemplar aquel esplendor, en pie junto a Agnes, su madrina y lord Quinn, dando golpecitos en el suelo con el pie, casi como si aún pudiera oír la música. Esperaba, oh, sí, esperaba que alguien más le pidiera un baile. Quería bailar toda la noche sin descanso. Quería bailar tanto que le salieran ampollas en los pies y las piernas ya no la sostuvieran. Sonrió feliz por esos absurdos pensamientos.

Se sentía joven y hermosa, desbordante de la energía de la juventud. Y de pronto se le ocurrió que ella nunca había sido joven. Nunca había tenido la oportunidad de ser joven. Ya tenía veinticinco años y lo normal habría sido pensar que su juventud ya había pasado. Pero no era así. Tenía esa noche, esa noche mágica en la que era joven y libre y bonita y... y feliz. Se sentía tan feliz y exultante que apenas podía contenerse.

Y entonces su mente reparó en algo en lo que su mirada se había detenido hacía unos instantes. Sus ojos volvieron atrás para mirar al hombre que estaba solo en la entrada. Hasta ese momento le había parecido que estaba rodeada por un paradigma de esplendor, pero aquel hombre era... ¿Había en el mundo una palabra más poderosa que «espléndido»? Era espectacular. Aunque no parecía una palabra muy adecuada para un hombre.

No era muy alto y sí bastante delgado. Era grácil... otra palabra que no parecía adecuada para un hombre. Vestía casaca de satén rojo y chupa dorada, ambas tan saturadas de bordados y joyas que relucían. Sus zapatos tenían hebillas enjoyadas y tacones altos y rojos, de nuevo con incrustaciones. La empuñadura de su espada de gala estaba ornamentada con rubíes. Su pelo —y Anna estaba segura de que era suyo a pesar de que lo llevaba muy empolvado— estaba pulcramente arreglado en dos bucles laterales y sujeto en una bolsa de seda negra por detrás. Incluso a aquella distancia, vio con cierta perplejidad que llevaba cosméticos —polvos y colorete—, a diferencia de la mayoría de los hombres de la estancia.

Pero lo que le llamó la atención más que ningún otro detalle e hizo que volviera a mirarlo fue el pequeño abanico de marfil que agitaba ante el rostro.

Debería haber parecido afeminado, pensó Anna mientras lo examinaba con los ojos. ¿Por qué no era así? Había algo en él que resultaba sofocantemente masculino. ¿Algo en sus ojos, tal vez? La miraban muy fijos y muy directos con los párpados entornados.

Y entonces se dio cuenta de que había estado mirándolo fijamente y el hombre lo había notado. Pero claro, si la había visto mirándolo era porque él también estaba contemplándola a ella. Había sido tan descortés como ella. Sintió un cosquilleo de atracción física. Y, porque estaba en un nuevo mundo y no en el mundo real, y se sentía joven, bella y libre, hizo caso omiso su impulso inicial, que fue el de apartar la mirada confusa, y siguió devolviéndole la mirada y sonrió, admitiendo con ello que se habían sorprendido el uno al otro haciendo lo mismo. Calibrándose.

Anna fue más allá. Un instinto femenino largamente reprimido e insospechado hizo que se cubriera el rostro con el abanico hasta la nariz para poder reírse de él con la mirada. Él no le devolvió la sonrisa, pero enarcó las cejas y le dedicó una leve inclinación de cabeza, y le mantuvo la mirada hasta que una mujer tan espléndida como él reclamó su atención poniendo la mano en su manga.

Anna tuvo parejas para todas las piezas y aprovechó esa noche mágica al máximo, disfrutando de cada instante. Y, sin embargo, en ningún momento dejó de ser consciente de la presencia del hombre vestido de rojo y oro mientras bailaba y conversaba y se movía con una elegancia y una gracia que había notado desde el principio. ¿Se presentaría?, se preguntó Anna. ¿Le pediría un baile?

Esperaba que sí. Lo buscó con descaro con la mirada mientras bailaba con otros. Y con descaro le sonrió cada vez que sus miradas se cruzaron. Coqueteaba con él sin tapujos desde lejos.

Poder coquetear le pareció maravilloso. Y ni siquiera pensar en esa palabra en particular pudo hacer que se sintiera avergonzada. Su momento de juventud y libertad sería completo si el desconocido le pedía un baile.

Luke observó a su hermana mientras bailaba y vio que se comportaba con corrección con sus parejas de baile y otros jóvenes que la conocían y se acercaron a conversar con ella entre pieza y pieza. Ashley bailó una vez y luego desapareció para dirigirse, presumiblemente, a la sala de cartas. Y, por supuesto, él mismo bailó y conversó, y estuvo observando a la ahijada de lady Sterne.

En una de las piezas, en lugar de bailar, fue a la sala de cartas y vio que las apuestas no estaban altas y que Ashley estaba ganando... y bebiendo. No era una buena combinación. Lo había descubierto por sí mismo hacía tiempo. No habría conseguido la fortuna que tenía de no haberse dedicado al juego en cuerpo y alma, poniendo todos los sentidos y no embotado por el alcohol. Decidió que observaría a su hermano durante las próximas semanas. Y en ese momento, dos caballeros iniciaron una conversación con él y lo distrajeron.

Fue en la sala de cartas donde lord Quinn lo encontró. Durante unos minutos se unió al grupo, luego tomó a Luke del brazo y se alejó con él, dirigiéndolo como si nada hacia el salón de baile.

—¿Lo estás pasando bien, muchacho? Sí, señor, has hecho que se vuelvan algunas cabezas esta noche. Tu abanico de nuevo —comentó, y rio por lo bajo.

—Pensé —repuso él pasando a la acción— que querías presentarme a la ahijada de lady Sterne, Theo. ¿Es la mayor? ¿La que viste de verde?

La expresión contenida de triunfo del rostro de su tío casi resultaba cómica.

—Pues sí, muchacho. Y todos mis temores han sido para nada. La joven no se ha perdido ni una pieza. Así pues, ¿te has fijado en ella?

—Solo porque la mencionaste —mintió Luke—. Bailaré con ella si es necesario, Theo. Como gesto de deferencia hacia lady Sterne.

El baile estaba en una pausa entre piezas. Luke siguió a lord Quinn por la estancia en dirección al lugar donde lady Sterne estaba con sus dos pupilas. La mayor dejó de abanicarse cuando vio que se acercaba y volvió a hacerlo enseguida casi con furia. Bajó los ojos un momento y volvió a levantarlos con arrojo. Unos ojos grandes y verdes, según pudo comprobar cuando estuvo más cerca, realzados por el color de su vestido.

—Y bien, Marjorie, querida —dijo lord Quinn con voz fuerte y cordial—. Mira a quién me he encontrado en la sala de cartas. Y no hará ni media hora estaba diciéndote que con tanto gentío no tendría ocasión de cruzar ni una palabra con mi sobrino.

—Harndon —dijo lady Sterne sonriendo con simpatía—. Es un placer volver a verlo. Ha sido la fortuna la que ha hecho que Theodore pasara por la sala de cartas.

«Desde luego que sí —pensó Luke—. Conspira con él, sin ninguna duda».

—¿Señora? —Hizo una reverencia ante ella.

—Permita que le presente a mi ahijada —dijo la mujer—. Lady Anna Marlowe, hija de mi difunta amiga, la condesa de Royce. Y lady Agnes, su hermana pequeña. Su Excelencia, el duque de Harndon, Anna.

Luke hizo una profunda reverencia al tiempo que las dos damas flexionaban la rodilla e inclinaban la cabeza en una genuflexión. Las incluyó a las dos en el saludo, pero era en la mayor en quien estaba puesta su atención.

—Encantado —murmuró.

Una parisina se habría sentido medio desnuda sin una capa abundante de cosméticos y sin los artísticos lunares postizos. Lady Anna Marlowe no lo era. Según pudo apreciar, era de tez delicada, piel clara y saludable. Sus labios sonreían y sus ojos destellaban. Ahora que lo tenía delante, no fingió indiferencia. Podía ser coqueta, pero no era una descarada.

—Su Excelencia ha vuelto hace poco a Londres tras pasar algunos años en París —explicaba en ese momento lady Sterne.

—Hace unos días que lady Anna llegó del campo, tras un largo luto por sus padres —explicó lord Quinn casi al mismo tiempo.

Lady Anna le sonrió, con cara de no haber estado de luto en su vida o de haber albergado en su corazón ningún pesar.

—Mis condolencias —se lamentó él incluyendo de nuevo a las dos hermanas en una reverencia.

—Debe de haber sido fascinante —dijo al mismo tiempo lady Anna, con una voz tan entusiasta y alegre como su expresión.

Ella sonrió. Él inclinó la cabeza.

En los pasados años, su trato con los demás se había basado casi en exclusiva en la sofisticación. La forma tan directa en que esa mujer lo evaluaba y el evidente placer que le producía su proximidad le hicieron sentirse un tanto mareado. Un tanto deslumbrado. Ya empezaban a formarse las filas para el siguiente baile, una contradanza.

—Señora. —Hizo una nueva reverencia, pero esta vez la dirigió directamente a lady Anna—. ¿Tendré la fortuna de que no haya reservado esta pieza? ¿Me permite el honor de sacarla a bailar?

—Gracias —respondió ella casi antes de que terminara la pregunta y extendió la mano para colocarla sobre la de él—. Sí, gracias, excelencia.

Y el sol en pleno pareció brotar de la sonrisa con la que le obsequió.

—¡Qué suerte! —oyó Luke que decía su tío—. Es el baile que precede a la cena.

Cómo no. Su tío, el conspirador consumado. Luke acompañó a su pareja al final de la fila de mujeres y ocupó su lugar frente a ella en la fila de los caballeros. La música empezó.

Anna bailaba con ligereza. Luke estaba acostumbrado a tener como pareja a damas que bailaban con elegancia. El baile era algo cultivado por la gente elegante. Pero lady Anna Marlowe bailaba con mucho más que elegancia. Era casi como si la música se metiera dentro de ella cuando sonaba y ella misma se convirtiera en música, armonía y ritmo al moverse. En ella bailar era más que una destreza. Era un placer y una forma de expresión. Y mientras bailaba, salvo por las ocasiones en que los pasos de la pieza la llevaban por un momento con otra pareja, no dejó de mirarlo a los ojos y sonreír.

¿Y cómo sabía él eso?, se preguntó antes de que la pieza acabara. ¿Cómo podía saberlo a menos que sus ojos también estuvieran puestos en ella? Era encantadora y directa de una forma que le resultaba refrescante, diferente. No sabía cuántos años tendría, pero supuso que había pasado la mayoría de edad. Había sido retenida en el campo por una doble desgracia. Debía de haber sido muy triste para ella, sobre todo si eran una familia unida. Pero, aparte de eso, parecía una mujer con poca experiencia y por tanto con un carácter poco profundo. No parecía alguien que había sufrido mucho en la vida.

Y, sin embargo, la inocencia y la simplicidad podían resultar deslumbrantes cuando se combinaban con sonrisas y exuberancia. No se lamentó porque su tío se las hubiera ingeniado para que la acompañara durante el baile que precedía a la cena. Estaba deseando poder charlar con ella. Con un poco de suerte, tendría cierta habilidad para la conversación y no se limitaría a ruborizarse y obsequiarle risitas tontas, un mal generalizado entre las jovencitas sin experiencia social y vital.

Anna supo que recordaría esa velada durante toda la vida. Un tesoro inesperado y de un valor incalculable en la oscura senda de su existencia. Y se aferró a él con avidez, consciente de que tal vez sería la única que se cruzaría en su camino. Un día más y la vida volvería a su estado normal y, si bien aún pasaría casi dos meses en la ciudad, no esperaba disfrutar de más veladas como esa. No podía haberlas.

El caballero había vivido durante años en París. Eso explicaba muchas cosas. Se decía que la gente de París iba años por delante de los ingleses en moda y frivolidad. La dama que se había acercado a él poco después de su llegada y había bailado con él también era de París. Anna lo había averiguado durante el transcurso de la velada. Era la marquesa de Étienne. Su pelo estaba más corto y más rizado que el del resto de los invitados y se había aplicado los cosméticos de una forma extraña. Los polvos eran blancos y pesados; el colorete, brillante y aplicado en grandes círculos en las mejillas, sin esfuerzo alguno por difuminarlo. Los labios estaban del correspondiente rojo. Era el estilo francés, según le habían dicho a Anna. Resultaba difícil no mirarla fijamente.

Él había vivido en París. Era duque. Y no se había equivocado con sus ojos. Todo en él era refinado, lánguido. Todo menos los ojos. Eran de un gris oscuro y muy penetrantes, aunque con frecuencia los ocultaba entornando los párpados. Tenía la sospecha de que no había muchas cosas que escaparan a esos ojos. Y tampoco se había equivocado sobre otra cosa. Había un aire indefinido pero inconfundible de masculinidad en él pese a su apariencia. Y no solo eran los ojos.

La dejaba sin aliento. Siempre había pensado que el hombre de sus sueños sería alto. Ese apenas medía unos centímetros más que ella. Y, sin embargo, se encontró imaginando que sería mucho más cómodo estar en sus brazos que en los de un hombre más alto. Mucho más cómodo para los músculos del cuello.

Por un instante, la escandalizó el derrotero que estaban siguiendo sus pensamientos. No era una joven dada a las fantasías lascivas. Además, no tenía sentido y lo único que conseguiría sería sufrir más cuando la velada acabara y volviera a darse cuenta de lo sola que estaba y de lo sola que estaría durante el resto de su vida. Y, sin embargo —por dentro se estremeció—, debía dar gracias por esa soledad. Si él volvía, ni siquiera tendría eso. Pero no, no pensaría en él. No en su noche mágica.

Era su turno en el baile, les tocaba a ella y al duque de Harndon agacharse y pasar por el espacio que quedaba entre las dos filas. Anna siempre recordaría ese momento, pensó mientras sentía las manos cálidas de él sujetando las suyas. Eran unas manos fuertes y bonitas. Cuando le sonrió mirándolo a los ojos, sus labios estaban a solo unos centímetros de los de él. Sus ojos se posaron un instante en ellos.

El hombre al que estaba mirando había pasado su vida de adulto en una sociedad elegante. En París. Un hombre sofisticado y encantador... Ella misma intuía que era encantador, aunque aún no habían hablado. Un hombre de carácter frívolo. Alguien con quien había coqueteado y seguía coqueteando sin miedo. Alguien con quien podía relajarse y charlar durante la media hora de la cena. Un hombre no amenazador.

Tan diferente de... él. Por un momento pensó en el otro hombre, su cuerpo alto y delgado, el rostro hermoso y afilado, la voz suave y agradable. Cuando lo conoció, le gustó. Gustaba a todo el mundo, y seguramente seguía siendo así. Ella lo había visto como su salvador. Esperaba que le pidiera matrimonio y pensaba aceptar... no por amor, tal vez, pero sí por respeto y aprecio, y por lo que ella pensó que se convertiría en devoción. Pero no era el matrimonio lo que él tenía pensado... ni la seducción. Y eso último la desconcertaba e inquietaba quizá más que ninguna otra cosa. Si no quería casarse con ella ni utilizar su cuerpo fuera del matrimonio, entonces para qué...

Pero no. ¡No! Aquel hombre había controlado su vida y había torturado su mente durante dos años, incluso estando ausente durante uno de ellos. Pero no esa noche. Era su noche mágica y no permitiría que él se inmiscuyera a través de su pensamiento.

46

Anna escuchó con pesar cómo la música cesaba. Pero aún quedaba la cena, que quizá sería la mejor parte de una velada ya de por sí perfecta. ¿Cómo podía haber algo más perfecto que la perfección? Sonrió.

—Señora. —El duque de Harndon le ofreció el brazo—. ¿Me hará el honor de tomar la cena a mi lado?

Ella apoyó el brazo sobre el reluciente satén de su manga y sintió el calor de su cuerpo a través de la tela.

—Gracias, excelencia.

«Mi príncipe encantador», pensó, y sonrió alegremente por esa fantasía. Se preguntó si el príncipe de Cenicienta también vestía de rojo y oro. Y entonces deseó no haber recordado el antiguo cuento de hadas. A medianoche, el vestido de Cenicienta se convirtió en harapos, y su príncipe quedó atrás y se encontró sentada en una calabaza. Y no tenía sentido recordar que el príncipe encantador había encontrado uno de los zapatos de cristal y lo había utilizado para volver a encontrarla.

Cenicienta vivía en un cuento de hadas. Lady Anna Marlowe vivía en el mundo real.

4

—Diría que está yendo bien —dijo lady Sterne apoyando una mano sobre la manga de lord Quinn—. No hay más hay que verlos, Theo.

Lord Quinn también había estado observándolos. Su sobrino y la ahijada de lady Sterne estaban sentados a una mesa situada a cierta distancia, del todo absortos el uno en el otro a pesar de estar rodeados de otros invitados. Era algo que ya había observado en otras ocasiones. Y quizás era lo que hacía que el muchacho estuviera más solicitado que la mayoría de los caballeros de París, como marido y como amante... Esa capacidad suya de centrar toda su atención en la dama del momento, casi como si hubiera olvidado por completo la existencia de todas las demás. Aunque por lo general dedicaba sus atenciones a alguna belleza de elevada posición y moral fácil a la que pudiera esperar llevar a su lecho mientras le apeteciera.

Pese a las maneras animadas de la joven, que casi podrían describirse como coquetos, lord Quinn no creía que su sobrino hubiera confundido a lady Anna Marlowe con una conquista fácil o incluso posible. En todo caso, no la consideraría como una posible amante.

—Te lo garantizo, Marj —dijo él—; antes de que pasen diez meses, la tendrá con un crío en los brazos.

Lady Sterne suspiró satisfecha. Hacía ya demasiado que conocía la forma tan chocante de hablar de su amante como para escandalizarse por el comentario.

—Por Dios, Theo, espero que tengas razón. Anna ha sufrido mucho, como demuestra el hecho de que ya casi ha pasado la edad casadera pese a su belleza y posición. Lucy nunca permitió que fuera a visitarla cuando estaba enferma, y yo nunca quise imponerme, pero a veces desearía haberlo hecho. Sobre todo cuando supe de sus otros problemas. Royce perdió todo su dinero y casi llevó a la familia a la ruina; problemas con el juego, según se dice.

—Pues sí —convino lord Quinn—, en este caso los rumores son ciertos, Marj, aunque no llegué a conocer al hombre en persona. No está bien juzgar a los demás, pero parece un crimen que un hombre se entregue a una vida disoluta cuando sus hijos aún no están establecidos en la vida. Un joven y tres señoritas, ¿verdad?

—Cuatro —dijo lady Sterne—. Está la pequeña, que aún está en casa, y Charlotte, que se casó con un rector hace poco, casi un año después de la muerte de Royce. Diría que fue un buen casamiento.

—Un asunto muy feo eso de caerse del tejado. Desagradable.

—Hay una pasarela arriba. La recuerdo bien de hace años. La casa está en lo alto de una elevación y hay una vista espléndida en todas direcciones desde el tejado. Pero, según creo recordar, la balaustrada solo llegaba a la cintura. Jamás me acercaría a ella. Y por lo visto Royce lo hizo. Aunque podría tomarse como una calumnia y sé que mi querida Anna jamás lo reconocería si se lo preguntara directamente, sospecho que bebía más de la cuenta.

—Es probable.

—Adoraba a Lucy. Mi opinión es que el hombre se desmoronó cuando Lucy enfermó de tuberculosis y luego murió.

—Sí —convino lord Quinn—, debe de ser duro perder a alguien a quien has amado tanto tiempo, Marj.

Y, al decirlo, apoyó un instante la mano sobre la de ella en la mesa y le dio unas palmaditas. Pero la retiró enseguida. Siempre eran muy discretos en público.

—Creo que Anna, la mayor por cuatro años, se vio obligada a cargar ella sola con todo. Y es una responsabilidad demasiado grande, Theo. No solo tuvo que soportar el dolor de perder a los dos padres en tan poco tiempo, fue mucho más. Ojalá lo hubiera sabido antes y hubiera ido a Elm Court a ofrecerle mi ayuda.

—Estás ayudándola ahora, Marj. La has traído a la ciudad, la has ataviado con ropas elegantes y le has presentado al soltero más codiciado de Inglaterra. ¡Eso si conseguimos meterlo en vereda!

—Pero... ¡míralo, Theo! —exclamó lady Sterne con una carcajada—. Mira ese abanico, es bochornoso. Cuánta afectación, ¿no te parece?

—Sí, desde luego. En Luke todo es afectación. Sin embargo, lo que importa es lo que hay detrás de tanto artificio, Marj, aunque con Luke nunca es fácil saberlo. Pero por mi vida que parece encandilado. Es una joven preciosa.

—Sí. —Lady Sterne suspiró—. Mi corazón sentiría una profunda alegría si pudiera verla con un hijo en los brazos y supiera que ha encontrado su lugar, Theo.

Él volvió a darle unas palmaditas en la mano.

Anna se sentía ruborizada y acalorada después de la enérgica contradanza, y debía de notarse. Después de llenar el plato de ella y el suyo, y sentarse a su lado a una de las largas mesas del comedor, el duque de Harndon sacó su abanico, lo abrió y le refrescó el rostro con él. Ella rio.

—¿Usan todos los caballeros abanico en París? —le preguntó.

—En absoluto. —Los ojos de él escrutaron su rostro—. Yo no sigo la moda, señora, yo la creo.

—Así pues, ¿debo esperar ver más abanicos en manos de los caballeros de la ciudad en las próximas semanas?

—No me cabe la menor duda.

—Debe de ser maravilloso vivir en París, ¿no es cierto? —preguntó con aire soñador.

—Si le gustan la frivolidad y la ostentación, no hay lugar en la tierra que pueda compararse. ¿Es así?

Ella rio.

—No tengo ni idea, excelencia. He vivido siempre en el campo y he llegado a la ciudad hace muy poco. Soy lo que podría decirse una pueblerina.

Sin hacer caso de la comida de su plato, Anna colocó un codo en la mesa y apoyó el mentón sobre el dorso de la mano. Le sonrió. Estaba buscando un cumplido y no tenía ninguna duda de que llegaría. Nunca en su vida había hecho nada tan vergonzosamente descarado. La sensación era maravillosa.

—Si lo que dice es cierto, señora, entonces creo que he estado pasando mi tiempo en el lugar equivocado. Quizá también yo debería haber estado en el campo.

—Ah —dijo ella—, pero habría sido una parte del campo distinta, excelencia. Ese es el problema. Que el campo es muy extenso.

—Cierto. —Por un momento, Luke detuvo el suave movimiento con que la estaba abanicando—. Después de todo, señora, parece que hice la elección más afortunada al venir a la ciudad al llegar a Inglaterra en lugar de irme al campo.

Anna ya tenía su cumplido y sintió un cosquilleo de felicidad que le llegó hasta los dedos de los pies. Él cerró el abanico y empezaron a comer. Pero, aunque sabía que su madrina estaba sentada no muy lejos junto a lord Quinn y que Agnes se había sentado con una de las parejas de baile que lady Sterne había elegido para ella, no era del todo consciente de lo que la rodeaba. El duque de Harndon le dedicaba su atención solo a ella, estaba hablándole de París, entreteniéndola con detalles de la moda y anécdotas de cotilleos, y a Anna se le antojaba que estaba tan concentrado en ella como ella lo estaba en él. Había algo en sus ademanes —aunque era incapaz de decir el qué— que le hacía sentirse especial, casi querida.

Estaba jugando a un juego fascinante, algo del todo impropio en ella y que quedaba más allá de su experiencia. Algo de lo que no se habría creído capaz ni siquiera unas horas antes. Era un juego de una noche... hasta que la cena llegó a su fin y los comensales empezaron a desaparecer en dirección al salón de baile.

—Me permitiré el honor de visitar a lady Sterne mañana por la tarde —dijo el duque de Harndon— si tengo la confirmación de que estará en casa. Tal vez, señora, si el tiempo acompaña, después podría salir a pasear conmigo por la avenida del parque Saint James. Es la zona de paseo favorita de la gente elegante de Londres, como es muy posible que sepa.

No, Anna no lo sabía. Pero esa era una invitación que no podía —no debía— aceptar. No debía llevar su fantasía más allá de esa velada. Sin duda, para él no significaría nada bailar con ella y pasear a su lado al día siguiente; en ningún caso podría tomarlo como una declaración de intenciones. En cambio, para ella lo significaría todo. Ya se había enamorado de él, de un modo no muy distinto a como se enamoraban las mujeres del príncipe encantador de Cenicienta... con un sentimiento de nostalgia que la haría suspirar, pero no dejaría un rastro de dolor real en su vida. En cambio, si paseaba con él...

No deseaba enamorarse. Sí, la idea la aterraba. La vida, que apenas había sido tolerable durante los pasados años, se volvería del todo insoportable si cometía la indiscreción de enamorarse. Así se lo decían sus instintos y su sentido común. No debía dejarse tentar y seguir con el coqueteo después de esa noche.

—Entonces rezaré con fervor esta noche —oyó que alguien, ella, decía— para que mañana por la tarde el tiempo sea favorable, excelencia.

Él echó la silla hacia atrás, se puso en pie y le tendió una mano para ayudarla a levantarse. Hizo una reverencia ante su mano cuando ella se levantó y le rozó los dedos con los labios. Anna a punto estuvo de apartar la mano de un tirón como si pensara que pudiera quemarla.

Cinco minutos después, estaba de vuelta en el salón de baile, ejecutando un cotillón con una pareja diferente. Y sonriendo aún, sintiendo la felicidad desbordante que la había dominado durante toda la velada. Por más que trataba de reprenderse a sí misma por la respuesta que le había dado al duque en el comedor, por más que trataba de convencerse de que iba a lamentarlo, no lograba sentir remordimiento. Apenas hacía unos días, había decidido concederse un par de meses para disfrutar, aunque no esperaba sentir algo tan intenso ni completo. ¿Por qué, entonces, concentrarlo en una sola noche? ¿Por qué no darse un poco más de tiempo? ¿Un día más? ¿Tal vez incluso los dos meses? Sería maravilloso vivirlo plenamente durante dos meses enteros.

En el futuro, cuando volviera a casa, ¿sería la vida más triste si se permitía vivir el presente cuando tenía ocasión? Sí, le susurró un diablillo dentro de la cabeza. Sería insoportable una vez que sabía que la vida podía ser tan distinta. Y, sin embargo, si en ese momento no se permitía disfrutar, siempre se arrepentiría de no haber aceptado el tesoro que se le había ofrecido esa noche.

Y quizás en el futuro la vida sería triste, sin más. Podría dar gracias si solo era eso. Porque sería mucho peor si él volvía de América. Pero no, no volvería. La idea de pensar que ese hombre podía volver la aterraba... y él había prometido que lo haría. No podría soportarlo. Querría morirse.

El duque de Harndon no bailaba. Estaba cerca de la puerta, charlando con dos caballeros y con la marquesa de Étienne. Pero la miraba a ella. Cuando sus miradas se cruzaron, Anna le regaló una sonrisa deslumbrante antes de poner toda su atención de nuevo en su pareja de baile y el cotillón.

Al día siguiente, Luke se levantó temprano, como siempre hacía, se acostara a la hora a la que se acostase. Había disfrutado de una cabalgada larga y vigorosa y ya había desayunado cuando su inesperado visitante se presentó, indecorosamente temprano.

Lo cierto es que no había nada elegante en su visita, a quien reconoció enseguida pese a los diez años que hacía que no se veían. Estaba más rubicundo y más orondo, y aparentaba hasta el último de sus veintinueve años, aunque por otro lado no había cambiado apenas. Llevaba una peluca de nudo empolvada con esmero, con bucles anchos, un gabán un tanto mal ajustado, una chupa demasiado larga y medias enrolladas por encima de los calzones, en lugar de los más elegantes calzones con jarreteras. Era, estaba claro, un hombre que vivía en el campo y a quien le importaba un bledo la moda de la ciudad.

—¡Will! —exclamó Luke cuando William Webb, barón de Severidge, entró en el saloncito matinal pisando los talones al mayordomo que lo había anunciado—. Mi querido amigo.

Lord Severidge se paró en seco y lo miró abriendo la boca con muy poca elegancia.

—¿Luke? —preguntó—. ¡Válgame Dios! ¿de verdad eres tú? —Pero ya debía de suponer que sí, puesto que aferró a su antiguo amigo enérgicamente de la mano y se la estrechó varias veces—. ¿Qué demonios te ha hecho París?

—Oh, pues lo que ves —dijo Luke mirándose el batín de seda que se había puesto al regresar de su paseo matinal a caballo.

—¡Caray! —exclamó su amigo. Se puso a rebuscar en un bolsillo interior—. Oímos decir que habías vuelto. Solo vengo en calidad de mensajero, Luke, aunque de todos modos tenía asuntos que me obligaban a venir a la ciudad por un par de días. Asuntos que me obligan a venir un par de veces al año, y eso hace dos veces más de lo que me gustaría. Traigo una carta de Henrietta.

—Ah —dijo Luke, ignorando la sensación de que un puño le había golpeado con fuerza en el estómago y tomando el papel que le ofrecía su amigo. Lo guardó en el bolsillo de su batín—. Ha sido un detalle, Will. ¿Cómo está ella? ¿Y tú, cómo estás? ¿Casado y con media docena de herederos en la habitación de los niños?

La tez de William, ya de por sí rubicunda, se puso más roja.

—No me he casado —contestó—. Ni lo pretendo. El único lugar para hacerlo en condiciones es Londres, y no soporto la idea de pasar unos meses aquí yendo de un baile a otro y esas cosas, todo emperifollado. Oh, disculpa.

Luke le indicó un asiento y llamó para que trajeran un refrigerio mientras lord Severidge se sentaba.

—¿Te parezco... muy emperifollado, Will? —preguntó—. Bueno, y eso que no voy ataviado con toda mi parafernalia.

William estaba visiblemente incómodo.

—Henrietta está bien —soltó de improviso contestando a una pregunta anterior.

Luke se sentó y cruzó una pierna sobre la otra. Incluso de joven, siempre le había parecido increíble que William y Henrietta pudieran ser hermanos. Ella era exquisita, menuda y delgada. Se preguntó si seguiría siendo igual de delgada.

—Nunca ha sido feliz. Perdió el bebé, seguro que ya lo sabes. Nunca estuvieron muy unidos, y él cambió, se volvió más taciturno. —Hizo una pausa para toser—. No te interesa todo esto, ¿verdad?

La mano de Luke se abría y se cerraba sobre el brazo del asiento.

—Es cosa del pasado, Will —dijo—. De un pasado muy lejano.

Su amigo se limpiaba la frente con un enorme pañuelo.

—Ha estado muy inquieta desde que supimos que habías vuelto. Piensa que tal vez es ella la que impide que vuelvas a casa.

—Ah —susurró Luke—. No, Will. Yo siento una aversión tan profunda por el campo como tú por la ciudad. Mi sitio está en París o en Londres. No, Henrietta se equivoca.

Permanecieron sentados en silencio mientras un criado les servía a cada uno una bebida: vino para William, agua para Luke.

—No sé lo que ha escrito en la carta, Luke —explicó William señalando con el gesto el bolsillo en el que Luke había guardado el documento—. Pero parece muy larga. Que me aspen, las mujeres pueden ser igual de parlanchinas cuando tienen una pluma en las manos. Yo, cuando trato de escribir una carta, apunto la pluma al aire mientras mi mente se queda en blanco por completo y al final, después de una hora, con un poco de suerte consigo exprimir un par de frases impostadas.

—Leeré la carta después.

—Ha insistido en que te la trajera en persona, que te la entregara en mano, Luke. También quería que te dijera de palabra que Bowden es tuyo, que tu sitio está allí, que está encantada de que sea así y que le dolería pensar que está privándote de tomar lo que por ley te pertenece.

—No es así. Puedes decírselo, Will.

—Le duele saber que estás en Inglaterra y no has hecho ningún esfuerzo por ir a Bowden. Habría venido conmigo hoy, Luke, pero no quiere que la recibas por obligación. Parece que piensa que la culpas... Lo siento, pero este tipo de cosas no se me dan muy bien. Como que me llamo William, esta es la última vez que hago de mensajero.

—Si me das unos minutos para cambiarme —dijo Luke—, podemos ir juntos White's, Will. ¿Eres miembro? A mí me han admitido hace poco.

—Sí. —Su amigo parecía visiblemente aliviado por el cambio de tema—. Allí siempre puede hablarse de cosas interesantes.

—¿La tierra, las cosechas y el ganado, y cosas por el estilo? Me dan escalofríos solo de pensarlo. Dame media hora, Will. Trataré de apresurarme por ti.

—¿Media hora? —preguntó William frunciendo el ceño—. ¿Y qué demonios tienes que hacer aparte de echarte una casaca encima y coger el sombrero?

—A los que nos gusta emperifollarnos tardamos un poquito más en arreglarnos —dijo Luke al salir de la estancia.

No necesitaba media hora, pero tenía que leer la carta de Henrietta. Diez años de silencio y en ese momento tenía una parte de ella en las manos. Tuvo la tentación de romperla, de mantener la distancia que durante diez años los había separado. Pero tenía que leerla, no debía esperar.

Había cometido un error, escribía Henrietta yendo directa al grano. Su letra le resultaba sorprendentemente familiar. Incluso después de lo sucedido, debería haberse casado con él, no con George. Al fin y al cabo, era a él a quien estaba prometida, y lo amaba. Y él seguía queriendo casarse con ella. En aquel momento, ella tomó la decisión equivocada, pensando que era la única opción posible. Se había equivocado y había sido muy desgraciada.

Bueno, pensó Luke haciendo una pausa en la lectura. Bueno. Tampoco podía culparla por aquella decisión suya, que había alterado el rumbo de la vida de varias personas, incluyendo la suya. Ella había quedado embarazada de George, aunque fuera involuntariamente, y se casó con él. No era más que una niña. Tan solo tenía diecisiete años. Pero lo que le escribía ya no servía para nada. Era la viuda de George y a esas alturas volvía a ser libre para buscar la felicidad y casarse con quien quisiera... menos con él. La ley no permitía que una mujer se casara con el hermano de su difunto marido.

Pero quería que fuera a casa. Según decía, lo necesitaba allí. Los asuntos de la propiedad no habían ido muy bien desde la muerte de George y ni ella ni su madre sabían gran cosa de cómo llevar una propiedad. Laurence Colby parecía estar haciendo cuanto le placía y se vanagloriaba de su poder como administrador de un señor ausente. Y, por lo que se refería al gobierno de la casa...

Por lo visto, Henrietta deseaba cambiar todos los muebles y las cortinas. Lo que había estaba viejo y anticuado, pero su suegra se aferraba a la tradición y se negaba a permitir ningún cambio. Y sin embargo, ella, Henrietta, lo único que quería era llevar a cabo las renovaciones que George había aprobado antes de morir.

Luke debía volver a casa. Su sitio estaba allí. Siempre había amado Bowden Abbey. ¿Acaso ya no se acordaba? ¿No recordaba que se habían criado allí juntos? ¿Acaso no quería volver a verlo todo otra vez?

Y le enviaba sus respetos y su amor.

Luke dobló la carta y la dejó justo como había llegado. Deseó que Will no estuviera esperando abajo. Deseó haber dejado la carta para después.

Luke había matado sus profundos sentimientos por ella hacía muchos años. Había matado su amor por ella, su desdicha por haberla perdido, su agonía por la vida que tendría que llevar por algo que no había sido culpa de ella. Luke lo había apartado todo de su mente. En otro tiempo se amaron, estuvieron a punto de casarse, aunque eran muy jóvenes, y ella se habría ido a vivir con él cuando le hubieran asignado su primera parroquia. Y entonces George llegó de sus dos años por su gran tour por Europa, la sedujo y la dejó embarazada. Henrietta lloró histérica en brazos de Luke cuando se lo contó. Y cuando se enfrentó a él, George no dijo una palabra del asunto, ni negó ni confirmó la historia de Henrietta... aunque le faltó tiempo para pedir su mano. Y ella decidió casarse con el hombre que la había seducido y no con el hombre al que amaba, aunque Luke se hubiera casado con ella de todos modos.

Y luego llegó el duelo, a pistola, y George, que disparó al aire ostentosamente y se quedó mirando a Luke sin pestañear, mientras él, que jamás había disparado un arma, le apuntaba con mano temblorosa. Apuntó para fallar por casi dos metros, pero al final le acertó a su hermano en el hombro y estuvo a punto de matarlo. Todos pensaron que había tirado a matar. En aquel entonces él era peor tirador de lo que todos creían. Y lo acusaron de intentar matar a su hermano para hacerse con su título y su fortuna, y por Henrietta. No conocían la historia. Creían que Henrietta había preferido a George y había cometido una indiscreción, y había faltado a su promesa de casarse con Luke. Todos asumieron que el duelo lo habían motivado los celos, cuando en realidad había retado a su hermano solo para dejar algo claro. Era una cuestión de honor.

Y porque se sentía desolado y traicionado. George era cuatro años mayor que él y había sido siempre su héroe. Y había vuelto del gran tour por Europa con aspecto imponente y gallardo. George siempre había sido un hombre muy guapo... tan guapo como lo era Ashley en ese momento. Luke pasaba mucho tiempo con él, escuchando los relatos de sus viajes. Disfrutando una vez más del placer de su compañía. Y entonces George le robó a su mujer de la forma más cruel posible.

No, no era un recuerdo que quisiera revivir. No era tan extraño que lo hubiera borrado de su mente. En cambio, Henrietta había tenido que vivir con eso durante diez años... u ocho, hasta la muerte de George. No había encontrado la felicidad con él, así lo decía la carta y así lo había dicho William.

Pero seguía siendo la duquesa de Harndon. Tenía planes para renovar la decoración en Bowden Abbey, planes que su madre desaprobaba. Y lo invitaba a volver a casa para tomar partido. Para que se pusiera de su parte. Luke detestaba la idea de verse implicado en semejante disputa.

Le daba igual lo que hicieran con la casa. Podían quemarla y convertirla en un montón de tierra yerma si era lo que querían. Y, sin embargo, los recuerdos de la casa que amó en su juventud volvieron a él sin ser invitados. Había un cierto aire de antigüedad en la vieja abadía, aunque las reformas arquitectónicas introducidas a lo largo de los siglos casi habían ocultado por completo el origen eclesiástico del edificio. Temió que si tomaba partido, sería el de su madre.

Sin duda, Colby no estaba haciendo un buen trabajo y había que sustituirlo. Y, sin embargo, ¿cómo iba a reemplazarlo sin comprobar por sí mismo qué hacía y qué dejaba de hacer? ¿Sería justo despedirlo basándose en lo que se decía o en lo que viera en los libros de cuentas que pensaba mandar a buscar? ¿O incluso en una visita personal de su administrador a Londres?

Tendría que ir en persona, pensó Luke con desazón. Maldita fuera su estampa, tendría que ir.

Si iba a casa, se vería envuelto en una absurda disputa... Por un lado la duquesa viuda, su cuñada; por el otro, la duquesa viuda, su madre.

A menos que...

Dejó el pensamiento en suspenso mientras su ayuda de cámara le ponía la casaca y cogía su tricornio y su bastón.

Su mente se desvió a la noche anterior y al baile al que había asistido. Anna era una joven alegre, encantadora e inocente pese al descarado coqueteo. Había una especie de chispa en ella y una innegable alegría por la vida... Luke no estaba acostumbrado a ver esas cualidades en una mujer y se había sentido inesperadamente deslumbrado. Cuando volvía de su paseo matinal a caballo, había pasado por una floristería y había encargado que le mandaran una docena de rosas rojas. Y pensaba llevarla a pasear por el parque Saint James por la tarde. Había pensado en ello durante el paseo y el desayuno, y lo esperaba con más ganas de las que recordaba haber sentido en mucho tiempo.

Tenía una posición adecuadamente elevada. Era la hija de un conde. No sabía si tenía fortuna, pero para él ese detalle carecía de importancia. Él tenía dos inmensas fortunas, una que había ganado por sí mismo y la otra la que había heredado con su título y sus propiedades hacía dos años.

Era la prometida que Theo había elegido para él. La había escogido porque era la ahijada de su amante, claro, pero incluso así, su tío no se habría dejado llevar solo por ese hecho. Y tenía un cuerpo que le produciría cierto placer tener bajo el suyo en el lecho.

Si tenía hijos, a poder ser más de uno, habría una mayor estabilidad en la familia, porque la sucesión estaría garantizada. Luke bajó muy tranquilo por las escaleras solo un poco después de que su media hora hubiera pasado y al entrar en el saloncito matinal se encontró a lord Severidge paseando de un lado para otro con impaciencia. Era evidente, pensó mientras salían juntos de la casa y William se ponía el sombrero sobre la peluca mientras él lo llevaba con elegancia bajo el brazo derecho, que no tenía ningún deseo de casarse. Ni en ese momento ni nunca.

Pero, a veces, los propios deseos contaban poco o nada.

5

—Sí que he disfrutado del baile —protestó lady Agnes Marlowe—. Por supuesto que he disfrutado, Anna.

Bajó la vista a uno de los dos ramos que había recibido esa mañana de parte de dos de sus parejas de baile de la noche anterior y lo giró entre los dedos.

—¿Pero...? —apuntó Anna sonriendo levemente.

—Pero nada. Me encanta estar en la ciudad, Anna. Es algo que siempre recordaré con afecto. Me he limitado a comentar que no entiendo que pueda haber quien convierta semejante frivolidad en una forma de vida.

Anna suspiró.

—Quiero que encuentres marido aquí, Agnes —le dijo—. Alguien de tu posición con quien puedas ser feliz. En casa no hay nadie que tenga ningún interés. Charlotte tuvo suerte, pero no hay nadie para ti.

—Lo sé. Pero solo tengo dieciocho años. Aún no se me ha pasado la edad casadera. —Se ruborizó y miró con nerviosismo al rostro de su hermana para ver si se había molestado—. Cuando la tía Marjorie nos animó a venir y vi que estabas tan entusiasmada, dije que sí porque pensé que quizá tú encontrarías a alguien, Anna. Creo que lo pasaste muy bien en el baile. Se te veía maravillosamente feliz y diez veces más hermosa que ninguna de las damas presentes. ¿Viste a esa dama francesa? ¿Con sus grandes círculos de colorete? Tenía un aspecto... extraño.

—La marquesa de Étienne —dijo Anna.

—¿Y el duque de Harndon? Pensé que también sería francés, hasta que lord Quinn lo presentó como su sobrino. Y tú tuviste que bailar con él y cenar con él. A mí me habría horrorizado.

—¿Horrorizado? —Anna la miró sorprendida.

—Jamás he visto a un caballero vestido de ese modo. Estaba espléndido, ¿no te parece? Pero había algo en él, Anna, algo en sus ojos. Creo que, como persona, debe de ser muy distinto de lo que su aspecto indica.

Anna sonrió.

—A mí me pareció encantador. Y muy simpático. Va a venir a visitar a la tía Marjorie hoy y luego me llevará de paseo por el parque Saint James. Por lo visto es el lugar más elegante para pasear.

—Oh —dijo Agnes—, un duque. Joven y muy guapo, pese a los polvos y el colorete. Me alegro por ti. Me alegro de que importantes caballeros se fijen en lo guapa que eres.

Anna rio.

—No creo que esté pensando en declararme su amor eterno, Agnes. Solo vamos a dar un paseo... si no se ha olvidado, por supuesto.

Agnes dejó su ramo y tocó una de las rosas rojas que le habían enviado a su hermana.

—¿Son suyas? Estaba tan sorprendida por los ramos que he recibido que ni siquiera te he preguntado por el tuyo. ¿Es suyo?

Anna asintió.

—Bueno. Pues entonces no creo que se olvide de vuestro paseo. Me sentiré muy feliz si encuentras a alguien, Anna. Mereces ser feliz más que nadie que conozca. En otro tiempo, todos pensábamos que lord Lovatt Blaydon...

Ese nombre.

—¡No! —exclamó Anna al punto, poniéndose en pie y cogiendo su ramo para llevarlo a su habitación.

—Sé que era lo bastante viejo para ser tu padre. Siempre pensé que era una pena. Pero era muy amable con todos nosotros y tenía una especial debilidad por ti.

—Solo se mostraba atento —explicó Anna. Inclinó la cabeza para oler una de las flores y sintió un ligero mareo—. Y tenía relación con la familia de madre.

—Siempre preguntaba primero por ti cuando venía de visita —dijo Agnes sonriendo— y se le veía decepcionado si no estabas. Siempre te llevaba de paseo, en su carruaje o a pie, y solo bailaba contigo en las reuniones sociales. Todos pensábamos que te tenía afecto, Anna.

—No. Estas rosas necesitan agua. Tengo que llevarlas arriba y pedir que me traigan un jarrón.

—Lo siento —se disculpó Agnes—. Te he molestado. ¿Te pidió en matrimonio y lo rechazaste, Anna? ¿Es ese el motivo de que se fuera tan pronto después de la muerte de padre, cuando todos pensábamos que se quedaría para que tuvieras en quien apoyarte?

Anna reprimió un estremecimiento.

—No —dijo—. No había nada, Agnes. Nada en absoluto. Como bien has dicho, era un hombre mayor. No tenía ningún interés en mí más allá de la amistad, ni yo en él.

—Bueno, no importa. Era demasiado viejo. El duque de Harndon es mucho más joven. Quizá también siente afecto por ti.

Y rio, mientras su hermana se retiraba a toda prisa.

Anna subió las escaleras apresurada, como si quisiera dejar atrás un demonio. Volvió a bajar el rostro hacia las rosas cuando entró en el vestidor y aspiró su olor. Una docena de rosas rojas. Rosas tan rojas como la casaca que había vestido el duque la noche anterior. Y la tarjeta. Volvió a leerla y reparó en la audacia de su escritura. «Con los mejores deseos de su fiel servidor, Harndon.» Pura formalidad y convencionalismo. Pero esas palabras le aceleraron el corazón.

Anna no lograba desprenderse de su ánimo de la noche anterior. No podía pensar con claridad y sentido común. No se arrepentía como hubiera debido por haber aceptado pasear con el duque esa tarde. ¿Con qué aspecto se presentaría? Lejos del brillo y el esplendor del baile ¿parecería una persona corriente? ¿Ya no se parecería al príncipe encantador en su mente? Ojalá. Ojalá esa tarde la magia hubiera desaparecido.

Sir Lovatt Blaydon. Anna cerró los ojos e inclinó la cabeza, aferrando las rosas contra sí durante demasiado rato, aunque debería haberlas puesto en agua. Sí, a todo el mundo le gustaba... en su familia y en el vecindario, salvo quizás a Emily, pero claro, Emily no siempre reaccionaba como la mayoría. Ese hombre había engañado a todos con su aspecto elegante y su encanto.

Llegó al vecindario apenas unos días después de la muerte de su madre, después de alquilar una casa que iba a estar desocupada de forma indefinida. Según dijo, había coincidido con la familia de su madre e incluso la había conocido a ella hacía mucho tiempo. Fue una mera coincidencia que estableciera su residencia en aquel lugar y después descubriera que conocía a la recién fallecida lady Royce. Su preocupación y compasión parecían sinceras. Fue muy atento y tranquilizador, sobre todo con Anna. Ella había cuidado de su madre durante años, y en sus últimas semanas, apenas se apartó de su lecho. Después de la muerte y el funeral, se sentía agotada física y emocionalmente.

Sir Lovatt Blaydon fue alguien en quien apoyarse. No había nadie más. Su padre estaba destrozado y su hermano volvió a la universidad después del funeral. Además, Victor solo tenía diecinueve años.

De modo que Anna se apoyó en él. Esperaba sus frecuentes visitas. Hasta le había confiado algunas de sus preocupaciones... sobre su padre, sobre sus hermanas y su futuro. Y él siempre se mostró atento y comprensivo.

Anna abrió los ojos y por unos instantes miró las rosas con gesto inexpresivo. Acto seguido, cruzó su vestidor con pasos decididos y tiró con fuerza del cordón de la campanilla. Necesitaban agua. Eran bonitas. Y las enviaba su príncipe encantador. Sonrió al pensarlo.

Sí, se concentraría en el presente. Quizá después de ese ya no habría nada más. Y volvió a sonreír sintiendo lástima de sí misma.

Luke no sabía si se sentiría menos deslumbrado por lady Anna Marlowe a la luz del día, sin las vestiduras de un gran baile. Pero le pareció tan radiante, preciosa y tan vivaz como la noche pasada.

Pasearon por la avenida bordeada de árboles del parque Saint James, saludando entre la multitud de las personas que paseaban a aquellos a quienes conocían, deteniéndose en ocasiones para cruzar unas palabras educadas con algún conocido, pero caminando y charlando entre ellos la mayor parte del tiempo. Si una cosa le había enseñado a Luke la experiencia, era que a las mujeres les gustaba sentir que tenían toda la atención de un hombre. Y, cuando estaba con una mujer, jamás permitía que su atención se desviara hacia otra.

No era difícil concentrar toda su atención en lady Anna. Brillaba como la noche anterior y sus ojos verdes bailaban de contento mientras le describía la agonía y lo absurdo de pasarse horas en pie mientras una costurera le hacía pruebas para un nuevo guardarropa.

—Parece ser que las prendas que compré en el campo no servían más que para la basura —dijo—. Aunque me aseguré de que no acababan ahí. Según insinuó madame Delacroix, incluso los sirvientes se sentirían insultados si se les ofrecieran unas ropas tan pasadas de moda. —Y se rio con alegría.

«Una mujer capaz de reírse de sí misma —pensó— no es propensa al engaño».

—Señora, apostaría a que está más hermosa con su ropa anticuada que muchas damas ataviadas a la última moda de París.

Ella volvió a reír.

Sí, estaba muy bella con su nueva ropa. Los ojos de Luke repararon en el sombrero de paja de ala ancha que llevaba ligeramente inclinado hacia delante sobre su cofia de puntilla y sujeto con cinta azul a la nuca. Reconoció la elegante caída de los pliegues de la espalda de su vestido a la francesa, ceñido al torso según la costumbre inglesa, y abierto para dejar al descubierto un peto bordado.

Siguieron hablando con desenvoltura sobre trivialidades mientras su mente volvía sin querer a los pensamientos que lo habían ocupado durante la mañana. ¿Cómo sería vivir de forma permanente con esa mujer? ¿Sería siempre así de alegre? ¿Tan simpática y hasta ingeniosa? ¿Se cansaría de esa alegría, de su frivolidad? ¿Habría algo profundo en su carácter que no se apreciaba a simple vista?

¿Y cómo sería tenerla como compañera de cama para el resto de su vida? Era preciosa. Sintió un claro impulso de deseo mientras la desnudaba con ojos expertos y con la mente la colocaba contra el colchón de su lecho. Sí, sin duda disfrutaría haciendo el amor con ella. Pero ¿toda la vida? Había tenido a algunas de las mujeres más bellas de Francia en su cama, las más guapas y expertas, y se había cansado de todas ellas tras unos pocos meses. Y, aunque había pasado dos satisfactorias tardes en el lecho de Angélique desde su llegada a Inglaterra, lo cierto era que estaba cansado de ella. Ni esperaba ni hubiera querido que lo siguiera a Londres.

¿No se cansaría de una inocente mucho antes? Esa mujer no sabría nada. No tendría ni idea de cómo darle placer más allá de someterse y permitir que penetrara su cuerpo. Tendría que enseñárselo todo. Y enseñarle cómo recibir placer sin sentimiento de culpa o vergüenza.

La joven le sonrió radiante en respuesta a una anécdota que él había contado sobre su tormentosa travesía por el canal de la Mancha y su efecto en los otros pasajeros. Oh, sí, la idea de enseñar a una inocente tan vital y bonita tenía cierto atractivo.

Pero ¿pasar toda la vida con ella?

Él era el duque de Harndon, se recordó. Eso, y el hecho de que era inmensamente rico, debía de ser de dominio público, como lo sería también el hecho de que tenía treinta años y no se había casado. Supuso que debía de ser uno de los mejores partidos esa primavera en Londres, si no el mejor. No había tenido que pararse a considerar tales asuntos en los dos años que habían pasado desde lo que sucedió a su hermano. Nunca antes había considerado la idea del matrimonio.

¿Estaba considerándolo en serio en ese momento? Una parte de su mente se apresuró a negarlo. Pero otra...

Si no andaba muy errado, lady Anna Marlowe tendría algo más de veinte años y lo más probable era que se hubiera propuesto cazarlo. Contaba con el apoyo de lady Sterne y su tío. Y la velada anterior la joven se había desvivido por atraer su atención y había coqueteado con él abiertamente. Quizá la auténtica lady Anna era muy distinta de la joven animada que reía con él en esos momentos. Quizás era una arpía y cuando estuvieran casados le mostraría su verdadero rostro.

¿Cuando estuvieran casados?, pensó.

Tendría que ir con mucho cuidado.

Una hora más tarde, se despidió de ella en el vestíbulo de la casa de lady Sterne, inclinándose sobre su mano y besándola.

—He disfrutado de este paseo más que de ninguna otra cosa desde que volví a Inglaterra, con la excepción de la hora que pasamos juntos en el baile de ayer. Y por ello le doy las gracias, señora.

—Y yo a usted, excelencia. No sabía que la vida en la ciudad pudiera ser tan... entretenida.

Luke habló por impulso.

—Mañana por la noche acompañaré a mi madre y a mi hermana al teatro —dijo—, y había pensado invitar a algunas personas a compartir nuestro palco. ¿Me concedería el honor de ser una de ellas, señora? Por supuesto, su hermana y su madrina están también invitadas —se apresuró a añadir.

De nuevo tuvo la impresión de que lady Anna Marlowe carecía de malicia. Se inclinó hacia él, con los labios entreabiertos, la mirada encendida, y contestó casi antes de que hubiera acabado de hablar.

—Oh, sí, excelencia. Sería un placer. Jamás he estado en el teatro y siempre he querido ver interpretar una obra. Es una obra, ¿verdad?

Él inclinó la cabeza.

—*La ópera del mendigo*. Un logrado trabajo del difunto señor John Gay.

—Oh, sí. He oído hablar de ella.

Luke hizo una de sus más profundas reverencias.

—Entonces, hasta mañana por la noche, señora. Las horas se me harán interminables mientras espero el momento de volver a verla.

Y la dejó sonriendo en el vestíbulo. ¿Qué demonios le estaba pasando? «Las horas se me harán interminables mientras espero el momento de volver a verla.» Luke estaba acostumbrado a decir tales galanterías a mujeres que sabían que solo trataba de tener una aventura con ellas. No tenía por costumbre decir esas cosas a inocentes damas de alcurnia con las que no podía esperar compartir el lecho antes del matrimonio.

Y, sin embargo, eso acababa de decírselo a lady Anna Marlowe... apenas una hora después de haber pensado que debía andarse con cuidado.

¿Y por qué había dicho que pensaba llevar a su madre y a Doris al teatro? Podía reconocer a desgana que tenía cierta responsabilidad para con esta última, pero no deseaba mantener ningún intercambio social con su familia. Lo cierto era que sí tenía pensado ir al teatro él solo, porque deseaba ver *La ópera del mendigo* y porque la suscripción de su familia al palco se había mantenido incluso después de la muerte de George. Pero no se había planteado llevar a nadie con él. Gracias a Dios que se le había ocurrido incluir a la hermana y a lady Sterne en la invitación.

Así pues, tendría que volver a visitar a su madre para invitarlas. «Maldita sea», pensó. Su madre era una de las personas con las que no deseaba restablecer su relación. No la había perdonado y seguramente jamás lo haría. Y durante la breve visita que le había hecho y más tarde en el baile de la noche anterior, no había visto nada que le hiciera pensar que ella quería su perdón. Quizá seguía creyendo que había tratado de matar a George. Maldición. Ojalá se hubiera quedado en París y todos se hubieran ido al infierno.

Encaminó sus pasos en dirección a su casa ducal en la ciudad.

La noche siguiente, Anna estaba sentada con Agnes y lady Sterne en el palco del duque de Harndon en el teatro de Covent Garden, mirando a su alrededor con asombro y admiración. Su deseo de ver Londres, de asistir a bailes y conciertos, de sentarse en un teatro y ver una obra o escuchar una ópera había quedado tan reprimido durante su juventud y los primeros años de la edad adulta que hasta que llegó allí prácticamente no era consciente de que existía. Supuso que sería porque parecía un imposible.

Estaba allí, se dijo. Estaba allí de verdad. Y era más maravilloso de lo que hubiera podido imaginar. En los días anteriores había abandonado toda precaución. Se había convencido a sí misma de lo absurdo de obstinarse en no disfrutar de esos dos meses solo porque sabía que llegarían a su fin. Pensaba disfrutar de su tiempo y de la compañía del duque, y coquetear mientras él le permitiera hacerlo. Luego regresaría a casa y ya no volvería a verlo. La impresión que hubiera podido causarle no tendría ninguna importancia.

Anna miró por encima del hombro hacia donde él estaba en ese momento, en pie, saludando a lord Quinn y a un joven alto y guapo que acababa de entrar con él en el palco. El duque vestía casaca dorada y chupa escarlata. Llevaba otra vez sus cosméticos, aunque no se los había puesto para su paseo del día anterior. ¿Cómo sería de largo su pelo, que llevaba sujeto dentro de la bolsa de seda negra? ¿Cuál sería su color natural bajo la capa de polvos blancos cuidadosamente aplicados?

El joven apuesto era lord Ashley Kendrick, el hermano menor del duque de Harndon. Le sonrió e hizo una profunda reverencia cuando se lo presentaron. Tenía el mismo encanto que su hermano, pensó Anna, aunque sonreía con más facilidad que el duque. Aparte de eso, no se parecían en nada. Saludó a lady Sterne y tomó asiento junto a Agnes, que en opinión de Anna parecía demasiado tímida, pese a su encanto.

La madre del duque y su hermana habían ido con dos caballeros y llegarían enseguida. Según explicó lord Quinn mientras se sentaba junto a lady Sterne, se habían quedado en los pasillos cruzando unas palabras con un amigo.

Ella y su familia y él y la suya. Era muy significativo, según había comentado lady Sterne cuando se enteró de la invitación. Y en ese momento sonrió y asintió con gesto cómplice. Era del todo satisfactorio. Justo lo que había querido desde el principio. Por supuesto, el duque de Harndon era el sobrino de lord Quinn, era muy rico y tenía muchas propiedades, de las que Bowden Abbey, en Hampshire, era la más importante. Y se la iba a presentar a su madre. Muy prometedor, ciertamente.

Anna sintió pánico al momento. Y, sin embargo, no había ninguna necesidad, se dijo a sí misma. Era ridículo. El joven había bailado con ella y había cenado a su lado durante el baile de lady Diddering. Habían dado un paseo por el parque Saint James y en ese momento estaba con él en el teatro... junto con su hermana y su madrina. No había motivo de alarma, incluso aunque los otros miembros del grupo de invitados pertenecieran a la familia de él. Después de todo, debía de ser el soltero más solicitado de Londres. También era el más elegante y uno de los más atractivos. Sería absurdo plantearse que pudiera estar pensando en ella en términos de matrimonio. No se dejaría llevar por el pánico y huiría de su lado por semejantes fantasías.

Y en ese instante la puerta del palco volvió a abrirse y dos damas entraron. Anna se puso en pie e hizo una genuflexión cuando le presentaron a la duquesa viuda de Harndon, una mujer regia y elegante que seguía siendo bella, y a lady Doris Kendrick, una joven bonita y de rostro fino con un mohín irritado en la boca. O al menos a Anna, que tenía tres hermanas menores, le pareció un mohín irritado.

La duquesa viuda saludó con una leve inclinación de cabeza a lady Sterne y a Agnes antes de mirar con atención a Anna con un elegante gesto de la cabeza.

—Me complace conocerla, lady Anna —dijo—. ¿Es la hermana del joven conde de Royce?

Anna inclinó la cabeza.

—Lamento el doble luto que ha tenido que pasar recientemente —manifestó Su Excelencia—. Debe de estar disfrutando de su visita a Londres ahora que el periodo oficial de luto ha terminado.

Lady Doris tomó asiento a un lado de Anna y le sonrió.

—Me preguntaba si sería usted —dijo la joven—. La vi bailar ayer con Luke en el baile de lady Diddering y pensé en lo bonito que era su vestido. Y no sabía si sería a usted a quien Luke traería de acompañante esta noche. Es maravilloso que haya vuelto a casa desde París, lady Anna. No se lo puede imaginar. Yo no era más que una niña cuando se fue hace diez años. —Se inclinó hacia ella y habló en voz más baja—. Padre era muy estricto y George... mi hermano mayor, que fue duque durante tres años... era reservado. Y ahora Luke tiene el título. Deseaba con todo mi corazón que volviera a casa para quedarse. Todos hemos estado esperándolo.

¿Luke había estado en París diez años y no había vuelto a casa ni siquiera por la muerte de su padre o de su hermano? ¿O lo que había querido decir era que no había vuelto desde entonces? ¿No había visto a su hermana pequeña durante diez años? A Anna le pareció extraño. ¿Había dedicado su vida tan enteramente a la frivolidad que su familia y su casa no tenían interés para él? ¿O sus responsabilidades como duque de Harndon? No podía imaginar a nadie tan frío o insensible como para darle la espalda a su familia.

Pero por fin estaba con ellos.

—Quizá —susurró Doris—, usted podría retenerlo en Inglaterra y hacer que vuelva a Bowden Abbey, lady Anna.

Anna quedó relevada de la obligación de contestar por la llegada de un joven corpulento, rubicundo y nervioso, que se veía tan fuera de lugar en ese teatro de Londres como lo habían estado Anna y Agnes hacía tan solo un par de semanas. Fue presentado como el barón de Severidge, quien vivía cerca de Bowden Abbey. Saludó a sus nuevos conocidos con una rápida inclinación de cabeza y se dejó caer en el asiento que lord Ashley había desocupado un momento junto a Agnes. Anna se sintió molesta.

Pero no tardó en olvidarse de todo lo demás cuando notó cierto movimiento en el teatro. La obra estaba a punto de empezar. El duque de Harndon se sentó a su otro lado. Anna volvió la cabeza para sonreírle y concentró su atención en el escenario.

La música y la acción la cautivaron. Durante una hora o más no tuvo ojos ni oídos para ninguna otra cosa. Se olvidó de sí misma y de cuanto la rodeaba. Nunca en la vida había experimentado nada más maravilloso. Pero, al final, la necesidad de compartir su asombro la movió a volver la cabeza hacia el duque.

El hombre estaba recostado contra su asiento, mirándola a ella, no al escenario. Anna lo miró algo indecisa. El duque tenía el abanico en la mano, cerrado sobre el regazo. Lo levantó y le pasó el extremo con suavidad sobre la mano, que descansaba sobre el parapeto de terciopelo del palco, desde la muñeca hasta el extremo del dedo corazón. No apartó los ojos de ella. No sonreía.

Fue como si hubieran compartido un profundo momento de intimidad. Si hubiera tenido que ponerse en pie en ese instante, pensó Anna volviendo de nuevo los ojos, aunque no la atención, al escenario, no habría sido capaz de hacerlo.

Durante el resto de la velada, fue consciente de que él estaba sentado a su lado con cada fibra de su ser.

Durante el viaje de regreso, en el carruaje, Anna se sentó junto al duque y frente a su hermana y su madrina, y aquella marcada conciencia de él hizo que el espacio le pareciera aún menor y casi sofocante. No la tocaba, pero Anna podía sentir el calor de su cuerpo en el brazo.

—¿Ha disfrutado de la obra? —preguntó él.

Anna se volvió hacia él con una sonrisa deslumbrante, aunque apenas podía verlo en la oscuridad.

—Oh, sí —dijo—. Ha sido maravillosa. Más incluso de lo que había imaginado. ¿No le parece?

Su madrina, según advirtió Anna, charlaba animadamente con Agnes. Supuso que lady Sterne estaba tratando de darle una semblanza de intimidad.

—He disfrutado de «la velada» —dijo el duque en voz baja, enfatizando la última palabra—. Pero me temo que no he estado pendiente de la obra.

—Oh. —La palabra salió como un pequeño suspiro entrecortado.

El duque no dijo nada, pero le mantuvo la mirada unos instantes, hasta que ella le sonrió y volvió la vista al asiento que tenía enfrente.

Cuando llegaron a la casa de lady Sterne, el duque de Harndon entró con ellas, pero puso una mano sobre el brazo de Anna para retenerla mientras su hermana y su madrina subían las escaleras. Aguardó hasta que las dos llegaron arriba.

—Señora, quisiera solicitar su permiso para visitarla mañana por la mañana y hablar de un asunto de cierta importancia.

«¿Mañana por la mañana? ¿Un asunto de importancia?» El corazón de Anna empezó a latir incómodamente deprisa y su mente trató de buscar una explicación racional.

—Por supuesto, excelencia —dijo.

Su voz, pensó Anna, sonaba como si acabara de correr un kilómetro con el viento en contra.

Hubo un silencio más largo.

—¿Es usted mayor de edad?

—Sí. —Ella abrió los ojos como platos—. Tengo veinticinco años, su excelencia. Quizá soy mayor de lo que esperaba.

De pronto sentía la desesperada necesidad de parecerle poco atractiva. Quizá lo había malinterpretado. Sin duda. Pero ¿por qué había preguntado por su edad?

—Así pues, ¿no he de hablar con su hermano antes de tratar ningún asunto con usted?

Ella lo miró con los ojos muy abiertos.

—No —dijo con un hilo de voz.

Y entonces lady Sterne reapareció en las escaleras e invitó al duque a subir y tomar un refrigerio. Él declinó la oferta con educación, inclinó la cabeza ante ambas mujeres y se marchó.

—Vamos, niña —dijo lady Sterne, que bajó hasta donde ella se encontraba, enlazó el brazo con el de Anna y la acompañó hacia las escaleras—. ¡Qué bonita pareja hacéis! Y te aseguro que él no ha tenido ojos para nadie que no fueras tú en toda la velada. Creo que no sería descabellado esperar que se declare antes del verano.

—¡Tía Marjorie! —exclamó Anna, consternada. Aunque, si no era para eso... ¿qué motivo podía tener para querer visitarla al día siguiente?

—Agnes nos espera en el salón —dijo lady Sterne llevando a su ahijada escaleras arriba—. Entre las tres planificaremos la boda mientras tomamos un té antes de retirarnos a dormir. —Y rio con alegría.

Anna entró con su madrina en el salón, deseando más que nada en el mundo poder ir directa a su habitación y cerrar la puerta, incluso a su mente. Tenía el estómago un tanto revuelto.

6

Luke tenía la sensación de que había iniciado algo que no podía detener y que lo había hecho por un impulso irracional sin pensarlo debidamente... ni de ningún otro modo. Durante el almuerzo hizo un esfuerzo tenaz por comer, aunque tenía tantas ganas de comer como de saltar a un hoyo lleno de víboras.

Pensaba en lo que había dicho la noche anterior. ¿Hubo alguna ambigüedad en sus palabras? ¿Algo que le permitiera retirarse con dignidad? ¿Podía hacer de algún modo que pareciera que solo quería que volvieran a pasear o dar un paseo en carruaje?

La respuesta a esas preguntas era un rotundo no. Le había dicho que la visitaría por la mañana, la tarde era más habitual para las visitas sociales, y que tenía un asunto de importancia que discutir con ella. ¿Un paseo? Difícilmente. Le había preguntado si era mayor de edad. Y, después —recordó Luke con una mueca antes de renunciar a terminarse la última tostada— le dijo que no necesitaba consultar con su hermano mayor antes de hablar de aquel importante asunto con ella.

No, desde luego. La dama debería haber sido una necia para no entender de qué le estaba hablando, y sospechaba que lady Anna Marlowe no era tal cosa ni aun cuando no pareciera tener una gran profundidad de carácter.

Así pues, lo había hecho. Después de pasar diez años construyéndose una vida independiente que gobernaba por sí mismo, había capitulado en solo tres días, ¡tres días!, bajo la carga de las responsabilidades ducales y de familia. Y no quería ninguna de las dos cosas. Quería volver a París y seguir con aquel modo de vida que tan bien le había funcionado durante años. Quería olvidarse de Inglaterra y de su familia. Quería que George volviera a estar vivo y fuera el padre de diez hijos sanos. Quería volver a ser solo lord Lucas Kendrick.

Pero uno no siempre podía tener lo que quería. No podía volver atrás. Peor aún, solo podía avanzar en la dirección que él mismo se había marcado la noche anterior con una impulsividad que le era ajena desde su juventud. Aunque quizá tampoco había sido tan impulsivo después de todo. Los acontecimientos habían estado empujándolo hacia aquello desde antes de su regreso.

En ese momento, lo único que deseaba era subir a su habitación y vestirse para acudir al domicilio de lady Sterne con premura. Ya que sabía que era inevitable, quería zanjar aquello cuanto antes. Pero no era correcto visitar a una dama tan temprano y no sabía cómo ocupar la hora que faltaba para ir a una hora aceptable.

El problema quedó resuelto cuando le anunciaron que su hermano estaba allí y suplicaba el favor de cruzar unas palabras con él. Luke se puso en pie con gesto elegante y arrojó la servilleta a la mesa.

—Ah, Ashley —dijo al salir al vestíbulo, donde su hermano esperaba en pie, examinando una Venus esculpida con unas vestiduras fluidas y transparentes tan pegadas a su cuerpo por una brisa invisible que bien hubiera podido estar desnuda—. Ven a la biblioteca y dime a qué debo el honor.

Lord Ashley Kendrick le sonrió y fue hacia la habitación indicada.

—No estaba seguro de que estuvieras levantado a esta hora, Luke. ¡Válgame Dios!, menudo batín llevas puesto. Es de un rojo casi tan intenso como la casaca que vestías en el baile de lady Diddering.

—Toma asiento.

Luke le indicó un sillón junto a la chimenea y se sentó en el de delante. Su hermano, según vio, un hombre alto, delgado y atractivo, vestía el elegante atuendo con cierto descuido. Un inglés típico.

—Y menuda obra la de Covent Garden anoche. Buena música, también.

—Eso me pareció —convino Luke—. Pero, claro, no recuerdo haber visto nunca una mala escenificación de esta obra en particular.

—Caray, no. Y menuda dama la tal lady Anna Marlowe. Doris lo dijo cuando íbamos de regreso a casa y madre estuvo de acuerdo. Creo que tiene ciertas esperanzas. —Y le dedicó a su hermano una sonrisa encantadora y traviesa—. Esperanzas de que te conviertas en una persona respetable por fin, Luke.

—¿En serio? —dijo él arqueando las cejas. Había estado observando cómo las manos de su hermano se abrían y se cerraban sobre los reposabrazos de su asiento. Transmitía cierta sensación de tensión a pesar del ánimo expansivo—. Pero no has venido hasta aquí para hablar de la obra o elogiar mis gustos en materia de mujeres, imagino. ¿Qué te preocupa?

Ashley volvió a sonreír.

—Nada de importancia. Colby ha estado excediéndose en sus funciones.

—¿Mi administrador? ¿Qué ha hecho que pueda afectarte?

—Me ha devuelto todas mis facturas en un bonito fajo, eso ha hecho. Que me aspen, Luke, ¿te imaginas qué insolencia? Dijo que este trimestre mis gastos habían vuelto a sobrepasar mi asignación y que no podía pagar esas facturas sin tu autorización... y que tenía que pedírtela yo, no él.

Luke extendió una mano y su hermano la miró con expresión desconcertada.

—¿Las facturas? —preguntó Luke.

Ashley se ruborizó.

—No las he traído. Lo único que tienes que hacer, si quieres, es decirle a Colby que las pague y que en el futuro no sea tan necio.

—¿Facturas de qué naturaleza?

—Casacas, chupas, zapatos, bastones... ¿cómo quieres que sepa de qué son? —dijo Ashley quizá con demasiada indiferencia—. Sé bueno, Luke. Nunca le deseé ningún mal a George, lo juro, pero si de una cosa me alegré cuando murió, fue de que ahora tú serías el cabeza de familia. Siempre fuiste muy tolerante. Recuerdo que tenías la suficiente paciencia para jugar conmigo y con Doris cuando éramos pequeños, aunque eras mucho mayor que nosotros.

—¿Alguna otra deuda? —preguntó Luke sin dejarse despistar—. ¿Deudas de juego, por ejemplo?

Ashley volvió a ruborizarse.

—Por mi vida, Luke, ¿es que tengo que desnudar mi alma ante ti? Supongo que alguna hay. A veces se gana y a veces se pierde. Es la naturaleza del juego.

—Cuando uno pierde más que gana, de manera sistemática, quizás es la naturaleza del jugador, querido.

—Que me aspen —protestó Ashley cambiando incómodo de posición en su asiento—, ¿tienes que llamarme «querido» con esa vocecita, como si yo fuera una joven? ¿Me estás diciendo que no soy un buen jugador?

—Solo he constatado un hecho, no te he acusado de nada.

—¡Válgame Dios!, no irás a burlarte de mí, ¿verdad? —preguntó su hermano frunciendo el ceño—. Luke, tú no sabes lo que es tener que vivir de una mísera asignación cuando tienes que mantener las apariencias. Tú te gastas una fortuna en ropa... he visto algunas de ellas. No hace falta ser un experto para saber que están entre las más exquisitas de París. ¿Quieres que tu hermano parezca un mendigo?

Luke se sacó una cajita de rapé del bolsillo del batín y aspiró un poco. Miró a su hermano con gesto inquisitivo y le ofreció la caja, pero Ashley negó con la cabeza.

—Creo que olvidas —dijo Luke— que hasta hace dos años yo también era uno de los hermanos menores.

—Tienes gustos caros. Apuesto a que Colby nunca se negó a pagar ninguna de tus facturas.

Luke lo miró fijamente con los párpados entornados.

—No, no lo hizo. Ninguna de mis facturas le fueron jamás enviadas a Colby... o a padre o a George. Me retiraron la asignación un trimestre después de que me fuera de casa.

Su hermano lo miró con la boca abierta.

—Me enviarás esas facturas hoy mismo —dijo Luke—. Las pagaré, pero primero quiero verlas. También investigaré sobre la naturaleza y cantidad de tu asignación, y la incrementaré si lo considero necesario. Espero que a partir del próximo trimestre puedas vivir de ella.

—¿Vivir de ella? —Ashley se había puesto pálido—. Imposible, Luke. Tendría que vivir en casa.

Luke enarcó las cejas.

Ashley se puso en pie.

—Circulan muchos rumores. Hemos oído todo tipo de cosas sobre ti a lo largo de los años, Luke, sobre tu importancia en la corte francesa, tus duelos, tus mujeres. Yo siempre lo creí todo salvo una cosa. Se dice que eres un hombre sin corazón, que solo te interesa tu propio placer. Siempre me he negado a creer tal cosa. Recordaba al hermano que solía jugar conmigo y a quien yo adoraba. Pero, por Dios, no sé si ese hermano aún está vivo.

—No, no lo está —repuso Luke en voz baja—. Tuvo una muerte violenta hace diez años. George fue el único que sobrevivió a aquel duelo.

Ashley fue dando grandes zancadas hasta la puerta, pero se detuvo con la mano en el picaporte y se volvió a mirar a su hermano, que estaba sentado de espaldas a la puerta.

—Enviaré las facturas —dijo. Hubo un breve silencio. Cuando volvió a hablar, su voz era rígida—. Te agradezco que te hagas cargo de ellas.

Luke oyó que la puerta se abría y luego se cerraba. Ah. Apoyó la cabeza contra el respaldo alto de su asiento y cerró los ojos. Acababa de hacer un enemigo de la peor manera posible. Había humillado a su hermano. Ashley ya se sentía abochornado por tener que recurrir a él y suplicarle que pagara sus facturas, y en lugar de agitar la mano con desinterés y decir que sí, que le enviaría una nota a Colby, y luego cambiar de tema, había extendido la mano para pedir unas facturas que sabía perfectamente que Ashley no había llevado.

¿Por qué lo había hecho? ¿Para tratar de inculcar en su hermano cierto sentido de la responsabilidad? ¿Para castigarlo, porque a los veintitrés años, él, Luke, nunca tuvo ocasión de ser el hermano menor consentido e irresponsable?

Recordaba muy bien los momentos a los que se había referido Ashley. Él era como el hermano mayor, porque pasaba mucho más tiempo en casa que George. Los pequeños siempre lo adoraron, del mismo modo que él adoraba a George. Y él había respondido en consecuencia, dedicándoles su tiempo, su paciencia y su atención. El joven alto al que había permitido marcharse furioso y avergonzado era el mismo joven entusiasta con el que trepaba a los árboles y al que había enseñado a nadar y llevaba a pescar.

Hacía mucho, mucho tiempo. Toda una vida.

La cuestión era que se había olvidado de cómo se amaba. Más que eso, había aprendido a no hacerlo, a no exponerse a que lo hirieran, lo humillaran y lo traicionaran. Había sido feliz durante casi diez años... tan feliz como se podía ser cuando el amor no formaba parte de la vida de una persona.

Y, sin embargo, después de herir y humillar a su hermano, casi se sentía culpable. Sin motivo. Un hombre no debía vivir por encima de sus posibilidades y esperar que otro se hiciera cargo de sus facturas sin hacer preguntas... ni aunque el pago de esas facturas no afectara en lo más mínimo a su fortuna.

Ashley tenía que aprender de la vida y cuanto antes lo hiciera, mejor. Eso le permitiría sobrevivir mejor en un mundo difícil. Los sentimientos estuvieron bien entre el joven y el niño. No había lugar para el sentimiento entre dos adultos.

No, no tenía por qué sentirse culpable por la forma en que había manejado esa situación, decidió.

Y en ese momento se incorporó de golpe en el asiento y se puso en pie. Tenía otra cosa en que pensar esa mañana. Consultó el reloj que había sobre la repisa. Era hora de que se vistiera y saliera hacia la casa de lady Sterne.

Al menos la visita de Ashley había servido de algo, pensó mientras subía las escaleras después de dar instrucciones para que le mandaran a su ayuda de cámara enseguida. Su hermano le había quitado de la cabeza la que tal vez fuera la hora más decisiva de su vida.

No pensaría en ello, decidió. Se limitaría a pensar en su apariencia. Se pondría algo más formal que lo que solía utilizar por las mañanas, pero no vulgarmente ostentoso.

De pronto añoró París y la placentera rutina de sus días allí. La visita de Ashley y su forma de manejar el problema lo habían deprimido más de lo que deseaba reconocer.

Anna estaba sentada en el saloncito matinal con lady Sterne. Estaban bordando y charlando sobre los acontecimientos de sociedad de la semana próxima. Lo más destacable era otro baile, el de lord y lady Castle, esa misma noche. Agnes estaba de compras con una de sus nuevas amigas y la madre de la joven.

—Tal vez Agnes conozca a alguien en el baile que sea más de su agrado que los caballeros que ha conocido hasta ahora —dijo Anna—. Varios caballeros ya han demostrado cierto interés, pero Agnes no le ha correspondido a ninguno de ellos. Anoche me pareció que tal vez lord Ashley Kendrick... Pero cuando se levantó un momento, lord Severidge ocupó su asiento junto a Agnes. Me sentí muy ofendida, aunque el pobre hombre me pareció muy educado.

—Debes recordar que Agnes solo tiene dieciocho años —le recordó lady Sterne—. Pero es una joven sensata. Es una dama de los pies a la cabeza, y sé que no se aferrará a la primera oportunidad de casarse a menos que el caballero sea de su agrado. No debes inquietarte por ella, Anna. Si le das tiempo, le irá bien.

—Sí me inquieto —reconoció Anna con un suspiro—. El propio Victor es igual de joven y está a punto de casarse. No deseará encontrarse con dos hermanas solteras y la obligación de buscarles marido... Aunque Emily aún no está en edad de casarse y es improbable que la quieran por esposa pese a su gran dulzura. No al menos sin una gran dote que no tiene.

—Dos hermanas solteras —dijo lady Sterne, chasqueando la lengua—. Veo que no te incluyes a ti misma, niña, porque imagino que habrás decidido que eres demasiado mayor para casarte.

Anna se ruborizó y pensó en lo que había estado tratando de olvidar toda la mañana, aunque no lo había logrado ni por un momento. De nuevo se miró el vestido nuevo, un vestido demasiado lujoso para la mañana... Hasta su madrina le había comentado lo preciosa que estaba para ser tan temprano. Y ella no se lo había dicho. Y tenía que hacerlo.

—C-casi lo olvido —dijo, horrorizada al notar que tartamudeaba, cosa que no le pasaba desde hacía años—. El duque de Harndon dijo que tal vez vendría esta mañana.

—¿Tal vez? —Lady Sterne puso cara seria, con la aguja suspendida sobre su labor—. ¿Esta mañana? Por Dios, niña, es justo lo que esperaba. Viene a declararse.

—Oh, no —dijo Anna, angustiada—. Solo viene a presentar sus respetos, tía Marjorie. Me atrevo a decir que quiere asegurarse de que disfrutamos de la visita de ayer al teatro.

—Vamos, niña —replicó lady Sterne, doblando su labor y dejándola sobre la mesa, junto al codo—, te veo muy tranquila. ¿No dijo nada más? ¿Nada sobre el propósito de su visita?

—N-no —mintió Ana—. Nada más. Quizá ni siquiera venga. Tan solo comentó que tal vez vendría... muy de pasada. Me atrevo a decir que no vendrá.

«Señora, quisiera solicitar su permiso para visitarla mañana por la mañana y hablar de un asunto de cierta importancia».

Esas palabras se le habían grabado en la memoria, y si había alguna posibilidad de que hubiera querido decir algo distinto de lo que aparentaba, lo que dijo después había disipado sus dudas. Preguntó si era mayor de edad. Cuando le dijo su edad, él comentó que así no tendría que hablar con Victor antes de discutir el asunto con ella.

Iba a pedirle matrimonio.

La certeza de que era eso lo que quería decir había hecho que se pasara la noche en vela en su mayor parte, una noche de pesadilla, pero despierta.

Debía rechazarlo, por supuesto. No tenía elección. Incluso aunque sir Lovatt Blaydon no volviera de América, no tenía elección. Nunca podría casarse. Pero lo cierto era que podía regresar, que había dicho que regresaría. Y si volvía, cuando volviera, estaría atada a él más estrechamente de lo que nunca lo estuvo un esclavo a su amo. Mientras yacía tumbada en su cama, sudando de calor y temblando de frío, no pudo evitar que le viniera a la mente cómo en una ocasión le rodeó el cuello con las manos y apretó con sutileza mientras le explicaba cómo se anudaba una soga en torno al cuello de un criminal, con el nudo detrás de una oreja, y cómo la soga, una vez que se abría la trampilla, no siempre le partía el cuello, y con frecuencia la persona moría estrangulada. Anna había estado a punto de desmayarse.

Debía rechazar al duque. Ni siquiera tenía por qué ser difícil. Él preguntaría; ella lo rechazaría; él se iría. Era muy sencillo. Salvo que sabía que durante los pocos minutos que durara la visita se enfrentaría a la que quizá fuera la mayor tentación de su vida.

El anhelo —,oh, el anhelo desesperado—, por escapar de sí misma y de la realidad de su vida casi era insoportable. Se había equivocado al ceder a la tentación de pasarlo bien. Una vez que lo había degustado, quería probarlo todo. Pero, al igual que un veneno mortífero, eso solo podría matarla.

Matarla literalmente.

—Me atrevo a decir que no vendrá —le dijo apresurada a su madrina y sonrió—. Según creo, los caballeros siempre dicen ese tipo de cosas cuando escoltan a una dama a casa.

—¡Válgame Dios! —exclamó lady Sterne meneando la cabeza.

Pero no tuvo ocasión de decir más. El mayordomo abrió la puerta para preguntar si lady Sterne y lady Anna recibirían a Su Excelencia, el duque de Harndon.

Anna cerró los ojos con fuerza, pero los abrió enseguida. El mareo era peor con los ojos cerrados.

Él vestía de verde esmeralda y oro. En opinión de Anna, estaba más espléndido y guapo que las veces anteriores. Pero eso tal vez fuera porque ya no era el príncipe encantador con el que se había atrevido a coquetear, sino un hombre que había ido a tentarla. Un hombre al que debía rechazar y despachar para siempre. Atrás quedaba, después de apenas unos días robados, el entusiasmo maravilloso de abandonar su personaje y sus circunstancias para galantear con el hombre más deslumbrante de Londres. El cuento de hadas se acababa.

Durante un rato, pensó que después de todo quizá se había equivocado. El duque tomó asiento y estuvo charlando con ellas unos quince minutos, haciendo gala de una elegancia y un encanto que no indicaban que pudiera haber ningún otro motivo en su visita. Pero al final, cuando Anna empezaba a relajarse, él pronunció las palabras que tanto temía oír. Por un momento, apenas se dio cuenta. Se había vuelto para dirigirse a su madrina.

—Señora —dijo—, ¿puedo pedirle que me conceda unos minutos a solas con lady Anna para discutir un asunto privado?

Lady Sterne se puso en pie enseguida, sonriendo con gesto cordial y elegante.

—Puesto que ya ha pasado la adolescencia y no necesita carabina, sí, Harndon. Pero no más de diez minutos. Después, regresaré.

Anna se puso en pie mientras el duque cruzaba la habitación para abrirle la puerta a su madrina. Fue hacia la ventana sin ser consciente de lo que hacía y miró al exterior sin ver nada. Podía oír los latidos de su corazón. Podía sentirlo en la garganta, privándola del aliento.

«Dios. Por favor, Dios. Por favor, por favor», rezó en silencio con frenesí. Pero sabía que tales rezos eran inútiles. Durante años, Dios no había intervenido en su vida. Dios no había sido amable con ella. O quizás era que estaba poniéndola a prueba, como había hecho con Job, para ver cuánto podía soportar antes de desmoronarse. A veces sentía que estaba muy en el límite.

La voz de él llegó de muy cerca, desde detrás.

—Señora —dijo en voz baja—, creo que ya debe de saber para qué he venido esta mañana y qué es lo que quiero decir.

«Date la vuelta. Díselo ahora. Pon cara de desconcierto y di que no, que no tienes ni idea. No, eso no. Mira con expresión seria. Preocupada. Dile que te preocupa que pueda haberte malinterpretado. Dile que hay otra persona. Alguien que te espera en casa.» Pero Anna se estremeció al pensar en aquel hombre que quizá ya estaba en casa esperando su regreso.

Se dio la vuelta y, al hacerlo, se puso su máscara. Nunca lo había visto como una máscara, sino más bien como una manifestación de cómo se sentía y cómo quería sentirse hasta que tuviera que volver a casa. Pero en esa ocasión sí era una máscara. Anna sonrió radiante y entreabrió los labios e hizo que le brillaran los ojos.

—Pero no, excelencia. Ninguna mujer se permite saber tal cosa. ¿Y si se equivoca? Imagine qué bochorno.

Se rio de él. Quería ver una vez más ese destello de respuesta en sus ojos. Sentía la profunda necesidad femenina de tener poder sobre él, el poder de atraerlo. Una última vez.

Anna se observó a sí misma y se escuchó, desolada y confundida, sintiéndose desesperadamente desgraciada.

—Tiene toda la razón. —Sus ojos la miraron con perspicacia desde debajo de esos párpados entornados, una incongruencia que en ella tenía el efecto de hacer que le flaquearan las rodillas—. Perdóneme. Este tipo de situaciones no forman parte de mi experiencia diaria.

Le tomó la mano y se la colocó con la palma hacia arriba sobre la mano izquierda, y colocó la otra mano encima. La mano de Anna quedó atrapada entre las manos de él. Era un gesto imposiblemente íntimo. Anna sintió un repentino dolor en la garganta.

Y en ese momento se asustó. Luke hincó una rodilla en el suelo. No estaba en absoluto ridículo.

—Señora —dijo—. Lady Anna, ¿quiere honrarme y hacerme el hombre más feliz del mundo convirtiéndose en mi esposa?

Lo había dicho. Las palabras que esperaba y para las que había estado preparándose. Unas palabras que de alguna forma no querían adquirir ningún significado en su cabeza. Anna lo miró a los ojos y se inclinó ligeramente hacia él. Y entonces captó el significado de sus palabras, por fin lo entendió.

Eran las palabras que esperaba y para las que se había preparado y tan nuevas y maravillosas como el sol cuando salía una y otra vez cada mañana. Podía convertirse en su esposa. Podía avanzar hacia la libertad y la felicidad y dejarlo todo atrás, como una serpiente que se desprendiera de una vieja piel. Podía ser su esposa.

No, no podía.

Lo intentó.

—Excelencia —dijo con un hilo de voz—. No tengo dinero. Tal vez no lo sepa, mi padre lo perdió casi todo aunque no-no por cu-culpa suya, y mi hermano es joven y aún no ha tenido ocasión de recuperarse. No tengo dote.

—Solo la quiero a usted —dijo él poniéndose de nuevo en pie, pero sin soltarle la mano—. Tengo fortuna suficiente. No necesito más.

La quería a ella. Ella. Sin ningún otro aliciente. Solo a ella.

Volvió a intentarlo.

—Tengo veinticinco años, excelencia. Sin duda querrá una esposa más joven.

—Quiero una esposa de su edad. Sea cual sea. La quiero a usted.

La quería a ella. Oh, Dios, Dios. La quería a ella.

—Yo-yo tengo hermanas. Dos hermanas de las que me siento responsable ahora que mi madre y mi padre han muerto. Mi hermano es demasiado joven para responsabilizarse de ellas si no es en el plano estrictamente económico. Debo volver a casa para cuidar de ellas.

—Sus hermanas pueden vivir con nosotros, si es lo que desea. Y si es la ausencia de una dote lo que hace que se preocupe por su futuro, yo se la proporcionaré.

Sus miedos por Emily iban mucho más allá de la falta de dote. Pero el duque estaba dispuesto a darles un hogar a Emily y a Agnes, y a poner las dotes a cambio de casarse con ella, de tanto como la quería.

—¿Hay otros motivos —preguntó él— por los que deba vacilar en mi empeño? ¿Algún otro oscuro secreto, lady Anna?

Solo el hecho de que podía acabar en prisión por diferentes delitos. O colgada por otros... incluyendo el asesinato. Y el hecho de que, aparte de esas razones, nunca, nunca podría casarse.

—No —susurró.

—Bien. —Anna reparó entonces en la calidez de sus manos, unas manos fuertes y firmes, reconfortantes y sólidas—. ¿Me acepta? ¿Quiere ser mi duquesa?

Si el duque retiraba las manos, no sería capaz de tenerse en pie. Se desplomaría. Y si retiraba las manos, su cuerpo no tendría ninguna fuente de calor. Se helaría. Si decía que no, él retiraría las manos. Esos pensamientos absurdos le rondaban la cabeza, sin detenerse lo suficiente para que buscara en ellos un sentido.

—Sí.

La palabra brotó en un susurro, pero su volumen y su fuerza le hicieron sentir que fragmentaría su cerebro y su misma existencia. No podía ser ella quien había dicho eso, y sin embargo no podía haberlo dicho nadie más. Y no estaba haciendo nada para retractarse. La palabra flotaba en el aire en torno a su cabeza como algo tangible.

El duque había retirado la mano derecha y subió la mano sujetando los dedos con el pulgar para besarle la palma.

—Pues acaba de hacerme el hombre más feliz del mundo, señora.

Esas palabras convencionales la acariciaron como un guante de terciopelo y penetraron en su ser como una afilada hoja.

Miró al duque con una sonrisa deslumbrante. Por lo visto, su máscara era adaptable.

7

Luke dio gracias por lo ocupado que tendría que estar el resto del día. Lady Sterne, fiel a su palabra, volvió al saloncito matinal diez minutos después de irse. Como era de esperar, se mostró encantada por la noticia. Luke estaba convencido de que lo había planeado todo con Theo y en ese momento estaba congratulándose por el rápido cumplimiento de sus esperanzas.

Lady Anna Marlowe no quería una gran ceremonia, de las que tardaban un mes o más en planificarse. Solo quería que mandaran llamar a su hermano. Estaba a menos de un día a caballo, en la casa de su prometida. No deseaba esperar a que trajeran a su hermana menor... tardaría demasiado.

Luke se sentía aliviado. Una vez dado ese paso tan importante, sin haberse tomado el debido tiempo para considerarlo, quería zanjar el asunto cuanto antes. No quería tener que pasar semanas o incluso meses pensando si podía escapar de alguna manera. No había forma posible de escapar. Así pues, mejor casarse cuanto antes y empezar ya a acostumbrarse a su nueva situación.

Él sugirió que se casaran mediante una licencia especial al cabo de tres días, y ella estuvo de acuerdo. La ceremonia tendría lugar en Londres y permanecerían en la ciudad un tiempo. Aún no se sentía capaz de volver a Bowden. Tal vez podría evitarlo. Pero en el fondo sabía que no, que la inevitabilidad de su regreso había desempeñado un importante papel en su decisión de casarse. No se casaba por inclinación personal.

Y, sin embargo, cuando miraba a su prometida, —¡su prometida!— no estaba seguro de que eso fuera del todo cierto. Anna sonreía y estaba radiante, se la veía vibrante y bonita. Luke reparó entonces en su atuendo y comprendió que debía de haberse ataviado para la ocasión, pues vestía con mayor elegancia de la que sería normal por la mañana. Se la veía feliz, aunque había sido sincera sobre los motivos que la hacían poco adecuada como esposa. Se preguntó si lo amaría.

Luke siempre sentía una clara inquietud cuando sospechaba que alguna mujer lo amaba. Él no podía corresponder a esa emoción. Cuando eso sucedía, siempre ponía fin a la relación incluso si aún no se había cansado de la mujer en cuestión. Y, sin embargo, con lady Anna Marlowe era distinto. Iba a convertirse en su esposa, y aunque no podía amarla, el hecho de saber que iba a poseer esa belleza, junto con su carácter alegre y su vivacidad, le producía cierto placer.

Si tenía que casarse con alguien, pensó mientras se ponía en pie para despedirse, y por lo que parecía debía hacerlo, mejor con ella que con ninguna otra que hubiera conocido.

Salvo Henrietta, apuntó una voz no invitada en su interior. Pero eso fue hacía mucho tiempo.

Se inclinó sobre la mano de lady Anna y la tomó entre las manos una vez más.

—Señora —dijo—, confío en que me concederá el honor de bailar conmigo la pieza inicial y la pieza anterior a la cena en el baile de lord Castle esta noche.

La sonrisa de ella era radiante. Al verla tan de cerca, a punto estuvo de retroceder un paso.

—Gracias, excelencia —replicó—. Estaré impaciente.

—También yo esperaré con impaciencia estas dos piezas. Su humilde servidor. —Y se llevó la mano de ella a los labios.

La visita a Harndon House era necesaria, decidió a desgana. Podía arrepentirse de haber regresado a Inglaterra y haber reanudado la relación con su familia. Pero lo había hecho. A esas alturas no tenía más remedio que avanzar. No tenía sentido perder el tiempo pensando en volver atrás y cambiar su decisión de abandonar París y la vida que tenía allí.

Su madre y su hermana estaban en casa. Hablaron con él de su visita de la noche anterior al teatro. Doris comentó que él había estado más atento a lady Anna Marlowe que a nadie en el palco, y lo miró con una sonrisa traviesa cuando lo dijo.

—Creo que es muy hermosa —opinó Doris—. Más que la marquesa de Étienne, pese a todo su esplendor parisino.

—¡Doris! —exclamó la duquesa viuda con acritud al tiempo que Luke enarcaba las cejas—. Vigila tus modales.

Doris le guiñó un ojo a su hermano.

—Lady Anna Marlowe parece una dama muy educada —dijo la duquesa viuda a su hijo. Como ya le había sucedido en otras ocasiones desde su regreso, Luke se dio cuenta de que rara vez lo miraba directamente—. Y es la hija del conde de Royce. Tiene una posición adecuada, Lucas.

—¿Adecuada para qué, señora? ¿Rezar? —preguntó él con las cejas aún enarcadas.

—La sucesión ha sido incierta durante demasiado tiempo y es hora de que Bowden Abbey vuelva a tener una señora de la casa indiscutible. La esposa del duque actual. Es hora de que pongas el deber por delante del placer, Lucas.

—Señora, para complacerla me casaré con la dama. ¿Qué le parece dentro de tres días?

Ella lo miró con expresión de desconfianza y los labios apretados.

—He venido directo desde la casa de lady Sterne, donde me he declarado y me han aceptado. Me casaré con lady Anna dentro de tres días.

Doris chilló y corrió aparatosamente por la estancia para arrojarse en los brazos de su hermano y besarlo en la mejilla.

—¡Luke —exclamó—, lo sabía! Sabía que te enamorarías y te casarías con ella y vendrías a vivir a casa. Ahora todo volverá a ser como antes. Estoy tan contenta que podría gritar.

—Espero que no, querida —dijo Luke débilmente.

—¡Doris! —exclamó su madre con gesto severo.

Pero Doris no se echó atrás. Enlazó las manos en la nuca de su hermano y se estiró tanto como le permitieron los brazos.

—Es mi hermano, madre, y va a volver a casa. A pesar de tus ropas y tus maneras elegantes y tu falso hastío, sigues siendo el mismo, Luke. Lo sé y me alegro de ello. Ay, esta cuñada sí que me va a gustar, de verdad.

Y el énfasis que puso en esa palabra indicaba que tal vez no le gustaba la otra que tenía. ¿Había sido difícil el trato con Henrietta? ¿Había contagiado su desdicha a los demás?

—Eso espero, Doris —reconoció él, algo incómodo ante una manifestación de afecto tan clara.

Y, sin embargo, Doris ya era así de pequeña. Le gustaba dar abrazos y recibirlos. Le gustaba cogerlo de la mano cuando paseaban. Le gustaba ir a caballito sobre sus hombros, cogida de su pelo, cuando era muy pequeña. Su último encuentro con ella había sido aquel desesperado abrazo en el camino de acceso a la casa.

Doris se iba a llevar una decepción con él, pensó. No era el hermano que ella recordaba. Aquel hombre ya no existía.

Su madre parecía complacida, pero Luke se preguntó si en realidad deseaba que se quedara en Inglaterra y regresara a Bowden Abbey o si lo único que quería era que desbancaran a Henrietta con la esperanza de que Anna se dejara dominar con más facilidad.

Ashley no estaba en casa. ¿Se alegraría de la noticia o le desearía que se fuera al infierno... o cuando menos a París?

Luke se despidió y se fue a White's a almorzar y a relajarse un poco después de las tensiones de la mañana. Allí se encontró con su tío y le dio la noticia. Como cabía esperar, lord Quinn recibió la buena nueva con tan buen humor y estrechó su mano con tanta fuerza —parecía que iba a arrancarle el brazo de cuajo— que llamó la atención de los otros caballeros. Al poco, la mitad de los presentes estaba al corriente de su compromiso. Seguramente, para cuando se iniciara el baile de los Castle, toda la alta sociedad lo sabría, pensó Luke con pesar.

Y, después de pensarlo, se despidió para ir a poner el anuncio de su compromiso e inminente boda en los periódicos de la mañana. Luego fue a conseguir la licencia.

Era ya media tarde cuando Luke llegó al hotel donde la marquesa de Étienne había ocupado una suite. Había vuelto hacía poco de un paseo con unas nuevas amistades, aunque ya se había cambiado y estaba ataviada con un vaporoso salto de cama. Recibió a Luke con las manos extendidas y su sonrisa altiva.

—Ah, *cheri* —dijo volviendo la mejilla cuando él quiso besarla—, estoy furiosa contigo, *non?* Anoche llevaste a una dama inglesa a la ópera, según he oído, porque tu *maman* iba a estar allí y te avergonzaba llevar a una marquesa francesa. Y hoy he estado esperando que vinieras una hora y he dicho *non*, no pienso seguir esperando a este amante infiel. Quizá regrese a París y dispense mis favores a un amante más entusiasta, *non?* Hay muchos que lo solicitan lastimeramente.

—Lo sé, Angélique. El honor de haber sido tu amante es más envidiado y comentado en Francia que el honor de recibir un favor del rey.

—Ah, adulador desvergonzado. Luc el del piquito de oro. Te perdonaré enseguida, *cheri*, aunque tendría que castigarte con mi ira al menos una hora. Pero sería una hora desperdiciada, *non?* Te llevaré a mi lecho y tú alardearás sobre ello entre los oh, tan lentos ingleses que habitan en Londres. Ven, hoy debes ser el león para mí... lo haces muy bien. Estoy dispuesta a someterme al ataque, *mon amour*. —Sus ojos estaban entrecerrados, su voz sonaba ronca.

Luke había pensado tomarla antes de darle la noticia. Angélique era muy concienzuda y diestra en lo que hacía, pero habría sido injusto tenerla en la ignorancia sobre un hecho que bien podía cambiar su actitud hacia él. Después de todo, no era una mujer a la que él pagara por sus favores y que no tuviera derecho a sentir nada por su situación marital.

—Angélique, quizá no tendrías que haber abandonado París. Allí deslumbras, querida. Aquí se malgastan tus talentos. Quizá tendrías que volver.

Ella hizo con los labios el gesto de besarlo.

—Volveremos juntos. Y ahora basta de charlas. Ahora toca actuar. Vas a tocarme y a acariciarme y me harás suplicar tu clemencia y gritar de placer. ¡Tócame, mi león!

—La dama a la que escolté a la ópera ayer —dijo—, lady Anna Marlowe, esta mañana ha aceptado ser mi esposa, Angélique. Nos casaremos dentro de tres días.

Durante varios segundos, ella lo miró con gesto inexpresivo antes de darle un inesperado y doloroso bofetón.

Se puso histérica y empezó a golpearlo y a atacarlo con puños, uñas y dientes, dándole patadas e insultándolo con un lenguaje salido directamente de las alcantarillas de París. Él no devolvió los golpes, pero necesitó toda su fuerza y una cantidad considerable de tiempo para dominarla. Al final la derribó haciéndola caer de espaldas sobre la cama y la inmovilizó con su cuerpo y sus piernas, sujetándole las muñecas por encima de la cabeza.

Ella guardó silencio al fin, mientras su pecho subía y bajaba bajo el cuerpo de él.

—Luc —dijo, mientras la expresión de odio se le disipaba de los ojos—. Luc, me he puesto del todo en ridículo contigo. Te he seguido hasta aquí aunque no me invitaste a venir. Te he perdonado esta tarde cuando debería haber hecho que mis sirvientes te cerraran la puerta en las narices. He mostrado ira en lugar de desdén cuando me has dicho que vas a casarte. Nunca antes me he comportado así. Soy la marquesa de Étienne. Soy yo la que rompe corazones, *non?*

—Sí, y París está lleno de corazones que romper, Angélique. Toda Francia lo está.

—Pero al final me he puesto en evidencia. Al final he permitido que rompan mi corazón. Habría sido tu esposa, Luc. ¿Pensabas que no querría dejar París para vivir aquí el resto de mi vida? Contigo habría vivido en cualquier lugar de la tierra. Habría sido tu duquesa.

Luke no tenía una respuesta que darle. Siguió mirándola a los ojos.

—Hazme el amor —susurró ella—. Hazme el amor, *mon amour*, como solo tú sabes hacerlo.

Pero Luke se bajó de encima de ella y se alisó la ropa. De pronto, la habitación parecía mucho más pequeña que antes o que en cualquiera de sus visitas anteriores; le faltaba el aire. Solo quería salir de allí y respirar aire fresco.

—No puedo, Angélique. Sería injusto contigo. Lo siento, querida mía. Pensé que nos reuníamos por mutuo placer.

—Ah, Luc. —Ella se quedó tumbada en el lecho, como él la había dejado, con los brazos aún estirados por encima de la cabeza—. Y lo era, *cheri,* lo era. Siempre, un placer más intenso que ningún otro que yo haya conocido.

Luke cogió el tricornio y el bastón, y se dirigió hacia la puerta. Tenía que salir de allí. Pero la voz de ella lo detuvo cuando abrió la puerta.

—Es cierto lo que dicen de ti en París. Tendría que haber hecho caso, pero pensé que no tenía importancia. Pensaba que yo era como tú. Dicen que eres un hombre sin corazón, *cheri.*

Luke se obligó a bajar las escaleras sin prisas y salió del hotel. Era la segunda vez que le decían eso en el mismo día... primero Ashley y después Angélique. Y, por supuesto, los dos tenían razón.

«Qué necia la gente que se permite amar», pensó apretando el paso y llenándose los pulmones de aire primaveral. El amor solo podía acabar con corazones rotos, humillaciones y una ira salvaje e inútil. El amor privaba a la persona de raciocinio y le impedía controlar su destino.

Luke recondujo sus pensamientos hacia la velada inminente y las dos piezas que bailaría con lady Anna Marlowe. Ella era como un soplo de aire fresco en su vida. Esperaba que volviera a sonreírle esa noche y volviera a coquetear con él cuando no estuvieran bailando. Se pasaría toda la noche en el salón de baile, aunque no bailara, por el mero placer de verla a ella y contemplar su pasión por la vida.

Los tres días que precedieron a la boda pasaron tan deprisa para Anna que no tuvo ni tiempo para pararse a recuperar el aliento. No dejaba de prometerse a sí misma que pensaría bien las cosas y encontraría una forma de escapar al dilema en el que la habían metido la tentación y su impetuosidad. Pero nunca parecía encontrar el momento.

El duque de Harndon bailó con ella en dos ocasiones en el baile de lord y lady Castle, como había prometido, y estuvo observándola toda la noche con una mirada engañosamente lánguida, sosteniendo en ocasiones ese absurdo abanico cerrado en la mano y en otras abanicándose el rostro despacio. De nuevo llevaba sus cosméticos, polvos y colorete, y un lunar postizo en una mejilla. Tenía un aspecto muy distinto al de la primera noche y vestía de un pálido azul hielo y un blanco níveo con una cantidad considerable de diamantes que destellaban en los pliegues de su corbata, en los dedos y en la empuñadura de su espada de gala.

Anna también estuvo observándolo toda la noche, aunque bailó todas las piezas y coqueteó con él mirándolo por encima del hombro de sus parejas de baile, por encima del borde de su abanico y le sonrió abiertamente desde el otro lado de la estancia. Lo más probable era que no dejara de sonreír ni un momento en toda la noche.

Pero esa noche era diferente. Al parecer su compromiso era de dominio público. En esa ocasión, Luke y Anna se observaron y galantearon en público, bajo el escrutinio atento e indulgente de la alta sociedad. Era emocionante y maravilloso, y el solo hecho de que él la observara, sabiendo que los demás lo observaban, también era maravilloso. Luke la quería a ella, así lo había dicho. Y Anna sentía que era cierto. La quería a ella.

A la tarde siguiente fue a recogerla para llevarla a tomar el té con su madre y su hermana. El anuncio de su compromiso e inminente boda había aparecido en los periódicos de la mañana, de modo que ya era del todo oficial.

La duquesa viuda de Harndon la saludó con cortesía y lady Doris Kendrick la abrazó y la besó en la mejilla. Al parecer, tenía su aprobación. Evidentemente, se recordó a sí misma, ella era la hija del conde de Royce, una novia con una posición adecuada para un duque, incluso si no tenía fortuna.

Mientras el duque permanecía sentado casi en silencio y su hermana sonreía con gesto cordial, la duquesa viuda procedió a hablarle de Bowden Abbey y de la gran cantidad de obligaciones que esperaban a cualquier duquesa de Harndon.

—Por supuesto, una vez que se case con Harndon reemplazará a cualquier otra que comparta el mismo título —le explicó la duquesa viuda—. O sea, mi nuera y yo. Será la duquesa de Lucas, lady Anna, la dueña y señora de Bowden.

No parecía lamentar el hecho de que otra fuera a reemplazarla, pensó Anna. Pero claro, a ella ya la habían reemplazado cuando su esposo murió y el hijo mayor heredó el título de duque. Anna sabía que el duque —su duque— tuvo un hermano mayor, casado, que ostentó el título durante tres años tras la muerte del padre. Pero no había tenido hijos, ni varones ni hembras.

Así pues, pensó, todos esperarían que diera al actual duque de Harndon un heredero sin demora, y la idea le hizo sentir una sacudida en el estómago.

Lord Ashley Kendrick entró dando grandes zancadas en la estancia antes de que terminaran el té. Acababa de llegar y le habían dicho que estaba tomando el té con su madre, le explicó a Anna, dedicándole su bella sonrisa juvenil y haciendo una educada reverencia antes de tomar su mano y besarla.

—No me habría sentido más feliz —le dijo— si hubiera elegido en persona a mi cuñada. Lady Anna, ni yo mismo habría elegido mejor.

Anna rio con él y con lady Doris mientras la madre los observaba con gesto cortés y el duque la contemplaba con los párpados entornados, si bien su mirada era penetrante, y Anna sintió que el entusiasmo aumentaba en su interior.

Lord Ashley se volvió para estrecharle la mano a su hermano y desearle lo mejor, y le dijo que tenía una suerte endemoniada, aunque su madre lo reprendió con severidad por usar semejante vocabulario ante las damas.

Era un joven apuesto y entusiasta, decidió Anna. Y su pensamiento volvió a su hermana Agnes y la irritación que había sentido en el teatro cuando lord Severidge había impedido que lord Ashley volviera a ocupar su asiento junto a ella. Serían una pareja perfecta, y sin duda eran de edad parecida. Lord Ashley parecía bastante más joven que el duque y no sería mucho mayor que Victor. Quizá podría animar la relación entre su hermana y el hermano de su marido.

Su marido. El estómago le dio otro vuelco y sintió que la atenazaba el pánico. Pero lo apartó de forma implacable. No podía dejarse vencer por el pánico estando en público.

Al día siguiente, Victor llegó solo. Había dejado a Constance en casa con sus padres porque no había tiempo material para conseguir una carabina ni un alojamiento adecuado. Dijo que se alegraba por Anna, la abrazó con fuerza y la besó en las mejillas. Temía que después de haber dedicado tanto tiempo a cuidar de su madre y luego de su padre hubiera perdido su oportunidad de hacer un casamiento ventajoso y feliz.

—Por supuesto —dijo—, durante un tiempo todos esperábamos que Blaydon pidiera tu mano y aceptaras, pero yo nunca estuve muy a favor. Era un hombre agradable, pero demasiado viejo para ti, Anna. Era casi tan viejo como padre, por Dios.

Ella no hizo ningún comentario y preguntó por los planes para su boda con Constance, que estaba prevista para finales del otoño. Los padres de la novia querían que celebrara su decimoctavo cumpleaños antes de casarse.

El duque de Harndon llegó durante la tarde para conocer al hermano de Anna y tomar el té. Después, los dos hombres se retiraron para hablar en privado. No había ninguna dote de la que hablar, por supuesto, y ella ya era mayor de edad, pero por lo visto aún consideraban necesario discutir entre ellos algunos aspectos prácticos del enlace. Resultaba un tanto absurdo que Victor discutiera sobre su boda con su prometido. ¡Se le veía tan joven aún, pese a su peluca y su elegante atuendo!

Al día siguiente, pensó Anna ya a solas con su madrina y con Agnes, sería el día de su boda. Al día siguiente a aquella misma hora sería Anna Kendrick, duquesa de Harndon. El pánico volvió a hacer aparición, y tuvo que mantenerlo a raya mientras sonreía y reconocía que sí, que Victor se había convertido en un joven muy apuesto y llevaba su nuevo título con sentido común y dignidad.

A veces, pensó concentrándose en esos hechos, parecía que todo lo sucedido había valido la pena. Victor habría heredado el título de todos modos a la muerte de su padre, pero bien habría podido no haber más. Poco había de valor aparte de la propiedad en sí, pero al menos tenía eso para empezar. Y tenía inteligencia, sentido común y una gran capacidad de trabajo. Oh, sí, debía recordar que había hecho cosas buenas. Debía recordarlo.

Los tres días pasaron muy deprisa y muy despacio. Cuando estaba en compañía de otras personas, Anna podía mantener el pánico a raya. Cuando estaba sola, la atacaba por todos los flancos como los demonios del infierno. No podía seguir adelante con eso. No podía. Debía decírselo. La próxima vez que lo viera, se lo diría.

Había sido una locura que cediera a la tentación. Pero al parecer la locura se adueñaba de ella cada vez que lo veía y la vestía con aquella máscara de sonrisas y coqueteos, tanto era así que a veces se sentía como si estuviera tratando de arrancársela desde dentro, tratando de salir para que él pudiera verla como era en realidad antes de que fuera demasiado tarde. Pero no podía quitarse la máscara.

Sí, debía de haber sido un arrebato de locura, se dijo a sí misma. No había demonios ni máscaras. Lo único que tenía que hacer era decírselo. Aún no era demasiado tarde y no lo sería hasta que hubieran celebrado la ceremonia. Por más terrible que pudiera parecer romper el compromiso una vez que se había hecho público, que tenían la licencia, que Victor había llegado, aún podía hacerse. No era demasiado tarde.

Pero cada momento que pasaba la acercaba un poco más a ese demasiado tarde.

No podía casarse. No podía. Y, sin embargo, era justo lo que iba a hacer. Al día siguiente por la mañana. Ya habían elegido y preparado su traje. Su madrina ya había tenido una charla con ella, le había explicado lo que debía esperar en su noche de bodas en el lecho y cómo debía responder. Pero no tenía que tener miedo, le había dicho. El duque de Harndon era un hombre de treinta años y sin duda tenía mucha experiencia. Sabría cómo calmar sus temores y provocarle el mínimo dolor posible cuando atravesara la barrera de su virginidad. Y, además, Anna le tenía mucho afecto, y él a ella. Lady Sterne le sonrió. Tras la impresión de las primeras noches, Anna acabaría por disfrutarlo.

En su última noche, la víspera de la boda, Anna supo que iba a hacer lo que no debía hacer. Iba a casarse. Cerró los ojos, después de yacer durante horas mirando al dosel de la cama, y se lo imaginó, un poco más alto que ella, agraciado y guapo, elegante casi hasta el punto del afeminamiento, aunque no había nada ni por asomo femenino en él.

Era el hombre al que quería. Al final lo admitió.

Y él la quería a ella. La amaba.

Tal vez... oh, tal vez después de todo aquel gran imposible sí sería posible. Tal vez.

Un día más y, a esa misma hora... Anna tragó de forma convulsiva. A esa misma hora él le habría hecho a su cuerpo todas las cosas que la tía Marjorie le había descrito con tanto detalle. Quizá.

Una noche más y a esa misma hora sería una dama casada. Y, tal vez, a esa misma hora su matrimonio se habría acabado.

¿Dónde estaría sir Lovatt Blaydon en ese preciso momento?, se preguntó Anna. ¿Seguiría en América? ¿Estaría de camino a Inglaterra? ¿En Inglaterra? ¿Se habría muerto? Anna deseaba que hubiera muerto. Solo había una cosa que deseara más que aquello: que estuviera muerto y que ella lo supiera.

Esperaba sentirse culpable por haber deseado la muerte de otro ser humano, pero no fue así.

Deseó que hubiera muerto.

Sir Lovatt Blaydon aún estaba levantado, solo, con una licorera de brandi junto al brazo y en la mano un vaso vacío que no había vuelto a llenar desde hacía más de una hora. Estaba mirando las ascuas del fuego que su ayuda de cámara había encendido hacía rato.

Junto a la licorera había un periódico matinal de hacía al menos dos días. Estaba abierto y plegado por la página de anuncios. Se sabía ese anuncio de memoria.

Ya había conseguido lo que quería cuando se fue a América. Había adquirido una propiedad y una casa, y había amueblado la casa con esmero y buen gusto. Había contratado sirvientes recomendados por sus habilidades domésticas y su aire educado. Y se había quedado para establecerse en la zona, conseguir que lo aceptaran y lo apreciaran y lo buscaran. Siempre le había resultado fácil gustar a los demás. Ya cuando era un crío, su madre le decía que si quería, podía encandilar a los pájaros de los árboles.

Lo tenía todo listo. Para ella. Para Anna. Y después había vuelto a por ella. Ella tenía que estar esperándolo. Confiaba en ello. Pobre Anna, él se había asegurado de que lo esperara. Y ya era hora de que la separara de su familia. Ya no la necesitaban. Ya no dependían de ella para todo. Su querida y fuerte Anna, que había cargado con todo ella sola y había mantenido unida a la familia mientras Royce se venía abajo ante sus ojos, afectado por su afición por el alcohol y el juego, sin dejar de quererlo y preocuparse por él, y evitando que sus hermanas e incluso su hermano tuvieran ninguna preocupación, haciendo lo posible por pagar todas sus deudas para que no tuvieran que afrontar la ruina total y su hermano tuviera algo que heredar.

Bueno, por fin todo había acabado para ella. Era libre. Y era hora de que él le diera la vida de abundancia y tranquilidad que se había ganado. Jamás tendría que pasar por otro momento de ansiedad. Por fin podría recoger el fruto de tanto esfuerzo. Durante lo que le quedara de vida, la agasajaría con todo lo que tuviera a su alcance y tendría su dedicación incondicional. La cuidaría incluso más allá de la muerte. Se había ocupado de hacer ciertas disposiciones.

Su Anna sería feliz.

O eso había pensado hasta que regresó y descubrió que no estaba en casa; de hecho, no había nadie en la casa, salvo la hermana menor. Anna había ido a Londres con una de sus hermanas, Agnes, para pasar un par de meses con su madrina.

Y cuando llegó a Londres se encontró con eso... Volvió la cabeza hacia el periódico, pero no lo cogió. Se sabía la noticia de memoria. Anna se había comprometido con el duque de Harndon y se casaría con él dos días después del anuncio. Al día siguiente.

Algo había muerto en el interior de sir Lovatt y algo se había transformado en una furia helada. ¿Acaso Anna no lo había entendido? ¿No se había asegurado él de que supiera sin género de duda que era suya, que le pertenecía? Él era dueño de su mente. De su cuerpo. Y se había encargado de que no tuviera ninguna duda al respecto. De no haber estado tan seguro de que lo entendía, no se habría ido a América sin ella. No le habría concedido aquel año de luto por Royce y para asegurarse de que su hermano y sus hermanas iban por buen camino.

Anna no lo había entendido. O sí; en realidad, sí. No le faltaba la inteligencia. Ni el coraje. No había sabido ver la imagen completa y había decidido que él quería destruirla. No sabía los planes que tenía para ella, y había pensado que podía escapar.

Su querida y valiente Anna. Para su sorpresa, sir Lovatt no pudo sentir ira por ella, tan solo una cierta admiración por su desafío. Y con esa admiración había llegado su decisión. Su primer impulso fue no permitir que el matrimonio se realizara. Pero luego decidió que sí. Y por una buena razón.

Oh, sí, ¿cómo no lo había pensado antes? Sería perfecto. Eso haría que su futuro feliz fuera del todo perfecto. Tendría que esperar el momento, desde luego, y a ella. Pero estaba acostumbrado a esperar. Tenía la sensación de que se había pasado la vida esperando.

Bien podía esperar un poco más por la perfección.

Querida Anna. Apoyó la cabeza contra el respaldo de su asiento y cerró los ojos. Se preguntó si ella sería consciente de que la amaba, de que ella se había convertido en su gran amor, de que era el centro de todos los días que pudieran restarle de vida, su felicidad, su prosperidad. No, seguro que no lo sabía. Había tenido que ser cruel con ella. Sabía que había sido cruel. Pero nunca más.

Al permitir que se casara con el duque, estaba asegurando que su felicidad última fuera incluso mayor de lo que había planeado. Incluso cuando él muriera, ella sería feliz... no estaría sola.

Pero la espera iba a hacérsele muy larga. Ah, Anna. Iba a ser una tortura.

8

Curiosamente, mientras estaba en pie en la iglesia fría y casi vacía con su prometida, pronunciando y escuchando las palabras que iban a unirlos de por vida, Luke no sentía pesar.

Cuando su hermano la llevó hasta el altar, hacía unos minutos, ella le había obsequiado con su sonrisa deslumbrante de siempre, y seguía mirándolo arrebolada y con ojos brillantes, aunque la sonrisa había desaparecido. Estaba tan preciosa que lo dejaba sin respiración, con su vestido abierto de satén blanco con las amplias tiras decorativas con bordados de oro y enaguas color crema, y un peto tan saturado de bordados elaborados con hilo dorado que parecía hecho de oro. Incluso la cofia de encaje con esas largas tiras a la espalda y los tres volantes de puntilla de la camisola que sobresalían a la altura de los codos bajo los puños relucían por el hilo de oro.

Y, sin embargo, no era solo su belleza o su vitalidad lo que hacía que se sintiera tan feliz por casarse con ella. Había tenido a muchas mujeres hermosas y nunca había sentido la inclinación de convertir su relación con ninguna de ellas en algo permanente. Pero, por lo visto, lady Anna Marlowe no era tan frívola ni de carácter tan superficial como había pensado. Era capaz de mostrar lealtad, amor y sacrificio.

Su hermano se lo había contado todo. Durante años había cuidado de su madre, enferma de tuberculosis, había dirigido la casa y se había ocupado de su hermano menor y sus hermanas. Y tras la muerte de la madre había seguido ocupándose de todos ellos a pesar de que el padre se derrumbó y acabó al borde de la ruina tras una serie de reveses en su fortuna. Anna no pensaba nunca en sí misma, le había explicado Royce, y a la edad de veintiún años había rechazado una oferta de matrimonio muy adecuada para no dejar a su familia a su suerte. Para cuando su padre murió hacía poco más de un año, Anna ya había cumplido los veinticuatro.

Aunque Royce no lo había dicho, Luke sospechaba que el padre bebía y era un jugador empedernido, y que el colapso físico, mental y económico se remontaba a años de debilidad y autocomplacencia. La ruina económica casi total no solía producirse de un día para otro.

Pero, pese a los problemas, durante unos años que hubieran debido ser difíciles y opresivos, lady Anna había mantenido unida a la familia y había permitido que los más pequeños, incluido el propio Royce, crecieran con un cierto sentimiento de seguridad. En el proceso, ella había perdido prácticamente sus posibilidades de tener una vida plena. Había renunciado a la posibilidad de casarse y dejar atrás su carga.

Sí, pensó al mirarla mientras el párroco hablaba, podía haber sido mucho peor. Seguro que haría un trabajo admirable como duquesa. Y también era hermosa y deseable. A veces, se permitió pensar en la quietud de la iglesia y lo extraño del momento; a veces, la vida le ofrecía a uno segundas oportunidades, incluso aunque durante diez años no hubiera hecho nada por merecerlas.

Tal vez después de todo podría recuperar parte de sus sentimientos. Afecto, lealtad, devoción, confianza... Sobre todo, confianza. Y, mientras deslizaba la alianza en el dedo de Anna, comprendió con cierta sorpresa, pero no asustado, que se había enamorado un poquito de ella.

Y en ese momento las palabras que el párroco había pronunciado le resonaron en la mente. Eran marido y mujer. Ella era su mujer, su duquesa.

Tomó las manos de Anna entre las suyas, se inclinó sobre ellas casi con reverencia y se llevó una y después la otra a los labios. Y eso lo hizo mirándola a los ojos, unos ojos muy abiertos y verdes en los que por un instante percibió un destello antes de que le sonriera. ¿Miedo? Sí, sin duda. Tenía veinticinco años. Por la noche, él se encargaría de calmar sus temores. Y lo haría encantado. Encantadísimo.

Su madre hizo el ademán de besarlo, Doris lo abrazó con fuerza y le dio un beso en los labios. Ashley le estrechó la mano y le sonrió; quizá sabía que todas sus deudas habían sido saldadas, incluso las más extravagantes, relacionadas con ropas y joyas de mujer y el alquiler de una casa y sirvientes, que solo podían tener un propósito muy evidente. Theo estrechó con vigor su mano y le dio unas palmadas en la espalda. Lady Sterne, atribuyéndose, según dijo, el privilegio de una madre, lo besó en las dos mejillas. Royce le estrechó la mano con gesto cordial. Lady Agnes Marlowe lo miró muy fijo al mentón e hizo una genuflexión, y pareció visiblemente asustada cuando él le tomó la mano y le besó los dedos.

Su esposa también estaba recibiendo besos y abrazos. Estaba incluso más arrebolada que antes y reía. Se la veía muy feliz. Merecía ser feliz, pensó. Y se preguntó si él podría dárselo, si ser su duquesa y la señora de su casa y la madre de sus hijos sería suficiente. No estaba seguro de tener ningún amor que ofrecerle, aunque había sido lo bastante descuidado para enamorarse de ella. Pero Anna parecía de natural alegre.

De pronto se dio cuenta de que estaba contando los días que hacía que la había visto por vez primera en el baile de lady Diddering. No recordaba el día de la semana en que se había celebrado el baile. Estaban a lunes. Por increíble que pudiera parecer, pensó después de hacer los cálculos dos veces en la cabeza, debió de ser el martes. El martes de la semana anterior. O sea, no hacía ni una semana que conocía a lady Anna Marlowe, y ya se había convertido en la duquesa de Harndon.

La idea le daba vértigo. ¿Qué sabían en realidad el uno del otro? Apenas nada. Y, sin embargo, eran marido y mujer.

Y entonces la guio al exterior, a la luz y el sol, con el brazo de ella reposando formalmente sobre el suyo. El carruaje los esperaba.

Ante la iglesia, se había congregado la habitual multitud de curiosos. De alguna forma se había corrido la voz de que dentro estaba celebrándose una boda aristocrática. Los espectadores eran casi en su totalidad miembros de las clases más bajas y muchos vociferaban abiertamente declarando su admiración por el aspecto de la novia y el novio, si bien algún bromista, tuvo a bien decirles a Luke y al resto de la audiencia con voz de pito que estaba tan guapo como una moza. Otra persona, mujer en esa ocasión, hizo algunas predicciones obscenas y vocingleras sobre la inminente noche de bodas, y una tercera persona, otra mujer, añadió que dentro de nueve meses la novia lamentaría haberse divertido tanto esa noche.

Luke no prestó mucha atención y, a juzgar por su expresión cuando la ayudó a subir al carruaje, parecía que Anna tampoco. Y, sin embargo, reparó de forma marginal en el único espectador que no pertenecía a las clases bajas. Parecía un espectador, aunque quedaba en parte oculto tras el tronco de un viejo roble que había en el centro de la plaza. Un hombre bastante delgado y atractivo, de mediana edad, ataviado con un gabán negro y un tricornio bien calado sobre la frente.

Luke solo reparó en él de pasada, y aun así frunció ligeramente el ceño cuando subió al carruaje para ocupar su asiento junto a su esposa. Algo se le removió por un instante en el recuerdo, y pasó. No trató de recuperarlo para ver qué era. No era importante. El asunto había quedado olvidado antes incluso de que el carruaje echara a andar con las ruedas bien engrasadas.

Ninguna de las personas del grupo de invitados que hubiera podido reconocer a sir Lovatt Blaydon miró en la dirección del viejo roble.

Anna no sabía que el duque de Harndon no vivía en Harndon House. Cuando la llevó a la casa ducal a tomar el té con la duquesa viuda, no se había dado cuenta de que no vivía allí con ella y sus hermanos. Ni siquiera se dio cuenta durante el banquete de bodas... hasta que a media tarde se levantó y sugirió que era hora de que la llevara a casa.

Por un absurdo momento, Anna pensó que estaba hablando de devolverla a la casa de su madrina, y en ese mismo instante el corazón le dio un vuelco por la alegría.

Le pareció extraño que no viviera en la casa que tenía en Londres y en vez de eso hubiera incurrido en el enorme gasto de alquilar otra casa. Y no era una casa pequeña, vio Anna cuando llegaron. Pensó entonces en cómo sería su relación con el resto de la familia y de pronto se dio cuenta de lo poco que sabía de él. En realidad, no sabía casi nada. Había charlado con ella durante sus encuentros, para encandilarla y entretenerla, pero no le había dicho apenas nada de sí mismo.

La perspectiva de estar en una casa con la familia de él el día de su boda y su noche de bodas le había parecido aterradora. Y, sin embargo, una vez superado ese motivo de incomodidad, le habría gustado tener compañía. Estaba sola con él, con el hombre que era su marido, y tenía tanto miedo que casi no podía respirar.

Cenaron tarde y solos, aunque Anna vio que él se ataviaba como si fueran a ir a un baile, cambiando el azul marino y plata que había lucido durante la ceremonia por terciopelo marrón y bordado dorado y encaje. Conversó con ella mostrándose más encantador que de costumbre, ahuyentando con su actitud la atmósfera incómoda que ella esperaba. Ella misma, según notó con cierta sorpresa, estaba aportando su granito de arena, sonriendo, riendo con él y charlando como si fuera una novia normal en el día de su boda.

Salvo que la mayoría de las novias habrían estado tensas y nerviosas ese día, pensó. Pero si dejaba de sonreír y reír... oh, se derrumbaría.

Cuando terminaron la cena, Luke la llevó al salón y siguieron charlando mientras tomaban un té. Él no bebía, según le había dicho cuando Anna preguntó si deseaba que lo dejara a solas para tomar su oporto. Los brindis que había hecho durante el banquete fueron una concesión al festejo. Era otro detalle inesperado. Anna no conocía a ningún hombre que no bebiera.

Pero Luke se puso en pie demasiado pronto y demasiado temprano, o así se lo pareció a Anna, aunque al mirar al reloj de la repisa de la chimenea vio que eran más de las diez. Le tendió una mano.

—Vamos, señora —le dijo, mirándola con aquellos ojos astutos desde debajo de los párpados entornados—. Debo escoltarla al vestidor. Tenemos una noche de bodas que celebrar antes de acostarnos.

Podía muy bien haber cerrado el puño y haberla golpeado con fuerza en el estómago; el efecto no habría sido muy distinto del que tuvieron sus palabras, que la dejaron sin respiración. Anna colocó una mano sobre la mano de él, se puso en pie y le sonrió, y se encontró pensando estúpida y frenéticamente en dolores de cabeza y fatiga tras el ajetreo de la jornada y el momento equivocado del mes.

—Sí, excelencia. La tenemos.

Luke la dejó ante la puerta de su vestidor tras abrirla para ella. Se permitiría el honor de visitarla en su dormitorio en media hora. Así lo dijo. Ella asintió con una sonrisa.

Para cuando Luke acudió a ella algo más de media hora después, Anna estaba a punto de ponerse a gritar, histérica, porque tardaba demasiado y aquel terrible desenlace estaba retrasándose. Los criminales condenados no debían de pasarlo nada bien en sus últimos momentos, pensó. Seguro que esperaban la horca con anhelo, deseando que el lento proceso de la ley se acelerara de modo poco decoroso. Pero la desafortunada intrusión de la imagen de los ahorcados solo sirvió para aumentar la sensación de terror. Respirar se había convertido en un proceso consciente y doloroso.

Luke llevaba un batín de satén azul claro. Anna vio que sin el tacón de sus zapatos, no mediría más que nueve o diez centímetros más que ella. Sin la consistencia de su chupa y la casaca con faldones, parecía muy delgado. Y, sin embargo, la anchura de sus hombros y su pecho sugerían que era fuerte. Los cosméticos habían desaparecido de su rostro y sus cabellos se veían libres de polvos. Anna vio con cierta sorpresa que eran de color castaño oscuro. Los llevaba sujetos a la nuca con una cinta negra, pero no estaban recogidos en la bolsa. Le caían espesos y ondulados casi hasta la cintura.

Anna reparó en todos esos detalles sobre su apariencia y su atractivo sin una respuesta emocional. Reparó en esos detalles casi clínicamente, tratando de centrar con desesperación los pensamientos desbordantes e incontrolados de su mente y se preguntó si debería haberle pedido a la doncella que le sujetara el pelo con una cinta en vez de dejárselo suelto. Ni siquiera llevaba cofia.

Trató de sonreír. Pero no consiguió que las comisuras de los labios se le movieran. Su máscara la había abandonado. Se quedó mirándolo en silencio. Él se había acercado y había tomado sus manos entre las de él.

—Es como pensaba —dijo en voz baja—. Dos bloques de hielo. Y una mirada de puro terror. ¿Anna? ¿Qué ha pasado con tus sonrisas? ¿Tanto miedo te doy? ¿Tan temible te parece realizar el acto marital conmigo?

Era la primera vez que la llamaba por su nombre sin acompañarlo de ningún título. Anna se concentró en el sonido extrañamente reconfortante de su nombre en los labios de Luke, mientras una zona rebelde de la cabeza le mostraba imágenes de sí misma obligada a yacer en una cama, con los brazos por encima de la cabeza y las muñecas atadas a los postes.

—¿No dices nada? —preguntó y le soltó las manos para apoyar las palmas en su rostro. Le acarició las mejillas con los pulgares—. Anna, no soy un monstruo. La primera vez habrá dolor, según dicen... un poquito, y solo en los primeros momentos. Tendré cuidado, querida mía, y trataré de hacerlo lo más suave posible. Vamos, tumbémonos, ¿te parece?

No habría dolor. Oh, Dios, no habría dolor. Y no era un poquito de dolor solo en los primeros momentos. Era un dolor agudo e intenso que dejaba el alma magullada para toda la vida.

—Sí, su excelencia —susurró.

—Luke —dijo él—. Mi nombre es Lucas, aunque solo mi madre me llama así.

—Luke —susurró Anna.

Luke apagó las velas cuando ella se tumbó en la cama y se echó a un lado para dejarle sitio. A los pocos segundos, se tumbó junto a ella y casi antes de que la tocara, Anna se dio cuenta de que estaba desnudo.

Un brazo se deslizó bajo su nuca y con el otro la hizo volverse de lado, de cara a él, y luego le apoyó la palma en la mejilla. Y la besó, con unos labios cálidos y firmes. Volvió a hacer descender la mano por detrás de su cintura, para atraerla hacia sí. Con suavidad, sin coaccionarla. Anna sentía aquel poderoso cuerpo masculino, cálido y desnudo, separado del de ella solo por el fino lino de su camisón.

La boca de Luke se apartó unos centímetros.

—Anna —dijo—. Estás muy tensa. Relájate, querida. No hay prisa. Tenemos toda la noche. Tenemos toda la vida. Te daré tiempo para que te acostumbres a mí. No entraré hasta que estés lista. Vamos, ya verás como no te parece tan terrible.

«No lo pospongas. Hazlo ahora. Termina de una vez. Hazlo ahora», le gritaba la mente. El cuerpo trató de obedecer la orden.

Luke la besó con los labios entreabiertos. La besó por toda la cara y el cuello. Sus manos se movían con suavidad, nada amenazadoras, por su espalda, subiendo y bajando desde la cintura. Y en ese momento una mano le tocó el estómago y el lado de la cadera y la cintura. Y luego los pechos, rodeándolos con tanta ligereza que casi ni parecía que la estuviera tocando.

Para cuando desabrochó los botones de su camisón, Anna tenía los ojos cerrados, pero no apretados, los labios entreabiertos, y su cuerpo estaba apoyado contra el de él de cintura para abajo. Y esperaba que él volviera a tocarla allí, donde le había gustado. En los pechos.

Fue agradable por partida doble sentir su mano contra la carne, primero rodeando sin apenas tocarla, como al principio, luego masajeando también con suavidad y luego rozando con el pulgar el pezón, provocando una cierta tirantez allí y un dolor punzante que en realidad no era dolor.

Anna podía oír algunos gimoteos, pero no prestaba atención. Podía notar contra su vientre el miembro cada vez más duro, y se pegó con fuerza contra él. De la garganta de Luke brotó un gemido de placer.

Y entonces Luke se apoyó sobre un codo y la instó a tumbarse de espaldas, y procedió a bajarle el camisón desabrochado por los hombros y los brazos.

—Podemos prescindir de esto, Anna —dijo inclinándose sobre ella otra vez—. No es más que un estorbo, ¿no te parece?

Ella levantó las caderas, obediente, mientras Luke le quitaba la prenda y la arrojaba a un lado. Y Anna volvió de golpe en sí. Ya era hora. Sabía que era hora. Estaba tumbada de espaldas, se había relajado para él y había podido sentir que él estaba listo.

Luke volvió a besarla, casi con languidez, con la boca abierta. La palma de él volvió a deslizarse sobre sus pechos y descendió hasta quedar apoyada sobre su abdomen, sobre su vientre, durante unos momentos.

Y entonces se movió y se colocó con todo el peso encima de ella. Volvió a besarla y musitó unas palabras que su mente no logró descifrar, mientras le separaba las piernas con las rodillas y colocaba las manos con firmeza bajo sus nalgas para sujetarla con fuerza.

Anna aspiró y contuvo el aliento cuando notó aquella dureza contra ella, entrando —en un lugar donde no encontraría ninguna barrera y no provocaría ningún dolor— de forma lenta e inexorable.

Cuando por fin se detuvo, la mente le dijo que estaba muy adentro; mucho más adentro y con mucha más fuerza de lo que habría imaginado. Se sentía invadida. Un hombre. Por primera vez en la vida su cuerpo estaba siendo poseído por un hombre. Por él, Luke. Podía verlo detrás de los párpados cerrados, tan guapo, vestido de rojo y oro, con las mejillas empolvadas y coloreadas, el pelo empolvado, refrescándose el rostro con su abanico de marfil y oro, con los ojos grises clavados en ella. Y en ese instante podía sentirlo, desnudo contra su propia desnudez, muy adentro, compartiendo la mayor de las intimidades.

Pese a todo, Anna disfrutó sintiéndolo allí mientras esperaba el final. Y no se arrepentía. No se arrepentía de ese momento en el tiempo. Porque durante ese momento, ese único momento, se sintió como una mujer.

Luke permaneció dentro, quieto, durante lo que pareció mucho rato antes de romper el silencio. Cuando lo hizo, hablando muy quedo contra su oído, a Anna le pareció que su voz sonaba inexpresiva, aunque en realidad tampoco habría sabido decir cómo sonaba.

—Relájate —dijo.

Y fue entonces cuando Anna se dio cuenta de que cada músculo de su cuerpo había vuelto a ponerse en tensión y estaba conteniendo el aliento. Lo obedeció.

Luke salió muy despacio. Anna casi sintió que su corazón se moría un poquito y estuvo a punto de gritar por la angustia. Pero se detuvo antes de abandonarla del todo y volvió a entrar con un fuerte empujón, y repitió esta acción una y otra vez. Anna recordó de pronto lo que le había dicho su madrina, aunque la realidad se parecía muy poco a lo que ella había imaginado por la descripción. La realidad era mucho más... física. Ese retirarse y empujar se convirtió en un movimiento constante y rítmico contra una inesperada humedad, de modo que sonido y movimiento se convirtieron en parte de una danza en la que su propio cuerpo poco a poco se relajó y a la que al final respondió.

Luke estaba realizando el acto marital con ella, le decía su mente mientras su cuerpo se abría y se rendía ante él, y compartía su ritmo y seguía su paso.

El placer brotó en un susurro de sus labios un momento antes de que él embistiera una última vez y se quedara muy adentro, y sintió una cálida humedad en su interior. El acto se había consumado. Su vientre estaba recibiendo su simiente.

Anna sintió las lágrimas calientes contra los párpados, cerrados.

Quizá, pensó mientras el cuerpo de él se relajaba sobre el suyo y volvía la cabeza para apoyar la mejilla sobre el hombro mojado de Luke, no se habría dado cuenta. Quizá no era tan evidente.

Luke salió de su interior y, por un momento, Anna se sintió abandonada. Se apartó y se tumbó a su lado. Ella cerró las piernas y se quedó inmóvil. Quería ponerse de costado. Quería cubrirse con las sábanas, porque sentía frío después de que el cuerpo cálido de Luke se hubiera apartado. Podría volver a sentirse a gusto en cuanto él se fuera a su habitación. Y deseó que se fuera sin decir nada.

Estaba a punto de dormirse cuando notó que alguien levantaba la ropa de cama y la cubría hasta los hombros. Se volvió de costado, de cara a él, relajándose con el calor de las mantas y del cuerpo de él, aunque ni ella lo tocó ni él la tocó a ella, y se permitió el lujo de dormirse.

Luke nunca dormía con una mujer, motivo por el cual mantenía sus relaciones casi en exclusiva por la tarde, aparte de por el hecho de que le gustaba ver a la mujer con la que hacía el amor. Le gustaba hacerlo dos veces, a veces tres, y entre una y otra se relajaba, y luego, cuando su cuerpo y la mujer estaban saciados, se despedía. Dormir se le antojaba una de las actividades más íntimas y le gustaba hacerlo solo.

Pero despertó algo desorientado y se dio cuenta de que se había dormido en el lecho de su esposa. Podía oír su respiración profunda y tranquila. Podía sentir el calor de su cuerpo a su izquierda, aunque no se tocaban. Se tumbó de espaldas y se cubrió los ojos con el brazo. Tendría que haber estado furioso, pensó. ¿Lo estaba? De alguna forma, le parecía absurdo estar furioso. Después de todo, Anna tenía veinticinco años. ¿Decepcionado, entonces? Sí, definitivamente. Recordaba haberse sentido hechizado por su vivacidad y su ingenuidad. Recordaba haber pensado ese mismo día, o el día anterior, que tal vez la vida le estaba ofreciendo una segunda oportunidad. Una segunda oportunidad para la inocencia... y la paz.

Bueno. Y quizá la vida daba esas segundas oportunidades. Pero no a él.

Pensó en su imperdonable estupidez al haberse permitido enamorarse y confiar en otra persona. Tenía el corazón y los ojos fríos cuando miró hacia arriba. Los dientes apretados, la mandíbula tensa.

Su intención había sido tomarla solo una vez esa noche. La impresión de realizar un acto tan íntimo y desconocido y el dolor de que abrieran un pasaje sellado físicamente serían más que suficiente para su primera noche. Y por eso había decidido no volver a tomarla hasta la siguiente noche, e incluso entonces quizá solo una vez y con suavidad.

Ya no había razón para que se contuviera. Y su cuerpo era tan hermoso y seductor sin ropa —aunque solo lo había experimentado con los sentidos del tacto, el gusto y el olfato, no con la vista— como con ellas. Era su esposa y podía tomarla cuando quisiera y como quisiera. La quería en ese momento.

Pese a sus negaciones, la ira llegó. Y el dolor, que seguía negando. Y la necesidad no admitida de devolver el golpe.

Luke le puso una mano sobre el hombro y la la tumbó boca arriba. Le separó las piernas con una rodilla, la levantó con las manos y la penetró con una fuerte embestida. Ella despertó con un pequeño grito y sus piernas se deslizaron hacia arriba hasta quedar flexionadas y con los pies apoyados a ambos lados de sus muslos.

Hacer el amor siempre había sido una experiencia compartida de dar y tomar, tomar placer y darlo de acuerdo con las necesidades que intuía en su compañera de cama. Para él era una cuestión de orgullo no dejar nunca insatisfecha a su compañera. Sabía que en Francia tenía reputación de amante diestro y considerado, pero en ese encuentro se limitó a tomar. Descargó su ira y su dolor y su necesidad dentro de Anna durante largos minutos antes de que llegara la bendita eyaculación. Y fue una sorpresa oír la exclamación de ella, que llegó casi al mismo tiempo. Una exclamación de satisfacción sexual.

Luke se sintió culpable al momento. Pero detestaba sentirse culpable, detestaba sentir cualquier emoción intensa. Levantó el rostro de su pelo, esa larga melena ondulada y casi rubia que tanto lo había excitado al verla sin tirabuzones ni polvos, y bajó los labios a su boca para besarla con suavidad en una disculpa muda y no admitida. Ella le rodeó los hombros con los brazos y lo abrazó con calidez. Sus piernas se deslizaron sobre el colchón y Luke pudo sentir contra las suyas lo delgadas que eran.

Se quedó en su cama toda la noche. La tomó una vez más en la oscuridad y otra bajo la tenue luz del amanecer, cuando se levantó sobre los brazos para mirarla y ver lo que hacían.

Ella aún dormía cuando Luke dejó su lecho y su habitación para salir a dar su paseo matinal a caballo bajo una fría llovizna.

9

En cuanto despertó, Anna supo que estaba sola y que era mucho más tarde de lo que solía levantarse. No tenía importancia. Era la mañana posterior a su boda, la mañana después de la noche de bodas. Nadie esperaría que se levantara temprano. Los sirvientes podrían pensar que había algo mal si lo hacía. La idea le arrancó una sonrisa.

Anna se desperezó a placer bajo las cálidas sábanas, notando esa suavidad desconocida contra su cuerpo. Nunca había dormido desnuda. Era agradable, aunque por un momento sintió vergüenza al pensar que la doncella seguramente había estado en la habitación, ya que había una taza de chocolate cubierta con una película grisácea junto a lecho, y habría visto su camisón tirado en el suelo.

No tenía importancia. Al menos entre el servicio se correría la voz de que el duque de Harndon había dormido de verdad con su nueva duquesa.

Todos sus miedos habían sido infundados. Bueno, al menos los miedos más inmediatos. Había otros en los que no pensaría más. Sí, y cuando sir Lovatt Blaydon volviera a Inglaterra, descubriría que lo había desafiado. La encontraría casada. Tal vez reconocería la derrota o tal vez no, pero no pensaba seguir preocupándose por eso.

Al final no había sido tan obvio. Él no se había dado cuenta. Le había hecho el amor cuatro veces. Anna se rio en voz alta. No tenía ni idea de que pudiera hacerse más de una vez en una misma noche, como si hubiera alguna especie de ley. Luke la quería. La amaba. Anna ya lo sabía antes de que se casaran, pero el pánico le había arruinado una parte del encanto. Nunca más. Su esposo le había hecho el amor cuatro veces, y en la cuarta en la habitación casi había luz y se había levantado adrede sobre los brazos para mirarla. Por un momento ella se había sentido incómoda, pero lo tenía dentro, amándola. Sabía que para él era hermosa. Se había sentido hermosa. Y por eso se había permitido mirarlo también; había dejado que los ojos se demoraran en los poderosos músculos de su pecho cubierto de vello negro y sus brazos, y más abajo. Se había permitido a sí misma mirar.

Anna volvió a desperezarse. Esa mañana se sentía como una mujer. No, no era eso. Ella siempre se sentía como una mujer. Esa mañana se sentía como una mujer casada, algo a lo que había renunciado hacía tres o cuatro años, algo que durante dos años había considerado un imposible. Se había reconciliado, o había tratado de hacerlo, con la idea de que iba a pasar la vida como una solterona, de que nunca tendría conocimiento carnal con un hombre.

Y, sin embargo, ya lo tenía y él lo había tenido con ella... en el sentido bíblico. Y su cuerpo lo sabía esa mañana. Se notaba los pechos sensibles. Tenía las piernas rígidas por haberlas tenido abiertas durante largos minutos cada vez y se sentía dolorida la zona de dentro donde él había estado. Y había esa sensación general de... de que la conocía.

Esa noche volvería a hacerlo, pensó sintiendo que se le aceleraba la respiración. Y al día siguiente por la noche, y al otro. Lo haría con regularidad quizá para el resto de su vida, y solo se abstendría unos días cada mes cuando... Rodó para ponerse de lado. Cuatro veces. Había realizado el acto marital cuatro veces con ella la pasada noche. Quizá ya estaba encinta. Notó un vuelco en las entrañas ante esa idea asombrosa. Cada vez que le hiciera el amor, el cuerpo se le llenaría con su simiente. Era su esposa. Sería su esposa para siempre.

De pronto se mordió el labio superior y volvió a reírse por las lágrimas que le caían en diagonal por el rostro. No sabía que la felicidad pudiera ser una agonía. Esa mañana se sentía tan feliz que le dolía. Quería volver a verlo. Quería ver sus ojos. Quería ver en ellos la consciencia de que era su esposa y de que habían compartido las intimidades del matrimonio durante toda una noche.

Anna apartó la ropa de cama y tiró del cordón de la campanilla para llamar a su doncella.

Luke no estaba en el comedor matinal, por supuesto. Debía de hacer horas que había desayunado. Era probable que se hubiera ido al club o a dondequiera que fueran los caballeros para pasar el día. Esperaba que volviera a casa antes de la noche. Quizá lo haría, puesto que era el día después de su boda. Anna se llenó un plato de las bandejas tibias del aparador y se sentó a comer, decidida a disfrutar del día incluso aunque tuviera que hacerlo sola.

Pero no estuvo sola mucho tiempo. Luke se unió a ella unos minutos después, con un aspecto inmaculado y elegante con su batín de seda roja puesto encima de la camisa y los calzones. Su pelo estaba enrollado con esmero a los lados, sujeto a la espalda en su bolsa y empolvado. El atuendo era informal, pensó, pero el efecto, no. Se inclinó ante la mano de ella y se la llevó a los labios antes de tomar asiento e indicarle al mayordomo, levantando el índice, que tomaría café.

Anna se quedó mirándolo, sintiendo que su cuerpo palpitaba ante la consciencia de lo que le había hecho durante la noche y cómo lo había sentido y visto sin su ropa. Le sonrió con gesto cordial.

—¿Hace mucho que estás levantado? —le preguntó—. Me ha producido vergüenza ver lo avanzada que estaba la mañana cuando he despertado.

—Siempre me levanto temprano. Me gusta salir a montar antes de que haya demasiada gente en el exterior que me moleste. Pero puedes dormir cuanto desees por la mañana, querida. Esta mañana tenías toda la razón del mundo para hacerlo.

Anna sintió que se ruborizaba, pero no le importó que él lo notara también. Le mantuvo la sonrisa. Ella también había tenido siempre el hábito de salir a montar temprano. Era la única hora del día que tenía solo para sí misma. Desde que estaba en Londres había descuidado el ejercicio. Tal vez sugeriría que salieran a montar juntos. ¿Le importaría? Pero era su esposa y la amaba. Por supuesto que no le importaría.

—Se te enfriará la comida —le dijo Luke indicando el plato.

Anna volvió a concentrarse en la comida mientras él la entretenía con el relato de una desafortunada doncella en Hyde Park que esa mañana había visto paseando a cinco perros con correas. Todo había sido muy digno y tranquilo hasta que él pasó con su caballo. Anna sonrió y sofocó la risa ante la gráfica descripción que Luke hizo de la reacción de cada perro y la respuesta de la doncella. Por lo visto, Luke había tenido que volver atrás y desmontar para restablecer el orden entre los exaltados canes y liberar a la doncella del embrollo de correas en el que había quedado atrapada.

Luke habló con ligeraza y la entretuvo, hasta que Anna terminó su almuerzo. Entonces le retiró el asiento y le ofreció el brazo.

—Iremos a la biblioteca, querida.

Iba a pasar el día con ella. Anna sabía que no podía esperar que fuera así todos los días. Sin duda, no sería deseable que estuvieran juntos a todas horas, pero ese día era especial. Era el día después de su noche de bodas. Enlazó el brazo con el de Luke en lugar de colocarlo encima en la pose más formal y le sonrió.

—¿Es tu refugio especial? —le preguntó.

—Es la estancia desde donde llevo mis asuntos.

Asuntos. Debía de haber cartas que redactar y asuntos domésticos y financieros que tratar. Asuntos mundanos que los unirían más como marido y mujer. Sí, así era como iban a pasar aquel día.

Luke la instaló en una butaca de cuero a un lado de un gran escritorio de roble y la rodeó para sentarse en el imponente sillón emplazado al otro lado. Se sentó y la miró. Y en ese instante, antes de que él dijera nada, lo supo, supo que se había equivocado... en todo.

—Anna —dijo con una voz tan tranquila que casi daba miedo—, creo que tienes algo que explicarme.

Mientras lo miraba, Anna sintió que su sonrisa se apagaba por completo. Por lo visto, no lo había engañado. Lo sabía, tal y como sir Lovatt le había advertido.

—Parece que es de dominio público que un hombre tiene derecho a una esposa virgen. Podría parecer un tanto injusto que la esposa no tenga el mismo derecho respecto a su marido. Pero esa es la naturaleza de nuestra sociedad y nuestro mundo. No llegaste a mí intacta.

Oh, en realidad sí. En realidad sí.

—Tal vez —dijo— quieras explicarte.

El tono educado de su voz intimidaba más que si hubiera estado furioso. Parecía puro acero.

¿Explicarse? ¿Cómo podía explicarlo? No podía explicarle aquello sin contarle todo lo demás. La verdad desnuda no tendría sentido desprovista de su contexto. Una violación habría sido muy fácil de explicar, eso habría hablado por sí solo, pero no había sido una violación. En realidad, no. Había sido peor. Algo hecho con más sangre fría. Anna nunca había entendido por qué sir Lovatt no la violó. No, no podía contarlo todo... ni nada. Era imposible.

—Deja que te lo ponga más fácil. ¿Pasó una vez o varias?

Ella se quedó mirándolo. ¿Una vez? No, ni siquiera una vez.

—¿Con un hombre o con varios? —La voz de él era más baja.

Anna deseó que Luke le gritara y de pronto sintió ganas de decirle a gritos que le gritara. Cuando el silencio se prolongó, tuvo ganas de huir, de salir de esa habitación, de esa casa, y buscar aire. Se asfixiaba. Siguió mirándolo a los ojos.

—¿Lo amabas? —Su voz casi era un susurro. Y cuando vio que ella seguía sin responder, continuó—: ¿Lo amas?

Anna pensó en sir Lovatt Blaydon junto a aquel lecho, hablándole con palabras tranquilizadoras mientras el hombre y la mujer le ataban las muñecas a los postes de la cama, y luego los tobillos, y mientras la mujer le levantaba las enaguas y la camisola hasta la cintura, plegándolas con cuidado como si no quisiera que se arrugaran. ¿Amarlo? ¿Amarlo? ¿Habría habido en su vida un momento más desprovisto de amor?

De pronto, el rostro de su marido se desdibujó y con una profunda sensación de humillación Anna se dio cuenta de que los ojos se le habían llenado de lágrimas.

Él se puso en pie despacio y fue hasta la ventana. Le dio la espalda. Anna se mordió el labio con fuerza, deseando que las lágrimas volvieran atrás. Después de lo que pareció una hora y no fueron quizá sino dos minutos, Luke se volvió hacia ella. No se colocó detrás de la mesa; se puso delante.

—No voy a juzgarte —dijo—. Supongo que las necesidades sexuales de una mujer pueden ser tan apremiantes como las de un hombre y que cuando una mujer pasa de los veinte años y las circunstancias familiares hacen difícil que pueda casarse y satisfacer esas necesidades de la manera habitual, puede caer en la tentación de buscar consuelo donde pueda, sobre todo si hay amor de por medio. No voy a condenarte ni insistiré en que respondas a mis preguntas. Puedes guardar tus secretos. Pero debo decir una cosa, Anna. Mírame.

Ella había cerrado los ojos y los mantenía cerrados. Los abrió entonces y lo miró. Habría querido que Luke retrocediera uno o dos pasos.

—Eres mi esposa. Me perteneces. No puedo dominar tus afectos, pero puedo exigir y exijo que tu cuerpo sea de mi exclusiva propiedad. Mientras los dos vivamos, mi cuerpo será el único que entrará en tu cuerpo, mi simiente será la única que llegará a tu vientre. Espero que lo tengas claro. No confundas con debilidad mi decisión de no castigarte por algo pasado y anterior a nuestro matrimonio. Si desobedeces esta orden, será por tu cuenta y riesgo. Serás castigada. Tu amante morirá. Y cualquiera que me conozca podrá decirte que no lanzo amenazas a la ligera.

Por primera vez Anna pensó que había algo glacial en sus ojos. Lo miró, tensa y aterrada. Y, sin embargo, una parte de su mente se rebelaba. Todos eran iguales, pensó con amargura. Los hombres eran todos iguales. Para ellos el poder lo era todo, la necesidad de poseer, de controlar. Pensaba que ese hombre era diferente, pero había sido una necia. No era distinto de sir Lovatt Blaydon. Y, sin embargo, algo en su interior protestó por aquella comparación. No era cierto. No podía ser cierto.

Pero ¿acaso no habría algún hombre con corazón en el mundo? Y también eso era injusto. Ella se había negado a responder a sus preguntas... no había podido. Tenía derecho a estar mucho más furioso de lo que estaba.

—Has callado suficiente, Anna. Me gustaría saber si tienes algo que decir.

—Ayer —y la voz le salió precipitada y demasiado fuerte—, ayer pronuncié mis votos ante usted, excelencia, y ante Dios delante de mi familia y de usted. No hago votos que no tengo intención de cumplir.

—Muy bien —dijo él tras un breve silencio—. Entonces no volveremos a hablar de este asunto. Procederemos con el matrimonio que contraímos ayer.

Ella volvió a cerrar los ojos con fuerza.

—Gracias —susurró.

Anna no sabía si su matrimonio se había salvado o si su alma se había destruido... otra vez. Supuso que el tiempo lo diría. Pero al menos no la había repudiado, avergonzándola en público después de un día de matrimonio. No sabía si alegrarse o echarse a llorar. Había visto el acero en sus ojos y lo había oído en su voz. Había sentido miedo, terror por ese hombre que hasta hacía apenas unos días le había parecido poco amenazador.

Quizá, después de todo, la noche anterior no le había hecho el amor. Quizá se había dado cuenta desde el principio y la había tomado como a una simple ramera. Era una posibilidad que le dolió en el alma.

Y, sin embargo: «Procederemos con el matrimonio que contraímos ayer».

Luke no podía aceptar el hecho de haberse sentido herido al saber que ella amaba al hombre que le había robado la virginidad. ¿Herido? ¿En qué modo? Él era invulnerable al dolor.

Había tenido que ponerse en pie e ir hasta la ventana para apartarse de ella cuando vio la mirada perdida y dolida en esos ojos que siempre sonreían, cuando se le llenaron de lágrimas.

Anna amaba a aquel hombre, fuera quien fuese, Dios condenara su alma. La expresión de su rostro y sus lágrimas lo habían proclamado con mayor elocuencia que las palabras.

Solo era su orgullo lo que había resultado herido, no su corazón. Él no tenía corazón. Por muy presuntuoso que pudiera parecer, sabía que cualquiera de sus amantes francesas y cualquiera de las mujeres que hubieran sido sus amantes habrían aceptado convertirse en sus esposas sin pensarlo si les hubiera dado la oportunidad. Él había elegido a una mujer alegre, una mujer pura, y lo habían engañado. No solo la habían tocado con anterioridad, sino que su corazón pertenecía a otro. O eso parecía sugerir la intensidad de su reacción. Se había negado a hablar.

A Luke no le importaba el corazón de esa mujer, se dijo mientras miraba por la ventana de espaldas a ella. Pero por Dios que ningún otro hombre volvería a tocarla. No a menos que quisiera que fuese su último acto en el mundo.

Y así, volvió hacia ella para decírselo. Cuando estaba diciéndoselo, notó otra cosa en sus ojos. Se dio cuenta de que las sonrisas, el brillo de los ojos, los coqueteos solo eran comedia. Se dio cuenta de que esa mujer había llevado puesta una máscara durante la semana en que habían estado viéndose.

O tal vez no. Quizá su reacción era exagerada. Ni siquiera estaba seguro de por qué esperaba equivocarse, puesto que acababa de establecer que la poseía y ella había aceptado la realidad.

Volvió a rodear el escritorio y se sentó tras él. Cuando entraron allí después de comer, había sentido la necesidad de poner cierta distancia entre ellos, una distancia formal. Un escritorio era impersonal y marcaba una separación simbólica entre señor y sirviente.

Ella no era una criada. Era su esposa.

—Anna —dijo. Ella lo miraba fijamente, con el rostro pálido, sin rastro de las sonrisas de antes—. Creo que es mejor que seamos sinceros entre nosotros. Ya hemos hablado algunas cosas, pese a tu negativa a contarme tu secreto y a que yo no he querido insistir. Hablemos para no empezar nuestro matrimonio con malentendidos y falsas expectativas. Dime por qué te has casado conmigo y yo te diré por qué me he casado contigo. La verdad, incluso si resulta hiriente. Dímelo.

Luke pensó que de nuevo Anna guardaría silencio. Esperó. Tenía que insistir. Si salían de la habitación en ese momento y cada uno se dedicaba a sus asuntos el resto del día, quizá nunca llegarían a establecer una relación de trabajo. Pero al final ella habló sin necesidad de que insistiera.

—Tengo veinticinco años. Desde la muerte de mi madre, y hasta cierto punto antes, he sido la señora de la casa en la que nací. Eso se acabó. Ahora mi hermano es el señor de la casa y este mismo año llevará a casa una esposa. He preferido casarme a convivir con ellos como la hermana solterona. Ha surgido la ocasión de casarme con un hombre de posición y fortuna, y la he aprovechado.

¿Lo tenía todo preparado?, quería preguntar. ¿Había sido ese el motivo de todos sus coqueteos en el baile de lady Diddering? Pero ¿acaso importaba?

—¿Es todo? —preguntó.

Ella vaciló.

—Mis hermanas. Le hablé de ellas con anterioridad, pero no mencioné que mi hermana menor es... es... Mi hermano no tiene el don de saber tratarla, aunque creo que le tiene un profundo afecto. Y su prometida ha expresado su preocupación por tener a Emily viviendo en casa con ellos.

—¿Qué le pasa a Emily?

—Es sordomuda. Es difícil comunicarse con ella. Y ella... divaga. No se comporta como una jovencita normal.

—Entonces, ¿en parte te has casado conmigo para que pueda darle un hogar?

—Sí —admitió ella.

Luke se preguntó qué otras cosas le habría ocultado esa mujer sencilla con la que había creído casarse, esa mujer en la que había pensado que podía confiar. Un amante al que amaba, pero con el que por alguna razón no podía casarse... quizá ya estaba casado. Una hermana sordomuda. ¿Tendría más secretos?

Esperó, y mientras lo hacía se preguntó si alguna vez podría confiar en que aquella mujer, su esposa, le dijera toda la verdad.

—He estado lejos de mi hogar y mi familia durante años —dijo cuando vio que Anna no hablaba—. No tenía ninguna intención de volver aquí, ni siquiera cuando la muerte de mi hermano, hace dos años, me supuso la carga no deseada del título que ostento. Pero, al parecer, no es tan fácil ignorar las propias responsabilidades. Los problemas me acosan en la forma de cada uno de los miembros de mi familia y en mi propiedad principal, Bowden Abbey. Parece que voy a tener que ir allí tarde o temprano. Cuando uno es un duque y tiene todas las responsabilidades que van con el título, no puede seguir sus propias inclinaciones ni siquiera en su vida personal. Necesitaba una esposa.

Pretendía ser sincero, no brutal. Cuando vio que ella bajaba la vista unos instantes y luego volvía a mirarlo, Luke se dio cuenta de lo que implicaban sus palabras. Pero ya lo había dicho, y era la verdad. Si por algún momento fugaz había pensado que estaba enamorado de Anna, la sensación había pasado sin dejar rastro.

—Lo deseable era que tomara una esposa de un rango no inferior a la hija de un conde. Ya dije que la fortuna no tenía importancia para mí; yo tengo dos, una que conseguí por mí mismo y otra que he heredado. Mi tío te recomendó como una mujer de una posición adecuada. No vi necesidad de seguir buscando.

Ella bajó la mirada.

—No es adecuado que los hermanos sean herederos de sus hermanos una vez que pasan de cierta edad, y supe que mi principal deber para con mi posición era engendrar hijos. Por tanto, necesitaba una esposa que pudiera darme esos hijos. Si yo estoy capacitado y tú eres fértil, te dejaré embarazada con los intervalos adecuados para que puedas recuperarte hasta que haya al menos dos hijos varones en la habitación infantil. Las niñas también serán bien recibidas, pero quiero varones.

—Sí. —Ella seguía sin mirarlo a los ojos, con la vista clavada en el escritorio que los separaba—. También yo, excelencia.

Él volvió a ponerse en pie y rodeó el escritorio para tenderle la mano. Se sentía aliviado, como si le hubieran quitado un peso de encima. Habían hablado abiertamente y ya tenían algo práctico sobre lo que asentar su matrimonio. Ya no parecía importante que se hubiera sentido hechizado por su vivacidad y que después de años de cinismo hubiera olvidado las lecciones de hacía diez años y hubiera pensado que podía haber algo más que pragmatismo entre ellos. Había sido una fantasía. La realidad era esa, y no era tan mala después de todo. Ella podría amar a su amante secreto, pero era su duquesa y debía serle fiel y mostrarse capacitada en el cumplimiento de sus obligaciones. Según su hermano, había recibido una educación concienzuda.

—Anna —dijo cuando ella se puso en pie. Siguió sujetando su mano y le tomó la otra también—. Sé que no has disfrutado mucho durante esta hora, pero es bueno que hayamos sido sinceros y ahora nos conozcamos un poco mejor. Nos casamos de un modo algo precipitado, ¿no es cierto? Si siempre somos abiertos y sinceros el uno con el otro, puede irnos muy bien. También es bueno que no haya sentimientos profundos entre nosotros. El sentimiento conduce sin remedio al dolor, según pude descubrir hace años.

Hubo un destello en los ojos de ella. Sí, ella también lo había descubierto, si no ¿por qué no iba a estar casada con el hombre al que amaba y con el que había yacido?

—Siempre he pensado que el mejor principio para guiar la propia vida es el placer. Aunque anoche éramos dos desconocidos, creo que sentimos placer en nuestra mutua compañía. Me deleitó tu cuerpo y tengo la suficiente experiencia con las mujeres para saber que el mío te deleitó también; así pues, nuestra meta será el cumplimiento de nuestros deberes durante el día y el placer por la noche... además del deber. Yo te enseñaré a satisfacer mis deseos y tú me enseñarás a satisfacer los tuyos.

—Sí —dijo Anna.

Él le oprimió las manos con más fuerza.

—Y quiero volver a verte feliz, sonriente. Las sonrisas no eran solo artificio, ¿verdad? Me gustaban. Y quisiera verlas de nuevo.

—Sí —dijo ella.

Él enarcó las cejas.

—Pero no ahora —añadió Anna—. Más tarde, su excelencia, ahora no. Me gustaría estar sola, si es posible.

Él se llevó una mano y luego la otra a los labios, mirando a sus grandes ojos verdes, que no sonreían. Hizo una inclinación de cabeza y le soltó las manos. Fue hasta la puerta para abrírsela y la cerró cuando ella salió.

¿Estaría arrepintiéndose por haber renunciado al amor, incluso aunque fuera un amor desgraciado, a cambio de posición, riquezas, deberes y placer?

Bueno, si se arrepentía, era su problema. Quizá todavía no había aprendido las lecciones del amor, pero lo haría. Él les daría a Anna y a sus hermanas el hogar que necesitaban. Ya le había dado la dignidad del matrimonio, cosa que era obvio que era importante para ella, y la seguridad de una posición y una fortuna. Y le daría placer, tanto como para que olvidara ese absurdo amor que había hecho brotar la tristeza en sus ojos hacía unos momentos y que le había impedido sonreír.

Llenaría las noches de Anna de placer. Y las suyas también.

Sí, a pesar del descubrimiento que había hecho la noche anterior y de la negativa de ella a sincerarse, no se arrepentía de haberse casado. Y hasta se alegraba de haber descubierto desde el principio que incluso en su matrimonio estaba solo, que no debía esperar amor sincero ni confianza. Había aprendido muy pronto en su matrimonio a sentirse traicionado por la verdad.

Luke se puso en pie inquieto. Iría a White's y aguantaría los comentarios picantes con los que sin duda lo recibirían. Necesitaba algo que disipara la inexplicable tristeza que no acababa de desaparecer pese a la sincera y satisfactoria charla que había mantenido con su esposa.

La nota la había llevado un mensajero personal, informó el mayordomo a Anna cuando estaba volviéndose hacia las escaleras para correr a su habitación, con órdenes estrictas de que se entregara en mano a Su Excelencia, la duquesa. El mayordomo se había tomado la libertad de convencer al hombre de que él se encargaría de entregarla.

Anna se llevó la nota a su gabinete. Un mal presentimiento hizo que las manos le temblaran mientras desplegaba la hoja de papel. La carta de sir Lovatt decía así:

Ha sido muy feo por su parte, Anna mía. Me entristece saber que esta mañana quizá tendrá que soportar unos severos golpes. Su duque tiene reputación de ser orgulloso e implacable. Permití que la ceremonia se celebrara, estaba más bella que nunca con su vestido blanco y dorado, y de momento no voy a hacer nada para inmiscuirme. Pero, Anna, debe saber que solo está en préstamo en manos del duque de

Harndon. Sería un grave error que se apegara a él. Cuando llegue el momento, vendré a buscarla para llevarla a casa conmigo. Con el tiempo aprenderá a ser feliz y lo será para el resto de su vida. Se lo prometo. Su humilde servidor, Blaydon.

Anna plegó la carta y la dejó igual que había llegado, se la puso en el regazo y se quedó mirándola, con los ojos secos, durante un buen rato.

—¿Por qué no detuviste la boda? —susurró a la postre—. ¿Por qué no la detuviste?

10

Henrietta había vuelto a escribir. Quería construir una fuente en los jardines formales... George había aprobado el proyecto antes de su muerte, pero no tuvo tiempo de poner en práctica su decisión. El señor Colby no permitiría que continuara con aquello sin la aprobación de su señor. Era muy desagradable que el administrador se comportara de un modo tan despótico, le escribía. Con frecuencia mostraba una actitud soberbia y olvidaba que ella seguía siendo la duquesa de Harndon.

Pero el tono de la misiva cambió justo cuando Luke empezaba a tener la desagradable sensación de que los años debían de haberla convertido en una mujer arrogante e irritable.

Ven a casa, Luke. Lo cierto es que no me importa nada cambiar la casa o construir una fuente, ni tampoco la tiranía del señor Colby. Solo son excusas para que vuelvas. Ah, y ¿qué puedo hacer sino ser sincera cuando veo que hasta ahora las excusas no han conseguido traerte hasta aquí? Ven a casa. La vida ha sido terrible desde la última vez que te vi. No sigas castigándome por la decisión equivocada que tomé hace diez años. La pagué muy cara, Luke, antes y después.

Sin duda, pensó Luke dejando la carta sobre la mesa y recostándose contra el asiento, Henrietta no sabía nada de su boda. Will había vuelto a casa el día que él pidió la mano de Anna y por eso no había llevado la noticia consigo. De todas formas, la boda no cambiaría nada, no al menos en lo que se refería a ellos dos. Lo que sí cambiaría sería su percepción del poder. No sabía si eso la afectaría mucho o no.

Henrietta lamentaba su decisión. Pese a los años, sus sentimientos por él no habían cambiado, aunque era evidente que él ya no la quería. Quizás ella no se había esmerado tanto por borrar aquel amor que compartieron. Pobre Henrietta... perder al bebé debió de resultar inusualmente cruel. Y en ese momento quería que regresara, aunque sabía que no podían casarse. La ley era muy clara al respecto.

Luke había matado sus sentimientos por ella. Del todo. ¿Por qué, entonces, tenía tanto miedo de ir a Bowden Abbey? ¿Por qué ese miedo a volver a verla?

Pero tendría que volver a casa, pensó Luke tamborileando con los dedos sobre la mesa. En algún momento. Y sin demorarlo mucho. Al casarse lo había hecho inevitable. Ya no había ninguna posibilidad de volver a París y seguir con su vida allí. Y no podía vivir siempre en Londres con su nueva duquesa. Solo había alquilado la casa por tres meses. Una vez que dejara embarazada a Anna, tendría que vivir en el campo.

Sí, era algo que tendría que afrontar pronto.

Pero no todavía. Quería disfrutar de los placeres de Londres con Anna durante un tiempo. Y los disfrutarían. El día anterior, después de la charla que tuvieron y viendo la forma en que ella se retiró, Luke había supuesto que se quedaría sola durante el resto del día en sus habitaciones. Había supuesto que tendrían que cancelar los planes para asistir a la fiesta de la señora Burnside esa noche y que tardaría bastante en volver a verla sonreír.

Pero había aparecido a la hora de la cena, ataviada con un vestido a la francesa de un intenso rosa que Luke no había visto antes, con el pelo muy rizado y empolvado, una cofia de frívolo encaje y cintas, con unas tiras que llegaban a la mitad de la espalda, claramente preparada para la fiesta. Y estaba radiante, con ese rubor tan favorecedor en las mejillas —Luke se alegró de que no llevara cosméticos—, los labios sonriendo de forma seductora y entusiasta, y con un brillo en los ojos que hasta el momento él había interpretado como felicidad.

Y quizá lo era, había pensado Luke observándola con admiración y escuchando su cháchara ingeniosa y bastante frívola mientras comían. Quizás ella también había pensado en la charla que mantuvieron y había decidido que todo se había solucionado de forma satisfactoria. Quizá para ella era un alivio, del mismo modo que lo era para él, que hubieran dejado las cosas claras.

Durante la fiesta se había mostrado igual de radiante y pareció disfrutar siendo el centro de atención, puesto que esa era su primera aparición pública como su duquesa. Su madre, en su papel más regio, había llevado a Anna de un lado a otro, presentándola a personas que eran unas desconocidas incluso para él. Y Luke se encontró observando a su esposa con la misma atención que una semana antes de la boda, hechizado una vez más por su belleza y su vivacidad.

Durante el día, los deberes, le había dicho; por la noche, el placer. Luke dejó la nota de Henrietta a un lado con gesto distraído, sobre un montón de otras cartas e invitaciones, y volvió a recostarse en su asiento, con los brazos en los reposabrazos y los dedos de las manos unidos por las yemas.

La había encontrado esperándolo en el lecho, desnuda, y le había dado una noche de vigoroso placer. Durmieron poco, y él hasta se había levantado tarde para su paseo matinal a caballo bajo la lluvia. En las artes amatorias, Anna no poseía muchas capacidades... o al menos no las tenía cuando la noche empezó. Luke pensó por un momento en el amante, pero lo borró de su mente. Tenía que olvidarse de él. Lo que a Anna le faltaba en habilidad, lo compensaba con su entusiasmo por complacerlo y permitirle que se tomara cuantas libertades quisiera. Luke se había tomado unas cuantas, pero había decidido ser paciente y dejar para otra noche algunas de las delicias que quizá la sorprenderían más. Anna también se había mostrado muy predispuesta a dejarse complacer y no se avergonzaba de demostrarlo.

Luke había disfrutado mucho esa noche y esperaba que se repitiera, aunque no podrían aguantar muchas noches como esa y en algún momento tendrían que empezar a dormir un poco para poder aguantar la jornada. Luke no estaba acostumbrado a sacrificar el sueño por el placer sexual.

Cierto era, pensó tamborileando con los dedos en su mentón, que no había nada que le impidiera llevar a su esposa a la cama por la tarde, ¿verdad? Rio para sus adentros. Sí, esa mañana se sentía muy satisfecho con su matrimonio.

Pero el resto de la familia reclamaba su atención, y ellos eran la razón de que hubiera regresado a Inglaterra, la razón de que hubiera tomado una esposa. Su mayordomo anunció a lord Ashley Kendrick. Él lo había mandando llamar, y entró en la estancia con una curiosa mezcla de seguridad y recelo. Luke recordó con pesar ciertas entrevistas con su padre, en las que el hombre siempre se sentaba detrás de un gran escritorio, y de pronto fue consciente de donde estaba sentado. Aún le resultaba difícil aceptar que era él la figura de autoridad en la familia. Se puso en pie, rodeó el escritorio y le tendió la mano.

—Uno siempre recuerda Inglaterra como un país de hierba verde, árboles cargados de hojas y coloridos jardines de flores —dijo estrechando la mano de su hermano e indicándole que tomara asiento—. Y se olvida de la lluvia infernal que lo hace posible.

—La buena y vieja Inglaterra.

Ashley lo obsequió con su sonrisa juvenil y se sentó.

Mientras volvía a su sillón y cogía el papel que había debajo de la carta de Henrietta, Luke se dio cuenta de que su hermano estaba nervioso. Podían saltarse la cháchara, puesto que los dos sabían perfectamente por qué estaban allí. A un hombre se le invitaba a hacer una visita por la tarde. A él lo había convocado por la mañana. Sí, estaban por la mañana, y había mandado llamar a Ashley.

—Estoy seguro de que tendrás una explicación para esto —dijo tendiéndole el papel a Ashley—. Llegó ayer cuando el resto ya se había pagado. ¿Llegó tarde, tal vez? Como podrás ver, es la factura de una extravagante suma de dinero como pago por... un brazalete de esmeraldas. ¿Un regalo para nuestra madre, quizá?

Se sentó y cruzó una pierna sobre la otra.

Ashley rio.

—Para nuestra madre, por Dios. Esa sí que es buena, Luke. Era para una dama a quien le agradan las bagatelas. Una dama a quien deseo complacer.

—¿Una dama? —Luke arqueó las cejas—. ¿La misma para la que has alquilado una casa y sirvientes? ¿La misma a la que vistes con las mejores sedas y satenes?

—Los vale, Luke —dijo el hermano—. Se rumorea que siempre has tenido a las mujeres más guapas de París. Y has tomado a una de las más bellas de Londres por esposa. Yo me limito a seguir con la tradición familiar. Y jamás he tenido una mujer mejor en la cama.

—Querido, me veo en la obligación de informarte de que esto es demasiado caro.

—¡Caray! —exclamó Ashley palideciendo y apretando la mandíbula—. No eres muy distinto de papá y de George, Luke. Tengo veintidós años. ¿Debo vivir como un monje? Y no me llames «querido». Pareces un dichoso...

—Imagino —dijo Luke tras esperar un momento para dar a su hermano ocasión de terminar la frase si así lo deseaba— que en Londres hay burdeles respetables igual que los hay en París, burdeles donde puede uno tener la seguridad de que satisfará sus necesidades con mujeres limpias y habilidosas, y a las que no se anima a sacar sedas y joyas a sus clientes más ingenuos.

—Que me aspen, no quiero una ramera, Luke. Quiero una amante. Soy hermano y heredero del duque de Harndon, maldita sea, y tengo que estar a la altura de tu reputación.

—Ah, eres muy joven, querido. Perdóname. Me olvido de que estoy en Inglaterra y aquí los hombres deben ser hombres y vivir aterrados ante la posibilidad de hacer o decir nada que pueda parecer afeminado. Pero, siguiendo con lo que hablábamos: nunca hay que estar a la altura de nada salvo de las propias expectativas. Sobre todo cuando no tiene uno responsabilidades. ¿Te aburres? ¿Tienes algún otro plan en tu vida aparte de estar a la altura de mi reputación? Y piensa que las cosas quizá no son como tú piensas... Jamás he pagado a una amante y muy pocas veces he tocado el alcohol después de los veintiún años.

—Tú no necesitas mantener a una mujer —protestó el hermano con amargura—. Se dice que las damas de más alcurnia se arrojan a tu lecho solo con que las mires y enarques una ceja. Se dice que la marquesa de Étienne ha venido a Londres para...

—Ten cuidado —dijo Luke en voz baja—. La dama se mueve en los altos círculos de la corte y va a donde le place. ¿Cuáles son tus planes?

—El ejército, no —contestó Ashley con firmeza—. Es lo que padre quería para mí. George para el título, tú la Iglesia y para mí el ejército. No soy ningún cobarde, Luke, pero no me apetece convertirme en carnaza para los cañones enemigos cuando a algún hombre de Estado se le antoje que hay que luchar. Y la Iglesia, tampoco, aunque George y madre se mostraron entusiasmados con la idea después de la decepción que tuvieron contigo. Voy a la iglesia cuando tengo que hacerlo y doy limosna cuando alguien consigue atraerme a una buena causa, y no he robado ni matado a nadie que yo recuerde, pero no me apetece ser cura, ni siquiera con la perspectiva de convertirme algún día en obispo por influencia del ducado. Así que no trates de imponerme ninguna de estas dos cosas, Luke, sé bueno.

—Y, sin embargo, pareces un hombre enérgico que detesta las restricciones, Ashley. Tienes cierta independencia económica, pero vives muy por encima de tus posibilidades. ¿De verdad te gusta la idea de tener que presentarte ante mí o mi administrador, con la gorra en la mano, el resto de tu vida?

—Por supuesto, que no —contestó Ashley poniéndose en pie—. Eres el peor de todos, Luke. Al menos ellos se ponían furiosos. Tú te quedas ahí, con tus poses tan elegantes, los ojos fríos como el hielo, y me llamas «querido» como si fuera una mujer. A veces creo que debiste de matar a mi hermano Luke hace diez años y ocupaste su lugar. Ni siquiera te pareces a él. El Luke que yo conocía era cordial y generoso.

—Puedes dejar la factura sobre el escritorio —dijo Luke poniéndose en pie también—. Yo la pagaré. Pero escúchame bien, Ashley. Es la última factura de esta índole que pago. Si quieres satisfacer tus apetitos sexuales con una amante cara, tendrás que hacerlo dentro de los límites de lo que te permita tu asignación. Y no te será fácil ni siquiera con el aumento que empezarás a cobrar a partir del próximo trimestre. Es mejor que la olvides y sigas mi consejo. Y te aseguro que haré lo que digo. Quizá te interese llegar a un acuerdo con la mujer. Puedes traerme la factura.

—Caray, qué humillación. Es intolerable —se quejó Ashley, quien obviamente no oyó que la puerta de la biblioteca se abría a su espalda—. Ojos fríos y un corazón de hielo. Ojalá te hubieras quedado donde estabas, Luke. No, mejor, ojalá te hubieras ido al infierno en lugar de venir aquí.

—Buenos días, querida —saludó Luke mirando por encima del hombro de su hermano a su esposa, que estaba en pie en la entrada, sorprendida y abochornada.

Ashley se giró y fue hacia ella.

—Señora —dijo haciendo una apresurada reverencia y tomando la mano que Anna ofrecía para llevársela a los labios—, su humilde servidor. Desde el fondo de mi corazón la compadezco.

Y salió a toda prisa sin mirar atrás.

—Entra, querida.

Anna miró cómo Ashley se alejaba antes de obedecer vacilante.

—Lo siento. No sabía que había alguien contigo. Debería haberme hecho anunciar o informarme de si tenías compañía, y haberme retirado a mis habitaciones.

Él cruzó la biblioteca y cerró la puerta tras ella. Le puso las manos sobre los hombros y la besó al estilo del continente, primero en una mejilla, luego en la otra.

—Estás en tu casa, Anna. Puedes ir donde te plazca sin pedir permiso a nadie, ni siquiera a mí. ¿Has dormido bien?

—Me dormí muy tarde. La mañana ya está muy avanzada.

—Si no te hubieras dormido tarde, no habrías dormido. —Luke disfrutaba viéndola ruborizarse. Las otras mujeres con las que había compartido intimidad estaban demasiado avezadas en las cosas de la vida para ruborizarse—. Gracias, querida mía, por una noche de intenso placer.

—¿Lord Ashley estaba enfadado?

—Asuntos de familia. He estado llamándole la atención sobre ciertas facturas que quedan muy por encima de lo que puede pagar. Me ha acusado de insensible... una acusación que me es muy familiar.

—¿No le pagarás las facturas? ¿Dejarás que caiga en la ruina? ¿E incluso que acabe en la cárcel por sus deudas? Eres muy rico, ¿no es cierto?

Luke recordó que el padre de Anna había estado endeudado, que quizá era un jugador empedernido. Era un tema sobre el que sin duda Anna se mostraría muy sensible.

—Las facturas se han pagado o se pagarán, y he dado ciertas órdenes. Soy el cabeza de esta familia, Anna, y he tomado hace poco las riendas. Lo justo es que aquellos que dependen de mí sepan dónde están los límites y cuáles serán las consecuencias si los sobrepasan.

—Sí. Pero es el amor lo que une a las familias. —Bajó la vista a las manos y su voz se convirtió en un susurro—. Aunque tú no crees en el amor, claro. —Volvió a mirarlo a los ojos, pero no levantó la voz—. ¿Qué problema hay en tu familia? ¿Por qué no vives en Harndon House? ¿Por qué has estado distanciado de tu familia tanto tiempo y nunca has intentado volver o ver a ninguno de ellos? Perdóname, pero no me digas que no es asunto mío. Ahora tu familia es mi familia, y dijiste que debemos ser siempre sinceros.

De pronto frunció el ceño y se sonrojó. Apartó la mirada.

—Yo era un joven alocado —dijo Luke. Había empezado con una mentira. En aquel entonces él era cualquier cosa menos alocado. Dulce, tranquilo eran las descripciones que había oído con más frecuencia cuando hablaban de él. También era exuberante, pero no de una forma destructiva. Y era increíblemente ingenuo. Estaba enamorado de su vocación por la Iglesia y de su novia de juventud—. Me batí en duelo con mi hermano mayor por una ofensa que no recuerdo. —Por Henrietta, a quien George había seducido y había dejado embarazada y a quien luego había pedido en matrimonio—. Y no lo maté por unos centímetros. Según oí, tuvo fiebre muy alta durante unas semanas. Yo no lo vi. Me había ido. Me echaron. Es evidente que decidieron que mi hermano tenía razón, puesto que fue el que estuvo a punto de morir... Su bala se perdió en el aire por encima de nuestras cabezas. ¿Te parece lo bastante sincero, querida?

Anna lo miraba fijamente, pálida.

—¿Y tenía razón?

Luke veía que estaba muy sorprendida y, de un modo inconsciente, se distanció de ella. Era algo que hacía muy bien, porque después de tantos años se había convertido en un experto.

—Como he dicho. Fue por una discusión que no recuerdo. Seguro que en aquel momento yo pensaba que tenía la razón. Pero él fue más noble que yo. —Solo porque Luke nunca había oído hablar de disparar al aire. Y solo porque en aquel entonces él era tan mal tirador que la bala impactó a dos metros de su objetivo, un sauce que había junto a su hermano—.

Como puedes ver, querida —dijo sin ser consciente del ligero toque de amargura de su voz—, lo que oíste decir a mi hermano hace unos momentos es cierto. No tengo corazón. Menos mal que ayer los dos decidimos mantener el matrimonio por el placer, ¿no crees?

—Tu madre desea que la acompañe a ella y a lady Doris esta tarde en unas visitas. Ha enviado una nota. ¿Puedo ir? ¿Tienes otros planes?

Solo llevarla a la cama para saciarse de nuevo.

—Debes enviar una nota de aceptación. Es importante que te relaciones con ellas, Anna. Como tú misma has dicho, ahora son tu familia.

—Gracias.

Por un momento lo miró vacilante y luego se volvió para irse.

Pero él la tomó de las manos. Lo hizo por un impulso... ¿para defenderse? ¿Para contarle la historia como en realidad había sucedido? ¿Para hablarle de Henrietta? Pero no, ya hacía tiempo que había aprendido a confiar lo bastante en sí mismo para no sentir la necesidad de andar dando explicaciones. No le importaba lo que la gente creyera o dijera de él. La gente siempre creía lo que quería, incluso si no era cierto. Solo un hombre débil, un hombre a quien le importara la opinión de los demás, se preocupaba por su reputación.

—Disfruta de tus visitas —dijo haciendo una reverencia sobre sus manos—. Te veré en la cena. Las horas se me harán eternas hasta entonces.

Las galanterías convencionales pronunciadas sin pensar. Y, sin embargo, lo que había dicho era cierto, pensó con pesar cuando ella salió de la estancia. La deseaba. Incluso después de dos noches casi en vela haciendo el amor enérgicamente, la deseaba.

Por un momento el anhelo fue tan intenso que le pareció que no podía ser solo físico. Pero solo fue un momento. Ya sabía que no debía caer en la trampa a la que podían conducirlo esos pensamientos.

—Cuénteme —dijo lady Doris Kendrick, tomando el brazo de Anna y pegándose más a ella. Estaban tomando el té en casa de lady Riever, su tercera visita de la tarde, y varias damas más habían llegado después que ellas. Lady Doris se las había ingeniado para llevarse a Anna a un aparte y sentarla con ella en un pequeño sofá—. ¿Es maravilloso el matrimonio? Apuesto a que sí. Luke es espléndido, ¿no cree? Disfruto viendo la forma en que las damas lo miran en los bailes. Con alguien como Luke, el matrimonio debe de ser maravilloso. Las mujeres siempre bajan la voz cuando creen que nadie las oye y hablan del matrimonio y lo que hay que soportar por las noches como precio por la posición y la respetabilidad, pero me niego a creer que pueda ser algo tan espantoso. Yo lo espero con ganas, si se me permite decirlo. Y dígame. ¿Es emocionante?

Anna tenía recuerdos en extremo inapropiados de unos largos y sensibles dedos masculinos acariciando un lugar donde hubiera debido resultar embarazoso que tocaran, y en la intensa sensación que despertaban.

—Es placentero —dijo Anna.

—¡Oh, señor, placentero! —Doris contuvo una risita y miró a su madre, que en ese momento no estaba mirándola—. Qué refinada es usted, Anna. ¿Está muy enamorada? Se dice que la mitad de las damas de París suspiraban por Luke cuando no era más que lord Lucas Kendrick y que cuando se convirtió en duque, tres cuartas partes de ellas iban tras él. ¿Está enamorada?

Sí. Oh, sí; temía haberse encaprichado de un hombre sobre el que cada vez tenía dudas más serias. Pero era demasiado tarde para dudar. Era su marido. Y quizá tenía razón en una cosa. Quizás el placer que le daba en el lecho lo compensaba todo. Quizás era mejor que el amor. El amor por su familia la había dejado atrapada en un tremendo embrollo. Quizá no era tan malo que él no amara a su familia, incluyéndola a ella. ¿Podría amar a sus hijos cuando los tuvieran?

—Siento afecto por el duque, Doris.

—Afecto —dijo Doris—. El duque, ja. Cuando me case, espero sentir más que afecto por mi esposo y me referiré a él llamándolo por su nombre o utilizando algún apelativo cariñoso. Aunque tal vez ya lo hace usted en la intimidad de sus... habitaciones. —Volvió a soltar su risita tonta.

Doris era un año mayor que Agnes y, sin embargo, era mucho más infantil. Tal vez Agnes se había visto obligada a crecer más deprisa por la situación tan precaria que habían vivido en casa, aunque Anna había hecho lo posible para evitar que sus hermanas o incluso Victor sufrieran más de lo necesario. Había vendido su alma al diablo para protegerlos.

«Solo está en préstamo en manos del duque de Harndon.» Anna se estremeció involuntariamente. No. No, había decidido no pensar en aquello. Había quemado la nota. Sonrió con gesto cordial.

—¿Ha conocido a alguien a quien le agradaría unirse? —preguntó—. No deben de faltarle los pretendientes. Es usted muy hermosa.

—Y soy hija y hermana de un duque —dijo Doris con un suspiro— y poseo una enorme dote. Pero sí, Anna, he conocido al hombre de mis sueños y pienso casarme con él y vivir feliz para siempre.

—Hábleme de él.

Anna intuía que la había llevado a un aparte con ese propósito exacto. Quizás ella era la única mujer joven con quien podía sincerarse, aunque en Bowden Abbey estaba su cuñada, ¿no?

—Madre no lo aprueba. De hecho, me ha prohibido expresamente que lo vea, porque es pobre, Anna, ¿puede imaginarse una razón más absurda para despreciar a una persona? Hace unos meses se le contrató para pintar mi retrato. Se le consideró lo bastante bueno, aunque aún no tiene una gran fama ni fortuna. Pero las tendrá. Oh, algún día será el retratista más famoso y cotizado de Inglaterra. De toda Europa. Estamos muy enamorados, Anna. Y nos casaremos. Es tal la intensidad de mis sentimientos que no podría renunciar a él.

Ay, Dios. Anna, que estaba acostumbrada a escuchar las confidencias de sus hermanas, jamás había tenido que enfrentarse a algo así. De pronto, dio gracias por que el compromiso de Charlotte hubiera sido totalmente aceptable, aunque no ideal. Y, por el momento, Agnes no había demostrado interés por nadie.

—Supongo —dijo— que su madre piensa en su felicidad, Doris.

—Oh, no; no lo hace —comentó la joven con mucho énfasis—. Piensa en el honor de la familia. No es adecuado que la hija de un duque de Harndon se case con un pintor sin dinero.

—La pobreza no es algo agradable —dijo Anna en voz baja—, sobre todo cuando una no está acostumbrada. Desde luego, no tiene nada de romántico.

—Oh, por Dios. Podemos vivir de mi dote mientras Daniel se hace rico. Y no temo a la pobreza. Luke dejará que me case con él.

Anna recordó la escena que había presenciado en la biblioteca esa misma mañana y la expresión de humillación y ansiedad que había visto en el rostro de Ashley cuando la saludó. Y todo porque tenía algunas deudas absurdas. Y no era que las deudas pudieran ser absurdas. Quizá Luke tenía razón al reprenderlo por aquello.

—¿Ha hablado con él?

—No ha habido ocasión. —Dejó escapar una risita tonta—. Desde que llegó a Inglaterra ha estado demasiado ocupado con su propia boda. Pero eso es bueno. Así podrá entender cómo nos sentimos Daniel y yo. Hablaré con él y él le dirá a madre que se me permitirá reunirme con Daniel y que nos casaremos antes de que acabe el año. No deseamos esperar más. Oh, Anna, vamos a ser la pareja más feliz del mundo.

Anna no estaba tan segura.

Doris volvió a inclinarse hacia ella.

—Luke estará de acuerdo. Siempre ha sido mi persona favorita. Cuando se fue, pensé que se me rompería el corazón. ¿Podría hablar con él, Anna? Puede decirle que estoy muy, muy segura sobre Daniel, que no sería feliz con ninguna otra persona, que la riqueza y la posición no significan nada para mí. ¿Se lo explicará? ¿Querrá ayudarme?

—Doris. —Anna le tocó una mano—. Este es un asunto sobre el que debe aconsejarla su madre y es Su Excelencia quien debe decidir. Debe hablar con ellos. Se mire como se mire, aunque soy su cuñada, yo soy una desconocida. Solo llevo dos días casada con su hermano.

—Por eso. Aún estará tan enamorado que le dará todo lo que le pida, Anna. Aunque sé que lo haría por mí de todos modos. Hable con él. ¡Por favor!

—Veré qué puedo hacer —dijo Anna sintiéndose desdichada—. Pero no voy a interferir, Doris.

La joven no pareció decepcionada. Sonrió satisfecha, y ya no hubo más tiempo para hablar. La duquesa viuda se incorporó en ese momento y les hizo unas señas para indicar que era hora de irse.

Luke haría picadillo a la joven, pensó Anna. Le había confesado sin tapujos que no tenía corazón, y había visto por sí misma que era verdad.

No toleraría que su hermana se casara con un don nadie sin dinero. Anna tenía que reconocer que tendría toda la razón si se oponía o, cuando menos, manifestaba serias dudas al respecto. Pero la atemorizaban sus métodos.

No había amor en él, y menos aún por la familia que lo había rechazado hacía diez años... y, a juzgar por lo que le había dicho, con toda la razón.

11

Durante un mes, Luke consiguió aferrarse a una vida con la que casi estaba familiarizado. Durante un mes consiguió mantener los problemas familiares más o menos a raya, y se convenció a sí mismo de que estaban resueltos. Durante un mes consiguió hacer de su matrimonio lo que había sugerido, algo placentero. Durante un mes consiguió mantenerse alejado de Bowden Abbey.

Le escribió a Henrietta para comunicarle que se había casado, aunque ya se habría enterado por otras fuentes. En su carta solo habló de negocios y procuró mantener un tono impersonal. Dadas las circunstancias, escribió, cualquier cambio en la casa o la propiedad debía posponerse. Era una forma delicada de informarla de que su esposa era ahora la señora de Bowden Abbey. Henrietta no volvió a escribir, y Luke esperaba que no lo hiciera y poder, de alguna manera, evitar encontrarse con ella. Sentía el abismo que los separaba casi como algo tangible, un abismo cada vez mayor, aunque ya era insuperable incluso antes de la boda.

Le escribió a Colby para indicarle que incrementara la asignación de Ashley de manera considerable y que le pagara cierta cantidad para que pudiera pasar el próximo trimestre. Durante ese mes no vio casi a su hermano, y cuando coincidían, Ashley desplegaba una corrección intachable y se mostraba encantador con Anna. El día en que se encontró con una importante factura sobre la mesa sin explicación alguna, Luke entendió que había prescindido de los servicios de la cara amante.

Durante diez años Luke se había mantenido al margen de los lazos familiares y no había sentido nada por nadie, salvo por su tío. Y, sin embargo, cada vez que veía a Ashley había algo. Una sensación indefinida de pesadez. Cierto... remordimiento. Luke recordaba al niño travieso y entusiasta que siempre lo había mirado como a un héroe, y veía en ese momento al joven díscolo, entusiasta y atractivo en una etapa de su vida en la que era muy impresionable y que precisamente por eso podía llevarle por dos caminos muy distintos. Un joven que necesitaba orientación. Luke no estaba seguro de poder dársela, ni siquiera de querer hacerlo. Pero, si no lo hacía él, ¿quién lo haría?

Durante ese mes no le preguntó nada a su hermano y rezó para que sus extravagancias se hubieran acabado. Evitaba cualquier cosa que significara implicarse emocionalmente, incluso con su hermano.

Con Doris se esforzó un poco más. Unos días después de la boda, visitó a su madre con el propósito de informarse sobre la relación poco adecuada que había mencionado durante su primer encuentro. Por lo visto, habían contratado a un retratista para que fuera a pintar a Doris en la casa de Londres. Hubo varias sesiones prolongadas durante las cuales la duquesa viuda o la doncella de Doris habían estado presentes como carabinas. O eso pensaba su madre. Más tarde, cuando Doris declaró que ella y el pintor se amaban y pensaban casarse, se descubrió que con frecuencia despachaban a la doncella.

—Es hijo de un tabernero —explicó con desdén la duquesa viuda—. Ha tenido cierto éxito como pintor de retratos y está convencido de que se hará rico y será un pintor de moda en uno o dos años. O eso dice Doris. De momento, creo que vive en la más absoluta miseria.

—¿Ha hablado con él? —preguntó Luke.

—¿Sobre este asunto? —dijo su madre con gesto altivo—. Por Dios, Lucas, ¿qué opinión tienes de mí? Por supuesto que no. Me he limitado a prohibirles que se vean o se comuniquen. El compromiso entre ellos está del todo descartado.

—Y, sin embargo, señora, está usted preocupada. ¿Siguen viéndose?

La duquesa viuda apretaba los labios.

—Temo que hay comunicación entre ellos. Doris es una joven muy testaruda y no ha tenido la guía de un padre o un hermano mayor durante más de dos años.

—Hablaré con él —dijo Luke—. ¿Su nombre?

—Daniel Frawley —contestó la madre como si estuviera nombrando a un gusano.

Daniel Frawley, decidió Luke después de visitar el estudio del hombre y echar un vistazo para examinar sus pinturas, era un hombre de talento mediocre. Seguro que podría ganarse la vida pintando retratos que favorecían de forma descarada a sus modelos sin captar en absoluto la esencia de su carácter individual. Si ese hombre tenía aspiraciones de llegar a ser otro Joshua Reynolds, iba a llevarse un buen chasco.

Frawley no pronunció palabra sobre su relación con Doris, pero Luke insistió con gesto frío y altanero. Al final, el pintor admitió que estaban enamorados. Deseaban contraer matrimonio. Él la mantendría con lo que ganara por sus trabajos. Ya había empezado a recibir encargos de personas influyentes... la duquesa viuda de Harndon, por ejemplo. Pronto estaría de moda y se movería entre la alta sociedad como si hubiera nacido en ella. Además, lady Doris tendría su dote.

—Lady Doris es una joven inmadura e impulsiva cegada por un enamoramiento —dijo Luke sentándose sin que lo hubieran invitado en un sofá duro y abollado, y tomando un pellizco de rapé de la cajita que se había sacado del bolsillo—. La idea de pasar hambre en un desván junto a un artista aún no reconocido sin duda tiene mucho atractivo para ella, pero está acostumbrada a un estilo de vida muy distinto, Frawley. No sería capaz de adaptarse ni aunque yo estuviera dispuesto a permitir que lo intentara. En cuestión de meses sería desesperadamente desgraciada.

—Ya veo —respondió el artista con mirada hostil, sin disimular el desprecio que sentía por el esplendor parisino de su invitado—. Pero yo no estoy seguro de poder adaptarme a la vida sin ella, excelencia.

—Ah —dijo Luke en voz baja. Enarcó las cejas y observó al artista con los párpados entornados—. Ya me había parecido. —Miró a Daniel Frawley de arriba abajo antes de volver a hablar—. ¿Cuánto?

Frawley se pasó la lengua por los labios. Sus ojos se movieron inquietos por el estudio.

—Cinco mil libras.

Luke se tomó su tiempo antes de contestar.

—La dote de lady Doris es mayor. Podía haber pedido más, Frawley. Diez mil, quizá. Incluso veinte.

El pintor trató en vano de no mostrar su disgusto.

—No soy avaricioso —expuso con rigidez—. No será fácil renunciar a ella. La amo.

—Entonces debería haber puesto un precio más alto a su amor —dijo Luke con tono amable. Se puso en pie y empezó a avanzar con languidez hacia la figura del otro hombre, más alto y corpulento que él—. Pero no importa. Mi respuesta habría sido la misma si hubiera pedido cinco, diez, veinte o cincuenta. Y la respuesta es esta.

Un momento después, Daniel Frawley caía de espaldas al suelo. Su rostro estaba contraído en una mueca de dolor y levantó una mano para llevársela a la mandíbula.

Luke flexionó la mano derecha y se miró con tristeza los nudillos enrojecidos.

—A partir de este momento —dijo con el mismo tono agradable de antes—, se mantendrá alejado de lady Doris Kendrick.

El artista se quedó en el suelo mientras su visitante salía.

A continuación, Luke fue a ver a Doris y solicitó hablar en privado con ella para que su madre no interviniera.

—¿Que has hecho qué?

Su hermana estaba en medio de la habitación con los ojos muy abiertos cuando Luke se lo dijo.

—Le he prohibido que tenga ninguna relación contigo, Doris —repitió él.

—¿Eso has hecho? —Su voz era tranquila, pero su pecho subía y bajaba agitado—. ¿Eso has hecho? Porque es un artista que está luchando, imagino; porque su padre no era un caballero; porque aún no ha conseguido fama o fortuna. Así que debo casarme con un hombre que tenga dinero y posición sin pensar si puedo amarlo o ser feliz con él. ¿Es eso, Luke?

—Querida —dijo él mirándola con frialdad—. Reconoce que tengo una cabeza más vieja y sabia que la tuya, y que nuestra madre también. Reconoce que nosotros vemos mejor que tú qué podría y qué no podría hacerte feliz. Daniel Frawley no te haría feliz.

El pecho de Doris seguía subiendo y bajando. Los ojos le relampagueaban. Luke suspiró para sus adentros preparándose para afrontar un femenino ataque de histeria, cosa que detestaba y evitaba a toda costa, porque las mujeres nunca jugaban limpio en las peleas. Podían clavar las uñas, arañar, golpear, dar patadas, morder y usar un lenguaje hiriente. Pero si el hombre respondía con algún reniego o un pequeño bofetón, se ponían a chillar como si hubiera querido matarlas. Y todo el mundo, hombres y mujeres por igual, se ponía de su parte.

Pero Doris no estalló como él esperaba. Los ojos se le llenaron de lágrimas que rebosaron y le rodaron por las mejillas.

—¿Tú también, Luke? —dijo casi en un susurro—. ¿Tampoco tú ves que soy una persona con mis propios sueños y sentimientos? ¿Te vas a asegurar de que mi futuro esté en consonancia con el honor y la posición de la familia porque soy hija de un duque, y tu hermana? ¿Mis preferencias no tienen importancia? ¿Pretendes ordenar mi vida como si no fuera más que un objeto, y no una persona que respira, siente y piensa?

Luke se dio cuenta de su error enseguida. Sus errores. Debería haber hablado con su hermana antes de ir a ver a Frawley. Debería haber intentado que ella viera por sí misma que ese compromiso no era adecuado y que difícilmente le aportaría una felicidad duradera. Y debería haber llevado esa conversación de otro modo. No tendría que haber protegido los sentimientos de Doris ocultando la buena disposición, e incluso entusiasmo, de su amado por retirar sus afectos a cambio de dinero. Pero no cambiaría su táctica. Había tomado la vía de la autoridad y se ceñiría a ella. De todos modos, Doris no lo habría creído. Nunca antes había tenido que tratar con una hermana menor desde una posición de autoridad. Era evidente que lo que para él estaba claro como el día, para ella no.

—¿No habló Anna contigo?

—Sí. Lo hizo.

Anna le había dicho que Doris se había enamorado con la impetuosidad de la juventud y que el objeto de sus afectos podía muy bien no ser adecuado. Pero era un afecto auténtico, había añadido. Los sentimientos de una joven podían, en ocasiones, ir por derroteros equivocados, pero eran intensos. Y los jóvenes sentían el mismo dolor que una persona de más edad... a veces más. Anna le había pedido que fuera suave con su hermana.

Luke no sabía ser suave y no estaba seguro de que fuera la respuesta en absoluto. La vida era un asunto muy duro, con duras lecciones que aprender. Él mismo había aprendido a las malas y no por ello era peor persona.

—Anna me da pena... —dijo Doris muy contenida—. Tener que vivir casada contigo.

Ashley había dicho lo mismo... directamente a Anna.

—Doris, algún día te darás cuenta de que estoy haciendo lo mejor para ti.

—Me pregunto si los padres y los hermanos mayores en realidad creen esto cuando lo dicen. Jamás habría esperado oírlo de tus labios, Luke. No de ti.

—¿Tengo tu palabra —dijo Luke— de que no volverás a ver a Frawley?

—¿O qué? —preguntó ella—. ¿Qué vas a hacerme si me niego a prometerlo? ¿O si no cumplo mi promesa? ¿Me pondrás sobre tus rodillas y me darás unos azotes?

—Yo no hago amenazas absurdas, Doris. Pero debes saber que si me desobedeces en este asunto, lo vas a lamentar.

—¿Me estás amenazando? —Bajó la vista a las manos y volvió a mirarlo a los ojos—. ¿Qué te han hecho en Francia, Luke? Si pudiera desgarrar tu casaca, la chupa y la camisa, ¿encontraría una cicatriz en el punto donde te han quitado el corazón?

Doris no esperó su respuesta. Aunque, claro estaba, solo era una pregunta retórica. Se dio la vuelta y salió apresurada de la habitación, sin prometer nada.

Luke suspiró. Ya había dejado de desear que George no hubiera muerto o hubiera dejado una docena de hijos varones. Había dejado de desear haberse quedado en París y haber dejado que los miembros de su familia solucionaran sus problemas por sí mismos. Pero a veces aún se sentía furioso, furioso e impotente, por un destino que le había echado encima una responsabilidad que no había pedido. Hasta entonces había sido muy feliz con la vida que se había labrado por sí mismo.

Durante las semanas que siguieron, todo pareció ir bien, pues su madre creía que la relación con Frawley había terminado. Doris se mostraba sumisa cuando se veía obligada a estar en su compañía y nunca lo miraba a los ojos o se dirigía a él si podía evitarlo. Pero tampoco parecía que estuviera triste por un amor perdido. Bailaba todas las piezas en los bailes a los que asistían y conversaba con los caballeros en fiestas y conciertos. Tenía todo un séquito de admiradores, algunos de ellos del todo adecuados si Doris se decidía.

Quizá para el verano, antes de que llegara el momento de volver a casa, se enamoraría de otro. Era lo bastante joven para olvidar con facilidad. Y, sin embargo, sin querer, Luke recordó a otra persona, él mismo, a quien no le había resultado tan fácil olvidar. Él había pasado un año entero de calvario...

Por lo que se refería a su matrimonio, conforme el mes avanzaba, Luke descubrió que se arrepentía cada vez menos de haberse casado. Anna era una compañera interesante y audaz en la intimidad de su casa, deslumbrante y encantadora en público, y cálida y apasionada en el lecho. A veces le hacía el amor por la tarde para que pudieran dormir un poco por la noche; era lo que le decía a ella y a sí mismo. La primera vez se mostró abochornada y rígida, porque ya no había oscuridad, o penumbra, ni ropa, ni ropa de cama tras las que ocultarse. Pero no le costó mucho persuadirla, con las manos y el cuerpo y la boca más que con palabras, para que aceptara su propia belleza y su sexualidad y que supiera que para él no tenía defectos de ningún tipo.

Y, sin embargo, lo más extraño era que incluso las noches que no hacían el amor, iba a su lecho para dormir con ella casi como si fuera el suyo propio. Nunca se tocaban, salvo cuando hacían el amor, pero a Luke su respiración suave, el calor de su cuerpo y su olor a mujer lo relajaban. Dormía mejor de lo que había dormido nunca solo. Fue un descubrimiento sorprendente, y de ningún modo desagradable, sobre su matrimonio.

Ella le daba placer y Luke sabía que él se lo daba a ella. Placer en su vida sexual y en su vida social. Asistieron a prácticamente todas las reuniones sociales de la primavera y ofrecieron ellos mismos algunas fiestas, invitaron a algunos amigos íntimos a cenar en más de una ocasión y una noche celebraron una fiesta informal con baile y cartas. Y Anna siempre brillaba con la alegría que había desplegado en su primer baile. Todos la admiraban. Luke sabía que los otros hombres lo envidiaban, y se dio cuenta de que, cuando estaban en público, él la miraba mucho más de lo que otros hombres miraban a sus esposas. Le gustaba mirarla y ver que ella lo miraba a él también. Se preguntó si a ella su aspecto le resultaría tan placentero como le resultaba a él el suyo.

El placer, decidió, constituía una base mucho más sólida y duradera para una relación que el amor. Se alegraba, y mucho, de que no hubiera amor entre su esposa y él. Se alegraba de que el descubrimiento que había hecho en su noche de bodas y la posterior negativa de ella a contestar a sus preguntas hubieran matado el absurdo encaprichamiento que sentía por ella. Se alegraba de que no hubiera nada realmente profundo en su matrimonio. Solo placer.

Su primer mes en Inglaterra había llevado consigo una nueva forma de vida con la que no estaba del todo a disgusto. Si todo seguía así, pensaba a veces, quizás acabaría sintiéndose tan satisfecho como cuando vivía en París.

Y entonces llegó la noche del baile de disfraces en los jardines de Ranelagh. A la mañana siguiente supo que no podía posponer más su regreso a Bowden Abbey y que su vida estaba a punto de volver a cambiar.

No era una perspectiva halagüeña.

Los jardines de Ranelagh se habían inaugurado hacía tan solo unos años y aún seguían siendo muy populares entre la alta sociedad. Estaba la inmensa rotonda, en el interior de la cual se podía pasear, o tomar té o café mientras se escuchaba música. Lo más popular eran los jardines por donde paseaban y un estanque y un canal artificiales con botes y una pintoresca pagoda china. Los paseos bordeados de árboles que había a ambos lados del canal eran los favoritos entre los amantes, en especial por la noche, cuando los jardines se iluminaban mediante cientos de farolillos dorados.

Anna nunca había estado allí ni había asistido a ningún baile de disfraces. Estaba muy emocionada y detestaba sentirse así siendo como era una dama casada de veinticinco años. A veces se sentía como si la juventud que no había podido vivir estuviera encontrando la forma de recuperar su sitio en su vida. Y, sin embargo, a Luke no parecía importarle. Le excitaba que la observara en los bailes y reuniones sociales como hacía antes de que se casaran, abanicándose con gesto ausente.

Anna seguía coqueteando con él cuando estaban en público, aunque llevaban un mes de casados y de amantes.

Para el baile, Anna se vistió de princesa turca... o más bien como la integrante de un harén, según le dijo Luke cuando la vio y añadió que podía formar parte de su harén siempre que quisiera. Ella rio y lo miró por encima del velo dorado con el que se había cubierto el rostro en lugar de usar una máscara, batiendo las pestañas. Y aunque él no lo vio, bajo el velo se sonrojó por el deseo que vio destellar en los ojos de él un instante.

Anna se sentía deliciosamente cómoda y femenina, y un tanto traviesa, con sus bombachos de damasco escarlata con flores bordadas en oro y su delicada camisola de seda blanca con ribete dorado de damasco. Se sentía casi desnuda pese al caftán rojo con cinturón dorado que llevaba encima de esas prendas. Se sentía rara sin el armazón de su tontillo... aunque, por supuesto, seguía llevando su ceñida cotilla. En el pelo sin empolvar llevaba una pequeña cofia roja de terciopelo decorada con perlas.

Luke no había querido ir de sultán para complacerla. De haber sido un sultán, le explicó, no la habría llevado a un baile de disfraces para que todos la vieran y la admiraran. La habría dejado encerrada, guardada con celo por eunucos de metro ochenta con grandes músculos. Luke vestía capa y antifaz. Pero, puesto que la capa era roja con bordes dorados y la chupa y el antifaz también eran dorados, a Anna le parecía lo bastante atractivo para ser su sultán.

Agnes también estaba en el baile, vestida de pastora, con lady Sterne y lord Quinn. Y Doris estaba con su madre, vestida de Diana Cazadora. A Anna le encantaron todos los disfraces y habló con ellos entre baile y baile en la rotonda. Era divertido, aunque no difícil, adivinar la identidad de los enmascarados. Algunos caballeros, la mayoría ataviados con capa y antifaz, se mantenían en las sombras o se quedaban en el exterior. Hombres que no eran bien recibidos en sociedad, tal vez, pero que de todas formas habían querido pagar la entrada para estar allí.

Pero no toda la velada la pasaron en el interior. Anna paseó junto al canal con Luke durante una hora antes de entrar y verse apartada de su lado por las exigencias de la sociedad. Fue delicioso pasear con él en un entorno tan mágico, tan romántico; saber que se pertenecían, que eran amantes y que... Pero Anna se guardó para sí el secreto y la maravillosa esperanza que crecía en su interior desde hacía días.

No hablaron mucho mientras paseaban y, mientras contemplaba los relucientes reflejos de los farolillos en el agua, Anna imaginó con placer que también él sentía el romanticismo del momento, que quizás entre ellos empezaba a haber algo más que deber y placer. Con la mano libre, Luke cubrió la mano que ella le apoyaba sobre el brazo. A Anna se le antojó un gesto conmovedoramente íntimo.

Cuando entraron en la rotonda, Anna se sentó con Doris. Los músicos no estaban tocando. Ella había seguido mostrándose amable con la joven a pesar de que hubo cierta tensión con Luke, si acaso tensión era la palabra adecuada. Luke no estaba muy unido a su familia. Al parecer, había llevado el asunto de la aventura de Doris bastante mal. Había visitado a Daniel y le había prohibido que volviera a verla o a comunicarse con ella. Eso le había dicho su amado. Y cuando el hombre protestó y dijo que amaba a Doris, Luke lo amenazó. Luego le ofreció dinero —veinte mil libras— para que se mantuviera alejado de ella. Y al ver que él se negaba, Luke le dio un puñetazo. Esos últimos detalles se los había dado Doris.

Anna siempre trataba de no pensar en el papel de Luke en lo sucedido, porque de nuevo aparecía la absoluta falta de respeto por la opinión de la mujer, esa poderosa necesidad masculina de dominar. Lo que había hecho tal vez no estaba mal en sí mismo, pero sin duda podría haber encontrado una forma más suave de disuadir a Doris para que no siguiera adelante con aquel matrimonio poco afortunado. Pero los hombres nunca seguían el camino más amable. No parecían saber nada de amabilidades; solo entendían de poder.

Y, aun así, la historia que Doris le había contado a Anna parecía demostrar que su joven amado no había hecho caso de la advertencia. Era evidente que al menos hubo una comunicación más entre ellos. A Anna le preocupaba que la inflexibilidad de Luke hubiera podido llevarlos a actuar a la desesperada. Habría querido hablar con él abiertamente, pero no lo hizo. ¿Cómo castigaría a su hermana por recibir una carta prohibida? Quizá no había sido más que una inofensiva carta de despedida.

Esa noche Doris parecía estar conteniendo su exaltación.

—Es una ocasión extraordinaria, ¿no cree? —dijo Anna tomando asiento junto a ella—. Tantos trajes, un edificio tan imponente, unos jardines tan hermosos. De día deben de ser preciosos. Y por la noche parecen encantados.

Los ojos de Doris escrutaban las sombras del interior de la rotonda y la parte del exterior que se veía a través de las puertas abiertas.

—No me interesa nada todo esto —dijo la joven. Se inclinó hacia delante cuando vio que fuera pasaba alguien con una capa oscura, y volvió a sentarse bien enseguida—. No me interesa nada esta vida de opulencia y de placeres banales e interminables. No significan nada para mí. Pienso renunciar a todo. Quiero ser feliz.

Quizá Doris no pretendía que lo que decía fuera tan claro, pero Anna comprendió enseguida que habían arreglado un encuentro. ¿Y qué mejor lugar para eso que los jardines de Ranelagh de noche durante un baile de disfraces? Pero ¿qué pretendía? ¿Reunirse con Daniel unos minutos? Sus palabras parecían apuntar a algo más serio.

—Doris. —Apoyó una mano en el brazo de la joven—. ¿Qué va a hacer? Doris la miró.

—Cuanto menos cuente, mejor. Me gusta usted, Anna, y la compadezco por haberse casado con Luke, porque se ha convertido en un monstruo sin corazón. Ojalá lo hubiera conocido hace tiempo, cuando era mi persona favorita del mundo. Me gusta usted, pero es su esposa, y tal vez se sentirá empujada a contarle cualquier confidencia que yo le haga. Es mejor que no sepa nada.

Oh, jovencita alocada. Lo que pretendía era tan evidente como si lo hubiera dicho con palabras.

—Doris —dijo Anna—, no haga nada que pueda lamentar.

—Caramba, no tengo intención de hacer nada semejante —dijo inclinándose hacia ella y hablando con vehemencia—. Jamás lamentaré lo que voy a hacer esta noche. —Y de pronto se echó a reír—. Bailar con los caballeros más apuestos, eso voy a hacer.

En ese momento, lord Quinn se inclinó sobre la mano de Anna para solicitar el honor de acompañarla en la siguiente contradanza. Ella le sonrió y se puso en pie.

—Ay, por Dios. Nunca puedo resistirme a bailar unos pasos con una joven recién escapada del harén. Mi sobrino es un hombre con suerte, se lo aseguro.

Anna rio y buscó a su marido con la mirada, como tenía por costumbre hacer. Lo vio en pie, charlando con otros caballeros, mirándola a ella a través de las aberturas de su antifaz dorado, con el abanico de marfil cerrado, dándose toquecitos en el mentón. No podría ver que estaba sonriéndole a través del velo, y lo miró con los ojos muy abiertos.

¿Qué estaría tramando Doris? ¿Pasar el suficiente tiempo con su Daniel para que Luke se viera obligado a consentir el matrimonio? ¿Huir con él? Anna tenía que hablar con su marido, y sin embargo vaciló. ¿Y si lo que habían planeado no era más que un encuentro inocente? ¿Tan malo era eso cuando la joven era de corta edad y se creía enamorada? Y, sin embargo, Anna sabía que pretendían algo más. Pero ¿y si el joven no iba? Habría metido a Doris en un lío por nada. Pero, si no se presentaba esa noche, ¿harían planes para otra?

Lo peor de todo, pensó Anna, era que durante un mes de matrimonio que los había unido físicamente y que había consolidado una relación de coqueteos entre ella y Luke no había habido un acercamiento de mente. Anna se sentía reacia, casi incómoda, ante la idea de hablar con él de nada serio.

Así que bailó y habló, mientras los ojos le destellaban y parecían preocupados. ¿Qué debía hacer? Lo único que podía hacer, decidió a la postre, era observar a Doris y asegurarse de que no hacía nada irreparable.

Durante la siguiente pieza, un minué, un hombre alto ataviado de gris se acercó a Doris, que había rechazado a dos posibles parejas de baile y estaba en pie junto a la entrada. No bailaron. Desaparecieron tan deprisa que incluso Anna, que esperaba ese movimiento, apenas los vio salir.

Anna estaba bailando con el señor Hatwell, un conocido. Enseguida miró alrededor, en busca de su cuñada. La duquesa viuda estaba hablando con una pareja, de espaldas a la entrada. Anna volvió la mirada al lugar donde había visto a su marido unos minutos antes. Seguía allí y seguía mirándola. Luke pareció darse cuenta de que pasaba algo… Anna se había detenido y le había dado la espalda a su acompañante. Parecía desorientada. Luke se acercó con rapidez.

—Mi esposa está un tanto indispuesta, Hatwell —dijo, con una educada reverencia—. ¿Me permite excusarla?

El señor Hatwell respondió con otra reverencia y musitó unas palabras de preocupación por la salud de la dama.

—¿Pasa algo, querida? —preguntó Luke tomándola del brazo y llevándola con rapidez hacia la entrada.

—Es Doris, Luke. Por algo que dijo sospechaba que había planeado un encuentro con su amado esta noche. Acaba de irse con un hombre alto que vestía capa gris y antifaz. No sé si era él, pero de todos modos tampoco debe quedarse a solas con ningún hombre.

Habían salido y estaban al fresco de la noche, bajo la luz de los farolillos. Luke la aferró por los hombros y apretó con fuerza.

—Quédate aquí —dijo con una voz lo bastante rígida para que Anna se estremeciera—. Volveré. —Y se volvió para dirigirse hacia la entrada a los jardines. Así pues, no pensaba perder el tiempo buscando por los senderos por los que su hermana podía estar paseando con su amado.

Anna vaciló y al punto echó a correr tras él.

—Luke, no seas demasiado severo con ella. Es joven y cree que está enamorada. Cree que ese hombre es la única oportunidad de amar que tendrá en la vida.

Luke no contestó ni le indicó tampoco que volviera atrás. Buscaba con los ojos por todas direcciones. Anna volvió a estremecerse. ¿Había hecho lo correcto al recurrir a él? Tenía un aspecto letal.

La pareja no habían tenido suficiente tiempo para escapar. Estaban acercándose a la entrada de los jardines cuando Luke les dio el alto. Los dos se volvieron, cogidos de la mano, y Doris dejó escapar un grito. Sus ojos, que se veían muy abiertos por el terror y el desánimo detrás de su antifaz, pasaron de Luke a Anna y adoptaron una expresión de reproche. Anna bajó la mirada muy a su pesar.

—¿Vais a algún sitio? —preguntó Luke con un tono ominosamente agradable.

—Sí. —Fue Doris quien habló, con voz desafiante—. Nos vamos. Vamos a casarnos.

—Querida mía, en unos minutos estarás de camino a casa con nuestra señora madre. —Y volvió su atención al hombre alto, que guardaba silencio—. Veo que le gusta que lo castiguen, Frawley.

—Esto es lo que quiere su hermana —dijo el joven con voz iracunda—. Y lo que quiero yo.

—Sí, no me cabe duda. Después de todo, yo mismo le dije que la dote de mi hermana vale más que las cinco mil libras que me pedía por cortar cualquier posterior comunicación con ella.

—¡Oh, eso es mentira! —exclamó Doris—. Eres tú quien le ofreció dinero, Luke, veinte mil libras, y Daniel lo rechazó.

—Ah —dijo Luke con los ojos aún puestos en Daniel Frawley—. Ese detalle se me había olvidado.

Anna, oyendo el tono afable de sus palabras, volvió a estremecerse.

Pero, de pronto, el otro hombre sacó una espada del costado y la apuntó hacia Luke. Anna sintió que las rodillas le flaqueaban.

—No nos detendrá —le espetó el joven—. Quédese donde está, Harndon, si no quiere que le haga daño. Doris y yo nos vamos.

Luke ni se movió ni cambió el tono de la voz.

—Una decisión muy poco sabia, querido —le dijo a Daniel Frawley—. Aparte eso mientras aún esté a tiempo.

Daniel cometió el error de reír con tono burlón. A Anna le pareció que veía la espada en la mano de su marido antes incluso de oír el sonido del acero cuando la sacó de su vaina. Y entonces, de alguna forma —sus ojos no eran lo bastante rápidos para seguir la secuencia de los acontecimientos—, la espada de Daniel Frawley volaba en arco por los aires y caía aparatosamente en el camino a unos tres metros, y la punta de la espada de Luke estaba en su garganta. Anna, que se sentía demasiado aterrada para moverse, miró con fascinación cómo aparecía una gota oscura en aquel punto y empezaba a deslizarse por el cuello del hombre.

—Lo que va a hacer, Frawley —dijo Luke sin cambiar el tono—, es irse solo. Con su vida y casi toda su sangre intacta, si se porta bien. Pero sepa que si vuelve a acercarse a lady Doris Kendrick, lo privaré de un poco más de sangre. De no haberse mostrado usted tan dispuesto a aceptar mi dinero a cambio de no casarse con mi hermana, habría permitido que se vieran de vez en cuando bajo la estricta vigilancia de una carabina. Y lo habría aceptado con la esperanza de que Doris acabara comprendiendo por sí misma que semejante cambio en su vida no podía darle la felicidad que esperaba. Pero ahora, si se comunica con ella será con riesgo de su vida. Puede recoger su espada antes de irse.

Bajó la espada muy tranquilo y la devolvió a su vaina.

Daniel Frawley obedeció.

Doris, que se había quedado paralizada, con las manos sobre la boca, las bajó al final mientras su amado desaparecía de la vista.

—Te odio —le dijo a Luke con desagrado—. Y haré todo lo que pueda para contrariarte. Me escaparé con él a la menor oportunidad.

—Anna. —Luke no apartó los ojos de su hermana—. ¿Me harás el favor de volver a la rotonda y pedirle a mi madre que se reúna aquí con nosotros? Dile que tiene que acompañar a Doris a casa, por favor. Quédate dentro con lady Sterne hasta que vuelva a buscarte.

Anna se apresuró. Por una vez en su vida entendía lo que Judas Iscariote debió de sentir cuando abandonó el huerto de Getsemaní. El traidor. Solo que ella había salvado a Doris de un futuro desastroso, sobre todo si lo que Luke había dicho del dinero era cierto.

Por alguna razón, se sentía más inclinada a creer la versión de Luke que la de Doris, porque la joven solo sabía lo que le había contado Daniel Frawley. O quizá porque deseaba creer a Luke.

Cinco minutos después, la duquesa viuda de Harndon iba de camino a las puertas de los jardines, después de haber oído lo suficiente por boca de Anna para hacerse una idea muy clara de lo que había pasado.

Anna permaneció unos momentos en el exterior de la rotonda, viendo como su suegra se alejaba, dando gracias por aquellos momentos de relativa privacidad, por la oscuridad y el frescor de la noche, tranquilizándose antes de seguir las instrucciones de su marido y reunirse dentro con su madrina.

Pero antes de que pudiera hacerlo, una sombra oscura se interpuso entre ella y la luz.

—Ah, por fin sola —dijo una voz espantosamente familiar—. Me alegro de verte, Anna.

12

Fue como si todas las luces se hubieran apagado y el aire hubiera desaparecido. Una sensación feroz de pánico hizo que Anna se quedara del todo paralizada.

—En estos momentos su marido está ocupado, Anna. Estaré encantado de ofrecerle mi compañía. Pasearé con usted junto al canal.

El hombre le ofreció un brazo y se apartó ligeramente hacia un lado, de modo que la luz de un farolillo le pasó por encima del hombro.

—¿Qué quiere?

Anna sentía los labios rígidos, le costaba moverlos.

—Quiero charlar a solas con mi Anna durante unos minutos —dijo—. Cójase de mi brazo.

La idea de tocarlo le producía náuseas.

—Por favor. —Anna misma se notaba el tono abyecto y suplicante en la voz, pero no podía evitarlo—. Por favor, déjeme en paz. Por favor. Ahora estoy casada. Lo demás es parte del pasado.

Palabras vanas y falsas. Nada formaba parte del pasado.

—Cójase de mi brazo, Anna.

Anna obedeció y cerró los ojos con fuerza. De pronto supo por qué le gustaba la altura de Luke. El hombre junto al que estaba era alto, su cabeza apenas le llegaba al mentón. A su lado se sentía superada, asediada, despojada de su identidad.

Caminaron en dirección al canal y el camino bordeado de árboles del extremo más alejado. Otros enmascarados pasaban a su lado, charlando y riendo. Uno o dos saludaron a Anna. Ella avanzaba en la oscuridad, a la sombra del hombre alto, con su antifaz y su capa oscuros. Casi parecía imposible que pudiera tratarse del mismo camino encantado que había recorrido junto a Luke hacía un rato.

—¿Qué quiere? —volvió a preguntarle.

—Solo esto, Anna mía —dijo él indicando con el gesto los jardines y tocando su mano. Ella no osó apartarla—. Deseaba volver a estar en casa, en su compañía. Fue una gran decepción cuando por fin regresé y vi que no estaba y supe que tendría que venir a Londres a buscarla. Y, sin embargo, cuando llegué aquí, encontré nuevas complicaciones. Y, bueno, decidí permitir que siguiera con sus perversos planes para casarse. Decidí mantenerme al margen y dejar que pasara un tiempo con su duque. No es fácil. Y estos pequeños momentos me ayudarán a calmar el vacío.

—¿Qué va a decirle a mi esposo? —preguntó Anna.

—Nada —contestó él mirándola con unos ojos que destellaban desde detrás del antifaz—. No será necesario. Cuando llegue el momento, usted vendrá a mí, Anna mía, y él no tendrá por qué saber nada, salvo que se ha cansado de él. No hay necesidad de que se entere de que su mujer es una estafadora, una ladrona y una asesina... y una ramera... a menos que se resista usted, Anna.

—Tengo intención de saldar hasta la última de las deudas de mi padre, y entonces ya no tendrá más motivos para aterrorizarme.

—¿Aterrorizarla? ¿Sigue sin creer que la quiero, Anna? ¿Que cuando llegue el momento la llevaré conmigo y la haré más feliz de lo que jamás habría soñado? ¿Acaso no sabe que las deudas no significan nada para mí? ¿Que me hice cargo de ellas únicamente para quitar esa intolerable carga de los hombros de mi querida Anna?

—Se lo pagaré todo. En dinero. No volveré a aceptar el pago de la más pequeña de ellas como regalo a cambio de mis favores. Con el tiempo se lo devolveré todo.

Él le dio unas palmaditas en la mano.

—No hablemos de tales asuntos. Disfrutemos de un paseo tranquilo. Ah, qué maravilla poder verla y sentirla a mi lado otra vez.

Anna recordaba la profunda gratitud que había sentido hacia él cuando se instaló en la zona poco después de la muerte de su madre. Le había parecido un hombre tranquilo, amable y tranquilizador, en contraste con su padre, que llevaba años entregado a la bebida, compadeciéndose de sí mismo, y que se hundió definitivamente cuando su madre murió. Sir Lovatt Blaydon la visitaba con frecuencia y, sin insinuarse ni imponerse jamás, había acabado por ganarse su confianza. Recordaba una tarde en que estuvo paseando con él en el jardín, cogida de su brazo como en ese momento, sintiéndose reconfortada por su solidez y su carácter compasivo, hablándole de las deudas de su padre y la inminente ruina. Anna no sabía lo que iba a ser de los niños... incluso Victor le parecía un crío en aquel entonces, aunque ya tenía diecinueve años. Y Emily era sordomuda.

El solo hecho de poder contarle sus problemas a otra persona la alivió enormemente. Nunca se planteó qué la impulsaba a confiar en un extraño, porque no lo sentía como tal. Lo veía más bien como una figura paterna, una figura paterna y fiable.

Sir Lovatt había comprado todas las deudas de su padre. Anna aún recordaba el momento en que se lo dijo, también en el jardín. Recordaba que ella se había quedado sin palabras por la gratitud y el alivio. Recordaba que había estirado los brazos para tomarlo de las manos, estrecharlas con fuerza y llevárselas a las mejillas. Recordaba haberse mordido el labio tratando de contener las lágrimas y entonces haberse echado a reír porque las lágrimas brotaron de todos modos y no era capaz ni de decir algo tan sencillo como «gracias».

Anna pensó que lo hacía porque la amaba, y esperaba que al día siguiente volviera para pedir su mano. Se lo había imaginado ofreciéndole el pago de aquellas deudas como regalo de bodas... un regalo precioso. Y apreciaba tanto a aquel hombre que casi sentía como si lo amara. No le pareció que fuera un sacrificio casarse con él. Quería casarse con él. Quería pasar el resto de su vida mostrando su agradecimiento.

Pero él no quería casarse, solo deseaba tener poder sobre ella. Y eso a pesar de que había empezado a llamarla «Anna mía», de que había empezado a hablar de su futuro en común y a decir que la quería. Cuanto más la arrastraba a su telaraña, con más empeño decía quererla.

A veces, Anna se preguntaba por qué la había elegido a ella como víctima. ¿Solo porque estaba allí? ¿Porque convertirla en su víctima había sido ridículamente fácil? Lo más probable era que nunca lo supiera.

—Ah —dijo él en ese momento mientras volvían por el sendero—, el marido espera.

Anna vio que Luke estaba en pie junto a la rotonda, observándolos. Se preguntó si los dos hombres se encontrarían, y qué iba a pasar. El pánico había desaparecido hacía rato para dar paso a un profundo sentimiento de fatalidad. Aquello estaba fuera de su control.

Pero sir Lovatt Blaydon se detuvo donde estaban, a cierta distancia de Luke, la tomó de las manos e hizo una reverencia. Anna cerró los ojos, pero él no las besó.

—Puede disfrutar un tiempo de él, Anna mía. Me pondré en contacto con usted de vez en cuando para asegurarme de que recuerda que solo está en préstamo a mi conveniencia. Pero no debe temer por su reputación: la quiero más de lo que nadie podrá quererla.

Anna apartó las manos, respiró hondo y se dio la vuelta. Caminó hacia Luke, que seguía en el mismo sitio. No corrió, aunque de pronto se sintió como si las zarpas del diablo estuvieran a punto de desgarrarle la espalda. Sonrió y dejó que los ojos brillaran por encima del velo hasta que recordó que por más de una razón no era adecuado que sonriera. Dejó que la sonrisa se apagara.

Luke la vio acercarse. Había experimentado una absurda y poco habitual sensación de alarma cuando regresó a la rotonda y vio que ella no estaba, ni con lady Sterne ni con nadie. Por un momento pensó que también ella había huido. Pero solo estaba fuera paseando, claro, al igual que una parte importante de las personas que había en los jardines.

No reconoció al hombre que la acompañaba, aunque tal vez era un conocido. La capa y el antifaz negros y el hecho de que llevara la capucha subida hacían difícil la identificación.

Era del todo aceptable que su esposa paseara con otro hombre. Debía volver a la rotonda, pensó, o de lo contrario tanto ella como los demás podrían pensar que la espiaba. Pasaba mucho tiempo observándola en los bailes y en los salones, y sin duda los demás se habían dado cuenta. No quería que lo tomaran por un hombre que está demasiado prendado de su esposa.

Sin embargo, se quedó donde estaba, observando, con la inexplicable sensación de que quizá su presencia sería necesaria. Pero lo habían visto y el hombre estaba despidiéndose, haciendo una reverencia sobre las manos de ella. Por un fugaz instante, Luke pensó que lo conocía, pero no acabó de ubicarlo.

Los ojos de Anna le sonrieron cuando se acercaba y volvieron a ponerse serios.

—¿Alguien que yo conozca? —preguntó Luke.

—Oh. —Anna rio—. No. Es solo un vecino. Su hija y yo éramos buenas amigas. Me sorprende que me haya reconocido. No sabía quién era hasta que se ha identificado. ¿Has enviado a Doris a casa?

—Sí. Las he mandado para allá. Lamento que hayas tenido que presenciar una escena tan violenta, Anna.

—No ha sido culpa tuya. —Anna lo miró con interés—. ¿Dónde aprendiste a usar tan bien la espada?

—En París, entre otras cosas.

De pronto Anna se estremeció y su cuerpo se balanceó de tal modo que Luke tuvo que estirar una mano para sujetarla.

—Quiero irme, por favor, Luke.

—Estaba a punto de sugerirlo. No es fácil volver a la fiesta cuando tu hermana ha estado a punto de arruinar su vida porque es demasiado joven para saber lo que hace.

Cinco minutos después, se habían despedido de lady Sterne, la hermana de Anna y Theo, y estaban en el carruaje de camino a casa. Luke recostó la cabeza y cerró los ojos, contento porque su esposa no tuviera ganas de hablar. La ruina sería mucho más desastrosa para una mujer que para un hombre. Él mismo solo tenía un año más que Doris cuando su vida se hizo añicos a su alrededor, pero era un hombre y había podido forjarse un nuevo destino. Para Doris sería mucho más difícil lograr algo similar.

Mientras esperaba junto a Doris a que su madre saliera para llevarla a casa, la ira había remitido, pero no se arrepentía de su decisión. Enviarla al día siguiente a casa... a Bowden Abbey, donde podrían vigilarla más de cerca. Su madre se iría con ella. Así pues, las había informado a las dos de sus planes y dijo que las visitaría por la mañana para asegurarse de que se ponían en camino.

—¿También me darás unos azotes antes de que me vaya? —había preguntado Doris con tono desafiante y amargo—. No irás a dejarme marchar sin pegarme, ¿verdad, Luke?

—Contén esa lengua, criatura —le dijo su madre con frialdad—. Si Lucas tuviera el sentido común de disciplinarte como debiera, yo no me opondría, aunque lo hiciera con una fusta. Tendrían que haberte hecho pasar por eso hace tiempo.

Luke no había hecho ningún comentario. Estaba demasiado furioso. Pero en ese momento, al recordar las palabras de su madre, pensó si eran azotes lo que había faltado en la infancia de Doris o más bien amor. Quizá si su madre la hubiera abrazado alguna vez...

Pero no, Luke no creía en el amor. El amor habría destruido a Doris con la misma seguridad con que la estaba destruyendo su ausencia. En realidad, no podía acusar a su madre de no quererlos. El problema era que siempre ponía por delante el deber y el decoro, como si las muestras de afecto fueran una debilidad absurda. Y, sin embargo, tal vez Doris necesitaba muestras de amor más claras que las que recibía de su madre... o de él. Recordaba muy bien lo afectuosa que era de pequeña.

Luke tragó y de pronto se dio cuenta de que estaba sujetando la mano de su esposa con demasiada fuerza sobre el asiento. No era algo que tuviera por costumbre hacer. Casi parecía que la necesitaba. Pero no, él no necesitaba a nadie. Había aprendido a ser estrictamente autosuficiente. No debía permitirse necesitar a Anna de ninguna forma que no fuera la sexual. Apartó la mano.

Anna siguió sentada en silencio por unos momentos y luego se volvió hacia él, de modo que dejó el brazo pegado al suyo y apoyó la mejilla con fuerza contra su hombro. Luke abrió los brazos sorprendido para sostenerla cuando ella se puso de pie y se movió para sentársele sobre el regazo. Anna tiró de su velo para sujetarlo bajo la barbilla, le rodeó el cuello con los brazos, restregó los pechos sugerentemente contra él y buscó su boca en la oscuridad.

¡Señor, Señor! Luke la rodeó con los brazos, abrió la boca agradecido y metió la lengua en el calor de la boca de ella. Anna gimió y Luke sintió los hilos de la excitación moverse en su interior.

—Después de todo —Anna echó la cabeza hacia atrás y rio—, ¿por qué desaprovechar un decente paseo en carruaje?

La Anna que coqueteaba inocentemente era alguien familiar para Luke; la Anna seductora era un placer nuevo. La besó con suavidad por el rostro.

—Te deseo —decía entre beso y beso—. Te deseo.

Luke podía sentir la calidez y la forma de sus piernas a través de la fina tela de los bombachos. Sus pechos quedaban muy levantados por la cotilla, una armadura que evitaba que las manos ansiosas de Luke pudieran acceder al resto de su cuerpo, y sin embargo también hacían la escena más excitante.

—¿Aquí, en el carruaje? —dijo—. Estaré encantado de complacerte, Anna, si crees que podrás tolerar la relativa incomodidad.

—Aquí y ahora. —La voz de Anna era grave y ronca—. Ni un momento más tarde. Dámelo ahora.

Luke habría convertido el proceso de despojarla de los bombachos en una parte erótica de los preliminares, pero las manos de Anna se unieron a las suyas para arrancarlos con impaciencia y arrojarlos al suelo. Él mismo se desabotonó la ropa y colocó a su mujer a horcajadas sobre él. Anna estaba muy excitada, casi histérica, y lo había excitado también a él. Se alegró de que quisiera hacerlo en ese momento, porque no habría podido esperar a que llegaran a casa.

—Que sea ahora, pues —la complació, abriendo las manos sobre sus caderas y haciéndola descender sobre él.

Estaba caliente y mojada, y tan preparada que gritó y se corrió mientras él la penetraba. Luke dejó que pasara por los estremecimientos y se relajara antes de satisfacer su propia necesidad a su ritmo, acompañado por los murmullos satisfechos de su compañera.

Estuvieron acoplados hasta que Luke pensó que ya debían de estar llegando a casa. «Qué regalo tan maravilloso», pensó adormecido. Nunca antes había hecho el amor en un carruaje. Era un paso en su educación que se alegraba de no haberse saltado. Y mucho. La besó en la mejilla.

—Mi cochero podría sufrir una apoplejía si nos encuentra así cuando abra la puerta. ¿Te parece que nos adecentemos y sigamos con nuestro comportamiento poco respetable más tarde, en la intimidad de nuestros aposentos?

Porque él la deseaba otra vez. Aquello no había hecho más que abrirle el apetito.

Anna rio entre dientes con una voz ronca en la que había reparado con anterioridad, y suspiró cuando salió de ella. Se inclinó para recoger sus bombachos y volvió a ponérselos. Cuando el carruaje se detuvo y el cochero abrió la puerta y bajó los escalones, iban sentados lado a lado, sin tocarse.

Luke la escoltó a su vestidor y se apartó después de abrirle la puerta.

—¿Pronto, Anna? —preguntó enarcando las cejas.

Ella lo miró con una sonrisa deslumbrante.

—Lo antes posible, excelencia —dijo, y entró en su habitación envuelta en una nube de gasa y bordados y fascinante feminidad.

Pronto. Ah, sí. Y si era antes, mejor. Y se fue a su vestidor.

La desesperanza había dado paso al pánico, un pánico que había tratado de controlar en el carruaje. Milagrosamente, Luke había hecho algo poco habitual, le había tomado la mano, y eso le permitió concentrar toda su atención en el momento, apoyar su cordura en el tacto de la mano de Luke. Cuando la retiró, todo el control y la cordura de Anna desaparecieron y se arrojó sobre él movida por una única obsesión: la necesidad de tenerlo dentro, la necesidad de fundirse con él hasta el punto de que nadie pudiera volver a encontrarla jamás.

La sensación de tenerlo dentro, duro, largo y sólidamente real había sido tan maravillosa y tranquilizadora que se había permitido el lujo de perderse en su interior y dejar que él la retuviera, cálido y seguro, formando aún parte de su cuerpo.

Pero el pánico no había desaparecido, según pudo descubrir cuando volvió a quedarse sola en la seguridad de su casa y sus habitaciones. Se sintió sola y aterrada incluso mientras su doncella estuvo con ella. Trató de controlar la histeria mientras esperaba a que Luke llegara. Se presentó antes de lo habitual, aunque a Anna le pareció que llevaba horas esperando.

Anna le sonrió desde el lecho y apartó la ropa de cama, exponiendo su cuerpo desnudo, mientras él dejaba caer su batín.

«Abrázame. Sálvame.»

Extendió los brazos.

—Hazme el amor.

—Esa era mi intención, señora Anna, como sin duda podrás ver.

Se inclinó sobre las velas para apagarlas.

La repentina oscuridad llevó consigo una nueva oleada de pánico, pero luego lo sintió a su lado y empezó a tocarla, iniciando el cada vez más familiar, y sin embargo siempre nuevo, ritual de hacer el amor.

—Anna. —A Luke le gustaba ir muy despacio, haciendo que cada movimiento fuera tortuosamente agónico, tortuosamente placentero—. ¿Tienes hambre?

—Estoy famélica. Me muero de hambre, Luke. Sáciame.

—Esa es una invitación a la que no puedo resistirme.

Anna separó las piernas mientras él se colocaba encima, ansiosa por volver a sentirlo dentro, caliente, jadeando de deseo. Pero fueron sus dedos los que la tocaron primero, esos dedos tan diestros, que podían llevarla al borde la locura con sus caricias y la sensibilidad con que buscaban. Esa noche, mientras le besaba los pechos y los chupaba con suavidad, los dedos de Luke encontraron un anhelo agónico y palpitante.

Anna pudo oírse a sí misma suplicando cuando soltó la cinta que sujetaba el pelo de Luke a la altura de la nuca y los dejó caer sobre sus pechos.

Y en ese momento su boca y su lengua sustituyeron a los dedos, algo chocante e inesperado, más erótico que las simples caricias. Le cubrió los pechos con las manos y sujetó los pezones entre pulgar e índice.

—Más fuerte —se oyó suplicar, y la mayor presión de los dedos le hizo gritar por el dolor y el placer insoportables.

Anna se rompía en pedazos con él, notaba el anhelo que volvía a aumentar, y se hacía pedazos y volvía a aumentar.

Para cuando Luke la cubrió con su cuerpo y la penetró, Anna gimoteaba por un deseo que había quedado satisfecho una y otra vez, pero aún no había remitido. Durante varios minutos se relajó, agradecida, contra la potencia de los movimientos de él, hasta que lo sintió tan adentro en su alma y se fundió con ella hasta tal punto que ya no hubo un pensamiento consciente, ni sentimientos ni emociones.

Solo un ritmo perfecto. Un amor perfecto.

Cuando despertó estaba sola. Oh, no sola en el lecho. Luke estaba con ella, como cada noche. Durmiendo. Pero estaba sola en el sentido de que no se tocaban. No sabía qué hora sería, pero seguro que llevaba horas durmiendo. Era asombroso... no esperaba poder dormir.

Estaba a salvo. Estaba en su cama, con su marido a su lado. Trató de seguir relajada y revivir en su mente la forma en que Luke le había hecho el amor, la mejor en un mes de maravillosos momentos haciendo el amor. Trató de convencerse a sí misma de que Luke llegaría a amarla como ella lo amaba a él, y vivirían felices para siempre.

Pero estaba allí otra vez y no podía apartarlo. El pánico. Y el espantoso recuerdo de las semanas y los meses que había convivido con dicho pánico durante el año posterior a su marcha y antes de conocer a Luke y casarse con él. De pronto, la cama se le antojó enorme, era como si estuvieran a kilómetros de distancia, cada uno en un extremo. Se sentía rodeada por un vacío glacial, por la fría amenaza de unas manos que la buscaban.

Rodó hacia un lado y se pegó contra el cuerpo cálido, sólido y tranquilizador de su esposo, y se acurrucó entre sus brazos para poder apoyar la cabeza sobre su pecho. «Abrázame. Por favor, abrázame.»

Luke la rodeó con los brazos y musitó algo medio dormido. Y entonces, despertó.

—Anna —dijo—, ¿qué tienes? Me vas a dejar inútil e impotente de tanto usarme. Dame unos momentos y estaré listo.

—No-no —gimoteó. No era placer lo que buscaba en ese momento, sino seguridad. Amor—. Luke, llévame a casa. Por favor, llévame a casa. Quiero ir a casa.

Quizás allí estaría a salvo.

—¿A Elm Court? ¿Añoras tu casa? ¿Echas de menos a tu hermana pequeña? Te llevaré allí si es lo que quieres.

—No —respondió Anna—. Allí no. No quiero volver nunca allí. Llévame a casa. A Bowden Abbey.

Luke la tuvo abrazada unos momentos, sin decir nada. Anna casi pudo sentir como si se hubiera apartado físicamente de ella.

—¿A Bowden? ¿Qué es todo esto, Anna? ¿Ha pasado algo?

—No, nada —contestó ella contra su pecho—. Pero estoy cansada de Londres. Quiero ir a casa. Por favor, vamos a casa.

—A casa —dijo Luke. Anna sintió que Luke aspiraba con fuerza—. Sí, es nuestra casa, ¿verdad? Pero sé que hay algo más, Anna. ¿Qué pasa?

Anna tragó con dificultad y se pegó más a él.

—Voy a tener un hijo —respondió.

No había pensado decírselo tan pronto. Ni siquiera estaba del todo segura.

—¿Tan pronto?

Una mano subió hasta su cabeza y le acarició el pelo.

—Tengo un retraso de una semana, y nunca se me retrasa. Creo que estoy encinta. Quiero ir a casa.

Durante un rato Luke no dijo nada. Siguió masajeándole la cabeza con movimientos tranquilizadores mientras Anna jugueteaba con un mechón de su pelo que le había caído sobre el rostro.

—Sí —accedió a la postre en voz baja—. Es hora de ir a casa. Nuestro primer hijo debe nacer en Bowden, y necesitas la tranquilidad del campo mientras crece en tu interior. Iremos a casa.

La sensación de paz y tranquilidad volvió a arroparla y de nuevo sintió que estaba a punto de dormirse.

—Anna —dijo Luke muy bajito—, me hace muy feliz que estés embarazada. Gracias.

Ella sonrió con gesto somnoliento. Después de un mes de intimidad física y pasión y distancia emocional, esas fueron las primeras palabras que parecieron salvar la separación entre ellos. Sonaron casi como una declaración de amor. De momento, ese «casi» sería suficiente, y Anna se permitió dormirse, a salvo entre los brazos de su esposo.

* * *

Luke se sentía aterrado. Esa mañana, cabalgó mucho más deprisa de lo que tenía por costumbre en su paseo matinal por el parque. Había creado una nueva vida. Anna y él. Habían creado una nueva vida dentro de su cuerpo. Y hasta el final de sus días sería el responsable de esa vida que había iniciado y de la vida de la madre.

Estaba atado sin remedio a la vida , así como a los deberes y responsabilidades que esta conllevaba, y, al menos, a otras dos personas: su esposa y el hijo que crecía en su vientre. Siempre había pensado que el vínculo del matrimonio sería el que más pesaría sobre él. No esperaba que la noticia que Anna le había dado la noche anterior fuera a hacerle sentirse más atrapado aún. Podía satisfacer las necesidades materiales de un hijo sin ningún problema, pero también sería responsable de sus necesidades emocionales. Su mente tanteó la idea del amor y se apartó de ella enseguida.

No, no podía hacer eso. Había pasado diez años distanciándose de todo vínculo con otros seres humanos, de las ataduras emocionales, y había vivido muy tranquilo así. ¿Podía volver atrás? ¿Podía volver a ser la persona que había sido? ¿Para que volvieran a destruirlo? ¿Para volver a ser vulnerable y que acabaran recordándole lo solo que estaba?

Estaba aterrado. Aterrado. ¿Y si Anna moría? ¿Y si la había matado al poner en su interior una nueva vida que no estaba preparada para alimentar más allá de su vientre? ¿Y si había matado la belleza y la vivacidad de Anna?

Tiró de las riendas cuando se dio cuenta de que estaba arriesgando la seguridad de su caballo y la suya propia. Ya no podía permitirse el lujo de arriesgar ni tan siquiera su seguridad. Un hijo y su madre dependían de eso. La idea hizo que se sintiera mareado. No quería que nadie dependiera emocionalmente de él. No sería capaz de manejar semejante responsabilidad.

¿Y si, al igual que le había pasado a su madre, no podía darle amor a su hijo?

Él no era capaz de amar.

No quería ser capaz de amar. No quería ser capaz de sentir dolor.

Por fortuna, cuando cabalgaba de camino a casa, pudo concentrar su atención en otra cosa. En Doris. Sabía que su hermana estaba sufriendo y sufriría durante un tiempo. Él mismo podía recordar lo que era sentir ese tipo de sufrimiento. Pero a pesar de que sentía una cierta inquietud, estaba convencido de que había llevado el asunto de la única forma posible. Y no había cambiado de parecer sobre lo de enviarla de vuelta a Bowden. Tal y como había prometido, pasaría por la casa esa mañana para asegurarse de que ella y su madre se ponían en camino.

Luke volvió a pensar en su infancia y su juventud. Había pasado tanto tiempo... Suspiró cuando se sentó a desayunar y hojeó el montón de cartas e invitaciones apilados con cuidado junto a su plato.

Había un pagaré por una cantidad considerable incluido en una carta que exigía el pago de la deuda de juego al duque de Harndon, puesto que su hermano, lord Ashley Kendrick, parecía incapaz de hacerle frente por sus medios. La firma de Ashley aparecía al pie.

Ashley aún estaba en la cama cuando Luke llegó a Harndon House. Antes de reunirse con su madre y su hermana, fue derecho a la habitación de su hermano, llenó un vaso de agua en el vestidor y le arrojó el contenido a la cara. Su hermano despertó balbuciendo.

—¡Caray! ¡Qué diablos...!

Luke le arrojó el pagaré sobre el pecho y Ashley lo cogió y lo miró en silencio unos momentos.

—Que me aspen, Luke. No tenía por qué enviártelo. Yo me encargaré de arreglarlo. Vete y déjame dormir.

—Te daré a elegir —dijo Luke fríamente, y casi podía oír a su padre hablando a través de él, aunque su padre no le había dado ninguna opción hacía diez años—. Puedes conservar este pagaré y arreglártelas tú solo sin una asignación con la que mantenerte, o puedes dármelo para que yo lo pague, levantarte de la cama y recoger tus cosas a tiempo para acompañar a Doris y a nuestra madre a Bowden, donde permanecerás hasta que puedas convencerme de que tienes una buena razón para marcharte. Tienes cinco minutos para decidir.

Caminó hasta la ventana, descorrió la gruesa cortina y se quedó mirando a la plaza soleada del exterior. Había olvidado que brillaba el sol.

Le había dado a su hermano a elegir entre el fuego o las brasas. Entre quedarse solo y sin ningún medio de vida, como le habían hecho a él diez años atrás, o capitular sin condiciones y sufrir una humillación total. Pero Luke endureció su corazón y no dijo más.

—¿A qué hora se van? —preguntó su hermano a su espalda unos cuatro minutos después.

—En cuanto estés listo —dijo él sin volverse.

Unos momentos después oyó que la puerta del vestidor de su hermano se abría y se cerraba. El pagaré de juego, según vio, estaba sobre la cama. Luke se acercó para cogerlo, con el corazón endurecido.

Bueno, así pues, volvería a Bowden Abbey, pensó plegando el papel y guardándolo en el bolsillo. De vuelta al pasado. Llevando a su presente y su futuro con él.

Fue a buscar a su madre.

13

Bowden Abbey. Luke esperaba que apareciera con cierto temor. De niño siempre había adorado la casa y la propiedad, las granjas y el pueblecito. La escuela y la universidad se le hicieron soportables solo porque estaban las vacaciones. Y quizá jamás habría tenido que irse si no se hubiera producido todo aquel embrollo con George. Su padre le habría permitido vivir en Bowden.

En realidad, no era el lugar en sí lo que le daba miedo, eran más bien los recuerdos que iban asociados a él. Tal vez era una pena que fueran sus últimos recuerdos los que había acabado vinculando al sitio y eso hubiera borrado todo lo demás. Aún recordaba su alegría cuando George volvió de su gran tour por Europa. Aunque él siempre había querido mucho a su hermano, cuando eran más jóvenes a veces la diferencia de cuatro años que había entre ellos había sido un problema, pero para entonces esa diferencia parecía haberse reducido. Los dos eran hombres jóvenes y eran hermanos. Durante unas semanas no dejaron de hablar. Salían a montar juntos, pescaban, jugaban al billar... siempre estaban juntos. O eso le había parecido a Luke. Como era obvio, hubo momentos en que George no estuvo con él, porque de lo contrario aquello no hubiera podido pasar.

La traición provocó en su interior un daño que nunca se había curado. George y Henrietta. George violó a Henrietta. Pero no, la mente del Luke de treinta años apartó esa palabra. Sedujo, quizá. Sin duda, George había pensado que Henrietta lo miraba con buenos ojos... Luke sabía muy bien que a veces el deseo enturbiaba el buen juicio de la persona. Pero incluso la idea de que George fuera un seductor le provocaba una terrible sensación de vacío en la boca del estómago.

Apareció el recuerdo involuntario de George cuando se enfrentó a él, con el rostro ceniciento y los labios apretados; se negó a hacer ningún comentario sobre la historia que Henrietta había contado; a defenderse o a justificar sus actos; se negó, al principio, a aceptar el desafío de Luke y, en última instancia, disparó al aire para no batirse con él y miró fijamente mientras Luke apuntaba al sauce. Y, luego, cayó sin decir palabra cuando lo hirió.

Luke respiró hondo. No había vuelto a ver a su hermano después de aquello, y ya nunca lo vería. En ese momento acudió a su la mente un recuerdo que había reprimido durante mucho tiempo. Seis meses después de lo sucedido, recibió un paquete de George. Dentro solo encontró un pedazo de papel con la firma de su hermano y un buen fajo de dinero. Luke lo había devuelto sin ningún comentario. ¿Rama de olivo o compensación? No habría sabido decirlo. Y no había vuelto a recordar aquel paquete hasta ese momento.

De un modo similar, todas las cartas que él escribió a su madre y a su padre le habían sido devueltas. Lo habían rechazado, repudiado.

Y, sin embargo, en ese momento, por una suprema ironía del destino, todo aquello le pertenecía. Ya se acercaban a las tierras de Bowden, y regresaba como duque de Harndon a unos deberes que jamás había pedido. A Henrietta, la viuda de su hermano.

De modo instintivo, Luke se volvió hacia su presente y su futuro. Su esposa estaba sentada junto a él en el carruaje, contemplando el paisaje en silencio por la ventanilla. De no haber estado sentada su hermana ante ella, la habría tomado de la mano. Se alegró de que su cuñada estuviera allí para evitar que incurriera en semejante flaqueza. Agnes, pese al consejo de Anna y a las protestas de lady Sterne, había suplicado poder viajar con ellos. La joven, aunque hermosa, era también muy tímida, y Luke intuía que Londres y su alegre temporada social no eran de su agrado. Había mandado a buscar también a la otra hermana, la sordomuda, porque sabía que a Anna le inquietaba pasar tanto tiempo lejos de ella.

Su presente y su futuro. En los tres días que habían pasado desde que Anna le pidiera que la llevara a casa, no había sangrado. Parecía casi seguro que estaba encinta.

Anna sintió sus ojos sobre ella y volvió la cabeza para sonreírle. El sol volvía a brillar en su sonrisa y su postura era relajada pese al tedio de un largo viaje. A Luke le sorprendía que hubiera acabado por detestar Londres. Le había parecido que disfrutaba del bullicio de la vida en sociedad, y los demás apreciaban mucho su compañía. Pero en los últimos tres días casi se había mostrado histérica y no había dejado de azuzar a los sirvientes para que se apresuraran en los preparativos. Quizás era de esas personas que, una vez que tomaban una decisión, necesitaban ponerla en práctica enseguida.

—En unos minutos pasaremos por el pueblo —dijo Luke—. Ya casi estamos en casa.

—¿De verdad?

La emoción le iluminaba la mirada y se adelantó para ver mejor por la ventanilla.

Y en ese momento llegaron al pueblo, y el carruaje aminoró la marcha por si pasaban viandantes y animales domésticos. Todo se veía chocantemente igual que antes de que Luke se fuera. ¿Qué esperaba? ¿Que después de diez años todo estuviera tan cambiado que no lo reconociera?

Pero una cosa sí había cambiado. Cuando se fue hacía diez años, él no era más que el joven hijo de un duque, no era más que un crío. No llamó apenas la atención cuando su carruaje pasó por el pueblo. En cambio, en ese instante era el duque de Harndon y volvía tras una larga ausencia. Su carruaje no llevaba blasón, pero no importaba. Debía de haberse corrido la voz de que llegaría pronto, porque las puertas de las casitas empezaron a abrirse, y los pocos clientes que había salían de tabernas y comercios.

Luke, que no se esperaba aquello, se inclinó hacia delante y correspondió saludando con la mano a aquellos que lo saludaban con los rostros arrugados en una sonrisa de bienvenida.

—¿Luke? —dijo Anna riendo encantada—. Es maravilloso.

También ella había levantado la mano para saludar y miraba por la ventanilla de su lado.

Pero Luke se echó hacia atrás con brusquedad cuando vio que se acercaban al final de la calle y la iglesia. Volvió la cabeza. No, no tenía ningún deseo de ver la iglesia o el cementerio. De pronto, se dio cuenta de que no eran solo los recuerdos o Henrietta eso con lo que temía reencontrarse. Había algo peor que eso. Estaban las tumbas del cementerio, las tumbas de dos hombres a los que no había tenido ni la ocasión ni el deseo de perdonar en esa vida y a los que ya no podría perdonar.

—Ah —suspiró Luke un tanto aliviado cuando el carruaje giró casi enseguida al pasar por los altos e imponentes postes de piedra que daban entrada a la propiedad de Bowden Abbey—. Los aldeanos deben de haber oído que venía una nueva y hermosa duquesa. Los que estaban en tu lado de la calle podrán alardear de haberte visto, querida.

Ella volvió a reír.

—Es más probable que quisieran ver lo que París ha hecho contigo. ¡Oh, los árboles! Son muy antiguos, ¿verdad? Y, oh, mira, Agnes. Ciervos. Una manada de ciervos. Cuánta sombra, es un descanso después de tanto sol.

La última vez que había pasado por allí a Luke le pareció oscuro como la noche. Ya habían dejado atrás el lugar donde Doris lo esperó para despedirse.

—¡Oh! —exclamaron a la vez Agnes y Anna cuando abandonaron la sombra de los árboles y ante sus ojos apareció la propiedad en todo su esplendor: el puente de dos ojos que pasaba sobre el veloz riachuelo; las largas extensiones de césped que subían en pendiente; las terrazas en cuatro alturas de jardines cultivados al detalle y llenos de color, y el imponente edificio de la casa, con sus torreones y las ventanas con parteluces, una indescriptible mezcolanza de estilos arquitectónicos, y aun así imponente y espléndido.

Luke contempló la casa sorprendido, igual que le había pasado hacía unos minutos con el pueblo, porque estaba justo como la recordaba. Podría haber sido el día anterior. O hacía un siglo.

El carruaje pasó por el puente y subió por el sendero entre las extensiones de césped, y después entre las cuidadas parcelas del jardín antes de pasar a la terraza más alta y adoquinada que quedaba ante los escalones de mármol y las grandes puertas. Cuando el carruaje se detuvo y el cochero les abrió las portezuelas y desplegó el escalón, las puertas de la casa estaban abiertas de par en par.

Luke bajó con decisión y se volvió para ayudar a bajar primero a su cuñada y luego a su esposa. Anna había dejado de sonreír, según vio, pero sus ojos seguían muy abiertos por el asombro y sus mejillas empezaban a teñirse de rubor. Le ofreció el brazo y ella colocó el suyo formalmente sobre el de él. Debería haberle dado ánimos, pero no tenía ánimos que ofrecer. Aquel quizá fuera el momento más difícil de su vida; no, sin duda, no... pero sí uno de los más difíciles.

Entró con su esposa en el gran vestíbulo revestido con paneles de roble, de dos pisos de altura, con los inmensos retratos familiares de los antepasados, las enormes chimeneas gemelas situadas en cada extremo y el suelo embaldosado. Los sirvientes, empequeñecidos por la magnificencia que los rodeaba, estaban alineados a ambos lados de la puerta para darle la bienvenida y que el duque y la duquesa pasaran revista.

¿Sería cosa de su madre?, pensó Luke.

El viejo mayordomo de su padre, Cotes, lo presentó con la rígida reverencia que recordaba al ama de llaves, la señora Wynn, a quien Luke no había visto antes. Luke presentó a su duquesa y a lady Agnes Marlowe, y después Anna y él recorrieron las dos filas de sirvientes. Todos estaban muy erguidos, y muchos tenían los ojos brillantes por la curiosidad. Su esposa, tal y como Luke esperaba, estuvo a la altura de la ocasión y actuó con la naturalidad que le daba su experiencia. Sonrió con cordialidad a cada miembro del servicio y tuvo una palabra para casi cada uno de ellos. Aunque debía de estar fatigada por el largo viaje y quizá por su incipiente embarazo, no se apresuró en su primera obligación como señora de Bowden Abbey ni dio muestras de que aquello fuera sino un placer para ella.

Había elegido bien, pensó. Anna haría su trabajo a conciencia y con elegancia. Estaba orgulloso de ella.

—La familia los espera arriba, en el salón, excelencia —le dijo la señora Wynn a Anna cuando acabaron de pasar revista—. ¿Desea saludarlos ahora o prefiere retirarse primero a sus aposentos?

—Oh, primero iremos al salón —contestó ella mirando con una sonrisa y con gesto inquisitivo a Luke.

Él inclinó la cabeza.

—Pero seguro que lady Agnes preferiría descansar un poco.

Agnes pareció aliviada.

La señora Wynn asintió y se volvió para guiarlos a través del arco apuntado hasta la imponente escalinata de roble.

Luke, que la siguió con el brazo de su esposa sobre el suyo, se sentía como si llevara unas bolas de plomo en los pies. En otro tiempo aquello había sido su hogar, y seguro que volvería a serlo. Su familia lo esperaba arriba... Su madre, que le había dado la espalda cuando más necesitaba el amor de una madre; su hermano, a quien había humillado y había tratado casi con la misma dureza con que su padre lo trató a él; su hermana, cuyo corazón había roto sin piedad, aunque hubo un tiempo en que él fue un experto en corazones rotos. Y Henrietta.

Y en el pueblo, en el cementerio, su padre. Y George.

La familia estaba reunida en el salón, y aunque todos se habían visto en Londres, todos menos una persona, hacía apenas unos días, debían cumplir con la formalidad del recibimiento puesto que volvía a casa con una duquesa. Luke besó a su madre en la mejilla, respondió a la rígida reverencia de Ashley y se inclinó en respuesta a la genuflexión con que su hermana lo saludó. Observó mientras Anna los abrazaba a todos con efusividad, les preguntaba por su viaje y mencionaba, con voz animada y risueña, el recibimiento que habían encontrado en el pueblo.

Pero había otra persona en la habitación, alguien que permanecía en silencio observando junto a la ventana. Alguien de cuya presencia Luke había sido dolorosamente consciente desde el momento en que entraron. Aún no la había mirado, aunque sabía que seguía siendo igual de menuda, delgada y delicada, y tan exquisita y bella como de joven.

Su madre se volvió hacia Anna para presentarla.

—Esta es Henrietta, la duquesa de Harndon y viuda de mi hijo mayor, Anna —dijo y se volvió hacia Henrietta—. La nueva duquesa de Harndon, Henrietta, Anna.

Al final, Luke la miró. Ese rostro afilado, con los ojos azules, apenas había cambiado. Llevaba el pelo oscuro empolvado y vestía con elegancia.

Y la voz grave y musical lo sobresaltó, porque era la misma que recordaba.

—Anna. —Henrietta sonrió y le tendió las dos manos—. Qué guapa es usted. Pero ¿qué otra cosa podía esperarse de la esposa de Luke? Estaba impaciente por su llegada. Será maravilloso tener otra hermana... y un nuevo amigo, espero.

—Oh. —Anna rio mientras los ojos de Luke miraban sus manos entrelazadas—. Qué joven es usted, Henrietta. ¿Por qué esperaba encontrar a alguien mayor? Sí, somos hermanas. Ahora tengo dos nuevas hermanas y un hermano. Qué afortunada soy.

Volvió la cabeza para incluir a Ashley y Doris en su sonrisa, y luego a Luke.

Y, entonces, Henrietta se volvió por fin hacia él y Luke clavó los ojos en ella y todo lo demás desapareció. ¡Dios! Su amor de juventud, que le fue arrebatado con tanta crueldad. Si hubieran seguido juntos ya llevarían nueve años o más casados. Tendrían hijos. ¡Henrietta!

—Luke. —Su sonrisa se había suavizado y sus manos, que habían soltado las de Anna, estaban extendidas hacia él—. Ha pasado mucho tiempo. Me dijeron que habías cambiado, menos mal que me avisaron. Eres diez veces más guapo que el joven que yo conocía cuando me casé con George. Bienvenido a casa, hermano mío.

—Henrietta. —Luke la tomó de las manos y sintió el golpe de la familiaridad. Se llevó una de ellas a los labios y ambos vieron y sintieron las joyas del anillo de George que brillaba en su dedo—. Me alegro de estar en casa.

Luke mintió con espontaneidad, gracias a su consumado saber estar.

—Oh, ahí tenemos la bandeja con el té —dijo su madre devolviéndolo a la realidad—. ¿Quiere que sea yo quien lo sirva hoy, Anna?

Anna. Su esposa y su duquesa. Por absurdo que pudiera parecer, por un momento Luke se había olvidado de ella. Fue a ocupar su sitio junto a Anna y dejó que lo envolviera con su sonrisa radiante mientras su madre servía el té.

Permanecieron en el salón durante media hora tomando el té y de algún modo consiguieron conversar casi como una familia. No era el entorno más feliz al que llevar a una esposa, pensó Luke, pero ese era justo el motivo por el que se había casado. Y Anna lo llevó muy bien y conversó con una animación y un encanto que arrastró a los demás, y hasta consiguió arrancar alguna sonrisa a Doris y Ashley. Era el tipo de recibimiento que esperaba, pensó Luke mientras los acompañaban a Anna y a él a sus aposentos; ni mejor ni peor. Y, de algún modo, había conseguido sobrevivir al reencuentro con Henrietta.

Era más guapa y fascinante que a los diecisiete años, le dijo una voz traicionera en su mente.

Los habían instalado en los aposentos de los duques, que se encontraban en la fachada de la casa. No había muchas habitaciones que dieran a la fachada, porque, siguiendo el diseño de la antigua abadía, el edificio era más largo que ancho. La mayoría de las habitaciones estaban orientadas a los laterales, a las extensiones de césped y los jardines y a los árboles lejanos.

Luke se unió a su esposa en su dormitorio después de inspeccionar sus habitaciones. Cuando pasó por el vestidor, la doncella y otra criada estaban ocupadas allí deshaciendo el equipaje de Anna, y ambas se detuvieron para hacer una genuflexión e inclinar la cabeza. Anna estaba ante la ventana con parteluz, mirando al exterior. Miró por encima del hombro y le sonrió, y Luke fue hasta ella.

—Es tan imponente que me he quedado sin habla. De haberlo sabido te habría pedido que me trajeras antes, Luke —dijo con una carcajada.

De pronto, Luke sintió una abrumadora sensación de alivio al pensar que la parte del recibimiento ya había pasado y podía estar a solas con su esposa. La tomó de las manos y la hizo volverse hacia él.

—Bienvenida a Bowden Abbey, Anna —repuso, llevándose una mano a los labios y luego la otra—. Bienvenida a tu hogar, mi duquesa.

—Mi hogar —repitió Anna, y de pronto sus ojos se llenaron de lágrimas—. Oh, Luke, no te imaginas lo maravilloso que suena eso. Jamás pensé que tendría mi propio hogar. Pensaba que tendría que vivir como una solterona en la casa de mi hermano.

Luke a punto estuvo de soltarle las manos para abrazarla. Anna lo había ayudado a pasar por la dura prueba de volver a casa y ella misma estaba contenta por estar allí, podía ver las lágrimas en sus ojos. Pero estaba pasando por un raro momento de vulnerabilidad, y la experiencia le había enseñado que no podía permitirse ser vulnerable.

Anna había pertenecido a otra persona, igual que le había sucedido a él. Pero Anna aún era capaz de derramar lágrimas por ese amor perdido... él, no.

Así que no la soltó y, en cambio, le dio un apretón en las manos.

—Ciertamente, no podría permitirle a tu hermano semejante placer cuando él mismo tendrá pronto su propia esposa.

Ella echó la cabeza hacia atrás y sonrió.

—Me gusta Henrietta. Tenía miedo de que mi presencia le desagradara, pero ha sido muy amable. Dicen que enviudó siendo aún muy joven, pero quizá podrá volver a casarse. Es muy joven. Debió de casarse siendo una niña.

Luke la besó. No quería hablar de Henrietta ni pensar en ella. Anna suspiró y le rodeó el cuello con los brazos, y lo besó. Compartieron un beso largo y reposado que extraña y alarmantemente no tenía nada de sexual. Se besaron no por placer, sino por algo más. La mente de Luke no quiso poner nombre a ese algo aunque hubiera podido hacerlo.

El beso debía reconducirse a su propósito más familiar. Luke levantó la cabeza y miró a su esposa con los ojos entornados antes de desviarlos con expresión sugerente hacia la cama.

—Eso servirá, hasta que pueda darte una bienvenida más concienzuda esta noche.

La risa de Anna siempre le resultaba deliciosa; le levantaba el ánimo mucho más que las sofisticadas risitas a las que estaba acostumbrado.

—Excelencia —dijo Anna—, estoy impaciente.

El reconfortante deseo llegó por fin. Reconfortante porque era algo familiar, no requería ningún sentimiento real y no podía satisfacerse de una forma inmediata.

—Creo —replicó Luke pensando con pesar en las doncellas que trajinaban en la habitación de al lado— que debemos respetar los horarios ahora que estamos en el campo. Aquí la gente se acuesta más temprano.

Ella volvió a reírse.

Sí, habían vuelto al seguro y liviano coqueteo de siempre.

En la semana que siguió a su llegada a Bowden Abbey, Anna se sintió moderadamente feliz. Era un bello lugar y el sol de principios del verano se dejaba ver para deleite de todos. Era maravilloso volver a estar en el campo, sin las limitaciones de la vida en Londres. Cierto que no le había desagradado vivir allí, al menos hasta la noche del baile de disfraces en los jardines de Ranelagh, pero después de aquello, la ciudad la asfixiaba.

Por fin volvía a sentirse libre. Sabía que la sensación de libertad era una ilusión, que no había escapado de sir Lovatt Blaydon y nunca lo haría, pero la ilusión estaba allí, y se aferró a ella. En Bowden había aire que respirar y espacio para moverse. Había felicidad que sentir.

Tal vez.

Bowden no era un lugar del todo feliz; en parte, la razón era obvia. Ashley y Doris habían vuelto a casa en contra de su voluntad, a disgusto, enfadados, con una actitud incluso hostil hacia Luke, y él no hizo nada para mejorar las cosas. Se mostraba rígido y distante con ellos, y no hizo ningún esfuerzo por dialogar o justificar de ninguna manera su actitud. Lo que había hecho estaba del todo justificado en ambos casos. Pero también debería haber habido amor, un amor que en la familia de Anna había sido siempre tan intenso que le desconcertaba pensar que no fuera así en todas las familias. El amor podría haber aliviado el orgullo y las emociones heridas. El amor podría haber reparado lo que se había roto.

Y no parecía haber ningún amor en Luke.

Anna trató de no darle forma a ese pensamiento.

Pero había otros motivos que no eran tan obvios. La duquesa viuda, su suegra, era amable con ella, aunque no necesariamente cordial. Pasaba mucho tiempo explicándole cosas, ayudándola a adaptarse a su nuevo papel como duquesa de Harndon y señora de Bowden Abbey y referente social de la zona. Pero entre Luke y su madre no había ningún afecto y apenas se hablaban. Y, sin embargo, compartían una causa común en su preocupación por el bienestar de Ashley y Doris.

Luke se mostraba rígido e incómodo incluso con Henrietta. Ella, que era tan guapa y delicada y se mostraba siempre muy amable con Anna. Había sido la esposa de su hermano. ¿Tanto odiaba Luke a ese hermano mayor que ni siquiera podía mostrar un poco de respeto para con su viuda?

Anna supuso que el hermano, George, el difunto duque de Harndon, era la clave de todo. Luke casi lo había matado en un duelo y decía no recordar el motivo de la disputa. Unos días después de llegar a Bowden, Anna se maravilló al pensar lo tonta que había sido al creerlo. ¿Cómo podía olvidar nadie una disputa que termina en un duelo entre hermanos y casi en la muerte de uno de ellos?

Fuera lo que fuese, el pasado pendía sobre Bowden casi como un sudario visible, tangible. Y, sin embargo, Anna no podía preguntarle a nadie. Preguntar a alguien de la familia habría sido una deslealtad; preguntarle a Luke era impensable. Ya llevaban más de un mes de matrimonio y no habían hablado más que de cosas triviales. Disfrutaban de su mutua compañía, hablaban entre ellos con ligereza e ingenio, bromeaban. Pero, con la excepción de sus cuerpos, no habían compartido nada personal. Eran básicamente unos desconocidos. Habían establecido ese patrón y en ese momento Anna no sabía cómo preguntarle, aunque lo había intentado en una ocasión al inicio de su matrimonio. «¿Qué pasó hace años? ¿Por qué ha marcado tanto tu vida?»

Había marcado su vida, sí. En otro tiempo, Luke era una persona distinta, Doris lo había dicho.

Y, sin embargo, en Bowden se respiraba una atmósfera de libertad y felicidad. Su relación con Luke era buena si se contentaba con su carácter básicamente superficial. La noche que llegaron a la propiedad, Luke hizo lo que había prometido, le dio la bienvenida con una experiencia lenta y concienzuda, y después le dijo que, puesto que parecía casi seguro que estaba embarazada, en lo sucesivo debía dejarle más tiempo para dormir por las noches.

—Con una vez por noche tendrá que bastar para satisfacer mi apetito voraz.

Y mantuvo su palabra.

Eso debería haber sido una decepción para Anna, puesto que su apetito era tan insaciable como el de él, pero no lo fue. La decisión de Luke parecía sugerir algo parecido a la ternura. Sugería que le preocupaba su salud y el bienestar de su hijo.

Casi como si le importara. Y en cierto nivel, Anna creía que era así.

Así que empezó a levantarse por las mañanas para salir a montar con él. La primera vez que se lo pidió, Luke se rio de ella, porque no creía que fuera capaz de levantarse tan temprano. Y la primera vez la hizo indignarse porque hizo que le ensillaran un viejo caballo. Luke se rio por su enfado y cambió sus órdenes.

Esa hora temprana de las mañanas se convirtió en su momento privado del día, o así lo veía ella. Hablaban, reían, bromeaban. Y Luke solía cabalgar detrás de ella... para admirar su espléndido trasero, según le explicó con una mirada lasciva cuando ella se volvió para preguntarle en una ocasión.

Una mañana hicieron una carrera cuando iban de camino al establo y Luke permitió que ella ganara por una cabeza y negó haber hecho tal cosa. Luego la ayudó a desmontar y anunció que no habría más carreras hasta después del parto. Debían proteger de todo mal a su hijo y heredero.

—O tu hija —dijo ella sonriendo.

—Sobre todo mi hija. Tal vez sea de natural delicado, a diferencia de su madre, y le dé miedo la velocidad.

Su libertad empezaba a tener límites. Luke no le permitía hacer el amor más de una vez cada noche. No le permitía montar a caballo. Parecía ternura. Y era maravilloso.

Henrietta se convirtió en su amiga. Era agradable tener una amiga. Anna se daba cuenta de que, en los últimos años, no había tenido tiempo para la amistad, solo para la familia.

Fue Henrietta quien pasó varias horas con ella el día después de su llegaba a Bowden, para explicarle el funcionamiento de todo, mostrarle las partes de la casa que eran importantes para que lo dirigiera todo, repasar las cuentas con ella y acompañarla en su primera reunión diaria con la señora Wynn. E insistió, con lo que parecía auténtica sinceridad, en que no le molestaba en absoluto ceder el control.

—He disfrutado de mis obligaciones como duquesa, Anna —le dijo mientras paseaban cogidas del brazo por los jardines formales—, no lo negaré. Pero para mí el disfrute acabó cuando George falleció. Y mire lo que tengo a cambio de renunciar a un poco de poder. Luke ha vuelto a casa y la tengo a usted. ¡Hace tanto que ansiaba tener una amiga y otra hermana! Y tengo a Agnes, que es tan hermosa y tan dulce, y a Emily, que llegará pronto. Sé que también la querré mucho. —Le dio un apretón en el brazo—. Quizá podré volver a ser feliz; estoy segura de que sí.

Sí, pensaba Anna conforme los días pasaban, quizá también ella podía volver a ser feliz. A veces creía que podría.

Trataba de no pensar en las palabras que a veces la acosaban en sueños sobre los que no tenía ningún control. «No olvide que solo está en préstamo a mi conveniencia.» Pero sí podía controlar su mente cuando estaba despierta, y elegía ser feliz. O al menos lo intentaba.

14

Un rostro menudo y pálido estaba pegado contra el cristal de la ventanilla del viejo carruaje mirando con nerviosismo al exterior, primero a la casa y luego a la gente que se había congregado en la terraza adoquinada y esperaba su llegada. Luke, Anna, Agnes, Doris y Henrietta. Por un momento, el nerviosismo de su rostro aumentó, hasta que posó la mirada en sus hermanas. Y entonces, sonrió.

Sonreía igual que Anna, pensó Luke, con la luz del sol en su mirada. Se había sentido un tanto inquieto ante la perspectiva de tener a una sordomuda viviendo en la casa, porque nunca había tenido tratos con una persona impedida. Según Anna, era difícil comunicarse con ella. ¿Qué había que hacer? Al parecer, la joven no sabía leer ni escribir. Pero claro, ¿cómo iba a hacerlo si no oía y no conocía el alfabeto? Y eso significaba que tampoco se podía escribir lo que se le quería decir.

Luke se consoló pensando que era problema de Anna. Era ella quien había querido llevarla allí y quien había tratado con ella toda su vida. Por lo visto, una niñera viajaba con la muchacha. Más allá de la obligación de proporcionarle un hogar y protección, no había necesidad de que se preocupara por ella. Y, sin embargo, sabía cuándo se esperaba su llegada y se había quedado en casa como gesto de cortesía hacia su esposa, y salió con ella cuando se corrió la voz de que un carruaje desconocido se acercaba por el camino. Anna estaba desbordante de emoción.

En circunstancias normales, Luke se habría acercado para ayudar a bajar del carruaje a un invitado, pero se contuvo cuando vio que el lacayo que había viajado junto al cochero desplegaba los escalones y le tendía una mano.

Lady Emily Marlowe tenía catorce años, era de estatura media y delgada, y su cuerpo apenas empezaba a mostrar los signos de su paso a mujer. Llevaba un vestido cerrado sobre sus enaguas completas, pero sin tontillos. Se había recogido en la nuca el pelo claro y sin empolvar, pero los mechones caían sueltos a la espalda. No llevaba cofia. A Luke le recordó a una potrilla.

Y en ese momento se arrojó a los brazos de Anna, y Anna reía y lloraba. La joven profirió algunos sonidos incoherentes. Agnes se unió a las hermanas y las rodeó a las dos con los brazos, y las tres quedaron unidas.

A la postre, Anna tomó a la joven de la mano y le habló.

—Emmy —dijo—, quiero que conozcas a mi esposo, el duque de Harndon.

Anna no hablaba más despacio ni tampoco gritaba, y, sin embargo, la joven volvió la cabeza hacia él. Unos grandes ojos grises lo escrutaron desde un rostro fino y arrebolado de un modo no muy distinto a como había hecho su hermana en el baile de los Diddering, pensó. Luke esperaba verle una expresión atemorizada en el rostro, como le pasaba siempre con Agnes, aunque tal vez era un tanto exagerado. Desde que se instalaron en Bowden Abbey había hecho muy pocas concesiones a la moda rural, y a veces las jovencitas se sentían intimidadas por su apariencia.

Dio un paso hacia la joven y le tendió las manos. Ella miró la una y luego la otra, y después colocó las manos en ellas, unas manos pequeñas y frías. Luke experimentó una ternura inesperada y se sintió un tanto ridículo. «¿Y ahora qué?» No tenía sentido decir nada, pero el silencio resultaba antinatural en una situación como esa.

—Emily —dijo como si ella pudiera oírle—, bienvenida a tu nuevo hogar. Soy Luke, tu nuevo hermano.

Los ojos de la joven, según pudo ver, estaban clavados en sus labios. Cuando él dejó de hablar, Emily levantó la vista y le dedicó una sonrisa radiante. Él le oprimió las manos con más fuerza. Señor, Señor, pensó, le había leído los labios. Le hizo enlazar su brazo con el de él —la joven no se resistió— y se volvió para presentarle a Doris y Henrietta. Doris sonrió, sintiéndose tan incómoda como se había sentido él hacía un momento. Henrietta le dijo que era una niña dulce que traería la felicidad a sus hermanas y a todos los que vivían allí. Pero dirigió sus palabras a Anna, no a Emily. Luke se dio cuenta de que la joven se aferraba a su brazo con fuerza.

Le dio unas palmaditas en la mano y ella lo miró a la cara.

—Vamos dentro a tomar el té —le propuso.

Ella sonrió de nuevo y asintió.

—No le suelen gustar los desconocidos —dijo Anna colocándose al lado de su hermana cuando iban hacia la casa—, pero creo que tú le has gustado, Luke.

Se sintió extrañamente complacido. No se había sentido muy valorado por su familia desde su regreso, aunque él tampoco había hecho nada por merecerlo. Se contentaba con que no se hubiera producido ninguna situación desagradable.

Su madre se mostró cortés con la recién llegada, pero durante el té no le prestó ninguna atención. Lady Emily era una niña, por supuesto, y de acuerdo con su estricto sentido del decoro, debería haber estado en la habitación infantil. La joven estaba sentada en el sofá entre sus hermanas, y aunque de vez en cuando los miraba a Agnes o a él, la mayor parte del tiempo sus ojos estaban puestos en Anna. Siempre miraba con intensidad, pero Luke supuso que, para una persona que no podía oír, el sentido de la vista debía de ser más importante que para aquellos que sí oían.

Ashley llegó tarde al té. Llegaba tarde con frecuencia a las comidas o, simplemente, no llegaba. Luke no sabía dónde o cómo pasaba los días. Desde que regresaron de Londres casi no habían cruzado palabra, y nunca había contacto visual entre ellos. Pero Ashley no era una persona dada al enfado. Siempre era educado con el resto de la familia o incluso alegre. En esa ocasión se mostró alegre.

—Anna —dijo en cuanto saludó con una inclinación de cabeza a todos los presentes—, me han dicho que su hermana ha llegado y veo que hay una desconocida sentada a su lado. Presénteme, por favor.

Anna así lo hizo y Ashley se colocó delante de las dos.

—Caramba —exclamó él sonriendo y haciendo una reverencia—, una auténtica belleza. A su servicio, señorita. —Tomó la mano de la joven Emily y se la llevó a los labios.

Hablaba con su habitual encanto y desenfado. Evidentemente, sabía que la hermana de Anna era sordomuda; quizá había hablado porque, al igual que le había pasado a él, el silencio parecía algo antinatural. Pero

Luke observó la reacción de la joven cuando la presentaron. No sonrió como le había sonreído a él, aunque sí miró los labios de Ashley mientras hablaba, y sus ojos lo siguieron por la habitación cuando fue a tomar asiento y aceptó un té de manos de Doris. Siguió mirándolo incluso cuando él se dio cuenta de que lo miraba y le guiñó un ojo.

Ashley, pensó Luke con sorna, acababa de hacer una conquista.

En las semanas que siguieron a su regreso a Bowden, Luke pasó mucho tiempo ocupado con asuntos relacionados con la administración de la propiedad, hablando con Laurence Colby y revisando los libros de cuentas con él, cabalgando por sus tierras y visitando a aquellos que las trabajaban, visitando a los arrendatarios.

Había que hacer algunos ajustes. Colby era un hombre serio, eficiente y estricto, según descubrió Luke, más deseoso de conseguir dinero para la propiedad, y había que reconocer que era muy próspera, que de gastarlo. Y quizá la acusación de que en los pasados años se había comportado como si fuera el amo y no un administrador no carecía de fundamento. Pero Luke no encontró señales de deshonestidad, y sin duda había protegido su herencia de la extravagancia de quienes la habrían derrochado sin pensarlo. Por otro lado, Colby también había negado el dinero a quienes lo necesitaban con desesperación, con el resultado de que había cierto sufrimiento y cierto descontento entre sus arrendatarios.

Por muy reacio que fuera, Luke iba a tener que imponerse e implicarse en las vidas de quienes dependían de él. La sola idea le provocaba un escalofrío y empezaba a darse cuenta de hasta qué punto durante aquellos diez años había evitado implicarse en las vidas de otras personas, primero con deliberación y después de forma inconsciente. Solo se relacionaba con otros por placer.

Una tarde, volvía a casa después de visitar una de las granjas mientras meditaba sobre los cambios que se habían producido en su vida y los que debía introducir en la administración de sus propiedades. Según le habían dicho, Anna ya había visitado muchas granjas y había probado sidra casera, había prometido llevar su receta personal y había sugerido que organizaran una escuela para los más pequeños. Luke comprendió con pesar que iba a costarle estar a la altura de su duquesa.

Y, entonces, un destello de rosa llamó su atención entre el verdor que lo rodeaba. Al mirar, vio que Henrietta estaba sentada en unas escaleras que separaban un campo de heno del camino por el que él cabalgaba. Se la veía dolorosamente hermosa allí subida, con un libro abierto en las manos. Notó una desagradable sacudida en su interior.

Hasta ese momento había evitado con éxito quedarse a solas con ella. Incluso se había convencido a sí mismo de que no había nada que evitar. Su encuentro inicial con Henrietta había sido más fácil de lo que esperaba, y ella se había mostrado amable con él y mucho más que amable con Anna. Si algo hubo entre ellos estaba muerto, era parte del pasado. Aunque, claro, también estaban las cartas que ella le había mandado a Londres y el miedo que él había sentido por la idea de volver a casa, que era el motivo de que hubiera evitado a toda costa quedarse a solas con ella y siguiera evitándolo.

Por un momento, Luke detuvo su caballo, pero ella lo había visto, claro. Avanzó a desgana.

Henrietta cerró el libro y lo miró sin sonreír.

—Luke —dijo indecisa—. Pensé que ibas a pasar la tarde en tu gabinete con el señor Colby.

—No —repuso él, deteniendo el caballo cerca de los escalones.

Tenía el vívido recuerdo de haberla bajado de aquellos mismos escalones un día hacía mucho tiempo y haberla dejado deliberadamente pegada a él para robarle un beso justo cuando sus pies tocaban el suelo. Ella lo reprendió y se pegó a él, y levantó el rostro buscando otro beso. Se habían criado juntos y siempre les resultó muy fácil escabullirse sin vigilancia, a veces incluso durante una hora. Él nunca hizo otra cosa más que besarla, con los labios cerrados. En aquel entonces no sabía nada del arte de hacer el amor... a menos que besar con los labios cerrados se considerara una destreza. Él no sabía nada. Fueron unos tiempos de una inocencia increíble.

—Oh —exclamó Henrietta y se ruborizó. Hubo un incómodo momento de silencio y después ella se apresuró a hablar—. Luke, perdona por la carta que te mandé a Londres. Me había jurado a mí misma que jamás te escribiría o te diría esas palabras, que me iría a la tumba guardando los secretos de mi corazón. Pero las escribí y te las mandé con William. Pensaba que tenía que irse un día más tarde. Fui hasta Wycherly para recuperar la carta, pero cuando llegué, él ya se había ido. Estaba histérica. Quería morirme.

A Luke no se le ocurría qué podía decir y no dijo nada. No había nada que decir ni que hacer. Además, era la segunda carta que había mandado la que tenía un tono más personal, no la que Will le llevó. Era peligroso estar a solas con ella y hablar de tales asuntos. Era peligroso estar mirando esos ojos azules llenos de desdicha.

—¿Deseas seguir leyendo? —preguntó él tras otro breve silencio—. ¿O quieres volver a casa?

—Es hora de regresar. Ve tú delante, Luke. Prefiero ir a mi paso. ¿Puedes ayudarme a bajar?

Luke deseó haber tomado un camino distinto para volver a casa. Pero un camino distinto habría supuesto muchos kilómetros más de cabalgada. Deseó que Henrietta no le hubiera pedido ayuda para bajar de la escalera. No quería tocarla. Y, claro, una vez que bajó de su montura, era impensable que volviera a montar y se fuera a caballo mientras ella regresaba sola y a pie.

Tenía un aire delicado e inocente allí sentada con su libro. Dios, cuánto la había amado aquel joven inocente ya muerto que tenía en su memoria. De pronto, se dio cuenta de que iba ataviada con un vestido a la francesa entallado con enaguas y peto de un blanco deslumbrante. Su sombrero de paja estaba adornado con flores de verdad. ¿Y todo eso para salir y sentarse en unas escaleras a leer un libro?

Luke desmontó y se acercó a la escalera. Ella no hizo ademán de estirar la mano para que él la tomara y la ayudara a bajar los dos escalones que la separaban del suelo. Parecía arrepentirse por haber pedido su ayuda. Y, sin embargo, Luke se preguntó hasta qué punto había sido fortuito aquel encuentro. Estiró los brazos, la tomó por la cintura y la bajó mientras ella apoyaba las manos en sus hombros, para sujetarse. Una cintura tan estrecha como cuando tenía diecisiete años. Un cuerpo ligero como una pluma. Una fragancia especial que asaltó su nariz y su recuerdo.

Luke la había amado con todo el idealismo y el romanticismo de la juventud, con todo su apasionamiento. Por un momento, antes de dejarla en el suelo, volvió a tener su pasado y sus recuerdos entre las manos. Por un momento, el tiempo pareció retroceder. Oyó la respiración agitada de ella, pero no la miró.

—¿Quieres montar mientras yo camino? —le preguntó. Su voz sonaba tensa. Pero ¿cómo iba a montar con tontillo?

—No. —Henrietta habló en voz muy baja—. Yo caminaré contigo, Luke.

De pronto Luke deseó con todas sus fuerzas que Anna estuviera allí con él. Anna, con sus sonrisas radiantes y su cháchara inteligente y divertida. Anna, su esposa, su presente, con su hijo en el vientre, su futuro. No le importaba admitir que tenía miedo. O se sentía tentado.

—Luke —dijo Henrietta con una voz tan tensa como la suya—, has conseguido un matrimonio estupendo. Me encanta Anna. Es perfecta para ti... bonita y encantadora, y entregada a su deber. Espero que ella pueda hacer por ti lo que yo no fui capaz de hacer por George. —Aspiró y dejó escapar el aliento entrecortado—. Espero que pueda darte hijos.

Luke tenía el deseo irracional de tener una hija, una pequeña a la que mimar y de la que sentirse orgulloso. No le importaría si el bebé que Anna llevaba en su vientre fuera una niña. Y eso lo sorprendió. Se había casado con ella para que le diera herederos. Lo único que en realidad importaba en su matrimonio era que ella le diera hijos varones, al menos uno, si era posible dos o más. Pero él quería una niña.

—Lo único que yo fui capaz de darle a George fue un hijo que nació muerto —dijo Henrietta con voz muy baja—. Si lo hubiera sabido...

—Lo siento mucho, Henrietta. Debió de ser una experiencia dolorosa para ti. —Sin duda se había quedado muy corto.

—Si lo hubiera sabido —volvió a repetir ella—. Aunque tú seguías queriéndome, no habría podido casarme contigo, Luke. De haber vivido, el niño habría sido suyo. Todo el mundo lo habría sabido. Y, sin embargo, habría sido tu esposa. Era un imposible. Tenías que entenderlo. ¿Me has odiado todos estos años? —Su voz era débil y temblorosa.

Luke recordaba que aquel día se las había arreglado para estar a solas con ella en la cascada. Recordaba que trató de besarla y ella apartó la cara con brusquedad. Recordaba cómo lo soltó todo, que estaba paseando sola, que se encontró con George y la acompañó, que George esperó hasta que estuvieron en un lugar apartado y la tomó entre los brazos y trató de persuadirla para que le dejara abrazarla. Que se ponía cada vez más agresivo e insistía pese a sus negativas, hasta que la forzó y la dejó encinta. Cómo había descubierto la terrible verdad y se enfrentó con ella a George, y cómo él se vio obligado a pedirle matrimonio, cómo ella sentía que no tenía elección y aceptó, y decidió contárselo a Luke antes de que nadie más lo supiera.

Y recordaba cómo Henrietta se derrumbó en sus brazos y lloró con desconsuelo mientras él lloraba con ella. Cómo le suplicó que se casara con él de todos modos. No había tenido tiempo de pensar en las implicaciones de aquello. Lo único que podía pensar era que iba a perderla, que perdería al amor de su vida, su razón de ser. En aquel momento ni siquiera se paró a pensar en George...

No quería volver a revivir un dolor como aquel y se había pasado años endureciendo su corazón para que eso no pasara.

—No te he odiado, Henrietta. Me labré una nueva vida en Francia y ahora vuelvo como una persona diferente. Con una esposa. Todo aquello es algo que le pasó en otro tiempo a una persona que ya no soy yo. Lo lamento si has sufrido más que yo, querida.

—Sufrí cada día mientras George vivió y he sufrido cada día desde que murió —dijo, tan bajo que Luke casi ni la oyó.

Oyó que tragaba con dificultad, pero mantuvo la vista fija en el camino. No miró para ver si lloraba. Sabía muy bien lo que pasaría si la veía llorar, porque era lo que haría cualquier caballero. Y no confiaba en lo que pasaría si la abrazaba. No confiaba en la invulnerabilidad de su corazón. Deseó que estuvieran más cerca de la casa. Aún estaban a un kilómetro y medio.

—Me alegro de que te casaras antes de venir —afirmó Henrietta al cabo de un rato con voz normal—. Y me alegro de que te hayas casado con alguien como Anna, alguien digno de ti. Has elegido bien, aunque te casaras por mí. Porque es así, ¿no es cierto?

¿Era así? ¿Había sido ese el principal motivo? Luke sabía que en parte lo había hecho por eso, pero esperaba que hubiera algo más.

—Me casé —dijo— porque había llegado la hora y porque conocí a alguien con quien deseaba casarme.

Sí, se acordaba de Anna en el baile de lady Diddering y de la forma en que coqueteó con él y lo sedujo. Al menos eso era, en parte, verdad. De pronto deseó con desesperación poder sentir que se había casado con Anna por ella misma. Y lo había hecho, recordó con cierta amargura. Se había permitido enamorarse de ella... brevemente.

—Perdóname —dijo Henrietta—. Perdóname por haber insinuado siquiera que pueda haber sido de otro modo. ¿Quién podría sorprenderse de que un hombre se enamore de Anna y se case con ella en una semana? Me alegro de que la ames. De lo contrario, sería un peligro que tú y yo estuviéramos cerca. No tendríamos que estar juntos ahora. Ojalá hubiera sabido que no ibas a estar en casa esta tarde. No me habría alejado sola para leer. No tendrías que haber parado cuando me viste, Luke. Tendrías que haber pasado de largo.

Pero Henrietta lo sabía. Había sido un encuentro planificado. ¿Ni siquiera podía confiar en que Henrietta dijera la verdad?

—Eres mi cuñada, Henrietta —dijo Luke con decisión—. Lo que pasó entre nosotros sucedió hace mucho tiempo entre dos críos que ya no existen.

Pero ellos sí existían. Muy adentro, en algún lugar, pese a todos sus esfuerzos, seguía existiendo el joven que fue. En algún lugar de su ser seguía estando Henrietta. Y George.

—Sí. Es cierto. Debe de ser cierto.

El sendero que seguían desapareció cuando salieron de entre los árboles al este de la casa, en lo alto de la larga extensión de césped que descendía durante más de kilómetro y medio desde los jardines formales que había ante el edificio. Estaban muy cerca de los jardines, donde Anna paseaba en compañía de Doris y Emily.

—Oh, Señor —se lamentó Henrietta en voz baja, y entonces levantó la mano para saludar con expresión alegre a las tres mujeres que había en el jardín—. No volveré a pasear con su marido, Anna, lo prometo —dijo con voz cantarina cuando estuvieron lo bastante cerca para que la oyeran—. No ha hecho más que elogiarla y proclamar su amor por usted desde que me encontró subiendo a la escalera de un seto. Ni siquiera ha elogiado mi nuevo sombrero de paja.

Por un momento, Anna miró a Luke con ojos perplejos y luego le sonrió a Henrietta y se acercó al seto bajo que separaba la terraza del césped.

—Pues es un sombrero muy favorecedor, Henrietta. Yo le haré un cumplido —dijo, y rio con alegría.

Luke actuó por impulso. Se inclinó sobre el seto, tomó a su esposa por la cintura y la pasó por encima pese a su chillido de protesta. Anna volvió a reír cuando la dejó en el suelo.

—Hacer esto no te va a resultar tan sencillo dentro de unos meses, —dijo, y entonces se ruborizó y se mordió el labio inferior.

—Oh, Anna —exclamó Henrietta, llevándose las manos al pecho—. ¿Significa eso lo que creo que significa?

Luke vio que Emily estaba inclinada oliendo las flores, pero Doris escuchaba con interés.

—Anna está encinta —dijo, ofreciéndole el brazo, empapándose de ella, como siempre hacía.

Fue un alivio verla, tocarla, pronunciar en voz alta su compromiso profundo e irrevocable con ella. Su mente se aferró al presente, renunció con decisión al pasado... una vez más. Su caballo relinchó con impaciencia; necesitaba moverse.

Pero antes de que se fueran, Henrietta tenía que abrazar y besar a Anna y Doris también, desde el otro lado del seto. Las tres mujeres reían y charlaban. Luke hizo una mueca y su mirada se cruzó con la de Emily. La joven observaba, sin entender el motivo de tanta animación. Luke se encogió de hombros y enarcó las cejas, y ella le sonrió.

—Será un hijo —afirmó Henrietta—. Estoy segura, Anna. Tiene que ser un varón. Cuánto me alegro por usted. Y por Luke, a pesar de que no me ha dicho nada de mi nuevo sombrero. Hasta puede que lo perdone. —Rio y se dirigió a la abertura del seto para pasar a los jardines formales—. Volveré a la casa con Doris y Emily. Sé perfectamente cuándo estoy de más.

Luke la vio alejarse, sintiéndose deprimido por extraño que pareciera. Por unos minutos había vuelto a quererla. Oh, no de una forma física, sino con cierta nostalgia. Había deseado poder volver a ser aquel joven y que ella fuera la misma también. Había querido poder cambiar el mundo. No se había equivocado al tener miedo de volver a casa.

Anna tomó a Luke del brazo y caminó con él hacia los establos.

—Lo siento —dijo—. Te correspondía a ti hacer el anuncio. Estoy segura de que habrías querido hacerlo de un modo más formal.

—¿Que me correspondía a mí? Anna, se me antoja que mi papel en la creación de esa criatura es muy pequeño en comparación con el tuyo. ¿Así que en unos meses no podré levantarte? ¿Acaso estás desafiando mi fuerza?

Anna rio. Su risa era todo sol y felicidad.

De pronto, Luke deseó que no tuvieran la obligación de ir al salón para tomar el té con la familia. Deseó poder tomarlo en privado, en la salita de sus aposentos, con su esposa. Y no necesariamente para hacerle el amor allí, aunque la idea no carecía de atractivo, sino para poder estar a solas y mirarla solo a ella sin parecer maleducado y para poder hablarle solo a ella y escucharla solo a ella.

Por un momento se sintió perplejo al comprender hasta qué punto había llegado a depender de la naturaleza radiante y la sencillez de Anna. Sobre todo allí, en Bowden. De no ser por ella, quizá ya se habría vuelto despavorido a Francia.

¿Y por qué no depender de ella? Era su esposa. Y pese a su pasado y al secreto que se había negado a revelar, ¿acaso no tenía él un pasado y secretos ocultos? Desde la noche de bodas no le había dado ningún motivo para desconfiar de ella.

—¿De cuántos meses estamos hablando, antes de que mi fuerza se ponga a prueba?

Ella volvió a reír.

—¿Antes de que me ponga gorda y fea? Al menos dos más, espero. Aún no estoy ni de dos meses.

—¿Gorda y qué? —Él la miró de soslayo frunciendo el ceño—. ¿Fea, Anna? ¿Con mi hijo dentro de ti? ¿Fea para quién?

Le gustaba bromear con ella. Hacerla reír. Estaba aprendiendo cómo hacerlo, y ella estaba aprendiendo a hacerlo reír a él. No hacía tanto, Luke no habría dudado en sacar su espada si algún hombre se hubiera atrevido a tomarle el pelo, o en lanzar una mirada fría y altiva si la bromista hubiera sido mujer.

—Te estoy pidiendo un cumplido. Y puesto que no le has ofrecido ninguno a Henrietta, qué desconsiderado por tu parte, quizá tengas alguno para mí. ¿Estaré fea?

—Anna. —Luke se detuvo para inclinarse ante su mano y llevársela a los labios mientras ella lo miraba con ojos brillantes y traviesos—. Solo acierto a imaginar una forma en que puedas parecerme más bella de lo que me pareces en estos momentos. Y es cuando estés con una barriga de nueve meses.

—Oh. —La expresión traviesa desapareció para dar paso a lo que parecía melancolía—. ¿Es cierto eso que dices? ¿O no son más que galanterías parisinas?

—Anna. —Luke hizo una nueva reverencia—. Te aseguro que no son palabras que tenga por costumbre decir a las damas. No me gusta que me abofeteen.

Ella echó la cabeza hacia atrás y rio con ganas.

—Es la hora del té. Nos recibirán con mala cara si llegamos tarde, Anna.

—Por supuesto. Y estoy hambrienta. Debo recordar que ahora como por dos. Y si bien podría contenerme por mí, no me parece justo privar de su sustento a quien no puede defenderse.

—Sea él o ella.

—Él o ella —convino Anna.

De pronto, Luke se dio cuenta de que Anna tenía el don de la felicidad y el don de contagiarla a los demás. Sin duda, había hecho una buena elección.

—Anna. —Henrietta alcanzó a su cuñada y amiga en las escaleras después del té y subieron juntas hasta arriba, cogidas del brazo—. Quisiera hablar un momento con usted lo antes posible.

Anna la miró con gesto inquisitivo.

—No debe malinterpretar lo que vio. De verdad que no. Ha sido todo perfectamente inocente.

Anna parecía desconcertada.

—Oh. —Henrietta se mordió el labio—. Lo ha malinterpretado, ¿verdad?, y solo trata de fingir que no le importa. Créame, pensé que Luke estaría en la casa esta tarde. Me llevé un libro para leer sola un rato y él pasó por donde yo estaba cuando volvía a casa. Yo le sugerí que siguiera a caballo, que podía volver a pie, porque no quería que nadie nos viera y pensara lo que no es. Pero Luke es muy galante, ya lo sabe. Insistió en que camináramos juntos. No ha sido más que eso, Anna, lo juro. Por favor, créame.

Anna la miró con asombro.

—Henrietta, qué tontería. Pues claro que sé que no ha habido más.

—Ah. —Henrietta dejó escapar el aire visiblemente aliviada—. Es muy generosa. Y está tan segura de que Luke la ama que confía en él. Espero que también confíe lo bastante en mi amistad para creerme. Sin duda, entiende que el pasado, pasado está y que aquello ya pasó. Como bien dijo Luke mientras caminábamos, no éramos más que unos críos, y aquello pasó hace más de diez años.

De pronto Anna se quedó helada.

—¿Qué pasó hace más de diez años?

Henrietta se llevó la mano a la boca y miró a Anna con gesto desolado.

—¿No lo sabía? —susurró—. ¿Luke no se lo ha dicho? Oh. —Cerró los ojos—. Ojalá lo hubiera sabido. Ojalá lo hubiera sabido.

Anna sintió pena por su cuñada. Sabía muy bien lo que era decir algo y desear no haberlo dicho cuando ya no se podía retirar. Pero al mismo tiempo se sentía recelosa. Y no estaba muy segura de querer saber nada. Abrió la puerta de su salita y sonrió.

—Pase y tome asiento —le dijo—. Quizás es mejor que me cuente lo que pasó, Henrietta.

Su cuñada se dejó caer en un asiento y ocultó el rostro entre las manos.

—Qué necia soy. Por supuesto que no se lo ha dicho. ¿Cómo puedo haber pensado que sí? —Levantó la vista con decisión—. En realidad, no fue nada, Anna. Luke y yo nos criamos juntos, y cuando llegamos a una cierta edad, nos imaginamos que nos amábamos. Íbamos a casarnos.

Luke y Henrietta. Se criaron juntos. Enamorados. Dos bellas personas. Por supuesto. Por supuesto.

—¿Qué pasó? —preguntó Anna.

En realidad, no quería saber lo que había pasado. Cuando por fin había llegado el momento y le ofrecían la posibilidad de conocer el pasado, ya no quería saber. Quizá lo mejor era no abrir la caja de Pandora, pero ya estaba abierta. Luke y Henrietta.

Henrietta permaneció un rato sentada con los ojos cerrados y una mano sobre la boca.

—¿Cómo voy a decírselo? —dijo a la postre—. Pero ¿cómo no hacerlo? Lo que imagine sin duda será peor que la realidad, si es que es posible que haya algo peor. George me forzó y me dejó encinta. Luke me suplicó que nos casáramos de todos modos..., lloró en mis brazos, Anna, pero no pude. Estaba embarazada de su hermano y por eso me casé con él... después de que Luke lo retara a un duelo y estuviera a punto de matarlo. Lo expulsaron. George estuvo a punto de morir, pero fue como si Luke hubiera muerto también. Durante mucho tiempo estuvieron llegando noticias sobre la terrible locura que se había adueñado de él, y luego supe que en realidad yo había matado una parte de su ser. Decían que Luke ya no tenía corazón. No lo crea, Anna. Luke la quiere. Seguro que se lo ha dicho. Todo esto sucedió hace mucho tiempo.

No. No le había dicho tal cosa. En realidad, había sido lo contrario. Le había dicho que no había amor, que se había casado con ella para que le diera hijos. Eso lo había sabido desde el principio. Lo que estaba diciéndole esa mujer no era ninguna sorpresa.

Pero en otro tiempo había amado con la suficiente intensidad para matar a su hermano por su amor y para matar todo el amor que pudiera haber en su interior después de la tragedia. Había amado a Henrietta. Pero hasta hacía unas semanas no había querido volver a Bowden. No quería volver junto a Henrietta. Tenía miedo de volver.

Y al final habían vuelto a encontrarse, los dos, y habían caminado juntos lo suficiente para que Henrietta se preocupara. Y, sin embargo, estaban separados irremediablemente por el hecho de que ella se casó con su hermano y él estaba casado con Anna.

—Me alegra que me lo haya dicho, Henrietta. Es algo que tenía que saber y por lo que sentía curiosidad. Ya sabía lo del duelo. —Sonrió—. No se sienta mal porque se le haya escapado.

—Oh, sí me siento mal —dijo Henrietta con expresión sincera—. Se interpondrá entre nosotras. ¡Y he disfrutado tanto teniendo una amiga...!

Anna se levantó de su asiento y fue a abrazarla.

—Yo también he disfrutado. Nada se interpondrá entre nosotras, tonta. Es usted mi hermana y mi amiga.

Deseaba con todo su corazón que aquello fuera verdad.

Henrietta le devolvió el abrazo.

—Créame, Anna, todo eso es parte del pasado, tanto para Luke como para mí. Tiene que serlo. Aunque no se hubiera casado con usted, tampoco habría podido casarse conmigo, así que no tema. No ha habido ninguna palabra impropia esta tarde.

—Tonta —repitió Anna.

Y, sin embargo, pensó sin querer, las protestas de su cuñada resultaban quizás un tanto exageradas.

15

Ashley se aburría mortalmente. Llevaba dos meses en casa y nunca había estado más ocioso. Se había dedicado a leer, montar a caballo, caminar, pescar, visitar a los vecinos y coquetear con sus hijas, y se había acostado con la hija de un jornalero. Pero acabó con la relación casi tan pronto como empezó. No le apetecía tener que pasar por la bochornosa situación de tener un hijo bastardo al que mantener en la propiedad familiar. Su padre siempre se había mostrado muy estricto con esas cosas.

Estaba distanciado de Luke. Apenas habían cruzado palabra en dos meses y lo peor de todo era que Ashley sabía que él no tenía razón. En Londres se había dedicado a una vida disoluta, había vivido muy por encima de sus posibilidades, y eso a pesar de que tenía una renta muy alta para ser un hijo menor y de que Luke, fiel a su palabra, la había aumentado. Cuando su padre murió, Ashley estaba en el internado, y cuando murió George estaba en la universidad. Pero sabía sin género de dudas que se habrían mostrado tan severos con él como Luke si hubiera llevado un estilo de vida tan disipado mientras ellos vivían. Quizá más. Ashley no sabía que le habían retirado su asignación a Luke después del duelo. Siempre dio por sentado que había seguido cobrando.

El problema era que no era tan fácil admitir en público que uno se equivocaba, eso habría sido un duro golpe a su orgullo. Y no era fácil sentir aprecio por la persona que le había señalado a uno que se equivocaba. No, no sentía mucho aprecio por Luke.

Seguía sintiéndose traicionado por los cambios que veía en su hermano. Aún se acordaba del hermano afable y siempre sonriente, siempre indulgente y paciente al que siempre había adorado. En aquella época, George estaba demasiado lejos en edad y posición para mantener una relación más estrecha con sus hermanos pequeños, y después fue demasiado desgraciado. Pero Luke siempre había estado allí, dispuesto a jugar, a ayudarlos con sus lecciones, a escuchar, a simpatizar con él cuando lo castigaban por alguna travesura. Sí, era a Luke a quien siempre había mirado buscando aprobación y amor, aunque nunca se lo planteó en esos términos.

Ya sabía que Luke había cambiado. Durante años, en su adolescencia y sus primeros años como adulto, había escuchado con avidez cualquier noticia que llegaba a sus oídos sobre su hermano, por lo general por boca de su tío Theo, y se había formado la imagen de un hombre elegante, atractivo, osado y desafiante. Cuando supo que iba a volver a Inglaterra, supuso que se convertiría en su aliado. Se los había imaginado a los dos bebiendo, de juerga, apostando, yendo con mujeres. Se había imaginado a sus amigos envidiándole a su hermano mayor.

Pero Luke no tenía nada que ver con el hermano que había sido ni con lo que decía su reputación. Oh, era elegante en extremo y sin duda resultaba muy atractivo para las mujeres, pero había en él una reticencia, una frialdad y una dureza que lo habían desorientado y habían acabado por ofenderlo. Luke parecía más preocupado por el deber y el mantenimiento de la herencia que su padre o George. No había amor en él, ni compasión. Solo había que ver lo que le había pasado a la pobre Doris o a él mismo. No parecía correcto viniendo de Luke, por mucho que fueran Doris y él quienes se habían comportado mal.

Luke le había dicho que podría abandonar la casa cuando lo convenciera de que tenía un buen motivo para hacerlo. Ashley sabía que era él quien se equivocaba, pero tenía la férrea determinación de no suplicar... nunca más. ¿Y qué buena razón podía encontrar para irse? No sabía qué quería hacer con su vida. Así pues, siguió en casa sin nada que hacer, sintiéndose aburrido e infeliz.

Una tarde, andaba deambulando sin rumbo fijo junto al río, que giraba hacia el oeste de la casa entre los árboles, fluyendo cada vez más deprisa, hasta llegar a la cascada, una larga y empinada pendiente sobre la que el agua caía burbujeando. Ver el agua correr y sobre todo oírla siempre le resultaba relajante. Se sentaría sobre alguna roca seca junto a la cascada, decidió cuando estaba cerca, y se saltaría el té. No tenía hambre.

Pero otra persona había llegado antes que él. Estaba en pie sobre una roca plana que sobresalía por encima de la cascada. Iba descalza y se había sujetado los bajos del vestido a la cintura, dejando al descubierto los tobillos y la parte inferior de las piernas. No llevaba el tontillo bajo el vestido ni tampoco enaguas. Su pelo estaba suelto y le caía en ondas enmarañadas sobre la cara y a la espalda. Aunque era de estatura media, era demasiado alta para su peso y su figura. Apenas empezaba a mostrar los signos de su paso a la edad adulta. Se estaba sujetando el vestido y estaba a punto de meter el pie en el agua.

—Ten cuidado, no te caigas —gritó Ashley.

En realidad, no creía que nadie pudiera ahogarse en la cascada, a menos que se golpeara la cabeza contra las rocas. Pero sabía por experiencia que el agua estaba muy fría. Caer al agua no sería una experiencia agradable.

La joven no respondió, y Ashley recordó que era sorda. Caminó poco a poco hacia ella para no sobresaltarla. Al cabo de un momento, ella lo vio, volvió a apoyar el pie en la roca y se volvió para sonreírle. Era una sonrisa radiante, muy parecida a la de Anna. Bajó de la roca, volvió atrás pasando con torpeza sobre las otras rocas y lo miró. Su coronilla apenas le llegaba al mentón.

—¿Tú también has escapado, cervatilla? —preguntó.

Hablar no tenía sentido y, sin embargo, se habría sentido ridículo limitándose a callar y a sonreír como un idiota.

Esos ojos iban a causar estragos entre los hombres cuando tuviera unos años más, por muy sorda que fuera. Cuando habló, vio que le miraban la boca. La joven volvió a sonreír y asintió. ¿Entendía lo que estaba diciendo?

—¿Te permiten salir sola? ¿Dónde está tu niñera?

La sonrisa se tornó un tanto traviesa y la joven señaló entre los árboles, en dirección a la casa. Se llevó las dos manos al corazón y las abrió en un amplio gesto a su alrededor. Volvió a mirarlo.

—¿Te encanta todo esto? —¿A quién no iba a gustarle tanta belleza y recogimiento? Pero ¿cómo sería no poder oír el agua?—. ¿Y prefieres escapar y venir aquí sola?

La sordera, supuso, debía de dejar a una persona en un mundo muy privado. Llevaba a la soledad o cuando menos al aislamiento. Se preguntó si esa niña se sentía sola. Pero tenía una sonrisa feliz.

—Te he molestado. Me iré. Pero ten cuidado —dijo y señaló a la roca en la que la había visto cuando llegó.

Se volvió para irse.

Pero ella le cogió la mano con las suyas y negó con la cabeza. Bueno, pensó Ashley sorprendido, alguien lo necesitaba, aunque solo fuera una niña.

—¿Qué te pasa, cervatilla?

A modo de respuesta, ella le tiró de la mano y lo llevó hacia las rocas. Saltó sobre las rocas hasta llegar a la que sobresalía sobre la cascada y él fue tras ella. Se sentó, le indicó que se sentara a su lado y bajó los pies por el borde de la roca para sumergirlos en el agua. Volvió la cabeza y le sonrió.

—¿Es eso un desafío?

Ella se inclinó hacia delante, formando un cuenco con las manos, y cogió un poco de agua. Ashley pensó que se la iba a arrojar y se preparó para el susto, pero ella levantó las manos, cerró los ojos y mojó primero una mejilla y luego la otra. Su expresión casi era de éxtasis.

¿Se aguzaban los otros sentidos cuando uno faltaba?, pensó.

La tentación era irresistible. Ashley se quitó los zapatos y los dejó detrás de él, y luego se quitó las medias: las soltó de debajo de las apretadas jarreteras de sus calzones, las enrolló hasta abajo y las sacó por los pies. Bajó las piernas por el borde la roca y metió los pies en el agua con un respingo.

—¡Caray! —exclamó.

Emily lo miraba y se reía, con un sonido extraño e inconexo.

Ashley volvió a sacar los pies y los apoyó en el borde de la roca, y se rodeó las rodillas con los brazos. Ella también sacó los pies del agua, se rodeó las piernas con los brazos y apoyó la mejilla en las rodillas. Lo miraba fijamente.

—¿Qué miras, cervatilla? El agua está fría.

Ella le sonrió con gesto soñador. Una dulce niña. ¿Cuántos años tenía? ¿No había dicho Anna que catorce? Catorce frente a sus veintidós. Ocho años de diferencia. La misma diferencia de edad que había entre él y Luke. ¿Tan pequeño le había parecido a Luke en aquel entonces? Y, sin embargo, su hermano nunca se había mostrado impaciente, nunca le hizo sentir que tenía cosas mejores que hacer que pasar el tiempo con un molesto hermano menor.

Se volvió del todo hacia ella.

—Puedes entenderme, pero no puedes comunicarte conmigo. ¿Te resulta difícil, cervatilla?

Sus ojos, esos ojos maravillosos y expresivos, adoptaron un aire soñador. Y Ashley se preguntó si tendría alguna forma de comunicarse con las personas que había en su vida. Estaban esos pocos gestos que había hecho poco antes con las manos. ¿Le importaba a alguien, a Anna, quizá, lo bastante para elaborar esos signos y crear algo parecido a un lenguaje? Pero incluso entonces, ¿servirían para expresar sentimientos profundos?

Ashley le sonrió.

—Responde a mi pregunta.

Ella asintió de nuevo contra la rodilla, con mirada aún soñadora.

Él estiró el brazo y le apartó con delicadeza un mechón que le había caído sobre la cara. Ella volvió a sonreír y levantó una mano. Lo señaló con el dedo, hizo un movimiento rápido de los cuatro dedos contra el pulgar y entonces se señaló a sí misma. Volvió a repetirlo cuando vio que él no respondía.

—¿Quieres que hable contigo? —preguntó Ashley.

Ella asintió.

Así que Ashley habló. Le habló de su infancia; de cómo llegó a casa un día del internado y Luke se había ido; de su comportamiento estúpido e inmaduro en Londres, aunque no mencionó a la amante a la que no podía permitirse mantener; de cómo se aburría en casa. Le habló del sentimiento de traición y del sentimiento de culpa.

Poder contar todo aquello a otra persona le hizo sentirse profundamente aliviado, incluso si esa persona no podía entender buena parte de lo que decía y tampoco podía hacer nada si resultaba que sí. El hecho de sentir la compasión de otra persona lo tranquilizó. Alivió su soledad.

—Soy una criatura abyecta, cervatilla —dijo a la postre, sonriéndole.

Ella meneó la cabeza con lentitud.

—Y tú sabes escuchar —afirmó, consciente de la ironía de esas palabras, que no por ello dejaban de ser ciertas.

Ella volvió a sonreír.

Ashley no dijo más y se limitó a escuchar el relajante sonido del agua y a contemplar los destellos que se veían en las profundidades y el rápido movimiento del agua. Y cuando una pequeña mano se colocó sobre la suya, la sujetó, sintiendo consuelo, dando consuelo. Era una niña que necesitaba amor, y él era un adulto que necesitaba compañía.

—¡Ashley! ¿Qué demonios está pasando aquí?

Esa voz, fría y altiva, atravesó la paz que sentía como un cuchillo. Ashley volvió la cabeza con brusquedad y vio a su hermano en pie a varios metros, cerca de los árboles.

Luke se acercó.

—Supongo que no se te ha ocurrido pensar que Anna estaría muerta de preocupación. ¿La has traído tú aquí? Es una niña y tendría que estar con su niñera.

Pero Emily se había dado cuenta de que había alguien tras ellos y se había vuelto a mirar. Se puso en pie y saltó sobre las rocas como una criatura salvaje y grácil del bosque, y le tendió las manos a Luke. Él la tomó de las manos y sonrió. Ashley se dio cuenta de que era la primera vez que veía sonreír a su hermano desde hacía más de diez años.

—Anna está preocupada por ti, querida —le dijo Luke.

De modo que también él se había dado cuenta de que la niña podía leer los labios.

—¿Vienes a tomar el té? —le preguntó.

Ella lo tomó del brazo y se volvió hacia Ashley para tenderle el otro brazo. Él meneó la cabeza.

—Será mejor que vengas —dijo Luke con rigidez.

Ashley se puso las medias y los zapatos, y se levantó muy despacio. Emily seguía con el brazo extendido hacia él, con expresión alegre y sonriente. Y, mientras tomaba su mano y se veía obligado a iniciar el largo camino hasta la casa en compañía de su hermano, con solo una niña sordomuda entre ellos, se preguntó cuánto habría entendido Emily de las cosas que le había explicado.

—Maldición, Luke —espetó tras unos minutos de silencio—, ¿qué opinión tienes de mí? ¿Crees que soy un bala perdida, un jugador, un bebedor y un mujeriego? Pues tienes razón. Pero por mi vida que nunca tocaría a una niña.

Miró a su hermano con gesto airado por encima de la cabeza de Emily. Luke se veía tan frío, compuesto e inmaculado como siempre. Hasta se había empolvado el pelo y se había puesto para el té una casaca de seda verde sobre una chupa de un verde más claro.

—Maldita sea, Luke, di algo.

—Ya lo sé —dijo Luke sin mirarlo—. Pero la niña está bajo mi responsabilidad, Ashley. Mi esposa la quiere. Tiene un problema y no podría oír a una partida de búsqueda ni podría gritar pidiendo ayuda. Ya cae la tarde y cada vez oscurece antes porque el otoño se acerca. Me ha molestado, me ha enfurecido, que no parezcas consciente de estos hechos y de lo preocupada que debía de estar Anna. Pero te he atribuido más maldades de las que mereces. Emily no es responsabilidad tuya, y espero que te comportes como corresponde a un hermano mío y a un caballero cuando estés con una niña.

¿Era eso una disculpa? Ashley no estaba seguro. Pero esas palabras le atribuían el papel de hermano menor del que no se podía esperar un comportamiento responsable. Lo irritaron y le dolieron, e hicieron que fuera más consciente de la realidad. Tendría que haberse dado cuenta de que además de la niñera habría otras personas buscando a la niña.

—Lo siento —se oyó decir a sí mismo, pero sonó como si no lo sintiera en absoluto. Bueno, al menos lo había dicho.

Luke no respondió enseguida.

—Confío en ti, Ashley. No era eso lo que quería decir cuando te vi con ella.

¿Aunque lo hubiera visto cogiendo la mano de la niña? Oh, sí, maldito fuera, había querido decir eso exactamente. Pero Ashley supuso que eso era lo más parecido a una disculpa que podía esperar de su hermano.

Emily, que caminaba en silencio entre los dos, cogida del brazo de los dos, miró al uno y luego al otro y les dedicó su sonrisa radiante y serena.

¿Sabría, pensó Ashley, lo que había estado pasando por encima de su cabeza? Tuvo la extraña sensación de que sí, de que ella lo había orquestado todo. Un imposible, por supuesto. Solo era una niña sordomuda.

Tratar con una familia no era cosa fácil. Luke había perdido la costumbre. En realidad, había fomentado de forma deliberada su independencia y no disfrutaba volviendo a formar parte de la familia. Sobre todo cuando era él quien tenía que dirigirla. A veces añoraba su vida en París con una profunda sensación de nostalgia.

Una mañana, cuando habían salido a montar, Anna le habló de Doris. A Luke no le gustó que le hablaran de ese tema en un momento del día que había empezado a considerar algo privado, solo para ellos dos. Le gustaba cabalgar detrás, admirando la bonita estampa de Anna sobre la silla, deseando que pudieran estar solos en alguna otra parte, París tal vez, donde no tuvieran que preocuparse de nadie más que de sí mismos. Y disfrutaba de cada una de sus salidas matinales. Pronto el embarazo estaría demasiado avanzado y tendría que prohibirle montar, y entonces podría volver a montar solo. La perspectiva le resultaba sorprendentemente poco atractiva.

No le gustó que planteara un tema serio en la conversación. Necesitaba a Anna para añadir luz a su vida.

—Luke —dijo Anna de pronto—, Doris es muy desdichada.

Como si no se hubiera dado cuenta por sí mismo. Como si no estuviera inquieto por ese motivo, aunque no tenía nada que reprocharse.

—Está enfurruñada como una niña consentida —replicó con mayor frialdad de la que pretendía.

—Es lo mismo que dice tu madre —dijo Anna con voz queda.

Así pues, ¿también su madre estaba dándole la espalda con frialdad a Doris? Muy propio de ella. ¿Era él igual que su madre? ¿Con los años había acabado por parecerse a ella? Luke recordaba a Doris cabalgando con él en su caballo cuando era niña, aunque sus padres siempre la reñían cuando se enteraban, y decían que solo los bebés debían compartir caballo con un hermano. Luke la animaba a acompañarlo porque disfrutaba de su conversación. Y en ese momento se dio cuenta de que en aquel entonces él también era un joven que disfrutaba de la adoración de su hermano y su hermana pequeños. Recordaba que, en una ocasión, Doris, con la cabeza bien pegada a su pecho, le dijo que cuando fuera mayor se casaría con él. Quizá tendría cinco años.

—No creo que yo pueda hacer nada por ayudarla, Anna —repuso—. Lo único que podía hacerse era ponerle fin a la relación y enviarla a casa para evitar encuentros clandestinos y un posible intento de huida. No me arrepiento de haberlo hecho.

—No, tienes toda la razón, Luke. Pero...

—Pero ¿qué?

No necesitaba que Anna actuara como su conciencia y esperaba que no se atribuyera ese papel.

—Creo que siente que lo que estabas protegiendo era tu propia posición y el honor de la familia. Que piensa que no la quieres.

«—Tú no puedes casarte conmigo, Dor. —Le había dicho a su hermana de cinco años con una carcajada—. Soy tu hermano.

»—Pero yo te quiero más que a nadie en el mundo —protestó ella, mirándolo con expresión dolida—. Más que a mamá, a papá y a George. Un poquito más que a Ashley. —El rodeó su cuerpo menudo y delgado con un brazo.

»—Yo también te quiero más que a nadie excepto a Ash. —Aunque también adoraba a George—. Os quiero a los dos igual. Siempre nos querremos de un modo parecido, porque somos hermanos. —Y ella se había acurrucado contra él, mientras Luke seguía dirigiendo el caballo.

»—Se lo voy a decir al rey. Le pediré que me deje casarme contigo, Luke.»

Se había producido un largo silencio entre él y su esposa.

—¿La quieres, Luke? —preguntó entonces Anna con voz tensa.

—No sé nada del amor, Anna. Te lo dejé muy claro la mañana después de nuestra boda. Solo puedo cumplir con mis obligaciones aquí lo mejor que pueda. Harías bien en recordar que no tiene sentido apelar a unos sentimientos que no tengo.

Anna no contestó, pero tras otro breve silencio, espoleó a su caballo para que trotara y luego salió al galope. Él la siguió y luego la ayudó a desmontar en silencio cuando estuvieron en los establos. No sabía si esa carrera había sido un desafío deliberado a su orden, pero no la regañó. Eso habría significado desquitarse con la persona equivocada. Ella le había demostrado su ineptitud y a Luke no le gustaba sentirse culpable.

No le gustaba que hubiera querido apelar a su conciencia. Doris era su hermana, su familia. Llevaría el asunto como creyera más oportuno. No necesitaba que Anna dirigiera sus actos. A ella solo la necesitaba para... Pero frunció el ceño. No, eso era injusto. Necesitaba a Anna para más que eso. «¿Necesitar?», pensó. Volvió a fruncir el ceño por la palabra que su mente había elegido.

Luke trató de hablar con Doris, pero cometió el error de llamarla a su gabinete y refugiarse tras su escritorio cuando ella entró. Su hermana no colaboró mucho, por supuesto, y se negó a tomar asiento cuando él le indicó que se sentara al otro lado. Prefería quedarse de pie, le dijo, y eso hizo, estableciendo de ese modo una especie de relación disciplinaria padre/hija antes de que pudiera decirse nada de importancia.

—Eres desdichada —dijo Luke.

Ella se rio.

—Doris, era intolerable. Incluso si hubieras podido acostumbrarte a vivir en la pobreza y a la pérdida de posición y de todos los lujos con los que has vivido desde que naciste, no habrías sido feliz con Frawley. Tu fortuna le importaba más que tú.

—Quizá incluso así, me quería más de lo que se me quiere aquí —le espetó ella con voz y mirada frías.

—Tu sitio está aquí. Tienes una familia. Eres mi hermana. ¿Acaso crees que no es cierto que estaba dispuesto a poner fin a su relación contigo a cambio de cinco mil libras?

—Tal vez tú jamás has conocido una pobreza tan extrema como para que cinco mil libras sean una tentación. Seguro que a ti te parece calderilla.

—Caray, Doris —dijo él frunciendo el ceño—, ¿lo estás defendiendo?

—Lo odio a él —respondió muy tranquila— porque te creo. Pero te odio más a ti por tentarlo y poner al descubierto su debilidad.

Él tamborileó con los dedos sobre el escritorio.

—Me odias por salvarte de un futuro espantoso.

—Sí. —Y no dio más explicaciones.

«Te odio», le había dicho en una ocasión; tendría unos ocho años. Un viejo perro con el que ella estaba encariñada había estado enfermo y sufría, y Luke se la llevó mientras mataban al animal de un tiro y lo enterraban. Cuando volvieron, Doris se había mostrado muy afectada, sobre todo cuando descubrió que él lo sabía y se la había llevado a propósito. «Te odio. Nunca volveré a quererte.»

¿Qué hizo en aquella ocasión? La agarró y la abrazó con fuerza mientras ella se debatía, pataleaba y chillaba. La sujetó hasta que al final ella se echó a llorar, y entonces la meció y lloró con ella a pesar de que él ya tenía diecinueve años. La llevó a su habitación y se sentó con ella en el regazo hasta que se durmió y pudo dejarla con suavidad sobre la cama.

Eso es lo que hizo aquella vez. Pero en ese momento era distinto. Tamborileó con los dedos sobre el escritorio y la miró con expresión preocupada.

—Permanecerás aquí durante el invierno. Quizás el año que viene te permitiré volver a la ciudad. Para entonces, ya habrás olvidado a Frawley y estarás lista para elegir un marido más adecuado.

Su intención era que las palabras sonaran conciliadoras.

Ella le dedicó una media sonrisa.

—¿Se me permite retirarme?

Él asintió.

Doris se dio la vuelta, pero se detuvo antes de dirigirse hacia la puerta.

—Siempre pensé que lo peor que podía pasarme en el mundo sería no volver a verte. Estaba muy equivocada. Lo peor ha sido que volvieras a casa. Espero que Anna tenga un hijo. Que tenga muchos hijos. Porque si Ashley tuviera que ser duque algún día, a lo mejor lo perdería también.

Y estaba Henrietta, claro.

—Luke —le dijo Anna un día cuando se tumbó en el lecho y él la cubrió con la colcha. Había visto que estaba fatigada tras una visita de la tarde y había insistido en que subiera a descansar un rato—. Henrietta considera que las tapicerías y cortinas deberían cambiarse en algunas habitaciones. Dice que la casa tendría que reflejar que ya estamos a mitad del siglo XVIII. Me ha pedido que te lo comente.

Él se sentó en un lado de la cama.

—¿Y tú qué opinas?

Anna vaciló.

—Me gusta la atmósfera de elegancia y antigüedad de la casa. Detesto la idea de cambiar nada, pero entiendo que ella piense así.

—Actuaremos según tus deseos.

—Pero es lo que ella había planeado con su esposo —dijo Anna con expresión desdichada—. Creo que la situación le resulta difícil, aunque siempre se muestra amable y jura y perjura que está encantada de tenerme aquí. Quizá deberíamos...

Luke se inclinó sobre ella.

—Quizá deberíamos recordar que tú eres mi duquesa, no Henrietta. No habrá cambios en las tapicerías y cortinas de la casa. La decisión es mía, de acuerdo con tu recomendación, y no la cambiaré.

Ella lo miró con expresión vacilante.

—Henrietta es mi amiga —dijo—. No quiero hacerla desgraciada, Luke. Me contó lo que pasó. —Se mordió el labio—. Me contó por qué se había casado con tu hermano y no contigo.

Él se incorporó.

—Supongo que era inevitable que te enteraras tarde o temprano. Fue hace mucho tiempo. Es agua pasada.

Ella sonrió débilmente.

Y Luke, en lugar de hablar del tema, como supuso que tenía que hacer, se levantó y salió de la estancia sin decir palabra. En realidad, no había nada más que decir y prefería no hablar de tales asuntos con Anna. Anna era su presente y su futuro. No quería que se enredara en el pasado.

Pero seguía estando Henrietta. Siempre Henrietta. Si salía a montar solo, se la encontraba. Si salía a pasear solo, se la encontraba. Si estaba en la biblioteca o alguna otra estancia solo, ella entraba. Siempre por casualidad. Y siempre parecía trastornada cuando descubría que él estaba en ese lugar y en ese momento en particular.

Luke sabía que era deliberado, igual que lo había sido durante aquel primer encuentro en el seto. Henrietta no había endurecido su corazón como él. Había sufrido cada día de su matrimonio y cada día de su vida como la viuda del duque, ella misma se lo había dicho. Y a esas alturas, a pesar de saber que él estaba casado y que de no haberlo estado tampoco habría podido casarse con ella, no podía mantener las distancias. Era desgraciada teniéndolo cerca, pero no podía estar lejos de él.

Y ¿qué había de sus propios sentimientos? ¿Seguía sintiéndose atraído por ella? Sí, sin duda. Era una mujer muy atractiva. Incluso una mente desapasionada habría tenido que admitirlo. Pero ¿seguía amándola en lo más profundo de su ser? ¿Seguía teniendo la capacidad de sentir amor?

No habría podido responder a eso a ciencia cierta, pero tenía miedo de conocer las respuestas. Tenía miedo de aquellos encuentros preparados y lo que podría pasar si se permitía bajar la guardia ni un momento. Sin embargo, no quería comunicarle su descontento a Henrietta. Ya había sufrido demasiado en su vida.

Henrietta había ido sola a caballo hasta Wycherly para visitar a su hermano. Tenía por costumbre salir a montar sola, ir a hacer visitas sola. Se había vuelto una persona muy inquieta desde... desde que tomó algunas decisiones absurdas y desastrosas hacía muchos años.

Acababa de decirle a William que tener a Luke en casa le resultaba insoportable. En otro tiempo había sido suyo, del todo suyo, como arcilla en sus manos. Luke había llorado en sus brazos cuando le dijo que debía casarse con George, había retado a George a un duelo por ella, y a punto estuvo de matarlo. Siempre se había preguntado qué habría pasado si George hubiera muerto en aquel duelo. ¿Podría haberse casado con Luke? ¿Lo habría hecho?

Pero tenerlo en casa se le hacía insoportable. Ya sabía que no podían casarse, pero se los había imaginado viviendo juntos en Bowden, como duque y duquesa, aunque no estuvieran casados. Se había imaginado a sí misma como la duquesa de Bowden, haciendo lo que quisiera en la casa, cosa que George nunca le había permitido. Se había imaginado a un Luke indulgente y amantísimo. Nunca había creído lo que decían de él.

Pero había llegado con a una esposa. Era imposible saber si amaba a Anna o no, pero estaba claro que quería que ella fuera la señora de Bowden. Y la había dejado encinta.

Henrietta, que volvía a casa por el camino oscuro y sinuoso que salía de la casa de su hermano, miró hacia delante. Jamás olvidaría su decepción por haber alumbrado a un hijo muerto. Jamás se olvidaría de cuando George, con la misma brutalidad de siempre, le dijo que se alegraba, que nunca en su vida se había alegrado tanto de nada y que se aseguraría de que no tuviera ocasión de volver a engendrar un hijo suyo.

Luke sería su heredero, le dijo con una sonrisa retorcida y extraña.

Y por fin Luke había heredado el título.

Henrietta levantó la cabeza con brusquedad, dejando a un lado los desagradables recuerdos. Había un caballo en el camino, más adelante, inmóvil por completo. Sobre el caballo había un hombre alto y delgado, cubierto por una capa negra, y buena parte de su rostro quedaba oculto bajo una máscara también negra. Llevaba el tricornio muy calado sobre la frente.

—Señora —dijo con voz suave—, la he asustado.

«Un salteador de caminos en las tierras de William», pensó Henrietta indignada. Alzó el mentón y lo miró con gesto airado. No pensaba mostrar miedo.

—¿Qué quiere? No llevo nada de valor salvo mi anillo y unas pocas monedas que tengo en mi monedero. Mi hermano hará que lo ahorquen.

El hombre parecía bastante atractivo cuando sonrió.

—No deseo nada suyo, duquesa de Harndon —dijo, y eso hizo que Henrietta enarcara las cejas—. Quizá lo que deseo es devolverle algo que le pertenece por derecho.

—¿Oh? —Henrietta estaba intrigada... e indignada—. Desaparezca —pidió apresurada—. No me sacará nada.

Pero él se inclinó hacia delante en la silla de montar y volvió a sonreír.

—No me sorprende que el duque esté enamorado de usted, señora.

—Creo —repuso ella— que se confunde de duquesa. Y ahora, si me disculpa.

Pero el hombre se acercó y se detuvo con el caballo a su lado, tan cerca que sus rodillas casi se tocaban. Sus ojos la observaban penetrantes a través de las aberturas de la máscara.

—Lo que quiero es que me ayude usted con cierto asunto, señora.

Había un aura de inconfundible masculinidad en un bandolero enmascarado y a caballo, pensó Henrietta. Y el hombre la miraba con manifiesta admiración. Henrietta no había sentido la admiración de un hombre desde hacía mucho tiempo. No contaba a los terratenientes locales, claro, porque estaban muy por debajo de su nivel.

—El duque tiene una esposa —dijo el bandolero— que se casó con él bajo una falsa apariencia.

—¿Anna?

—Anna, sí. Lo dejará tarde o temprano, excelencia.

Henrietta frunció el ceño y se olvidó de su aire de desdén.

—¿Ella es su...? —empezó a decir.

—Oh, no. —Los ojos del hombre la acariciaron, desde el sombrero hasta el cuello bajo de su traje de montar—. No hay ningún vínculo romántico entre la dama y yo. Solo deseo liberar al duque de un estorbo en interés de la justicia. Y usted puede ayudarme, señora.

—¿Yo? —Henrietta no llevaba ningún pañuelo que cubriera su pecho y pudiera ayudarla a preservar la modestia. Estaba orgullosa de su pecho. Y en ese momento se alegró de no haberse puesto el pañuelo—. ¿Y en qué modo, señor?

—Permita que me explique —le dijo.

Pero antes de hacerlo, tomó entre las manos su mano derecha, retiró la tela del guante y le besó la muñeca descubierta... primero por delante, luego por detrás. Henrietta notó la punta de su lengua en la cara interna de la muñeca y se estremeció de gusto.

—¿Quién es usted? —preguntó.

Él le sonrió.

—Eso ya son dos preguntas, señora. Permita que aclaremos la primera. La segunda carece de importancia.

16

Anna había sucumbido a la tentación. Se había despertado cuando Luke le retiró el brazo de debajo de la cabeza y se apartó de ella para levantarse y salir en su paseo matinal a caballo.

—Vuelve a dormir —le sugirió él como hacía casi todas las mañanas.

Y esa mañana se volvió para aprovechar el calor que había dejado el cuerpo de Luke en las sábanas e hizo justo eso. Por eso se había perdido su paseo a caballo juntos, que era su momento favorito del día.

En ese instante estaba en pie junto a la ventana del dormitorio, mirando con gesto ausente a los jardines, que perdían sus colores con rapidez, y los árboles lejanos, que ya mostraban indicios del próximo cambio de estación. Alguien había entrado en la habitación y había encendido el fuego. Debía de estar del todo dormida para no haberse enterado. Pero en ese momento dormía por dos, se recordó para excusar su pereza.

Se pasó la mano por el vientre. A través de la fina tela de su camisón, que se había puesto al levantarse de la cama, podía notar la satisfactoria protuberancia. Esa noche Luke la había tocado allí, como hacía con frecuencia, y había comentado que su cintura debía de haberse quedado perdida por algún lado.

Los meses de matrimonio le habían reportado cierta felicidad. El hijo que llevaba dentro se había convertido en algo real; no era algo que solo pudiera percibir con su mente, también podía sentirlo con su cuerpo. Estaban el cansancio, el hambre insaciable, los movimientos, el abultamiento de la barriga. Anna estaba disfrutando de su inminente maternidad con toda la gratitud de una mujer que se había resignado a ser una solterona para el resto de su vida.

Ya habían pasado más de tres meses. Llevaban más de dos en la casa. Anna empezaba a creer que era libre. Empezaba a creer en la felicidad.

La dirección de la casa iba bien. Anna se había mantenido ocupada cumpliendo con sus obligaciones como duquesa y creía que gustaba a sus subordinados. Había hecho amigos en la zona. Organizaba cenas y partidas de cartas con baile informal para los jóvenes, aceptaba encantada las invitaciones que le hacían en respuesta y sentía que Luke, a quienes todos veían con recelo en la zona al principio, volvía a ser aceptado.

Emily parecía más feliz de lo que la había visto nunca en casa. Luke se mostraba inesperadamente atento con ella, y Emmy le tenía mucho afecto, y además había encontrado un héroe en Ashley y lo seguía por todas partes cuando tenía ocasión. Anna se había disculpado y le había dicho que no debía permitir que la niña lo molestara, pero él dijo que Emmy le gustaba y que disfrutaba de su compañía. Con frecuencia la llevaba de paseo o a montar a caballo, después de haber informado a su niñera y con el consentimiento de Anna. Hacían una pareja extraña y conmovedora, la niña sorda y el joven desdichado y solitario. Al parecer, encontraban consuelo en la compañía mutua.

Anna había sido incapaz de despertar el amor entre Agnes y Ashley, aunque había tratado de emparejarlos sutilmente. Agnes, pese a lo hermosa que era, se mostraba demasiado cohibida ante los hombres guapos... y Ashley lo era en demasía. Había otros hombres guapos en la zona y algunos de ellos estaban interesados en su hermana, pero ella parecía preferir al corriente, corpulento y anodino lord Severidge, el hermano de Henrietta. Era un hombre que no hablaba sino de sus granjas, sus caballos y sus perros, y sin embargo Agnes podía sentarse tranquila a su lado durante una comida y charlar con él con aparente interés.

Si alguna vez se decidían, sería un buen enlace, supuso Anna. Pero, oh, Señor, era tan aburrido. Sonrió por esos pensamientos. Se casara con quien se casase, sin duda sería con el hombre que ella eligiera. Si prefería casarse con un hombre anodino, que así fuera. Pero ¿cómo podía nadie preferir a William antes que a Ashley? Claro que Ashley tampoco había demostrado interés alguno por Agnes. Anna tenía la sospecha de que el hermano del duque aún era demasiado joven para centrar su interés en nadie. Desdichado e inquieto. ¡Pobre Ashley!

También Doris era desgraciada, aunque parecía menos inquieta que su hermano. Tampoco había comunicación entre ella y Luke, aunque en una ocasión Anna había tratado de explicarle a su marido que tal vez la joven sentía que no la quería. Aún le resultaba difícil aceptar que Luke le hubiera dado una respuesta tan fría. Era bien triste. Pero al menos la amistad entre Doris y Anna se había restablecido.

Doris incluso había sacado a colación lo sucedido en los jardines de Ranelagh y admitió que nada de aquello fue culpa de Anna.

La amistad con Henrietta no se había resentido pese a la ansiedad de la tarde en que le habló del pasado. Anna había tratado de apartar de su mente todo aquello, aunque ella misma se lo había mencionado a Luke. No tenía nada que ver con su vida presente.

Anna también trataba de no pensar en su propio pasado. Su nuevo hogar, su embarazo, su profunda satisfacción ayudaban. A veces se sentía como si hubiera pasado por una larga enfermedad y estuviera recuperándose, pálida y debilitada, de forma lenta pero segura. Sentía que poco a poco estaba recuperando la salud en su cuerpo y en su mente.

Y, sin embargo, no podía durar.

Esa mañana en particular, Anna oyó a su doncella en el vestidor aunque ella no la había llamado y se volvió desde la ventana cuando oyó que la joven llamaba a la puerta del dormitorio y abría con gesto vacilante.

—Hay una carta para usted, señora —dijo mostrando una carta con el brazo extendido—. Ha llegado con un mensajero especial y ha de ser entregada en mano.

Anna recordó entonces que un jinete desconocido había llegado por el camino hasta la casa mientras ella miraba por la ventana y unos minutos después había salido y se había marchado. Apenas se había fijado. Seguro que no habría llegado mucho más allá de la línea de los árboles.

Ya sabía de quién era. No necesitaba coger la carta y mirar la caligrafía del sobre para saberlo, pero lo hizo de todos modos. Lo sabía.

—Gracias, Penny —dijo—. No tardaré mucho en vestirme. Vuelve dentro de media hora, por favor.

—Sí, señora —respondió la joven haciendo una genuflexión. Se retiró y cerró la puerta del vestidor.

La nota de sir Lovatt decía así:

Anna mía, ha pasado mucho tiempo. A veces me arrepiento de mi decisión de permitir que se casara, pero la paciencia nos proporcionará a los dos la felicidad última y sin fin. Según he oído, va a darle un heredero a Harndon.

Anna extendió la palma sobre el vientre y cerró los ojos unos instantes. Se sentía mareada y muy, muy destemplada.

Pero es usted hermosa incluso con su inminente maternidad. Su vestido verde, el de satén con las cintas más oscuras, hacía que pareciera una parte de la naturaleza cuando salió a pasear hace un par de mañanas. Y el joven Collins la admiró casi hasta el punto de la indiscreción con su vestido azul a la inglesa anteanoche, en la fiesta de su madre. Como ve, nunca estoy lejos, Anna.

Anna pensó que iba a desmayarse, pero tenía los músculos demasiado rígidos para caerse o apartarse de la ventana. Sentía que había ojos observando detrás de cada árbol. Sentía que unos ojos la miraban desde la habitación de detrás. Pero no podía darse la vuelta.

No debe olvidar que solo está en préstamo. Una pequeña prueba, entonces, Anna mía... y perdóneme. Está el pequeño asunto de una deuda pendiente que debe solucionarse. Doscientas libras, no es gran cosa, ya lo ve. A unos cien metros al oeste de la verja de entrada a la propiedad de Bowden se encuentra la casa del guardabosque. En el umbral hay una gran piedra. Encontrará el pagaré debajo de esa piedra, hoy. Puede cogerlo, Anna mía, y dejar el dinero en su lugar y consideraré la deuda saldada. Antes del anochecer, por favor. Su humilde servidor, Blaydon.

Tras unos minutos, Anna plegó la carta con unas manos que solo temblaban ligeramente. Estaba acostumbrada a tales cartas. De esa forma había saldado muchas de las deudas de su padre, aunque quedaban tantas pendientes que sabía que Blaydon podía tenerla en vilo para el resto de su vida. Pero no eran solo las deudas. De haberse tratado solo de eso, Anna habría acudido a Luke. Luke las pagaría por ella, aunque sería su hermano quien se beneficiaría, y no su pobre padre, que ya estaba muerto. Tampoco sus hermanas. Charlotte ya se había casado. Agnes y Emmy estaban a salvo en Bowden.

Sí, de haberse tratado solo de dinero, habría ido a suplicarle a Luke. Podía salvar su orgullo insistiendo en devolverle el dinero poco a poco descontándolo de su asignación. Y se lo diría a Victor, que no sabía nada del alcance real de las deudas y que creía que por algún milagro su padre había conseguido saldarlas todas antes de morir. Victor pagaría a Luke poco a poco.

Luke no echaría en falta ese dinero pese a que las deudas eran enormes; le había dicho que tenía dos inmensas fortunas. Y no la rechazaría, de eso estaba segura.

Pero no eran solo las deudas. Ni siquiera eran principalmente las deudas. Anna había saldado muchas de ellas, aunque casi ninguna con dinero. Las había saldado haciendo lo que él le pedía que hiciera. Charlar animadamente con vecinos de la zona y distraerlos en fiestas y reuniones sociales mientras él robaba joyas y ornamentos que no tenían precio. Entretener a caballeros con los que él estaba jugando a las cartas, coqueteando con su abanico o mostrando una cantidad indiscreta de canalillo mientras él hacía trampas y les estafaba pequeñas fortunas. En una ocasión, hasta lo acompañó a una ciudad donde no la conocían y regateó con un joyero por la venta de ciertas joyas... joyas que él había robado a vecinos y amigos.

Y en cada una de esas ocasiones, él le devolvía uno o más de los pagarés de su padre, a veces envolviendo un regalo.

El misterio de la desaparición de tantos bienes preciosos jamás se había resuelto, pero sir Lovatt Blaydon tenía muchos «testigos» que podían declarar que Anna era una ladrona. Y tenía dos testigos dispuestos a declarar que era una asesina, que fue ella quien empujó a su padre desde el tejado de la casa. Parecería que tenía un motivo para cometer esos crímenes. Todo el mundo sabía que en aquellos momentos su padre estaba al borde de la ruina. Todo el mundo creería que había robado para evitar que eso pasara y que había matado a su padre para que las deudas no siguieran aumentando.

Todo el mundo conocía su devoción por su hermano y sus hermanas.

Por tanto, no podía recurrir a Luke, porque no se trataba de saldar deudas. Las deudas solo eran la excusa que sir Lovatt Blaydon había utilizado para atraparla por motivos que seguían escapando a su entendimiento.

Las deudas nunca se saldarían. E incluso si acudía a Luke para que las saldara, eso tampoco la ayudaría. Si acudía a Luke, se arriesgaba a despertar la ira de sir Lovatt y conseguir que acabara cumpliendo sus amenazas. Luke creería que se había casado con una mujer a la que había testigos que podían identificar como ladrona y asesina... y, desde luego, había sido cómplice en muchos de esos delitos. Ni toda la riqueza y posición de Luke podrían salvarla de la horca.

Anna fue a su salita privada. En un cajón del escritorio tenía dinero suficiente. Luke había insistido en dárselo, aunque ella le había dicho que no tenía en qué emplearlo allí en Bowden. Se sentó y contó doscientas libras.

Apoyó la frente en el escritorio, cerró los ojos y respiró hondo varias veces, tratando de controlar el mareo y las náuseas. Su vestido verde. Había paseado por el jardín con Emmy y Henrietta con ese vestido puesto y había llevado su vestido azul a la fiesta de los Collins, donde el joven Cecil Collins la había conmovido y abochornado, algo que a Luke le había hecho mucha gracia, con su admiración juvenil. ¿Cómo lo había sabido? Se puso en pie con decisión y corrió a su vestidor para llamar a la doncella. ¿Por qué esperar a que pasara media hora?

Hacía un bonito día, y el otoño se intuía apenas en el aire. Emily estaba fuera, como solía, porque le encantaba estar en el exterior. No le era difícil escapar de su niñera, sobre todo desde que cumplió los catorce años y se la consideraba casi una adulta. Esa mañana estaba sola, Ashley había salido para visitar a unos amigos. Emily amaba a Ashley más que a sí misma, pero no le importaba estar sola. Había estado aislada casi toda su vida, aunque muy rara vez se quedaba a solas. Siempre se había sabido querida, sobre todo por Anna.

Mientras reflexionaba, vio a Anna a lo lejos, saliendo de la casa. El rostro de Emily se iluminó y dio unos pasos apresurados hacia su hermana. De un tiempo a esa parte, era raro tenerla para ella sola. Casi siempre estaba con Henrietta o algún otro miembro de su nueva familia, o con Luke. Emily también amaba a Luke, aunque lamentaba que fuera tan desdichado. Se alegraba de que su hermana más querida se hubiera casado con un hombre guapo, espléndido y bueno. Ashley no creía que fuera bueno, pero lo era.

Emily se detuvo antes de que su hermana la viera. Vio enseguida que Anna no deseaba compañía. Anna miró a su alrededor desde donde estaba, en la terraza superior, con gesto casi furtivo, y se fue apresuradamente por los jardines formales, con la cabeza gacha, sin disfrutar de ningún modo de su entorno. Se dirigía a algún sitio muy concreto, sin compañía y sin un carruaje que la llevara.

Emily frunció el ceño. Había algo en el porte de su hermana que le recordaba... Casi se había olvidado. Había visto la felicidad inmensa de Anna. Anna amaba muchísimo a Luke y tendría un bebé. Emily había olvidado lo desdichada que había sido, o al menos lo había apartado de su mente, dando por supuesto que todo había acabado. Pero en esos momentos, había algo en Anna que...

Así pues, acabó siguiéndola, procurando mantenerse fuera de la vista, cosa que no era fácil en los extensos tramos de césped que había más allá de los jardines. Pero Anna no volvió a mirar a su alrededor. Se movía con rapidez, con los ojos clavados en el camino que tenía por delante. Una vez que llegaron al bosque, pudo seguirla más de cerca.

¿Adónde iba? Avanzaba con rapidez entre los árboles con un propósito y, sin embargo, estaba demasiado lejos del camino y de la verja de acceso a la propiedad para dirigirse al pueblo. Emily sabía que por allí solo había una vieja casita. La había descubierto durante sus paseos y había pensado que sería un lugar confortable donde ocultarse para leer y pensar en días fríos o lluviosos. Pero la puerta estaba cerrada y, aunque era un edificio viejo y ruinoso, le había dado miedo romper una de las pequeñas ventanas.

Para su sorpresa, vio que era allí a donde iba su hermana, aunque no le resultó fácil encontrar el sitio. Estuvo dando vueltas varios minutos antes de localizarlo. Emily se escondió detrás de un árbol y observó mientras su hermana caminaba vacilante hasta la puerta, casi como si esperara que le dispararan desde una ventana o desde algún árbol cercano. Y luego se inclinó con rapidez para levantar por un extremo la pesada piedra que había ante la entrada.

Emily vio que debajo había algo. Parecía un trozo de papel. Anna lo cogió, miró con gesto furtivo alrededor y rebuscó bajo su vestido hasta encontrar la abertura del lado de las enaguas que daba acceso a las faltriqueras. Pero en lugar del papel había sacado otra cosa, volvió a inclinarse y la dejó debajo de la piedra. Se incorporó, se dio la vuelta y se fue casi corriendo en dirección a la casa. Emily se pegó al tronco del árbol para que no la viera, pero vio el rostro de su hermana. Se la veía pálida y asustada.

Sintió que el corazón le daba un vuelco, cerró los ojos e inclinó la frente contra el tronco un instante. Así pues, era cierto. Todo iba a volver a empezar. Lo intuía.

Su primer instinto fue correr hacia la casita para ver qué era lo que Anna había dejado bajo la piedra, pero vaciló y la cautela la hizo permanecer donde estaba. Un par de minutos después se alegró de haberse contenido. Un hombre, un desconocido, salió de entre los árboles por el otro lado y fue con rapidez hacia la casita, se puso en cuclillas, levantó la piedra, cogió lo que había debajo y lo inspeccionó. Emily vio que estaba contando un dinero que había sacado de una pequeña bolsa de paño. Se levantó, se metió la bolsa en un bolsillo y desapareció entre los árboles.

Emily volvió a apoyar la cabeza contra el tronco y cerró los ojos. Se sentía mareada. Quería llorar. Había sido muy feliz allí. Anna había sido muy feliz. Pero todo había vuelto a empezar. Y aunque nunca había visto al hombre que había recogido el dinero, sabía que de alguna forma él estaba detrás de todo, igual que había estado detrás de la desdicha de Anna en Elm Court. Emily siempre lo había sabido, aunque no sabía exactamente qué pasaba, y a pesar de que él parecía gustarle a todo el mundo.

De pronto, necesitaba a Ashley. Quería su fuerte mano sujetando la de ella, su alto cuerpo de hombre a su lado, manteniéndola a salvo. Si pudiera decírselo de alguna forma, él lo arreglaría todo. O Luke. Él lo arreglaría todo para Anna.

Pero no tenía forma de decirlo.

Ashley no era el único que en ocasiones buscaba la cascada por la sensación de paz que producía el recogimiento del bosque y el sonido del agua al correr. A Luke también le gustaba ir allí. Esa mañana en concreto, volvía a casa después de haber pasado una hora con uno de los arrendatarios, por fin satisfechos, que cultivaban sus tierras cuando se detuvo en el puente y miró al agua y sucumbió a la tentación de robar una hora para sí mismo. Por eso siguió el curso del río con su caballo y cuando Anna salía de la casa, él estaba contemplando el paisaje entre los árboles.

Ató su caballo a un árbol y se quedó mirando la cascada, con un pie sobre una roca y el brazo apoyado en la pierna. Aspiró la paz y el frescor del otoño y el olor especial de las hojas húmedas que siempre despertaban en él un sinfín de recuerdos de juventud. Tenía que llevar a Anna allí algún día, antes de que los árboles perdieran todas las hojas. Le gustaría el sitio y podrían estar solos un rato. Resultaba difícil que estuvieran a solas fuera de sus aposentos.

Volvió la cabeza porque el sonido de ramitas que se rompían lo alertó de que alguien se acercaba. Quizás Anna había encontrado el lugar por sí misma. La había dejado en la cama, aunque de eso hacía más de dos horas.

Pero era Henrietta.

—Oh, Luke —dijo ella, y se detuvo llevándose la mano al pecho—. Me has asustado. Pensé que estabas fuera. ¿También a ti te gusta venir aquí?

No, otra vez no. Eso ya era demasiado. Demasiados encuentros casuales. Durante el mes anterior había hecho uno de los descubrimientos más tristes de su vida y uno de los que más lo habían aliviado: ya no la amaba. No había nada salvo quizá una cierta nostalgia por lo que había sido y lo que hubiera podido ser, y una cierta pena por lo que Henrietta había sufrido y parecía seguir sufriendo.

Hacía ya diez años que había dejado a un lado las emociones fuertes... y al parecer con éxito. Se sentía satisfecho con el rumbo que había tomado su vida, extraña e inesperadamente satisfecho.

Bajó el pie de la roca y se volvió para mirarla.

—No, Henrietta. No pensabas que estuviera fuera. Me has visto y me has seguido hasta aquí.

Ella se ruborizó y se mordió el labio.

—Oh, Luke —susurró y los ojos se le llenaron de lágrimas.

—No funcionará. Te llevaré de vuelta a la casa.

Ella cerró los ojos. A la sombra de los árboles su rostro se veía pálido. Se la veía joven y de una belleza delicada. Luke no sentía sino lástima por ella.

—Pero tú también lo sientes. Sé que lo sientes, Luke. Finges que no tienes corazón porque te niegas a admitir que el pasado no se ha acabado. Pero tú también lo sientes.

—No. No hay nada, Henrietta. Debes aceptarlo. Y estos encuentros fortuitos se tienen que acabar. Lo que pasó fue doloroso para los dos. Los dos fuimos víctimas de... del destino. Pero fue hace mucho tiempo.

—Juraste que me amarías para siempre —dijo con lágrimas en los ojos.

—Sí. —Luke suspiró y buscó su cajita de rapé en el bolsillo, pero no la había llevado consigo—. Pero no ha sido así, Henrietta.

—Amas a Anna —continuó, y las lágrimas le desbordaron sobre las mejillas—. Y sé que no puedo reprochártelo. Es preciosa y pura. Estoy segura de que jamás habrá hecho nada que puedas censurar. Yo también la quiero. ¿Le has dicho que la amarás para siempre?

—Mi matrimonio es un asunto privado entre Anna y yo, Henrietta —soltó con tanta amabilidad como pudo.

Henrietta se cubrió el rostro con las manos mientras él permanecía en el mismo sitio, con las manos sujetas a la espalda. No se acercaría. Ella habría interpretado el gesto de modo equivocado.

—Has sido más fuerte que yo. Y más listo. Entonces, supongo que tendré que buscar la admiración y el amor en otro lado, ¿verdad, Luke? He estado muy sola.

—Sí —dijo él—. Hay muchos hombres dignos deseando ofrecerte su amor.

Ella alzó la cabeza.

—Hay uno... —empezó.

—¿En serio? —Luke sonrió.

—Pero no eres tú. —Lo miró con expresión soñadora—. Me pregunto, si no te hubieras casado con Anna...

—No —dijo él con firmeza.

Ella alzó el mentón.

—No —repitió—. Nunca vas a olvidar que estuve con George, ¿verdad?

Luke no contestó. Le ofreció el brazo y caminaron entre los árboles en dirección a la casa. Luke guiaba al caballo con la mano libre.

Cuando salían de entre los árboles, vieron a Anna con la cabeza gacha, caminando apresurada en dirección a la casa, como si pensara que la perseguían. Estaba sola. Levantó la vista y los vio cuando llegaba a los jardines formales, pero siguió caminando a toda prisa. Volvió a agachar la cabeza y dio la impresión de que apretaba el paso.

Luke frunció el ceño.

—Te dejo —dijo Henrietta—. Iré a tomar el té con Anna. Lo siento, Luke. Siento no haber tenido tanto autocontrol como tú. ¿Me perdonas?

Pero no esperó su respuesta. Corrió por el césped hacia la casa mientras él se volvía con su caballo en dirección a los establos.

¿De dónde venía Anna, pensó, tan extrañamente sola? ¿Por qué caminaba con tantas prisas? ¿Por qué no había sonreído y cambiado de dirección para reunirse con ellos?

Estaba decepcionado. Había echado en falta su compañía durante su paseo matinal.

17

Tenían que ir a tomar el té a casa de los Wilkes: Luke y Anna, la duquesa viuda, Doris, Henrietta y Agnes. No era una visita informal. Habían recibido una invitación y la habían aceptado. Los Wilkes tenían unos primos de Londres de visita en casa.

Así pues, la madre de Luke mostró abiertamente su irritación cuando uno de ellos siguió sin bajar diez minutos después de que hubieran debido ponerse en camino. Para la duquesa viuda, la puntualidad siempre había sido una importante señal de buena educación.

—No me gusta que me hagan esperar, Lucas. Tu esposa debe aprender que en este rincón del mundo no llegamos tarde a propósito para convencer a la gente de que somos de una posición superior. Quizás en el lugar de donde ella viene...

—El mundo no se va a acabar porque lleguemos unos minutos tarde, señora —repuso Luke—. Iré arriba a ver qué la retiene.

Él mismo había bajado con cinco minutos de retraso. En París se consideraba de mala educación llegar pronto o incluso a la hora. Llegar pronto siempre se veía como una muestra de excesivo entusiasmo, y no era bueno mostrarse demasiado entusiasta.

Pero Anna nunca llegaba tarde.

Con cierta sorpresa, Luke vio que no había nadie en su vestidor y tampoco estaba en su salita privada. Dio unos toquecitos en la puerta de su dormitorio y abrió. Anna estaba en pie junto a la ventana, mirando al exterior. Llevaba un vestido mañanero, sujeto tan solo con un ceñidor en la cintura, sin tontillo. No se había arreglado el pelo, y le caía suelto y sin empolvar a la espalda.

—¿Anna? —Luke entró en la habitación y cerró la puerta a su espalda—. ¿Has olvidado que íbamos a tomar el té a casa de los Wilkes?

—No.

Su voz sonaba débil e inexpresiva. No se volvió desde la ventana.

Él cruzó la habitación para acercarse.

—Id sin mí. Quiero estar sola.

No parecía Anna. Su voz sonaba apagada. Tenía los hombros caídos.

—¿Qué tienes? —preguntó Luke frunciendo el ceño.

—Nada. Es solo que no me apetece salir.

—¿No te encuentras bien?

Una mirada a su cuerpo y vio que no llevaba cotilla. Empezaba a perder claramente su figura.

—No —dijo ella.

Él siguió con el ceño fruncido.

—¿Te ausentarás durante el té sin motivo aparente después de que hayamos aceptado la invitación? ¿No es un tanto descortés? Como descortés es dejar a mi madre y a mi hermana y a la tuya abajo sin informarlas de que no hay necesidad de esperarte.

—Vete.

Por un instante los ojos de Luke llamearon peligrosamente, pero había oído hablar muchas veces de los males que suelen acompañar al embarazo, el mal humor entre ellos. Hasta ese momento Anna había estado tan bien que en ocasiones olvidaba que su cuerpo y su mente tenían que afrontar cambios y funciones desconocidos. Refrenó su ira.

—Ven y échate, Anna —dijo apoyando las manos con suavidad sobre sus hombros—. Necesitas descansar. Le diré a tu doncella que te traiga algo caliente. Te excusaré ante la señora Wilkes. Todo el mundo está al corriente de tu estado, según creo.

Ella encogió los hombros para liberarse de sus manos.

—Vete —volvió a decirle, y entonces se puso a gritarle—. Déjame en paz. ¿Acaso no estoy en mis aposentos? ¿No puedo tener un poco de intimidad en ninguna parte?

Luke nunca había visto a Anna furiosa. Por unos instantes, la miró con expresión de asombro, con las cejas enarcadas. Y jamás había tolerado las rabietas en una mujer. Algunas de sus amantes lo habían intentado y las había repudiado sin miramientos. Luke giró sobre los talones y se dirigió hacia la puerta.

—¡Luke! —La voz de Anna lo hizo detenerse cuando estaba girando el picaporte. Ya no chillaba, sonaba más bien aterrada... y temblorosa. Luke se volvió poco a poco y la miró desde el otro extremo de la habitación, con expresión fría y altiva—. No te vayas —dijo en un susurro, apretando los ojos con fuerza.

Luke volvió a su lado y Anna abrió los ojos. Se veían inmensos y llenos de desdicha. Algo estaba mal, y no era un problema de salud.

—¿Qué tienes? Dime qué ha pasado, Anna.

Ella meneó la cabeza y extendió los brazos.

—Nada —dijo mientras él la abrazaba, y se estremeció—. Nada. Es solo que no me encuentro bien. Estoy cansada y no tengo energía.

No, no era eso, Luke lo sabía, pero era evidente que Anna no pensaba decirle lo que pasaba.

—Entonces, debes estirarte un rato y descansar. Tengo que irme. Los demás nos están esperando abajo, y mi madre no está muy contenta con el retraso. Vamos, deja que te ayude a quitarte el vestido.

Pero Anna se aferró a él cuando estaba a punto de soltarla.

—No me dejes. —Se pegó a él—. No me dejes. No me dejes —susurraba una y otra vez mientras le echaba los brazos al cuello y cerraba los ojos y buscaba su boca.

Él se la dio y volvió a abrazarla con fuerza. Esa escena le resultaba familiar. Ya la había visto así antes y no le costó mucho recordar dónde. Fue en el carruaje, cuando regresaban de los jardines de Ranelagh. Anna se había mostrado ardiente y se arrojó sobre él hasta tal punto que se dejó arrastrar a la indiscreción de hacer el amor con ella en un carruaje por las calles de Londres. Y se había mostrado también así de nerviosa y apasionada cuando llegaron a la casa. Fue la noche en que le dijo que estaba encinta, la noche en que le suplicó que la llevara a Bowden.

Luke besó la boca abierta de ella abriendo su boca también, metiendo la lengua mientras Anna aspiraba y sus manos le soltaban el lazo que le sujetaba el pelo a la nuca y cerraba la bolsa de seda que lo contenía.

Luke sintió que el pelo le caía por los hombros y ante la cara de Anna. Pensó en su madre, que esperaba abajo, mientras notaba cómo la excitación lo vencía.

—Hazme el amor. —Sus labios estaban hinchados y rojos, su mirada estaba llena de deseo—. Hazme el amor, Luke. Por favor. Por favor, hazme el amor.

Su cuerpo estaba tenso de deseo, de desesperación.

—Ven. —Luke la llevó hasta la cama, le desató el ceñidor del vestido y se lo bajó por los hombros. Debajo solo llevaba una camisola. Anna levantó los brazos mientras él se la quitaba y lo buscó cuando apartó la ropa de cama y la dejó sobre el colchón. Pero no se tumbó con ella enseguida. Cruzó la habitación para cerrar con llave la puerta que daba al pasillo y la que daba al vestidor. Luego se quitó su pesada casaca de seda y los zapatos con hebilla, pero no se paró a quitarse nada más. Se desabotonó los calzones y se entregó a los brazos de Anna.

Luke sabía interpretar las necesidades del cuerpo de Anna. Había aprendido con esmero esa capacidad hacía muchos años y conocía muy bien el cuerpo de su mujer después de tres meses de relaciones íntimas casi a diario. Sabía que lo que necesitaba en esos momentos no eran los preliminares; necesitaba tenerlo dentro. Se abrió la bragueta de las calzas y se instaló allí, con fuerza, muy adentro. Anna se relajó de forma casi instantánea bajo su peso y su penetración.

Lo necesitaba dentro tanto tiempo como él fuera capaz de estar allí. Luke lo intuía. Por alguna extraña razón, no estaba excitada y no necesitaba que la llevara al clímax sexual. Necesitaba su cuerpo, su proximidad. Su cuerpo reconoció instintivamente esa necesidad y se puso a la tarea de satisfacerla. Se movió dentro de ella muy despacio, llegando con cuidado más adentro, aunque en los últimos tiempos la conciencia del embarazo le había hecho amarla con golpes más superficiales. Pero sabía que hoy lo necesitaba muy adentro. Y gemía con cada empujón.

No pareció darse cuenta de que alguien entraba en el vestidor y llamaba a la puerta, primero a la de su salita privada y luego a la del dormitorio. Ni siquiera pareció oírlo cuando Henrietta pronunció su nombre en voz baja y probó el picaporte con indecisión. Luke puso la boca sobre la de ella para absorber el sonido de sus gemidos hasta que oyó que la puerta exterior del vestidor volvía a cerrarse.

Se entregó a ella durante tanto tiempo como pudo, hasta que al final perdió el control y eyaculó en su interior con un suspiro. Pero siguió abrazándola con fuerza cuando la hizo colocarse de lado contra su cuerpo y subió la ropa de cama para cubrirla casi hasta la cabeza. Anna pegó el rostro contra su hombro, contra la seda de su chupa, y le rodeó la cintura con un brazo. Luke le pasó la mano con suavidad por el pelo y sintió que poco a poco se quedaba dormida.

Miró hacia la ventana por encima de la cabeza de Anna.

Algo había pasado, del mismo modo que algo pasó en los jardines de Ranelagh. En aquel momento había llegado a la conclusión de que el comportamiento de Anna se debía a una combinación de factores: su inquietud por Doris, la violencia de su enfrentamiento con Frawley, que ella había presenciado, la conciencia de que estaba embarazada. Y no se había planteado más. Además, ese último detalle explicaba perfectamente su repentina obsesión por ir a casa.

Pero ¿era posible que hubiera algo más? ¿Igual que lo había en ese momento? Luke frunció el ceño y volvió con su mente a aquel día. No había podido pasar mucho tiempo con ella después del largo paseo que dieron en los jardines, fuera de la rotonda. Pero tampoco era eso lo que se esperaba cuando salía uno con su esposa en sociedad. En cambio, sí estuvo observándola mientras bailaba con otros, tan feliz y llena de vida como siempre. Era esa vitalidad lo que atraía siempre su mirada hacia ella, incluso cuando estaba rodeado por otras bellezas. Aparte de los pocos minutos que pasaron cuando Anna corrió en busca de su madre al pabellón mientras él permanecía en la verja de entrada con Doris, no apartó los ojos de ella en toda la velada. No pudo pasar nada.

Salvo que... sí, puesto a pensarlo con mayor detenimiento, se acordó. Salvo que cuando regresó después de asegurarse de que su madre y Doris volvían a casa, había visto a Anna paseando con un hombre con capa y antifaz negros, un vecino, según dijo. El hombre no la acompañó hasta donde él esperaba, y ella no hizo ademán de presentarlos. ¿No era eso un tanto extraño, si era como Anna decía un vecino y el padre de una de sus mejores amigas? En aquel momento no le dio mayor importancia, pero en ese instante, al volver la vista atrás, le parecía extraño.

Había algo bastante siniestro en aquel hombre. Pero, claro, aquello era un baile de disfraces y todo el mundo llevaba máscara, y ella no parecía nerviosa cuando se reunió con él. Pero fue en aquel momento cuando le pidió que se fueran, ¿no era así? Luke había dado por sentado que su preocupación por Doris y Frawley había borrado la posibilidad de disfrutar del resto de la velada, como le había sucedido a él.

Y quizás fuera eso.

No, él sabía que hubo algo más.

Pero ¿y qué le había sucedido esa mañana? ¿Qué había pasado capaz de provocar semejante desdicha, el arrebato de mal genio, semejante necesidad, casi desesperación por aferrarse a él y tenerlo cerca? Era tan impropio de Anna... Era una amante apasionada y desinhibida. No había forma de intimidad que no le permitiera o con la que no disfrutara. Pero le gustaba que el placer fuera incrementándose poco a poco y llegara a un clímax explosivo, como a él. Y ella nunca iniciaba la relación, pero lo aceptaba entusiasmada cuando él lo hacía. No lo había hecho nunca, salvo en esas dos ocasiones, claro.

¿Qué había sucedido? ¿Henrietta? ¿Los habría visto salir juntos de entre los árboles por el camino que llevaba a la cascada? ¿Habría pensado que se habían encontrado a escondidas? No, no era eso. Era algo que había pasado antes. Recordaba haber visto que Anna iba hacia la casa con muchas prisas. Recordaba su sorpresa cuando los vio, y no los esperó ni fue a su encuentro, y lo inusual de que estuviera sola cuando siempre había alguien que reclamaba su compañía. No había salido a dar un paseo por placer. Por fin lo entendía.

¿Tendría algo que ver con la carta que había recibido por mensajero especial? Se lo había encontrado en la verja de entrada cuando se dirigía a casa del arrendatario, y se había ofrecido a entregar la carta él mismo. Pero el hombre le dijo que había recibido instrucciones muy estrictas y debía entregársela en mano a la duquesa o a su doncella. Luke enarcó las cejas y se fue sin decir más.

¿Habría una relación entre la carta, el paseo y el mal humor?

Y, sin embargo, Luke había preguntado a Anna por la carta después de comer, antes de que subiera a sus aposentos, presumiblemente para prepararse para el té con los Wilkes. Ella le dedicó una sonrisa radiante y le contó todos los cotilleos y las noticias que le había mandado lady Sterne por correo. La carta de lady Sterne había llegado por correo ordinario... él la había visto. Anna no había mencionado la otra carta y él no hizo más preguntas. En aquel momento no le había parecido importante. Supuso que sería de alguna de las nuevas amistades que había hecho entre las damas de la zona. Porque había varias. Anna le gustaba a todo el mundo allá donde iba.

Luke atrajo el cuerpo desnudo de Anna y la pegó más a sí, y Anna suspiró contra su hombro. Tenía que averiguar qué era lo que tenía tanto poder sobre las emociones de su esposa. Tanto poder negativo. No le gustaba que el ánimo radiante la abandonara, porque él perdía también una parte de su luz cuando la veía triste.

Esa idea, expresada en palabras en su mente, le hizo fruncir el ceño. No, eso no era cierto. No era posible que su estado de ánimo se viera afectado por el de su esposa. Eso significaría que tenía cierto poder sobre él, cierto control; que en cierto modo dependía de ella.

¡Eso nunca! No, no, nunca más en su vida. Lo que más le gustaba de Anna era la comodidad de saber que no le exigía nada emocionalmente, a diferencia de Henrietta.

Anna se revolvió entre sus brazos, gimoteó, se acurrucó más contra él y volvió a relajarse de nuevo en sueños. Él la abrazó con fuerza.

En Elm Court Anna siempre había tenido que llevar su carga ella sola. No había nadie en quien confiar, nadie a quien aferrarse, nadie que pudiera darle la ilusión de seguridad. Era mejor así. Nunca, nunca debería haber cedido a la tentación de casarse.

No sabía cuánto tiempo llevaba durmiendo, aunque tenía la sensación de que era mucho. Pero Luke seguía con ella, abrazándola con fuerza contra su cuerpo vestido. Tenía la sensación de que estaba despierto. No sabía cómo mirarlo cuando por fin apartó el rostro del cálido hueco entre su hombro y su cuello; no sabía qué decir.

Recordó su comportamiento, horrorizada. Aún podía oírse suplicando. Podía oírse gimiendo cuando él le dio justo lo que le pedía y justo como lo necesitaba. Luke siempre parecía saber lo que necesitaba. Iba vestido para el té con los Wilkes, de azul marino y plata, con su aspecto inmaculado, como siempre. Recordaba haber soltado la cinta que sujetaba su pelo para poder sentirlo en su rostro. El pelo largo de Luke siempre la excitaba.

Se sentía muy avergonzada.

Echó la cabeza hacia atrás y miró con cautela a su rostro, deseando que estuviera dormido. Pero Luke también la miraba fijamente con los ojos entornados, y de alguna forma Anna supo que él no había dormido. Supo que había estado allí durante una hora o más. Ella le había impedido reunirse con su madre y los otros o, cuando menos, que enviara a alguien abajo con una disculpa. Les había hecho faltar a un compromiso con unos vecinos, y Luke se tomaba sus obligaciones muy en serio. Lo había retenido a su lado suplicándole que le hiciera el amor.

¿Qué podía decir? «¿Me sentía indispuesta? ¿Estaba triste porque me estoy poniendo gorda y fea? ¿No tenía energía para vestirme para ir a casa de los Wilkes? ¿Lo siento?.» Abrió la boca para hablar, pero no pudo decidirse por ninguna de las opciones ni se le ocurrió ninguna más. Él le devolvió la mirada en silencio, y al final Anna volvió a ocultar el rostro en su hombro.

—¿Tienes miedo, Anna? —le preguntó Luke con voz queda—. ¿Hay algo o alguien que te da miedo?

«Tengo miedo de perderte. De sir Lovatt Blaydon. De una celda en la cárcel. De colgar del cuello hasta ahogarme. De perderte.»

—No.

—Hoy ha pasado algo, algo que te ha trastornado.

«Alguien sabe cómo visto en un jardín privado y lo que sucede cuando estoy dentro de casa... alguien que ni siquiera está ahí. Me está vigilando. Sabe Dios cuándo.»

—No.

Luke la tuvo abrazada unos minutos más y después la soltó y se levantó de la cama. Se abotonó los calzones de espaldas a ella, metió los pies en los zapatos y se inclinó para recoger su casaca. Su chupa con sus gloriosos bordados estaba espantosamente arrugada. Se dio la vuelta y la miró.

—Protegeré lo que es mío con mi vida si hace falta, Anna, y no es alarde si te digo que me he ganado mi reputación como tirador y espadachín. Eres algo mío. No debes preocuparte por tu seguridad, a menos que lo que temas sea el parto. Ay, ese es el único peligro contra el que no podré protegerte. ¿Es eso?

Anna no temía al dolor ni a la muerte. Solo tenía miedo de perder a su bebé. Temía perder al bebé.

—Solo temo que el bebé nazca muerto. Creo que... si el bebé muriera, yo también querría morirme.

Él asintió, mirándola.

—Vuelve a dormir, si puedes. No descansas lo suficiente. Voy a tener que insistir más en ello en el futuro.

Sus ojos la miraban con atención.

Ella se mordió el labio.

—Sí, quizá lo haga. Gracias, Luke.

Por un momento en sus labios apareció el fantasma de una sonrisa.

—No hay de qué. Siempre es un placer para mí poder serte de ayuda.

Y dicho eso se volvió y salió de la habitación, cerrando la puerta con suavidad a su espalda.

Sí, era mejor en Elm Court, cuando estaba sola. En aquel entonces no se compadecía tanto de sí misma. Se quedó tumbada de espaldas, sin moverse, haciendo caso omiso de las lágrimas ardientes que se le escurrían bajo los párpados y le caían por las mejillas hasta la almohada a ambos lados de la cabeza.

«Eres algo mío. Eres algo mío.» No lo había dicho en ese sentido. Hablaba solo en términos de posesión. Pero, oh, el anhelo por su amor le producía un dolor insoportable.

Anna permaneció tumbada con los ojos cerrados. Sin Luke volvía a tener miedo. Sentía unos ojos que la miraban. Era imposible. No había ningún lugar donde ocultarse en la habitación. Pero si se levantaba para ponerse junto a la ventana, donde estaba cuando Luke había entrado antes, volvería a sentir los ojos que la observaban desde detrás de cada árbol.

Tenía miedo de levantarse de la cama.

¿Cuánto pasaría antes de que llegara otra carta pidiendo dinero o alguna otra cosa? ¿Cuánto tiempo seguiría estando «en préstamo» en manos de Luke? ¿Hasta que naciera su hijo? ¿Más? ¿Y después qué? ¿Se iría obedientemente cuando llegara el momento? ¿O lucharía?

«Protegeré lo que es mío con mi vida si hace falta. Eres algo mío.»

¿Qué habría pasado si hubiera confiado en él? ¿Si le hubiera contado toda la verdad como había estado a punto de hacer? Pero nunca se había engañado a sí misma pensando que la pasión física o el afán de protección de un hombre que la poseía pudieran indicar que había afecto o algo más. Luke habría tenido que amarla con locura para aceptar lo que tenía que decirle. E incluso entonces... Pero Luke no era capaz de amar. Había matado el amor que había en él hacía años.

Además, Luke no podría protegerla.

«Protegeré lo que es mío con mi vida si hace falta.»

La visita a los Wilkes se había acabado. Las damas de Bowden Abbey llegaron media hora tarde. Les habían guardado el té. La duquesa viuda tuvo que aguantar la inenarrable humillación de tener que disculpar la ausencia del duque y la duquesa, quienes, comprensiblemente, eran los invitados de honor. La duquesa viuda adujo que su nuera estaba indispuesta, un pretexto que todos podían aceptar sin discusión, puesto que su estado era de dominio público, aunque la mayoría de las mujeres de su posición habrían hecho el esfuerzo de sobreponerse. Pero ¿cómo podía disculpar la ausencia de su hijo? ¿Diciendo que estaba atendiendo a su esposa enferma? Una excusa semejante habría sido un insulto.

Luke escuchó la reprimenda de su madre con los labios fruncidos. Era el primer enfrentamiento que tenían desde su regreso.

—De modo que no dije nada —concluyó con frialdad cuando toda la familia estaba reunida en el salón antes de la cena... con la excepción de

Anna, que llegaba tarde de nuevo—. Dejé que sacaran sus propias conclusiones. Estoy muy disgustada, Lucas.

Él dejó que hablara, pero una ira fría, una ira desproporcionada en relación con lo que la había provocado ardía en su estómago. ¿Cómo se atrevía? ¿Cómo se atrevía a censurar a Anna? Pero el momento de dejarse llevar por un estallido de ira incontrolada había pasado.

—Señora. —Miró con la expresión más gélida de la que era capaz—. Mi esposa me necesitaba esta tarde. Es toda la explicación que tengo que dar, a usted y a quien la pida. Y es la explicación que mandé a los Wilkes hace una hora.

Los conocidos de Luke en París habrían reconocido su mirada y el tono de su voz y habrían sabido que era mejor no tentar a la suerte.

—Anna está en una etapa delicada —dijo la duquesa viuda con expresión seria—, como sin duda le sucederá a intervalos regulares durante los próximos diez años. No hay nada excepcional en ello. Su doncella es perfectamente capaz de ocuparse de sus necesidades, y el médico, si hace falta. Lo que debes entender, Lucas, es que tu principal responsabilidad será siempre para con tu posición y que tus inclinaciones personales o las necesidades imaginarias de una mujer débil deben negarse cuando entren en conflicto con tus responsabilidades como duque de Harndon. Así debes enseñárselo a tu esposa. Por desgracia, parece que no se lo inculcaron como parte de su educación.

El resto de la familia guardaba silencio y escuchaba el altercado con diferente grado de interés y azoramiento. Agnes miraba a Luke con expresión horrorizada y con un sonrojo de indignación en las mejillas.

—Le ruego me disculpe, señora. —La voz de Luke era amable y gélida—. Mi esposa solo debe responder de su comportamiento ante mí. Única y exclusivamente ante mí. En cuanto a mí, siempre antepondré mis inclinaciones personales a las responsabilidades que conlleva mi posición, si es así como describe usted que me preocupe por las necesidades de mi esposa y por salvaguardar su bienestar. Y, si se me permite decirlo, yo soy el responsable de su delicado estado de salud.

—¡Lucas! —Su madre lo miró furiosa—. Recuerda que estás hablando en presencia de dos damas solteras. Pero claro, qué se puede esperar. Siempre has sido permisivo en exceso contigo mismo.

—Señora —dijo Luke con voz queda—, volví a casa en contra de mis deseos para asumir mis responsabilidades aquí. Vine porque mi tío sugirió que mi presencia era necesaria y la visita que le hice a usted en Londres me persuadió de que se me necesitaba. Me casé con Anna porque necesitaba una duquesa, mi duquesa, e hijos en la habitación infantil. Quiero que quede bien claro que ella siempre será lo primero en mi vida, por delante de ningún otro miembro de mi familia o la de ella, y por delante de mis otras responsabilidades. No toleraré que nadie cuestione este hecho, ni siquiera usted, señora. Y no quiero volver a oír hablar del tema.

Luke oía sus palabras casi como si fuera otra persona quien estuviera hablando. Y él mismo se sorprendió al pensar en lo ciertas que eran. Nunca había querido dejar París. Nunca había querido cambiar de vida. Pero había hecho las dos cosas. Y si había algo o alguien que hacía su vida actual soportable era Anna.

Su madre lo miraba con expresión perpleja e incrédula, tan orgullosa y altiva como él.

—Y quiero que todos entiendan —siguió diciendo— que para bien o para mal yo soy el duque de Harndon y Anna es mi duquesa. Ella es la señora de Bowden Abbey. Como tal, nadie salvo yo puede censurar su comportamiento. Solo puede haber una señora en cada casa, según tengo entendido, porque de lo contrario se producen conflictos y pullas constantes. Anna es la señora de esta casa.

Su madre no tenía nada que decir. Nadie tuvo nada que decir durante unos momentos tensos e incómodos. Pero Luke no se arrepentía de haberse expresado con tanta claridad. Había ido allí en contra de su voluntad porque lo necesitaban. Todos habían tratado de utilizarlo —su madre, Doris y Ashley, Henrietta—, para conseguir lo que querían. De modo que todos eran responsables de su regreso en diferente medida. Pues bien, estaba allí y allí seguiría, pero lo haría en sus propios términos. Y acababa de plantear esos términos, no solo para su madre, sino para todos.

Anna entró en la estancia antes de que nadie encontrara nada que decir. Aún se la veía muy pálida, pensó Luke, pero iba inmaculadamente ataviada, con la cotilla bien ceñida, y lucía su sonrisa radiante de siempre.

—¿Llego muy tarde? —preguntó—. Lo siento mucho. He dormido más de lo que pretendía. Y siento mucho lo de esta tarde, madre. ¿Le dijo Luke que no me sentía bien? Espero que nuestra ausencia no preocupara a la señora Wilkes. La visitaré mañana.

Luke se levantó y fue hasta ella, la tomó de la mano y se la llevó a los labios.

—No llegas tarde, querida. Y si llegaras tarde, te esperaríamos. ¿Te sientes mejor?

—Sí, gracias, mucho mejor. —Le sonrió con gesto cordial y luego sonrió a todos los presentes—. Debéis contarnos lo que nos hemos perdido en casa de los Wilkes. ¿Eran simpáticos los hermanos de Londres? Y, Ashley, ¿se ha ausentado usted también como nosotros? ¡Qué vergüenza! Por favor, contadnos lo que habéis hecho esta tarde.

La tensión disminuyó visiblemente. Luke se preguntó si Anna lo había notado, pero tenía el don de llevar el sol allá donde iba y hacer que todos se sintieran bien. Solo su madre seguía con los labios apretados.

Y Anna estaba pálida. Aferrándose a su secreto. Otro secreto. A menos que de alguna forma estuviera vinculado al anterior. Solo que en esa ocasión era dentro del matrimonio.

Oh, no, no podía ponerla en un pedestal. No podía esperar la perfección en ella. No debía cogerle afecto ni permitirse confiar demasiado en ella.

Tenía secretos. Y mucho se temía que no fueran de poca importancia.

18

Henrietta se sentía amargada. Nada había salido bien en su vida. Al igual que todo el mundo, ella había luchado siempre por alcanzar la felicidad. Y, sin embargo, se le antojaba que nunca había sido feliz.

Y además Luke la había rechazado. Ella esperaba que se convirtieran en amantes. Lo esperó incluso cuando conoció la devastadora noticia de su boda. Después de todo, entre aristócratas el matrimonio rara vez significaba nada en términos de sentimientos. Lo esperó incluso después de conocer a Anna y ver su belleza y su vitalidad. Recordaba la fuerza del amor que Luke sentía por ella y la intensidad de su ira y su dolor cuando la perdió.

Pero la había rechazado. Al menos de momento. Quizá con el tiempo...

Henrietta había tenido amantes. ¿Cómo podría haber sido de otro modo cuando George no se había acostado con ella ni una sola vez después de que se casaran? Tenía sus necesidades. Habría sido imposible mantenerse casta todos esos años. Cuando George vivía, la llevaba con frecuencia a Londres, y allí ella buscó amantes. Seguro que él lo sabía, pero no le importaba. No, no le importaba.

Nunca había tenido un amante en el campo y nunca fuera de un cómodo lecho en una cómoda habitación. Y, en realidad, nunca había tenido un amante cuyo rostro y cuerpo no hubiera visto antes y tuviera su aprobación. Henrietta daba mucha importancia al aspecto y al físico.

Su salteador de caminos enmascarado le hizo el amor por primera vez, durante la que fue su tercera cita semanal, sobre un montón de paja no muy limpia en un pajar expuesto a las corrientes. El día era frío. Él se quedó vestido, se limitó a abrirse los calzones lo justo. Hasta se dejó puestas las botas y la máscara. Ella también se quedó vestida y se limitó a arremangarse las faldas de su traje de montar hasta la cintura.

Le hizo el amor sin preliminares, sin delicadezas, embistiendo con rapidez, casi violencia, aplastándola bajo su peso.

Henrietta no entendía por qué había disfrutado tanto de aquello y por qué en las semanas que siguieron volvió entusiasmada a por más. Él nunca se quitaba la capa ni la máscara; en realidad, no sabía nada de él, salvo que era mayor, diez o quince años mayor que ella, diría, que sabía elogiar a una mujer y que le gustaban los encuentros sexuales rápidos y vigorosos.

Por supuesto, casi desde el principio Henrietta comprendió que era el misterio que envolvía a aquel hombre lo que la atraía. Quizá si le veía la cara, si le decía su nombre, si averiguaba algo de él, perdería el interés.

Pero lo intentó.

—¿De qué conoce a Anna? —le preguntó—. ¿Qué interés tiene en ella?

—No es nada que le incumba, Henrietta. Colabora conmigo en su interés para, con el tiempo, poder recuperar la posición que desea, querida mía.

Colaborar con él significaba darle detalles triviales y en apariencia sin importancia sobre el aspecto y las actividades cotidianas de Anna. Y tal vez no tan sin importancia. Últimamente la notaba cambiada. Sonreía menos, estaba más pálida, parecía más reacia a salir de la casa o incluso a pasar de una estancia a otra. Sus ojos a veces se movían inquietos, como si pensara que la observaban.

—Y, sin embargo, dice usted que no tiene ningún interés personal en ella.

El hombre rio con suavidad.

—No hay motivo para que se sienta celosa, señora.

—¡Celosa! —exclamó ella indignada—. Ay, señor, aún está por llegar el día en que yo sienta celos de alguien como Anna. ¿Qué ha hecho para que la acose?

—No es de su incumbencia —repitió él—. Pero la ayudaré a librarse de ella, Henrietta. Es lo que desea, ¿no es cierto? Y lo que es mejor, ayudaré a Harndon a librarse de ella. Para cuando me la lleve, el duque estará listo para volver con usted y podrá volver a ser la duquesa de Harndon. Creo que desea eso más que al duque en sí. Y mientras tanto, tiene nuestras citas semanales para consolarse.

—Ay, señor, seguro que puedo vivir sin ellas.

Pero él la empujó contra el tronco de un viejo roble, le levantó las faldas, ajustó sus propias ropas y procedió a demostrarle que se equivocaba. Y se rio al ver sus jadeos y su anhelo.

Así pues, sus apetitos estaban saciados, y también su orgullo y sus esperanzas. Pero no su curiosidad. Curiosidad sobre su salteador de caminos y sobre Anna. Esa curiosidad no satisfecha constituía un apetito en sí que semana tras semana la impulsaba a volver a él, dondequiera que la citara.

Henrietta empezó a jugar con Anna. Se las arreglaba para que la viera a solas con Luke y luego se excusaba ante ella haciendo un gran despliegue de angustia.

—Es que nos criamos juntos —le explicó en una ocasión— y siempre disfrutamos mucho de la compañía del otro, y seguimos haciéndolo. No hay más, Anna, tiene mi palabra. No le importa, ¿verdad? Porque si es así me mantendré alejada de él incluso a costa de la buena educación.

—Oh, no, no sea absurda —dijo Anna, enlazando el brazo con el de Henrietta—. Acompáñeme a mi salita y tomemos un té.

—No quisiera que pensara que tengo nada que ocultar, Anna —le dijo Henrietta en otra ocasión—. Debe saber que Luke la ama. Habla siempre de su amor por usted. A mí me quiso en otro tiempo, pero eso ya es el pasado.

—No se sienta culpable, Henrietta. ¿Quiere venir a ver a Emmy conmigo?

Mentalmente, Henrietta iba guardando detalles sobre los objetos que veía en su salita y los gestos que ella y Emily utilizaban para comunicarse.

Empezaba a apreciarse una expresión torturada en la mirada de Anna.

¿Cuándo se la llevaría su salteador de caminos? Aunque Henrietta no estaba muy segura de querer que eso pasara demasiado pronto. Ese hombre la excitaba.

* * *

Las cartas siguieron llegando, tal y como Anna se había imaginado. A veces, se limitaban a recordarle el pasado, a hablarle de la futura felicidad que compartirían y a exigirle el pago de una deuda pendiente. En otras ocasiones, su único propósito parecía ser el de aterrorizarla. Y lo conseguían. Ese hombre conocía el interior de su casa, incluso de su salita privada. Conocía sus ropas y sus cosas. Sabía lo que decía y lo que hacía, lo que otras personas le decían.

Era inútil permanecer dentro de casa, aunque lo hacía en la medida de lo posible. Porque él estaba dentro con ella. Estaba en cada habitación. Detrás de ella. A veces, incluso abría los ojos mientras Luke le estaba haciendo el amor para mirar furtivamente a su alrededor. Se imaginaba, incluso sentía, que él podía verlo todo. Todo.

Prefería las cartas en las que le pedía dinero, aunque no tuviera suficiente para pagar. En una ocasión, tuvo que acudir a Luke para pedirle un adelanto.

—Desde luego —le dijo él cruzando la habitación para abrir el cajón que estaba cerrado con llave.

Y le entregó la cantidad completa de su asignación para el trimestre siguiente.

—Pero no es un adelanto, Anna. Es un regalo. ¿Puedo preguntar el motivo?

Anna ya había preparado una historia sobre un regalo de bodas para Victor y trajes nuevos para Agnes y Emmy. Pero no podía mentirle. Se quedó mirando el dinero que Luke le ofrecía.

—¿Secretos? —preguntó él con una voz inusualmente severa—. ¿Otra vez, Anna?

Ella levantó la vista a su rostro.

—No ha habido ningún secreto —respondió.

Bueno, sí que mintió después de todo. Luke la miró, con ojos fríos y cínicos.

—Los secretos son una cosa, Anna. Las mentiras son otra. Toma tu dinero y quítate de mi vista. Estoy ocupado.

Bien habría podido abofetearla. Anna pestañeó, cogió el dinero y se volvió, pero la voz de Luke la detuvo antes de que llegara a la puerta.

—Anna, eres mi esposa. Nunca estoy demasiado ocupado para mi esposa. Siéntate conmigo, pediré que nos traigan el té. Will ha estado aquí antes. Creo que le gusta tu hermana. Desde luego, se ruboriza y tartamudea como diez pretendientes despechados. Si alguna vez se plantea aceptarlo, debes persuadirla y que lo convenza para que deje de llevar esa atroz peluca y utilice una de bolsa, más elegante y a la moda. Cuando le veo la cabeza, me duelen los ojos, y París en pleno sufriría un desmayo si lo viera.

Anna se sentó, aferrando el dinero estúpidamente entre las manos, hasta que él le acercó un escabel para los pies, le cogió el dinero y lo dejó en el escritorio. Anna deseó poder volver atrás y contestar a su pregunta con sinceridad. «Es para pagar una de las deudas de juego de mi padre», podría haber dicho. ¿Habría bastado? ¿Habría querido saber más Luke?

Anna deseaba decirle más. Deseaba decírselo todo. Pero no podía. No se atrevía. Llevaba un hijo en su vientre, una criatura inocente a la que bien podían echar con ella. Mandarla a prisión con ella. Y...

—Creo —dijo Anna— que a Agnes le gusta como es, Luke. Lo mira como si fuera un príncipe de cuento de hadas. Debo confesar que no lo entiendo. Yo misma siempre he buscado...

—¿Sí?

Los ojos de Luke la miraban con atención. De pronto le recordó la forma en que la miraba desde el otro extremo de la sala en el baile de los Diddering.

—Un bello rostro —dijo, y se ruborizó.

—¿De veras? —Luke arqueó las cejas—. ¿Y es lo que encontraste?

—Sí. —Las mejillas le ardían.

—En cuanto a mí, yo siempre busqué una cara bonita. Y debo añadir que la encontré.

Estaban en terreno familiar, coqueteando, bromeando. Anna mantuvo la vista apartada del dinero que había sobre el escritorio.

Durante las semanas y los meses que siguieron a aquella primera carta, Anna aprendió a guardarse cada vez más adentro sus cosas. No descuidó ni sus deberes ni sus obligaciones sociales, pero había todo un mundo interior y privado a donde se replegaba cada vez que el terror la atenazaba.

Luke sabía lo de las cartas. Había visto algunas de ellas cuando las llevaban, pero incluso cuando no las veía, lo sabía. La conocía mucho mejor de lo que Anna podía esperar, mejor de lo que había conocido a ninguna mujer. Y siempre lo sabía.

También sabía que las cartas no procedían de nadie de la zona ni concernían a ninguna crisis local. Eran cartas muy personales que la alteraban en lo más profundo. Quizá tenían que ver con su pasado, quizás eran de su antiguo amante, pero Luke sentía que conocía a Anna demasiado bien para pensar que pudiera desear una correspondencia clandestina de esa índole y sospechaba que se trataba de algún tipo de chantaje. Recordó la importante suma que le había pedido que le adelantara en una ocasión.

Pero ¿qué podía ser, para que Anna sintiera que debía ocultarlo? ¿Qué podía haber tan grave que prefiriera pagar para mantenerlo en secreto? ¿Algo relacionado con su antiguo amante, tal vez? ¿Alguien estaba amenazándola con contárselo a él? ¿Tan malo era?

Al final, trató de hablar con Anna. Fue un día en que llegó una de las cartas, aunque en esa ocasión él no vio ni la carta ni al mensajero. Luke estaba en su estudio, ocupado con cierta correspondencia, cuando oyó que llamaban a la puerta. No hizo caso, pensando que quizá sería Henrietta, pero la puerta se abrió de todos modos. Luke no levantó la vista.

—Estoy ocupado —soltó muy seco—. Tal vez más tarde.

Pero en ese momento notó que una mano se apoyaba en su hombro y levantó la vista con brusquedad. Sonrió, dejó la pluma y apoyó la mano sobre la pequeña mano.

—Emily —dijo— ¿qué puedo hacer por ti, querida mía?

Ella lo miró a los ojos con expresión triste.

—¿Qué tienes?

Tomó entre las manos la de la niña. Sentía un gran afecto por ella, cosa que al principio lo había sorprendido. Detrás del silencio, tenía la sospecha de que había una gran persona. Los ojos solo eran una ventana a esa persona. Y las sonrisas. En ese momento no sonreía.

La joven señaló hacia arriba y Luke se encontró mirando al techo.

—¿Arriba? ¿Qué hay arriba, querida? ¿O quién?

Ella lo miró en silencio.

—¿Anna? —preguntó, y ella asintió.

Y supo que Anna había recibido una de sus cartas. Lo vio en el rostro de Emily.

—¿Es desdichada? ¿Me necesita?

Emily asintió.

Luke no se volvió enseguida. De pronto se encontró escrutando los ojos de Emily, casi como si esperara encontrar respuestas en ellos, viendo casi esas respuestas.

—Tú lo sabes, ¿verdad? ¿Sabes qué es lo que la hace desgraciada?

Los ojos de ella se iluminaron.

—Es algo de su pasado.

Pero ella ni lo confirmó ni lo negó. Volvió a señalar hacia arriba.

—Iré a verla —dijo Luke. Le dio un apretón en la mano y luego se la llevó a los labios—. Gracias, Emily. Eres una buena hermana. La quieres mucho, ¿verdad?

Pero ella se dio la vuelta, retirando la mano al hacerlo, y corrió con ligereza. Ya había abierto la puerta y había salido antes de que él tuviera tiempo de adelantarse para abrirle. La joven corrió escaleras arriba, deteniéndose de vez en cuando para asegurarse de que él la seguía. Se paró ante la puerta de la salita de Anna, esperó a que él llegara y corrió de vuelta a las escaleras. Luke la vio marcharse corriendo en dirección a la habitación infantil.

Sí, pensó, levantando una mano para dar unos toquecitos en la puerta, era hora de que intentara hablar con ella.

Luke entró y vio que Anna estaba sentada junto al fuego y en ese momento estaba abriendo un libro, y supuso que lo había cogido cuando oyó que llamaban a la puerta. Anna no lo había invitado a entrar, pero le sonrió y volvió a cerrar el libro.

—Oh —dijo—. Estaba leyendo y he perdido la noción del tiempo. ¿He olvidado algo? ¿Es la hora del té?

—No —contestó él al tiempo que se sentaba y la miraba.

La incongruencia de la sonrisa y la palidez y la expresión desolada de sus ojos era escalofriante. Anna llevaba un vestido de diario algo suelto y aparentaba más de seis meses de embarazo. Incluso con sus elegantes vestidos a la francesa, que podían aflojarse más por delante y también por detrás, como le había sugerido él después de prohibirle usar la cotilla, se la veía notablemente embarazada. Su madre se había mostrado escandalizada al ver que ya no llevaba cotilla y había sugerido que evitara las apariciones públicas hasta después del parto. Anna le había dicho con educación, pero con firmeza, como solo ella sabía hacer, que iba sin cotilla por deseo de su esposo y que cumpliría con sus obligaciones sociales mientras él lo considerara oportuno, o eso al menos le había contado Henrietta. Henrietta también le había sugerido que hablara con Anna y le indicara que se comportara de un modo más decoroso. Como si hubiera algo indecoroso en el hecho de estar encinta.

—¿Qué pasa? —Su sonrisa se había desdibujado un tanto—. ¿Por qué me miras así?

—Emily acaba de venir al gabinete para decirme que eres desdichada.

Ella lo miró perpleja un momento y luego se echó a reír.

—¿Que Emily te ha dicho eso? Emily no puede hablar.

—Oh, sí, sí puede. Su mirada dice mucho más que la lengua de muchas personas.

—¿Y con la mirada te ha dicho que soy desdichada?

—Sí.

Luke la observó con atención y esperó.

Varias veces pareció que Anna estaba cogiendo aire para hablar, pero luego no dijo nada. Luke vio que tragaba. Observó sus manos en los reposabrazos de su asiento. Se podía averiguar mucho sobre las emociones de una persona observando sus manos. Eso era algo que había aprendido cuando le daban clases de esgrima y tiro. Las de Anna pellizcaban la tapicería.

—Últimamente me siento muy pesada y un tanto indispuesta —explicó a la postre—. He tenido la desgracia de ser una de esas mujeres que se ponen inmensas cuando están embarazadas. —Rio por un momento—. Y aún me quedan tres meses. Me siento un poco triste y poco atractiva. Sé que es absurdo.

—¿Te he hecho sentir yo poco atractiva? —preguntó Luke entornando los ojos.

—No —negó ella casi en un susurro—. No, Luke.

—Ven aquí.

Ella lo miró indecisa unos momentos, pero luego se puso en pie y fue obediente hasta su asiento, y se quedó ante él. Luke le soltó la cinta que unía el vestido por delante y echó hacia atrás la seda. Su abultado vientre tensaba la camisola. Luke apoyó las palmas sobre él y la miró.

—¿Recuerdas lo que te dije en una ocasión sobre lo que ibas a parecerme cuando estuvieras inmensa por el embarazo?

—Sí —respondió ella.

—Lo que dije era cierto. Sigo acudiendo a tu lecho por las noches, Anna. Reclamo mis derechos maritales dos o tres veces por semana, aunque ahora procuro no cargarte con mi peso. Creo que debes saber que sigo encontrándote deseable.

—Sí.

Anna, que tenía la vista gacha, se observaba las manos.

—Pero tal vez —dijo en voz baja— deseas ser atractiva para otros además de para tu marido.

Ella levantó la vista y negó despacio con la cabeza.

—Entonces acabemos con esta tontería de que te sientes indispuesta y poco atractiva. En una ocasión acordamos que la sinceridad era esencial para el buen funcionamiento de nuestro matrimonio. Te permití guardar un secreto y lo hice bajo la suposición de que era algo que formaba parte de tu pasado y se había acabado. Pero está interponiéndose en nuestro presente, y eso no puedo permitirlo. Ha habido otros secretos, Anna.

Anna abrió los ojos exageradamente. Las manos de Luke, apoyadas con firmeza sobre sus caderas, impidieron que retrocediera.

—No —susurró Anna.

—Sí —dijo él—. Eres mía, Anna. En cuerpo y alma. Serás mía ahora y para el resto de nuestras vidas. —A Luke mismo le sorprendió la fiereza de su tono, la intensidad de sus emociones. No pretendía hablar de ese modo—. No más secretos.

—¡Ah! —Anna se cubrió el rostro con las manos, pero incluso así Luke podía ver su tono blanquecino—. No digas esas palabras, Luke. En cuerpo y alma. No me trates como a un pájaro en una jaula, despojado de su libertad, de su intimidad. En cuerpo y alma, no.

Pero Luke estaba furioso. Incluso mientras lo decía, había sentido la imposibilidad de poseer el alma de Anna y lo poco deseable que era que lo hiciera. Y pese a ello se sintió marginado, excluido de todo lo que significaba algo para ella. Y de pronto se dio cuenta de lo poco que sabía de su esposa después de seis meses de matrimonio. Había toda una parte de su vida de la que Anna lo había excluido y de la que seguiría excluyéndolo.

Y entender eso lo puso furioso. Nunca había deseado saber tales cosas. ¿Qué había cambiado? Se puso en pie, sin soltarla.

—¿Quién era? —exigió—. Necesito un nombre.

Un gran vacío descendió casi visiblemente sobre los ojos de Anna, casi como un velo. Anna lo miró, y su rostro palideció más, si acaso era posible.

—Tu amante. El hombre con el que yaciste antes de casarte conmigo. ¿Quién era? ¿Quién es?

—No —hablaba en un susurro—. Me dijiste...

—Él es la causa de tu desdicha, si no me equivoco. ¿Son suyas las cartas? ¿O de alguien que te escribe sobre él?

—¿Las cartas? —Había terror en los ojos de Anna.

—Debes de tenerme por un necio.

Ella meneó la cabeza.

—A veces recibo cartas de la señora H-Hendon. Necesita ayuda con su... con su padre. Es un anciano y está enfermo. A veces voy a ayudarla.

Él siguió mirándola fijamente sin decir palabra y al final Anna cerró los ojos y se mordió el labio.

—Su nombre, Anna. Ya ha tomado una virginidad que me correspondía tomar a mí; no permitiré que tome nada más que sea mío, y morirá si lo intenta.

Ella abrió los ojos.

—No lo hizo. No lo hizo. Solo he sido tuya. Nunca he estado con ningún otro hombre. Solo contigo.

—Ah, disculpa. Sin duda mi experiencia no era suficiente para permitirme distinguir entre un pasaje intacto y uno abierto ya a la actividad sexual. Por lo visto he cometido una injusticia.

Ella volvió a morderse el labio. Y respiró hondo.

—¿Y qué me dices de ti? —dijo levantando la voz—. Tú también te guardaste un secreto. Dijiste que no recordabas el motivo del duelo con tu hermano, como si eso fuera posible. No me dijiste nada de Henrietta. Y no me has dicho nada de tus numerosos encuentros con ella desde que llegamos aquí. No podías casarte con ella porque era la viuda de tu hermano, ¿verdad? Y no podías presentarte aquí sin una esposa porque habría parecido impropio que pasaras tanto tiempo en su compañía. Pero ahora todo es perfecto para vosotros. ¿Por eso te casaste conmigo, Luke? No solo por los hijos, sino para poder dar una imagen de respetabilidad mientras revivías el pasado con tu antiguo amor.

Por el amor de Dios.

—Anna —dijo con frialdad—, te estás pasando de la raya.

—Oh, sí. Por supuesto. Estamos en el mundo real, ¿no es cierto? Un mundo donde hay unas normas para los hombres y otras para las mujeres. A mí se me debe condenar porque al parecer no era virgen en mi noche de bodas, pero tú puedes admitir con libertad que tienes la suficiente experiencia para detectar con facilidad mi secreto. Yo debo vivir sin recuerdos y ligarme a ti en cuerpo y alma mientras tú te dedicas no solo en el recuerdo, sino en la realidad, a revivir esos recuerdos. ¿Te acuestas con ella, Luke? ¿O una esposa no está autorizada a preguntar sobre tales cuestiones a su esposo?

Luke la sujetó por la muñeca y la arrastró hasta la puerta. No fue consciente de a dónde la llevaba ni con qué propósito hasta que estuvieron en su dormitorio y se puso a quitarle el vestido y la camisola y la empujó sobre la cama. Luego se desvistió él, sin dejar de mirarla, sintiéndose furioso y frustrado. Ella lo miraba con el rostro pálido y serio, y la mandíbula apretada.

Luke se arrodilló entre sus muslos y la instó a rodearlo con las piernas. La levantó con las manos y entró con un empujón lento pero decidido. Seguía dentro cuando se inclinó sobre ella y le sujetó el rostro entre las manos y le abrió la boca con la suya. Y le metió la lengua bien adentro antes de levantar la cabeza y mirarla a los ojos.

—Eres mía, Anna. Este es un acto que solo realizarás conmigo para el resto de tu vida. Es un acto que yo solo realizaré contigo mientras vivas, y que solo he realizado contigo desde que estamos casados. ¿Contesta eso a tu pregunta?

Ella cerró los ojos y permaneció tendida sin responder físicamente bajo su cuerpo.

—Eres mi esposa y yo soy tu esposo. Si eso te hace sentirte como un pájaro en una jaula, sin libertad y sin intimidad, que así sea, Anna. Decidiste casarte conmigo por tu propia voluntad.

Luke la observó durante los minutos que permaneció en ella marcando un ritmo constante, pero por una vez su experiencia le falló. Y no porque estuviera haciendo nada extraordinario. Solo estaba haciendo algo que era muy satisfactorio para el hombre pero mucho menos para la mujer a menos que se hubiera preparado su cuerpo con anterioridad o se lo estuviera preparando como parte del proceso. Solo estaba tocándola con esa parte íntima, pero no podía provocar una respuesta. Y ni siquiera estaba seguro de que esa fuera su intención. Mientras se acercaba al clímax, se dio cuenta de que no estaba haciéndole el amor, estaba marcándola con el sello de la posesión, recordándole que no había ninguna parte de su ser que no le perteneciera y que no pudiera tomar.

Eyaculó dentro de ella y por primera vez supo que la saciedad física y la satisfacción emocional eran cosas muy distintas y no siempre iban de la mano, y pensó si lo que acababa de hacer no sería violar a su esposa... aunque eso era una contradicción de por sí. Salió de ella y se levantó de la cama. Recogió su ropa del suelo.

—Si lo que deseas es libertad e intimidad, Anna —dijo, consciente del tono frío de su voz—, puedes tenerlos en una pequeña medida. Tu salita privada será tu refugio. No volveré a entrar allí sin ser invitado y no volveré a visitar tu lecho hasta después del parto, hasta que llegue el momento de que vuelvas a concebir. Pongamos... ¿seis meses después del parto? Tal vez cuatro si es niña.

Anna tenía los ojos cerrados. Luke no la había tapado al levantarse de la cama, así que dejó caer la ropa y la cubrió, y volvió a agacharse para recoger sus cosas.

—Si en algún momento deseas que hablemos de esas cartas, me encontrarás dispuesto. No puedo creer que seas capaz de algo tan atroz. Pero quiero que recuerdes que eres mía y eso no va a cambiar.

Anna no se movió. Luke pasó por el vestidor de su esposa y entró en su propio dormitorio, donde nunca había dormido. Se apoyó contra la puerta y cerró los ojos. Había ido a verla porque era desdichada. Había ido para tratar de reconfortarla, de ayudarla.

¡Dios!

Tendría que haber sabido que él no podía reconfortar a nadie. Ya hacía tiempo que sabía que no era capaz de amar, pero no sabía que podía ser tan cruel. Y cuando Anna necesitaba que se mostrara comprensivo y la reconfortara, él había sido cruel.

Había permitido que su negativa a confiar en él le hiciera sentirse frustrado y se había puesto furioso cuando lo acusó de haberle sido infiel con Henrietta. Ese era otro asunto que tenía que resolver. Había permitido que Henrietta se apoyara en su compañía, desviando siempre la conversación de los temas personales. Pero Anna recelaba. ¿Acaso podía reprochárselo? Tendría que ocuparse del asunto. La había herido y no quería que se sintiera así.

Abrió los ojos y miró la cama. No hacía tanto, protegía la intimidad de su sueño asegurándose siempre de no dormir con la mujer con la que hacía el amor. En cambio, ya no sabía si sería capaz de dormir solo en esa cama. ¿Durante cuánto tiempo? Seis meses, había dicho, cuatro si nacía una niña. Más los tres meses que le quedaban de embarazo. Nueve meses, entonces, quizá siete.

Nueve meses de soledad.

Esa última palabra le resonó en la mente y sintió un escalofrío. ¿Soledad? ¿Significaba eso que empezaba a sentirse unido a ella, que dependía de ella? ¿Era en realidad soledad a lo que se enfrentaba o solo privación sexual? Era soledad.

* * *

Irónicamente, poco después de que Luke se enfrentara a Anna por ese asunto, dejaron de llegar cartas. Solo hubo una más. Llegó unos días después que la anterior y en ella se le informaba de que el resto de las deudas de su padre podían esperar hasta después del parto. «No deseo que se angustie ahora que solo le faltan tres meses para dar a luz, Anna mía», le había escrito.

Antes de Navidad, Anna asistió junto con Luke, Agnes y Emily a la boda de Victor, después de asegurarle a su esposo que estaba bien para viajar. Incluso compartió el dormitorio con él en la casa de los padres de Constance. Durmieron en lados opuestos de la cama y no se tocaron durante las tres noches que compartieron el lecho. Cuando vio a su hermano y su novia, tan jóvenes y felices, no se arrepintió de la carga que había asumido para que ellos pudieran tener un hogar y un futuro.

No, no podía arrepentirse.

Y después, por Navidad, durante una gran fiesta en Bowden Abbey, William, lord Severidge, que había estado extrañamente ausente durante toda una semana y acababa de regresar el día anterior, dijo que había visitado a Victor para pedir la mano de Agnes y había sido aceptado... tanto por el conde de Royce como por Agnes.

Agnes clavó los ojos en su rostro y se ruborizó.

Y además, siguió diciendo William tras una pausa para recibir abrazos y besos y felicitaciones: después de casarse en primavera, él y su esposa se irían de viaje. Habían decidido pasar un año viajando por toda Europa. En Londres había conocido a un hombre que le alquilaría Wycherly Park durante el año que estuvieran fuera.

Hubo más exclamaciones y risas por esta parte del anuncio. El apego que lord Severidge sentía por su casa era motivo de burlas en la zona, y el espíritu poco aventurero de Agnes era de sobra conocido entre los suyos. Pero al parecer era una decisión que habían tomado juntos y que los complacía a los dos.

Anna pasó por unos momentos de pánico que solo su larga experiencia con ese tipo de sentimientos le permitió controlar.

—¿Piensa alquilar Wycherly Park? —le preguntó a William.

—Se lo alquilo a una buena persona, el coronel Lomax. Ha estado en América con su regimiento y se ha retirado hace poco. Les aseguro que a todos les gustará.

Anna dejó escapar el aire, aliviada.

Se preparó para el parto, concentrando todas sus energías y su amor en la criatura que llevaba dentro. Vivía sola en el interior de su mente, igual que había hecho los dos años anteriores a su matrimonio.

Sintiendo la falta de proximidad con Luke como un vacío que la carcomía.

19

La duquesa viuda estaba sentada en sus aposentos, bordando con fruición. Doris y Agnes estuvieron paseando fuera, aunque no se alejaron de la casa, y luego volvieron y se sentaron juntas en una de las estancias de la planta baja, preguntándose, bastante nerviosas y exaltadas, cómo debía de ser. Tal vez, comentó Doris, Agnes lo descubriría por sí misma en menos de un año. Las mejillas de Agnes se tornaron de un intenso rosado. Emily se escapó de su niñera y encontró un rincón apartado en el invernadero donde hacerse un ovillo. Ashley la encontró allí y le sonrió con dulzura, se sentó junto a ella y la cogió de la mano. Al cabo de un rato, la joven ladeó la cabeza para apoyar la mejilla contra el hombro de él. Henrietta se unió a Luke en la biblioteca, pero se retiró a sus aposentos cuando se hizo evidente que ni tan siquiera había reparado en su presencia.

Luke no dejaba de pasear de un lado para otro.

Anna estaba en su dormitorio, en la cama, de parto. Había empezado la noche anterior, poco después de que se retirara. En cuanto estuvo segura, fue a la habitación de Luke en lugar de llamar a su doncella. Luke saltó de la cama como si acabaran de arrojarle un cazo de agua hirviendo, y la llevó en brazos de vuelta a su lecho pese a las protestas de Anna, que decía que era perfectamente capaz de andar. Al poco rato, su doncella y la señora Wynn estaban con ella, y mandaron llamar al doctor. No se molestó a nadie más. Anna esperaba que para la mañana todos despertaran con la noticia de que había nacido un heredero sano.

Pero la mañana llegó y Anna seguía de parto, y parecía que no se acabaría nunca. Ella misma notó el tono refunfuñón de su voz cuando suplicó que abrieran las ventanas, cuando suplicó que le aplicaran un paño húmedo y fresco en el rostro, que alguien le frotara la espalda. Pero no podía alterar el tono de su voz ni lo que decía. Era como si perteneciera a otra persona, como si no fuera ella quien estaba allí, como si ella se hubiera replegado muy adentro, para huir del dolor, de la ansiedad, de la exaltación y la impaciencia, y del miedo a morir o, peor, del miedo a que el bebé muriera.

Y entonces, hacia las doce, y no porque Anna fuera de ningún modo consciente de la hora, la naturaleza de los dolores cambió y la voz que no parecía suya se puso a pedir a gritos y llena de pánico que fuera el médico. Y después de eso solo hubo dolor, un empujar frenético, jadear tratando de respirar en los breves momentos de alivio y, en algún lugar lejano, voces tranquilizadoras e instrucciones que ella seguía ciegamente.

Y por fin el latigazo final de dolor y presión, un borbotón cálido entre las piernas, un llanto desconsolado.

Anna se encontró llorando y riendo y tendiendo los brazos hacia aquella criatura llorona y manchada de sangre, fea y hermosa.

Luke dejó de pasearse de un lado para otro cuando la puerta de la biblioteca se abrió y la señora Wynn apareció e hizo una genuflexión con una inclinación de cabeza. La miró con expresión furiosa, pálido.

—Todo ha salido bien —dijo el ama de llaves sonriendo—. La madre y la criatura están listas para recibir a Su Excelencia.

Luke se quedó mirándola un momento, preguntándose si el zumbido que notaba en la cabeza era lo que sentía la gente cuando estaba a punto de desmayarse. Pasó dando grandes zancadas y sin decir palabra junto a la mujer y subió los peldaños de dos en dos, cosa que no había hecho en quince años, según le comentó Cotes a la señora Wynn mientras lo veían subir las escaleras.

La habitación estaba en silencio, salvo por los sonidos desconocidos y balbucientes propios de un recién nacido. Ni siquiera vio que la doncella de su mujer hacía una genuflexión y salía de la estancia. Se había quedado muy quieto junto a la puerta, con los ojos clavados en la cama, donde su esposa yacía mirándolo con los ojos muy abiertos, con un pequeño bulto envuelto en un arrullo junto al brazo.

—Luke. —Su voz temblaba ligeramente y apartó la mirada—. Tienes una hija.

Una hija. Por un momento volvió a sentir el zumbido y notó el aire frío en la nariz. Una hija. No apartó los ojos de su mujer.

—¿Tú estás bien? —preguntó.

—Sí, solo un poco cansada. —Su voz sonaba neutra.

Una hija. Se acercó a la cama con cuidado y su mirada se desvió al pequeño bulto. A través de la abertura del arrullo, podía ver un rostro pequeño y rollizo con dos muescas por ojos, con manchas rojas. Pelo oscuro que parecía mojado. Una manita, diminuta pero perfectamente formada, con cinco dedos y cinco uñas. Manchada como el rostro.

Su hija. Suya y de Anna. Era padre. Ya no estaba solo ni era dueño y señor de su vida. Ya no era solo parte de una pareja y responsable del bienestar de la mujer a la que había tomado por esposa. Era padre. Cabeza de su propia familia. Con una hija que era de su carne y sangre.

Extendió los brazos como en un sueño, deslizó las manos bajo el pequeño bulto y lo levantó, sosteniéndolo con una mano por debajo de la cabeza. No pesaba nada. Lo único que parecía tener algo de consistencia era el arrullo. Pero era cálido y suave, y profería aquellos sonidos balbucientes; los ojos desenfocados observaban el mundo a través de dos estrechas muescas.

¡Dios! ¡Oh, Dios! Tenía una vida en las manos. La vida de un ser humano. Una vida que él había ayudado a crear. Una vida de la que sería responsable durante muchos, muchos años.

Su bebé.

Su hija.

Aunque Luke no fue del todo consciente de ese pensamiento, sintió que el amor regresaba a él con un ímpetu poderoso y se aferraba a su corazón con fuerza. El amor era la emoción más intensa y maravillosa que la vida podía ofrecer a una persona, la más aterradora. El miedo y la emoción se unieron en un todo indivisible, formando cada uno parte del otro. El amor era lo que hacía que valiera la pena vivir. No la búsqueda de placer, sino el amor. El amor, que abarcaba el espectro completo de las emociones humanas.

El amor regresó a él con ímpetu en la forma de un pequeño bulto de humanidad que sostenía en las manos. Y ni tan siquiera era un pequeño bulto particularmente bonito, pero era suyo y de Anna. Su hija. Un tesoro que no tenía precio. Tras unos momentos, en pie y ligeramente de espaldas a la cama, dejó de ver lo que tenía en las manos... la pequeña figura se emborronó. Luke solo era capaz de sentir su calidez y la milagrosa ligereza del amor, de escuchar sus murmullos.

—Luke. —La voz temblorosa que habló a su espalda salió en un hilo de desdicha—. Lo siento mucho.

—¿Lo sientes?

Luke pestañeó y miró por encima del hombro.

—Quizá el año que viene tengamos un niño.

Luke entendió enseguida la actitud de Anna. Y era del todo comprensible. Ese era el motivo por el que se había casado con ella. No era ningún secreto, había sido lo bastante necio para decírselo. ¿Cómo podía haber sido tan increíblemente estúpido?

—Anna. —Se volvió hacia ella. Su voz era poco más que un susurro—. No puedo pensar en el año que viene. Solo en hoy, en este momento. Tenemos una hija. Es hermosa. Mírala. Mira qué bonita.

—¿No estás disgustado?

Al final, Anna lo miró a los ojos, con una expresión suplicante y llena de esperanza.

—¿Disgustado? —Luke volvió a dejar al bebé con cuidado junto al brazo de Anna, se sentó en la cama y rozó con el dorso de un dedo el rostro menudo y rollizo—. Anna, yo quería una niña. El deber dictaba que quisiera un niño, pero mi inclinación personal me hacía desear en secreto que fuera niña. Esta niña.

Anna se echó a llorar y se cubrió el rostro con una mano, haciendo torpes esfuerzos por acallar los sollozos.

—¿De verdad creías que iba a sentirme decepcionado con la pequeña y que incluso la rechazaría por ser del sexo equivocado?

Y, sin embargo, Anna no tenía motivo para esperar que Luke sintiera nada por sus hijos, ni siquiera los varones, más allá de la satisfacción de haber perpetuado su linaje. Le había dicho en repetidas ocasiones que era incapaz de amar.

¿Cómo iba a saber él que volvería a amar, que amaría a su hija casi desde el momento en que naciera? ¿Cómo iba a saber que ese milagro, y ese terror, lo esperaban?

—Me-me... sentía muy feliz —gimoteó. Tragó saliva—. Me sentía tan feliz cuando nació y pude verla y sostenerla en mis brazos. No me importaba, solo quería que estuviera viva y sana. Quería que vinieras a verla, y entonces me acordé.

—Necesitas dormir, Anna. Estás exhausta. Pero quiero que sepas que estoy muy feliz con nuestra hija y que no me habría sentido más contento aunque hubiera tenido trillizos varones. —Y estalló en una risa entrecortada—. Ya habrá tiempo para los hijos varones, querida, pero incluso si no tuviéramos ninguno, seguro que el mundo seguiría girando. ¿Cómo vamos a llamarla?

—No he pensado en nombres de niña. Estaba tan convencida de que sería varón... ¿Catherine? ¿Elizabeth? ¿Isabelle?

—Joy. Lady Joy Kendrick, con unos cuantos nombres en medio para darle más pompa. ¿Te gusta?

—¿Joy? —Anna se mordió el labio y le sonrió por primera vez. Con su sonrisa de siempre, algo llorosa y trémula, pero llena de sol—. Sí. Joy.

Luke rozó con el nudillo la mejilla de su hija una vez más antes de levantarse e inclinarse para besar a su esposa en la boca.

—Gracias, Anna, por darme a Joy. Para mí es un regalo precioso. Ahora duerme, te mandaré a tu doncella.

Estaba exhausta, sí, pensó cuando Luke se fue. Pero no estaba segura de poder dormir. Había un tumulto de emociones removiéndose por su interior. Volvió la cabeza para mirar al bebé. Su hija.

Joy. Luke la había llamado Joy. Había dicho que era un regalo precioso. Había dicho que esperaba que fuera niña. No estaba disgustado ni decepcionado.

Y había mirado a su hija, a Joy, con una luz en los ojos que no tenía antes. No había mentido para hacer que se sintiera mejor. Lo que había dicho era verdad.

Amaba a su hija.

Quizá, se atrevió a pensar, oh, sí, quizás había esperanza. Quizás había un futuro. Un futuro con Luke y con Joy, y con otros hijos e hijas, aunque por el momento no contemplaba la idea de repetir el calvario que había vivido esa noche y esa mañana.

Pero, si eso significaba recuperar a Luke, pasaría por eso una y otra vez. En los pasados tres meses habían estado muy distanciados. Ese día la había besado por primera vez desde hacía tres meses. Quizás a partir de ese momento volvería a ella y quizás lo otro se acabara. Era esposa y madre. Tal vez por fin él la dejaría en paz.

Tal vez había esperanza.

—Ay, señora —se lamentó la doncella unos minutos después acercándose a la cama de puntillas—, no me llore. ¿Su Excelencia ha sido muy duro? El año que viene para estas fechas seguro que tiene un niño, seguro que sí. Y mire qué cosita tan menuda y tan linda tiene ahí. Ha venido un poco pronto, claro. Tendría que haber dejado que llegara primero un hermanito.

A través de las lágrimas, Anna le sonrió a su pequeño bulto de alegría.[1]

—Quienquiera que haya ordenado que toquen las campanas esta tarde debe ser severamente reprendido —dijo la duquesa viuda en la mesa durante la cena, la noche siguiente al nacimiento de su nieta—. Confío en que ya te habrás encargado de ello, Lucas.

Luke le dirigió una mirada penetrante.

—Yo ordené que tocaran las campanas, señora, para anunciar el nacimiento de mi primer hijo.

—Tendrías que haberme consultado primero, Lucas. En Bowden, las campanas de la iglesia solo tocan para anunciar el nacimiento de los hijos varones. Has enviado el mensaje equivocado.

---

1. El nombre de la niña, Joy, significa «alegría», de ahí que en ocasiones jueguen con el significado de la palabra. *(N. de la T.)*

—No, he enviado justo el mensaje que quería. El mensaje de que la duquesa de Harndon ha alumbrado un hijo. Usted, señora, no me ha dicho hoy nada sobre ello, fuera del interés que ha demostrado por la salud de Anna. Ashley me estrechó la mano y Doris me dio un beso, y Agnes me hizo una reverencia, pero los tres me miráis con cautela, como si temierais mostraros demasiado contentos. De hecho, Henrietta hasta me ha dado sus condolencias. El servicio ha estado muy contento, casi como si se hubiera producido una defunción en la familia. Solo Emily me ha abrazado y me ha besado, y ha llorado contra mi pañuelo y luego me ha sonreído y me ha dicho con la mirada lo feliz que se sentía por mí.

—Emily no entiende —dijo Henrietta con voz queda— lo importante que es para un hombre de tu posición tener un heredero, Luke. Pobre Anna. Debe de sentirse muy triste. Intentaré animarla.

—Esperemos —apuntó la duquesa viuda— que el año próximo cumpla con su deber.

—Madre —terció Doris—, ¿dices que las campanas sonaron cuando nacieron George, Luke y Ashley pero no cuando nací yo?

—Sonarán en tu boda, Dor —se adelantó Luke, y vio que los ojos de su hermana se abrían de asombro, porque había utilizado de modo inconsciente el diminutivo de su nombre, como cuando era pequeña—. Y sonarán por cada uno de mis hijos, sea cual sea su sexo. Arriba hay un bebé con Anna; nuestra hija, a la que no cambiaríamos por una docena de hijos varones. Les comunicaré la noticia a Theo, a lady Sterne, a Royce y a la otra hermana de Anna, y espero que puedan asistir al bautizo.

—Después de todo —señaló Ashley—, ya tienes un heredero. Y que conste que no me interesa en absoluto el puesto.

—No tengo planeado casarme de forma inmediata —dijo Doris mirando a su hermano con recelo.

—Pero lo harás. Según he podido observar, las damas más bonitas y adecuadas caen víctimas de las flechas de Cupido tarde o temprano. Y tú eres ambas cosas, Dor.

Ella se sonrojó complacida y bajó la vista a su plato.

—Cotes —llamó Luke, dirigiéndose al impasible mayordomo, que estaba ante el aparador, junto a un criado—, abrirá tres botellas de vino para la cena de la servidumbre de esta noche y brindarán por la salud de lady Joy Kendrick. Informará al servicio de que se está celebrando un nacimiento. Si mañana veo algún sirviente con cara larga, será despedido. ¿Está claro?

—Como Su Excelencia diga —musitó el mayordomo inclinando la cabeza con gesto digno.

Y con eso, Luke se levantó de la mesa con el resto de su familia. Nunca permitía que las damas se retiraran primero, a menos que tuvieran invitados. Les había dejado claro a todos que el deber no controlaría su vida y le impediría sentir alegría... nunca mejor dicho. Alegría, Joy, como el nombre de su hija, era una palabra mucho más adecuada que «placer». El placer conllevaba consigo un disfrute vacío y sin emociones; la alegría convellaba... bueno, todo. Conllevaba el amor, la felicidad, el miedo, el dolor, la vulnerabilidad.

Luke entendía claramente que el amor había atravesado todas las barreras que durante diez años, casi once ya, él había levantado con tanto cuidado en torno a su corazón. Y en un único instante, el instante en que había visto a su hija por primera vez, había tirado por tierra el trabajo de años. Luke amaba a su pequeña Joy con tanta intensidad que casi lo asustaba.

Sí, lo asustaba porque sentía la necesidad desconocida de compartir sus sentimientos. Había hecho que tocaran las campanas de la iglesia, aunque aún no había estado allí desde su regreso a Bowden; había reprendido a la familia por la frialdad de sus felicitaciones, y ya había planificado una fiesta de bautizo. Y había sentido una cierta ternura por Ashley y Doris, de quienes se había distanciado, y la necesidad de arreglar las cosas con ellos. Era una de las pocas ocasiones en que habían hablado en los últimos ocho meses.

Y Anna... En los últimos tres meses habían estado más que distanciados. Habían sido muy formales el uno con el otro. El deber había perdurado; el placer, no. Y Luke quería que el placer volviera, y tal vez también un poco de... alegría. Sin duda, en su relación tenía que haber mucho más que deberes y placer.

Esa mañana, una pequeña había encontrado una grieta en su armadura y la había abierto, pero sin la armadura Luke se sentía desnudo y asustado, y no estaba seguro de no querer volver a montarla en torno a su cuerpo y reservarse esa capacidad recién descubierta de amar para su pequeña recién nacida.

Luke se excusó después de tomar el té con su familia y subió a la habitación de su esposa. Por debajo de la puerta se veía luz. Llamó con suavidad y esperó a que la doncella le abriera.

—Puedes ir a cenar con los otros sirvientes, Penny —le dijo.

Ella hizo una genuflexión y se fue, mientras él entraba con cuidado por si su esposa y su hija dormían. Pero Anna estaba recostada contra un montón de almohadones en la cama y le estaba dando el pecho a su hija. Anna se ruborizó y sonrió cuando él cruzó la habitación y se sentó con cuidado en el colchón. Bajó los ojos.

Y sintió que el amor volvía a constreñirle el pecho.

—Estaba inquieta —le explicó Anna—. Pensé que tal vez tenía hambre. Pero no es eso.

La boca de la pequeña rodeaba el pezón de Anna, pero no estaba chupando.

—Está tranquila —observó Luke.

—Creo que la reconforta estar así. Luke, lamento que hayas venido en un momento como este. Tienes un aspecto imponente. Llevas la misma ropa que vestías la primera vez que te vi.

Aunque nadie había comentado nada sobre su atuendo durante la cena, Luke sabía que en la mesa más de uno lo había mirado boquiabierto porque se había vestido con ropa de fiesta para una cena familiar. Quizá no entendían su necesidad de ponerse sus mejores galas. Si acaso, solo había renunciado a ponerse sus cosméticos. Ay, sí, había tenido que hacer algunas pequeñas concesiones a la vida en el campo.

—Y en cambio yo estoy... así —dijo Anna con una sonrisa de disculpa.

—Me pareciste hermosa aquella noche con tu vestido verde y dorado de fiesta. Esta noche me pareces diez veces más guapa.

—Oh. —Ella volvió a reír con expresión complacida—. ¿Dónde has aprendido semejantes galanterías? Joy, pequeña, ¿no oyes las cosas tan bonitas que papá le dice a mamá?

Su hija no dio señal de haber hecho tal cosa. Parecía demasiado satisfecha por estar donde estaba.

—Esta tarde las campanas de la iglesia del pueblo han tocado durante media hora. Los sirvientes tomarán vino esta noche cuando cenen en el comedor de la servidumbre. Mañana se enviarán las invitaciones para los miembros ausentes de mi familia y la tuya, y para tu madrina, para que asistan al bautizo. Y me he vestido con mi casaca roja y mi chupa dorada. No todos los días se convierte uno en padre por primera vez.

Ella apoyó la cabeza contra los almohadones y le sonrió.

—Luke —dijo.

Cogió aire para decir más cosas, pero se limitó a menear la cabeza y volvió a sonreír.

—¿Puedo?

Luke extendió unas manos que temblaban como no habían hecho sorprendentemente la primera vez y cogió al bebé. Lo sostuvo en la flexura del codo y lo miró. Sonrió.

—Su piel ya ha perdido parte del enrojecimiento —observó Anna.

—¿Ah, sí? —Él siguió sonriendo—. A mí me parece igual de bonita ahora que antes.

Anna, recostada contra los almohadones, levantó la mirada al rostro de Luke y se quedó mirándolo con expresión de asombro y cierta esperanza.

Estaba sonriendo.

Laurence Colby no había sido feliz desde el regreso de Luke a Bowden Abbey. Durante cinco años había tenido vía libre en la administración de la propiedad, durante los tres primeros porque George, duque de Harndon, era desgraciado y no había demostrado ningún interés en el día a día de la gestión de su patrimonio, y durante los dos últimos, porque Lucas, duque de Harndon, vivía en París y parecían no interesarle ni su hogar ni sus tierras.

Le resultaba difícil adaptarse al regreso del duque y al hecho inesperado de que demostrara interés por los asuntos de Bowden y tuviera sus propias ideas, claras e inamovibles, sobre la forma en que debían llevarse las cosas. Ideas que implicaban gastar un dinero que se había ido guardando con cuidado durante años, ideas que implicaban mejoras que beneficiarían a los arrendatarios que trabajaban las tierras más que al ducado en sí.

Colby era un hombre honrado, pero también era un hombre descontento desde hacía casi un año. Por eso, cuando la oportunidad se le presentó en la forma de una oferta de empleo a ochenta kilómetros de allí, no la desaprovechó, aunque no suponía una mejora en su sueldo. El dinero no lo era todo para el administrador de Bowden; el control, sí. Así pues, se marchó avisando con tan solo una semana de antelación, en mitad del mes de marzo, justo antes de la llegada de la primavera, la época de mayor actividad en las granjas.

Luke estaba perdido. Aunque desde su regreso se había implicado en la administración de su propiedad, lo cierto era que poco sabía sobre los aspectos económicos. Una mañana entró en su gabinete y puso mala cara. Había hecho que le llevaran todos los registros y los libros de cuentas que Colby guardaba y estaban amontonados sobre el escritorio y en el suelo. No sabía ni por dónde empezar. En realidad, lo que necesitaba era un nuevo y experimentado administrador. Pero ¿dónde encontraría uno con tan poco tiempo? Quizá tendría que ir a Wycherly y ver si William podía sugerirle a alguien. Will parecía saberlo todo sobre el mundo de las granjas.

Pero sus pensamientos se vieron interrumpidos cuando su esposa entró en la estancia.

—¿Está dormida? —preguntó Anna.

—¿Qué? —dijo él, y entonces miró al bebé que llevaba acunado en los brazos. La familia y los sirvientes se sentían confundidos porque con frecuencia llevaba a la pequeña con él. Al parecer, los padres no tenían obligación de ver a sus hijos más que unos minutos al día, en el mejor de los casos... o eso le había explicado su madre una tarde en que recibieron visitas y él tenía a Joy en brazos—. Oh, sí. Debe de haberse dormido por el aburrimiento cuando me he olvidado de seguir hablándole. ¿Alguna vez has visto un desorden igual, Anna?

Y miró con el ceño fruncido a su escritorio y al suelo.

Ella le cogió a la pequeña de los brazos.

—La llevaré a la habitación infantil. Ya sabes lo que dice tu madre de malcriar a los niños si los tienes siempre en brazos. —Le sonrió—. Pobre Luke. Ha sido muy desconsiderado por parte del señor Colby marcharse de una forma tan repentina. ¿Has pensado en Ashley?

—¿Ashley? —preguntó, y la miró frunciendo el ceño con expresión perpleja.

—Doris me dijo que siempre andaba detrás del señor Colby en sus vacaciones cuando tú te fuiste, y ya sabes que también pasa mucho tiempo con William.

Luke no tenía ni idea. ¿Cómo había conseguido Anna que Doris le contara eso?

—¿Sugieres que le pida ayuda a mi hermano?

—¿Para qué está la familia?

Pero la suya no era una familia normal, no como la de Anna. ¿Cómo iba a pedirle ayuda justo a Ashley? Y, sin embargo, quizás allí estaba la oportunidad que llevaba meses buscando de fomentar un acercamiento entre ellos. En las tres semanas que habían transcurrido desde el nacimiento de Joy, él y su hermano habían estado tanteándose el uno al otro con recelo, figuradamente hablando. Luke no podía olvidar la forma en que su hermano le había sonreído la noche en que nació Joy y cómo le recordó que aún tenía un heredero, y al día siguiente le había estrechado la mano con gesto cordial y le dijo que se alegraba de corazón por él.

—No hará nada por ayudarme —le dijo a Anna.

—Tal vez —respondió ella levantando a la pequeña, apoyándola contra su hombro y frotándole la espalda—. Pero no lo sabrás si no se lo preguntas, Luke. Pregúntale. Por favor.

Tenía que haber imaginado que Anna acabaría actuando como su conciencia, que lo empujaría a hacer cosas que no le apetecía hacer en especial. Era tan perversa como Theo.

Encontró a Ashley fuera, caminando junto a Emily por el césped, después de venir del bosque. La llevaba cogida de la mano y en la otra sostenía un ramo de narcisos. Los dos reían, y Emily lo hacía con esa manera suya tan inconexa y sin embargo extrañamente atractiva.

—Tengo que hablar con Ashley —le dijo cuando estuvo lo bastante cerca para que la joven le leyera los labios—. Si lo deseas, puedes ir arriba y ver al bebé antes de que Anna la deje.

Ella le dedicó su amplia y radiante sonrisa y corrió hacia la casa.

Ashley lo miraba con recelo.

—¿Qué he hecho? Tienes un aspecto feroz. ¿Seguro que no prefieres sentarte detrás de tu escritorio y tenerme en pie en el otro lado, Luke?

—No podría verte por encima de las montañas de papeles de Colby. Necesito tu ayuda, Ash.

Su hermano enarcó las cejas.

—¡Válgame Dios!— exclamó. Hacía mucho que nadie me llamaba por ese nombre infecto. —Y frunció el ceño—. ¿De qué clase de ayuda estamos hablando?

—¿Alguna vez te has imaginado haciendo de administrador?

—Quieres que ocupe el puesto de Colby —aventuró Ashley con voz sorprendida.

—Si crees que puedes hacerlo y quieres. No estás obligado a aceptar.

—Ese es el problema con mi vida. Que nunca estoy obligado a hacer nada. Todo el mundo tiene la obligación de cuidar de mí. A veces pienso que sería mejor que me pusiera una pistola en la sien.

—No digas eso —dijo Luke con voz seca.

—Supongo que tendría que haberme decidido por la Iglesia o el ejército cuando me los sugirieron.

—No si no es lo que quieres. Tenemos que hablarlo, Ash, y encontrar algo que en realidad te interese y dé un sentido a tu vida. Pero, entre tanto, ¿puedes ayudarme mientras encuentro a alguien que ocupe el puesto de Colby?

Ashley asintió con la cabeza.

—De hecho, siempre me han interesado los negocios, Luke. En una ocasión le mencioné a padre la Compañía de las Indias Orientales y se puso hecho una furia. Ningún hijo suyo... Ya te puedes imaginar el resto. Me habría gustado ir a la India.

Luke le dedicó una mirada penetrante.

—¿En pasado?

Ashley se encogió de hombros.

—Entonces es una idea que debemos explorar sin mayor dilación, si de verdad es lo que quieres. Pero, mientras esperamos respuestas, ¿me ayudarás?

Enarcó las cejas.

Ashley sonrió.

—¿Está todo sobre tu escritorio? —le preguntó—. Echaré un vistazo. Siempre le pedía a Colby que me lo explicara todo, ¿sabes? Sí, lo haré, Luke.

Luke le tendió la mano derecha y su hermano la aceptó tras un momento de vacilación. Se estrecharon las manos con firmeza y de forma cordial.

—Ash, he complicado mucho las cosas desde que volví. ¿Puedes darme una segunda oportunidad?

Ashley rio.

—El año pasado, si hubiera sido padre o incluso George, me habrían hecho inclinarme sobre la mesa más cercana y me habrían azotado, y muy merecidamente. En cierto modo, tu desprecio fue peor por lo inesperado, Luke, pero surtió efecto, mucho más que unos azotes. ¿Me das tú a mí una segunda oportunidad?

Luke lo aferró por el hombro.

—Sí, ahora mismo. A mi gabinete, querido. Perdón... A mi gabinete, hermano.

20

Durante los dos meses que siguieron al nacimiento de su hija, Anna sintió que vivía casi conteniendo la respiración. Fueron dos meses muy ajetreados, dos meses de gran felicidad.

Y no hubo cartas.

Quizá sir Lovatt se había cansado de acosarla. Quizás había admitido la derrota, consciente de que tendría una hija de Luke. Quizá se había dado cuenta de que la había perdido.

Pero no, Anna no creyó tal cosa ni por un momento.

Aunque lo intentó, fingió que lo creía y hubo ocasiones en que casi lo consiguió.

La boda de Agnes debía celebrarse una semana después del bautizo de Joy. Se había organizado de este modo para que los invitados que llegaran de lejos pudieran quedarse a los dos eventos. Anna estaba impaciente por volver a ver a Victor y a Constance, a Charlotte y a su esposo, y a la tía Marjorie y a lord Quinn, el tío de Luke.

Pero no era solo el ajetreo de los preparativos y la ausencia de cartas lo que explicaba tanta felicidad. El largo y terrible distanciamiento de Luke parecía haber llegado a su fin. Su hija los había unido. Con frecuencia, cuando iba a la habitación infantil a dar de mamar a Joy, se encontraba a Luke allí, jugando con la pequeña o tratando en vano de calmarla si tenía hambre. En una ocasión, para consternación de la niñera, lo encontró cambiándole el pañal a la niña. Y casi siempre se quedaba para ver cómo la alimentaba.

Luke amaba a su hija. Anna se moría de felicidad cuando lo veía, pero al mismo tiempo sentía cierta tristeza. Ojalá la mirara a ella como miraba a Joy.

Y, sin embargo, la felicidad estaba allí. Luke hablaba con ella mucho más que antes. Y hablaban de mucho más que solo trivialidades. A veces se preguntaba si Luke sería consciente de que a esas alturas la trataba en realidad como a una esposa.

Le habló de mandar a Doris de vuelta a Londres con la duquesa viuda después del bautizo y de sus esfuerzos por encontrar un nuevo administrador para que Ashley pudiera unirse a la Compañía de las Indias Orientales. Y una tarde mágica, las llevó a ella y a Joy de paseo a la cascada y mientras estuvieron allí sentados le habló de su infancia.

—Siempre hacíamos travesuras cuando veníamos aquí. Teníamos estrictamente prohibido acercarnos al agua, y por eso nos metíamos siempre para ver si podíamos bajar la cascada sin perder pie. Cuando fui lo bastante mayor para ser consciente de que no había peligro, yo siempre animaba a Ashley a que lo hiciera.

—¿Y George te animaba a ti?

Hubo un breve silencio.

—Supongo.

Anna había notado que Luke nunca hablaba de su hermano mayor.

—Fueron tiempos felices —dijo Luke en voz baja—. Espero que nuestros hijos tengan una infancia igual de feliz, Anna.

Anna guardó esas palabras en su corazón casi como si fueran una declaración de amor, como si fueran una garantía de futuro. Y en ese momento Luke se puso en pie, dejó al bebé en brazos de Anna y se apartó de ellas para reunir un ramo de narcisos.

—Anna. —Hizo una reverencia formal, a pesar de que vestía una levita y calzones informales y su pelo no estaba empolvado—. Estas flores casi tienen la misma luz que tu sonrisa.

Las colocó sobre su brazo libre y volvió a coger a Joy.

—Luke. —Anna se llevó la mano al corazón—. Me halagas.

Y rio con ligereza, aunque por dentro lloraba de felicidad.

Fue una tarde que hubiera querido que nunca acabara.

Luke disfrutó del bullicio y el ajetreo que rodearon al bautizo de su hija y a la boda de su cuñada con Will. El hermano de Anna y su esposa, y la hermana y su esposo llegaron juntos un día; lady Sterne y su tío llegaron al día siguiente. De pronto, la casa parecía llena de risas y voces.

A Luke le sorprendió disfrutar de aquello. Cierto era que había alternado mucho en sociedad en París y siempre había elegido las fiestas más bulliciosas y deslumbrantes, pero aquello siempre lo disfrutó con un cierto distanciamiento. Su corazón y su alma nunca participaban.

En cambio, en ese momento estaba con su familia y la familia de su esposa y disfrutaba de la sensación de participar, de la sensación de que él formaba parte de todo, de que era su sitio.

—¡Que me aspen, muchacho! —le dijo su tío la primera vez que se quedaron a solas, dándole una palmada en el hombro—, estoy orgulloso de ti. Siempre supe que animándote un poco volverías aquí y cumplirías con tu deber.

—Querido —contestó Luke tomando un pellizco de rapé y aspirando con cuidado por las fosas nasales—, hay quien diría que ha sido una lamentable irresponsabilidad por mi parte engendrar primero una hija.

Lord Quinn se rio de buena gana.

—Hombre de Dios, se requiere práctica para eso, como para cualquier otra cosa. Una niña esta vez, y el niño para la próxima. Hay tiempo, muchacho.

Luke casi se sentía como si hubiera perdido a su hija. Siempre estaba en los brazos de alguna fémina que le hacía arrumacos mientras las otras esperaban su turno en un corro. Pero solo él y Anna podían hacerla sonreír. Solo se debía a los gases, le dijo su madre cuando tuvo la indiscreción de alardear de ese hecho. Pero tanto él como Anna sabían que la pequeña les sonreía solo a mamá y a papá.

A veces, Luke volvía la vista atrás al hombre que fue en París y se preguntaba si en realidad podía ser la misma persona.

Tal y como se esperaba de un padre cuando había suficientes tías y tías abuelas disponibles para entretener a los niños, Luke se pasaba el tiempo o bien trabajando o con su hermano, sus cuñados y su tío. Y con Will, que de un tiempo a esa parte actuaba como si llevara la corbata demasiado apretada.

Hubo un encuentro con Henrietta un par de días antes del bautizo. Se encontraron en el puente, cuando él volvía de unos asuntos más allá del pueblo. Ella estaba contemplando el agua, una estampa de belleza y melancolía. Luke se sintió obligado a desmontar y hablar con ella. Hacía un tiempo que parecía deprimida, y Luke supuso que el nacimiento de Joy le habría recordado el nacimiento de su propio hijo muerto.

Henrietta le daba pena y se sentía un tanto culpable porque su regreso había acentuado su desdicha. Estuvo unos minutos charlando con ella y, antes de seguir su camino, arrancó un único narciso de la orilla del río y se lo entregó.

¿Habría seguido amándola si no hubiera pasado nada de lo que pasó con George? Tal vez.

Henrietta se quedó mirando a Luke mientras se alejaba. Estrujó la flor del narciso en su mano sin mirarla.

De momento solo había una cosa buena en su vida. Pero incluso eso era un flaco consuelo. Se alegraba, y mucho, de que hubiera sido niña. Anna había fracasado. Y quizá no habría una próxima vez. Quizás antes de que pudiera volver a concebir...

Pero su salteador de caminos había desaparecido hacía meses, de forma tan repentina y misteriosa como había llegado. Se reunieron e hicieron el amor como siempre una semana y quedaron para la semana siguiente, pero él no se presentó, aunque Henrietta estuvo esperando más de una hora. Y no había vuelto a verlo ni había sabido más de él desde entonces.

Y Anna seguía allí. Seguía siendo la señora de Bowden.

Luke seguía mostrándose distante y educado.

Pero no pensaba ir a Londres para la temporada con Doris y su suegra, como había sugerido Luke. Seguro que estaría encantado si se casaba con otro, pensó con amargura. No, su sitio estaba en Bowden. Bowden era suyo. Siempre lo había sido.

No se iría a ningún lado.

Luke volvió a la iglesia para el bautizo de su hija. Avanzó por el sinuoso camino empedrado con Anna, con la mirada clavada en el bebé que llevaba en los brazos, tan precioso con el faldón de cristianar de la familia. Y hasta que no estuvo dentro no levantó la cabeza y miró a su alrededor.

Estaba rodeado de su familia y de la de Anna, y tenía a su propia familia al alcance de la mano... su esposa y su hija. Trató de recordar su aversión por el matrimonio cuando vivía en París y su reticencia a tomar esposa cuando regresó a Londres, hasta que posó los ojos en Anna y la decisión pareció quedar fuera de sus manos.

No se arrepentía. Consideró ese hecho, lo analizó mientras el servicio religioso se desarrollaba, aunque él apenas oyó nada de cuanto se dijo, pero no encontró nada que censurar. No se arrepentía.

Sin embargo, había otro pensamiento que trataba de imponerse a su conciencia, aunque él lo mantenía a raya. La familia no estaba completa. Allí fuera había dos de sus miembros. En el cementerio. Su padre y George.

George. «¿Cómo has podido, George? Yo te quería. Eras mi héroe.»

Joy se revolvió inquieta cuando le vertieron el agua sobre la cabeza, y empezó a protestar. Su padre bajó la mirada y sonrió, sintiendo un amor tan grande en el corazón que casi le dolía.

A la semana siguiente volvió a la iglesia para la boda de su cuñada con Will. La segunda vez fue más fácil. El acontecimiento no concernía a su familia... solo a la de Anna y Henrietta.

El banquete de boda se celebró en Bowden Abbey. Fue una celebración deslumbrante, alegre y ruidosa, que se alargó hasta bien avanzada la tarde. Agnes, la tranquila y tímida Agnes, en quien Luke apenas había reparado durante el año que llevaba viviendo en Bowden, estaba radiante de felicidad y miraba a su marido con una adoración manifiesta. Will, elegante y visiblemente incómodo con su casaca de satén con faldones completos, chupa bordada y zapatos con hebillas y peluca de bolsa, atuendo que había comprado con ayuda de Luke, estaba que no cabía en sí de orgullo y la miraba con afecto.

Agnes y Will iban a pasar la noche de bodas y la noche siguiente en Wycherly, antes de partir en viaje de bodas un día después. El nuevo inquilino de Wycherly, el coronel Henry Lomax, se instalaría en la casa esa misma semana, pero antes de que terminara la boda, habría un baile en Bowden Abbey. Los invitados de la zona volvieron a sus casas para cambiarse de ropa, mientras la familia y los amigos que quedaban en la casa se relajaban durante unas horas antes de que empezara el baile.

Luke y Anna estuvieron en la habitación infantil, aunque Anna se retiró pronto para ir al salón de baile y asegurarse de que todo estaba a su gusto. Sería el primer baile formal al que asistirían desde que estuvieron en Londres, pensó Luke. Y hubo cierta magia en aquellos bailes. Sí, la hubo. ¿Podrían revivir algo de todo aquello esa noche?

Para el baile, Luke se vistió de vino tinto y oro, con ropas que había hecho que le confeccionaran y enviaran desde París. Aunque había hecho concesiones a la ropa de campo inglesa para el día a día, seguía sin confiar en los sastres ingleses y con frecuencia se sentía horrorizado cuando veía sus creaciones puestas en conocidos suyos. Desvió los ojos hacia un estante alto cuando terminó de vestirse, y frunció los labios. ¿Debía? Sus vecinos se escandalizarían si le veían el lunar postizo y los cosméticos en el rostro. Pero ¿desde cuándo le importaba a él lo que pensaran sus vecinos? Sus días parisinos parecían muy lejanos. Sin embargo, cuando se volvió hacia el vestidor de Anna para llevarla abajo, se detuvo con la mano en el picaporte y sonrió. Ah, sí. Si a sus invitados les daba una apoplejía conjunta, era su problema. Al menos, Theo se divertiría. Y Anna.

Ya había despachado a su ayuda de cámara, de modo que volvió atrás para coger él mismo su abanico de marfil y se lo guardó en el bolsillo.

Anna lucía un vestido a la francesa de un intenso rosa con voluminoso tontillo, tiras decorativas y peto bordado todo en plata. Las mangas y la cofia estaban rematadas con puntilla de encaje. Llevaba el pelo cuidadosamente rizado y empolvado. Le dedicó una sonrisa deslumbrante desde la banqueta de su tocador y despidió a la doncella.

—Anna. —Luke la tomó de la mano y se inclinó sobre ella—. Tu belleza me deja sin aliento.

—Veo que Su Excelencia —dijo ella con mirada llameante— ha estado comprando de nuevo en París. No es justo para los otros caballeros que van a asistir al baile. Ellos vestirán de acuerdo con la moda de la campiña inglesa.

—Pero yo nunca he seguido ninguna moda. Mi sastre podrá confirmarte que el diseño de esta casaca y esta chupa están tres meses por delante de lo que se lleva en París.

—Ay, que has olvidado tu abanico. —Anna sonrió.

—En absoluto —Dicho lo cual, se lo sacó del bolsillo y le dio un toquecito con él en la punta de la nariz—. Creo que debemos reunirnos con nuestros invitados.

Hizo una reverencia ante ella y le ofreció el brazo.

No estaba enamorándose, se dijo mientras bajaban la escalera juntos, con el brazo de ella sobre el suyo, y le sorprendió haber pensado siquiera en esos términos al verla. Pero claro que estaba absolutamente preciosa con aquella ropa, y sentía que volvía a estar en territorio conocido con ella. Se preguntó si Anna coquetearía con él esa noche como había hecho en Londres, ojalá, y si llevarían la seducción a su conclusión natural al final de la velada.

Luke volvió la cabeza hacia ella y la miró con los párpados entornados. Anna tenía los labios entreabiertos y los ojos brillantes. Parecía una jovencita a punto de asistir a su primer baile.

Fue una de esas noches mágicas que Anna recordaría después con una sensación agridulce. Desde que ella y Luke se habían instalado en la casa se habían celebrado bailes, allí y en las casas de vecinos de la zona, pero nada de esa magnitud. Las arañas brillaban con miles de velas y había en el salón flores provenientes de los jardines y los invernaderos por todas partes, tantas que olía como un jardín interior. Había una orquesta completa en la galería de trovadores.

Toda su familia estaba allí, todos eran felices. Agnes, la flamante lady Severidge, parecía brillar con luz propia de tanto entusiasmo, felicidad y nerviosismo. Incluso Emily estaba en el salón, sentada junto a Charlotte, cuyo esposo declaró que no podía bailar por encontrarse en estado interesante. Emmy miraba a su alrededor con ojos brillantes y asombrados, y brillaban todavía más cuando Ashley se acercaba unos minutos de vez en cuando y hablaba con ella, con una sonrisa fraternal e indulgente en el rostro.

Pero lo que hizo que la velada fuera mágica para Anna fue el hecho de que Luke volvió a jugar con ella a aquel juego de coqueteos al que siempre jugaban en Londres. Bailaron la pieza inaugural juntos, pero su posición como anfitriones impidió que pudieran estar juntos el resto del baile. Algo que debería haber sido negativo, pero que no lo fue. Anna bailó durante toda la velada con diferentes parejas, al igual que su esposo. Y ninguno de ellos dejó de charlar con su acompañante o de alternar con los invitados entre pieza y pieza. Y, sin embargo, se las arreglaron para mirarse casi de continuo, Anna con sonrisas radiantes, Luke con expresión engañosamente lánguida.

Anna utilizó su abanico con descaro; lo agitaba cuando sus miradas se cruzaban, se lo levantaba hasta la nariz cuando veía que tenía toda su atención. Y Luke utilizó el suyo y lo agitaba con indolencia ante el rostro mientras los ojos le hacían cosas vergonzosas a su cuerpo.

Era ridículo, se dijo Anna en varias ocasiones durante la velada. Si alguien los observaba, y la apariencia de Luke esa noche, mucho más elegante que nunca antes en todo el tiempo que llevaban en Bowden, aseguraba que así fuera, pensaría que habían perdido la cabeza. Llevaban casi un año casados, tenían una hija de dos meses arriba y, sin embargo, coqueteaban como si acabaran de conocerse. Era ridículo. Y mucho más maravilloso de lo que pudiera imaginarse.

—Vamos, niña —dijo lady Sterne en un momento de la velada en el que enlazó el brazo con el de ella—, ¿qué boda se celebra hoy? Seguro que si alguien que no lo sabe os viera, pensaría que es la tuya con Harndon.

Anna se ruborizó. Así que en realidad alguien se había fijado.

—Tía Marjorie... —empezó a decir.

Pero su madrina le apretó el brazo y la interrumpió.

—Es bueno para mi corazón. Yo alenté la relación; Theodore y yo, los dos. Pero me teníais muy preocupada. Tú no querías casarte; Harndon, tampoco. Me hace mucho bien ver que estáis tan enamorados, de verdad.

Oh, pero eso no era cierto, pensó Anna con tristeza. Había amor por un lado, y coqueteos y quizá algo de afecto por el otro. Pero ni siquiera eso pudo enturbiar su felicidad esa noche.

Después de la cena, antes de que el baile se reanudara durante un par de horas más, los novios partieron hacia Wycherly. Había montones de lazos sujetos al carruaje de William, lazos que Ashley y algunos otros jóvenes de la zona habían atado a todos los salientes que pudieron encontrar. Todos salieron para despedir bulliciosamente a los novios.

Anna abrazó a una llorosa y visiblemente nerviosa Agnes, y a un William sonrojado y no menos nervioso. Sin duda, no era el hombre que ella habría elegido para Agnes, pero se casaban por amor. Su segunda hermana estaba a salvo y ya iba al encuentro de la felicidad. Su vista se nubló cuando vio cómo Agnes subía al carruaje ayudada por su flamante esposo y sintió una pequeña mano, de Emily, sujetarla por la mano, y una mano más grande y cálida, de Luke, apoyársele en el hombro.

Quizá ninguno de ellos comprendía en realidad lo que significaba para ella que su hermano y sus hermanas se establecieran en la vida. Quizá los dos pensaban que esas lágrimas eran por la emoción. Oprimió la mano de Emmy y le sonrió a su marido.

Y después el baile se reanudó. Anna se escabulló para darle el pecho a Joy, pero volvió a tiempo para bailar las dos últimas piezas, una con Ashley y la otra con lord Quinn.

—¡Válgame Dios! —exclamó lord Quinn—. Nunca olvidaré la noche en que tuve a tres bellas damas que acompañar y solo dos brazos. Y ahora dos de esas damas están casadas y me han abandonado.

—Pero no la tía Marjorie, tío Theo —comentó ella, sonriendo.

—Caray, no —repuso él con una carcajada—. Tiene toda la razón en eso, jovencita.

Anna tenía la indecente sospecha de que su madrina y el tío de Luke compartían una relación que iba mucho más allá de la mera amistad.

Y después el baile se acabó, demasiado pronto para Anna, aunque se había extendido hasta mucho después de la hora normal para tales acontecimientos en el campo. Luke y Anna despidieron a todos los invitados que debían partir y dieron las buenas noches a los que se quedaban, y luego volvieron al salón de baile para felicitar a la servidumbre por un trabajo bien hecho y para mandarlos a la cama y que dejaran la limpieza para el día siguiente.

Todos se habían retirado hacía ya rato para dormir cuando por fin Anna subió las escaleras con el brazo apoyado sobre el brazo de Luke. Había tensión entre ellos. No, la noche no podía acabarse ahí. Anna no quería que se acabara, no todavía. Y se preguntó si también Luke notaba la tensión.

Pero Luke se detuvo ante la puerta de su vestidor y le hizo una reverencia tomándola de la mano, como había hecho al principio de la velada.

—¿Estás cansada, Anna?

Oh, sí, pero no demasiado.

—Un poco —dijo ella sonriéndole.

—Te prometí intimidad y libertad durante otros dos meses.

—Sí. —Anna misma apenas oyó el suspiro.

—¿Deseas que haga honor a mi promesa? —preguntó mirándola muy fijamente.

—No.

Él se llevó la mano a los labios.

—¿Puedo venir a tu dormitorio dentro de un rato?

Ella asintió y él le abrió la puerta del vestidor. Penny la esperaba dentro. Anna entró sin decir más ni mirar atrás; el solo hecho de respirar era demasiado esfuerzo.

Salvo por la noche de bodas, Anna siempre había esperado a su esposo desnuda en el lecho. Esa noche llevaba puesto el camisón y se sentía tan nerviosa como una novia. Tuvo un fugaz pensamiento para Agnes, que para entonces ya sería una esposa completa. Anna amaba a William y a su hermana. Todo iría bien.

Anna estaba junto a la ventana y se volvió a mirar cuando Luke llamó a la puerta de su vestidor y entró. Llevaba puesto un batín de seda azul. Se había cepillado el pelo para eliminar los polvos y había dejado que le cayera suelto en torno a la cara y los hombros, en ondas largas y oscuras. Se alegró de que no siguiera la moda de afeitarse la cabeza y llevar peluca. Le encantaba su pelo.

—Anna. —Luke la tomó de las manos y le dio un apretón—. Debe de haberte parecido un engorro que te obligue a quedarte despierta hasta tan tarde.

Y, sin embargo, sus ojos la buscaban.

—No —dijo ella, y ni tan siquiera intentó disimular el amor y el deseo en los ojos.

Luke la tomó de las manos y se las puso a ambos lados de su cuerpo, obligándola con ello a dar un paso al frente. Anna le tocó el pecho, las caderas, los muslos. Podía sentir que ya estaba excitado. Luke puso la boca sobre la de ella y le separó los labios con la lengua. Hacía tanto tiempo, oh, sí mucho, mucho tiempo.

—Te he añorado —confesó Luke.

—Y yo a ti.

El contacto con la lengua de Luke había hecho que un intenso deseo le bajara de los pechos al vientre.

—Este matrimonio nuestro tenía que ser solo deber y placer, pero últimamente ha habido demasiado deber y muy poco placer, Anna.

—Sí.

Ella quería que añadiera una tercera dimensión, deseaba que hablara de amor, pero Luke quería placer de ella, y eso era suficiente. Temía que ya no volviera a buscarlo en ella nunca más.

—¿Sería placentero para ti quedarte despierta hasta el amanecer? —preguntó Luke mirándola con expresión lánguida—. ¿O el placer sería solo para mí?

La estaba engatusando con palabras. A esas alturas, ya debía conocer de sobra la respuesta, pero las palabras podían ser tan eróticas como los labios o las manos o el cuerpo. La punzada de deseo le había llegado a Anna a las rodillas.

—Sería placentero —contestó ella—. Nunca pretendí que te alejaras tanto, Luke. Nunca lo quise. Mi cama se ha quedado muy vacía.

Luke volvió a besarla y le metió la lengua muy adentro por unos momentos.

—Quizá podríamos tumbarnos en ella y descubrir si esta noche parece más ocupada, señora.

—Sí, excelencia. —Anna le sonrió.

La cama parecía llena y satisfactoria. Los dos estuvieron de acuerdo en eso después del primer acoplamiento, rápido y enérgico. El lecho ya no parecía vacío en absoluto, le confesó Anna después de la segunda vez, diestra, agónicamente lenta y, sin embargo, del todo satisfactoria. Era un lecho mucho más cómodo que el suyo, dijo Luke después de la tercera unión de sus cuerpos, ociosa y casi lánguida, y de compartir más placer de una forma cálida y relajada.

—No te costaría convencerme para que pasara aquí todas mis noches en los próximos cincuenta años —dijo, rozando la oreja de ella con su aliento cálido—. Y algunas de mis tardes también.

Ella suspiró somnolienta contra su cuello.

—¿Y cómo podría convencerte?

—Prometiéndome que pasarías esas noches y esas tardes aquí conmigo.

—Así pues, no es solo la cama. También es la mujer que hay en ella.

Él le sopló en la oreja.

—Creo que es sobre todo la mujer. Podrías hacer que trajeran un catre de paja y para mí no cambiaría nada, siempre y cuando la mujer fuera la misma.

Ella rio. Era lo más cerca que había estado de hacer una declaración de amor y casi con toda probabilidad lo más cerca que estaría nunca, pero era suficiente. Habían pasado la noche amándose, dando y tomando placer. Tendría suerte si podía dormir una hora antes de tener que levantarse para ir a amamantar a Joy, pero no cambiaría lo que acababan de compartir por unas horas de sueño profundo.

Anna amaba y casi se sentía amada a cambio. Se sentía segura, caliente y adormecida en brazos de su esposo. Quizás una parte de él no podía dejar atrás el pasado, pero Anna estaba dándole algo de placer a su presente. Y aunque tuviera miedo del futuro, en ese momento albergaba amor y una ilusión de seguridad.

Era suficiente. De momento, eso era suficiente.

—Buenas noches y buenos días, mi duquesa —le susurró Luke al oído.

—Estoy dormida —musitó ella.

—Ah —dijo él y le mordió el lóbulo de la oreja hasta que ella se revolvió protestando adormecida, fuera del alcance de sus dientes.

Anna ya estaba demasiado dormida para oír la risa de él.

21

A veces, la vida en el campo podía ser muy monótona incluso cuando los vecinos hacían un esfuerzo por ser sociables, ofrecer diferentes celebraciones y asistir a otras tantas. El problema era que siempre se veían las mismas caras.

El regreso del duque de Harndon con su nueva esposa y la hermana de esta había alegrado los meses del verano y el otoño en Bowden. El bautizo de su hija y la boda de lady Agnes Marlowe y lord Severidge dieron su toque de animación a la primavera y atrajeron a una hueste de invitados elegantes a la casa.

Y después, cuando lo normal habría sido que la población local volviera a la anodina realidad, llegó el nuevo inquilino de Wycherly. El coronel Henry Lomax era un caballero soltero... detalle que suscitó un gran interés entre las damas solteras de la zona y los padres de estas. Era un coronel retirado del ejército y por tanto era de esperar que llevara consigo muchos relatos de aventuras y galanterías. Tras su primer día en Wycherly, el coronel Lomax empezó a recibir un flujo ininterrumpido de visitas y una calurosa acogida.

Luke y Anna fueron de los primeros en visitarlo, junto con la duquesa viuda y Henrietta. Cuando bajaron del carruaje y miró a la casa, Henrietta comentó lo extraño que le resultaba ir como visita a la casa en la que se había criado.

Ya había un grupo de personas en el salón con el coronel, pero el hombre se levantó para recibir a los recién llegados con cordialidad. Era un hombre alto y delgado, de cerca de cincuenta años, pero aún resultaba atractivo. Vestía con elegancia con tonos marrón y crema, con su peluca de bolsa pulcramente empolvada.

—Me siento honrado —dijo cuando se hicieron las presentaciones, y agasajó a sus nuevas visitas con una profunda reverencia—. Pero por Dios que es injusto, Harndon. A la mayoría de los duques que conozco solo se les permite tener una duquesa, y, sin embargo, tiene usted tres, a cual de ellas más hermosa.

Su sonrisa hizo que le aparecieran atractivas arrugas en los rabillos de los ojos y dejó al descubierto una dentadura blanca y regular. Todos cuantos había en la estancia rieron por la ocurrencia.

La duquesa viuda no se sintió de ningún modo complacida por sus galanterías y mostró su desagrado inclinando la cabeza con gesto rígido y regio y tomando asiento junto a la señora Persall, con la que entabló conversación.

Henrietta sonrió y tendió una mano, que el coronel tomó y se llevó a los labios.

—Ay, señor, no soy sino una viuda, una duquesa viuda, aunque no es ese mi título. Mi difunto esposo era el hermano mayor de Luke.

—¿Una duquesa viuda? —preguntó el hombre sin soltar su mano y sentándola junto a él en el sofá después de que Luke y Anna tomaran asiento—. Su belleza y juventud convertirían el título en una burla, señora. —Y le soltó la mano.

Henrietta siguió sonriéndole.

El coronel volvió su atención a Anna.

—Excelencia, he sabido que recientemente ha dado un hijo a su esposo. Un varón, espero.

—Una hija —replicó ella.

—Ah. —Él sonrió con amabilidad—. Estoy seguro de que es un tesoro para usted, señora, y para Su Excelencia. —Inclinó la cabeza mirando a Luke—. Su esposo ya tiene un heredero en la persona de lord Ashley Kendrick, según creo.

—Sí —dijo ella.

La conversación derivó a temas más generales y se sirvió el té. El grupo de Bowden se despidió cuando ya había pasado media hora y habían llegado nuevas visitas.

—Según veo —dijo el coronel Lomax con una sonrisa cuando estaba despidiéndolos fuera de la casa—, he tenido la suerte de instalarme en un lugar con personas muy hospitalarias. Para mí significa mucho tener vecinos amigables. —Tomó la mano de Henrietta para ayudarla a subir al carruaje después de que Luke hiciera otro tanto con su madre—. Estoy deseando conocer mejor a todas las personas que han tenido la amabilidad de visitarme hoy.

Sonrió a Henrietta con admiración y se volvió hacia Anna con la mano extendida. Pero ella ya tenía la mano puesta sobre la de Luke y subió los escalones y se sentó con la ayuda de su esposo.

—También estoy deseando conocer a su hija, excelencia. Siento un gran afecto por los niños.

Anna inclinó la cabeza, pero no dijo nada. Luke se sentó a su lado y el cochero cerró la puerta y subió al pescante. El coronel Lomax sonrió y levantó la mano para saludar cuando el carruaje echó a andar de vuelta a Bowden Abbey.

—Ay, Señor —rio Henrietta—. No puedo decir que lamente que William se haya llevado a Agnes de viaje de novios. Creo que el coronel es un hombre encantador. ¿No está de acuerdo, madre?

—Un tanto liberal en sus maneras, tal vez —observó la duquesa viuda—, pero se ha esforzado por ser amable. Lucas, cuando nos devuelva la visita, debes invitarlo a cenar.

—Puede estar segura de que haré lo que sea más correcto, señora.

Anna sonrió, radiante.

—Hace un día precioso. Es una pena que hayamos tenido que desperdiciar una parte de él encerrados en un carruaje y haciendo una visita.

—El deber es algo con lo que hay que cumplir haga el tiempo que haga y sean cuales sean las propias inclinaciones, Anna —le recordó su suegra.

Anna le sonrió con calidez.

—Lo sé, madre. Por eso estoy aquí. Me pregunto dónde estará Agnes ahora. ¿No iban primero a París? Les diste referencias allí, ¿verdad, Luke? Aunque no me sorprendería si no visitaran a ninguna de las personas que les recomendaste.

—¿Tú crees? —Luke enarcó las cejas.

—Se sentirán demasiado cohibidos y pensarán que cualquier amigo tuyo debe de ser distinguido en exceso. Y me atrevo a decir que tendrán razón.

Anna se rio al ver su cara de sorpresa y estuvo charlando animadamente el resto del trayecto.

Al principio Henrietta no estaba segura. Le había parecido demasiado increíble, pero esa mirada intensa, la sonrisa perfecta y el característico olor de su colonia eran inconfundibles. Y le había estrechado la mano con más fuerza de lo que lo habría hecho un extraño.

Estaba desbordante de entusiasmo. Era un hombre maravillosamente guapo, más de lo que había imaginado. Y encantador. Todas las otras damas lo habían devorado con la mirada. Y, en cambio, él no había dejado de mirarla a ella.

Y Anna lo había reconocido. Oh, sí, lo había reconocido, por más que lo hubiera disimulado. Lo había reconocido pero había fingido que no. Anna había sentido miedo, un miedo muy contenido, pero perfectamente visible a ojos de Henrietta.

Todo era un glorioso misterio que por fin iba a descubrirse.

Él había vuelto y, de alguna forma, aunque no tenía ni idea de cómo, destruiría a Anna. Y quizá también a Luke.

De pronto el mundo volvía a parecer un lugar más alegre.

Por lo general, Anna habría corrido a la habitación infantil tras regresar de una visita por la tarde. A esas horas Joy solía estar despierta, aunque aún faltaba más de una hora para su siguiente toma. Ya había empezado a sonreír, aunque parecía más animada a hacerlo con su padre que con ella, y era una niña muy buena, plácida y alegre.

Pero ese día, después de excusarse y correr escaleras arriba, Anna no giró en dirección a la habitación infantil y, en cambio, entró como una exhalación en su salita privada y cerró la puerta con fuerza a su espalda. Se apoyó contra ella y deseó que hubiera una cerradura, pero no importaba. Luke ya nunca entraba allí y no era probable que nadie la visitara durante un buen rato. Todos darían por supuesto que estaba con Joy.

Se sentía las manos húmedas y frías. Las levantó y vio cómo temblaban descontroladamente. Durante unos momentos se sintió tan ahogada que temió no ser capaz de aspirar el aire suficiente para seguir consciente. Notaba un zumbido en la cabeza y las rodillas parecían a punto de doblársele. Se dejó caer con pesadez en el asiento más próximo.

Tendría que haberlo imaginado. ¿Por qué no se había preparado? Lo había pensado, por supuesto; cuando William mencionó en Navidad que alquilaría la casa, enseguida pensó que podía ser sir Lovatt, pero se tranquilizó en cuanto él le dijo el nombre del inquilino. Y, así, había acudido a Wycherly sin sospechar nada. Había entrado en en el salón con una sonrisa en los labios.

Ay, Señor, Señor, Señor. Se cubrió el rostro con las manos heladas y temblorosas y lo apoyó sobre el tontillo. Señor, Señor. Aunque no sentía mucho aprecio por Dios en esos momentos. Dios no la había ayudado nada en los últimos tres años, salvo por el regalo de Luke y Joy, y era un regalo cruel... un regalo que solo había conllevado una ilusión de felicidad y seguridad, y que estaba a punto de serle arrebatado.

Él se había comportado igual que en Elm Court y en su antigua vecindad. Se había mostrado cordial y encantador, había gustado a todo el mundo y había hecho que todos quisieran que les devolviera la visita, que pasara a formar parte de su vida social. Había dado justo la misma imagen que allí: la de un hombre guapo, elegante, viril y atractivo. Henrietta había caído bajo su embrujo, incluso la madre de Luke se había derretido claramente después del primer y único error que había cometido al tratar de elogiarla.

Anna volvió a sentarse derecha y apoyó la cabeza contra el acolchado del asiento. Así pues, todo volvería a empezar. Sería igual que en Elm Court. Estarían las visitas para pedir dinero para saldar las deudas de su padre, como había hecho por carta en los meses que siguieron a su boda, y quizá también le exigiría que lo ayudara en otras cosas... que lo ayudara a engañar y a robar a sus amigos y vecinos. No. Se aferró con fuerza a los reposabrazos. Eso no. Nunca más. Al menos en eso tenía que imponerse.

¿Qué podía hacer? Su instinto le decía que acudiera a Luke y se lo contara todo. Trató de imaginar el inmenso alivio que sentiría si pudiera descargar su alma contándole aquello a su esposo, a ese hombre al que había acabado amando más que a su vida. Trató de imaginarlo, pero lo único que podía ver bajo los párpados cerrados era el rostro de Luke, primero con expresión de incredulidad, luego de desdén, y por último frío y con los labios apretados. Y se lo imaginó apartando a su hija de su lado y contratando una nodriza, y llevándola lejos de allí ante un juez para minimizar en lo posible el escándalo.

Su respiración volvió a acelerarse. No volvería a verlos. Nunca.

Esas fantasías eran ridículas, pensó. Luke nunca reaccionaría así. Era su esposa y la había convertido también en su amiga. Sentía... sin duda, debía de sentir algo de afecto por ella. Sin duda, sería comprensivo. Sin duda, la ayudaría.

Pero pensó en cómo había reaccionado la vez anterior cuando alguien lo ofendió y le hizo daño. Su hermano George. No solo no lo había perdonado en vida, sino que, además, ni siquiera se acercaba a su tumba.

Oh, no, no podía arriesgarse. No podía arriesgarse a perderlo todo. Las apuestas eran demasiado altas; no solo estaba Luke, también estaba Joy.

De todos modos, ella iba a perderlo todo. Intuía que, de alguna manera, el desenlace estaba próximo. En algún momento, no muy lejano quizá, o quizá sí, él se la llevaría, se la llevaría lejos de Luke, de Joy, tal vez fuera de Inglaterra, incluso. ¿Aceptaría marcharse dócilmente? ¿O lucharía? Pero ¿cómo luchar? ¿Diciéndoselo a Luke? Si en realidad quería decírselo cuando llegara el momento, ¿por qué no hacerlo ya?

¿Por qué no se lo había dicho el día en que fue a pedirle matrimonio? O mejor aún, ¿por qué no había rechazado la propuesta? Ya estaría con sir Lovatt Blaydon dondequiera que planeara llevarla. Ya sabría lo que tenía preparado para ella... tenerla como amante, como esposa, como ninguna de las dos. Pero, al menos, lo sabría, y no se habría permitido el lujo traicionero de la felicidad. Y la esperanza.

La mente de Anna estaba llena de pensamientos y emociones y decisiones encontradas, y tuvo que controlarse para no correr al vestidor a vomitar.

Luke estaba en la biblioteca, hojeando un libro que había sacado de un estante, aunque en realidad no lo miraba. Por lo normal, a esa hora del día también él habría ido a la habitación infantil. La tentación de jugar con su hija cuando estaba despierta era irresistible. En otras circunstancias quizás habría sugerido que él y Anna salieran a pasear con la niña. Era verdad que hacía un día precioso.

Pero en vez de eso había ido a la biblioteca y había cerrado la puerta con firmeza a su espalda.

El coronel Lomax era un caballero de cierto refinamiento. Buena presencia, conversación agradable y una apariencia muy elegante para tratarse de un inglés. Había desplegado una actitud espontánea y abierta con sus invitados masculinos y encanto con las damas. Desde luego, iba a estar muy solicitado ese verano, o incluso después, hasta que la novedad de su presencia pasara. Henrietta se había mostrado visiblemente atraída por su encanto. Al menos, eso era prometedor.

Luke frunció el ceño y cerró el libro de golpe. Pero ¿qué demonios estaba haciendo ese hombre medio escondido tras el tronco de un árbol delante de la iglesia el día de su boda con Anna? ¿Había sido una simple coincidencia que estuviera allí y la curiosidad lo hizo quedarse a mirar? Pero, si era eso, ¿por qué no comentar esa tarde que había visto al duque y la duquesa el día de su boda? No había visto ningún destello de reconocimiento cuando entraron en la estancia.

Luke tampoco lo había mencionado, por supuesto. Quizás el coronel se sentía demasiado abochornado para admitir que se había detenido a contemplar a una pareja de novios, como un huésped no invitado, como la gente de las clases bajas.

Luke volvió a dejar el libro en su estante y sacó otro, distraído. Sin embargo, ese no era el único detalle curioso. Estaba también la extraña convicción, aunque seguramente se equivocaba, de que el coronel Lomax era el hombre al que había visto paseando con Anna en los jardines de Ranelagh. Aquel día llevaba capa y capucha, y una máscara. Era imposible formarse algo más que una mera impresión de su altura y corpulencia. Probablemente habría miles de hombres altos y delgados en Inglaterra, era absurdo intentar reconocer en él al nuevo vecino de la zona al que había visitado esa tarde. Lomax y Anna no habían hecho nada que hiciera pensar que ya se conocían.

Pero en ambas ocasiones, en el exterior de la iglesia y en los jardines de Ranelagh, Luke recordaba haber tenido la fugaz sensación de que lo conocía, y era la misma sensación que había tenido esa tarde. Lomax, Lomax... El nombre no le decía nada y tampoco había sido capaz de identificarlo por su físico.

Era un disparate, pensó dejando el segundo libro en su sitio con impaciencia y dando la espalda con decisión a la estantería. Si Lomax era el hombre que estaba en el exterior de la iglesia —algo de lo que estaba casi seguro— su aparición debió de ser una simple coincidencia y no tenía mayor importancia. Y Lomax no era el hombre de los jardines de Ranelagh... no podía serlo. Si Luke lo había visto antes, en Francia tal vez, el encuentro había sido tan fugaz que sabía que no lograría recordarlo. No tenía importancia.

Se sentó detrás de su escritorio, apoyó los codos encima, unió las manos por las yemas de los dedos y se puso a tamborilear con ellos, distraído. Se dio cuenta de que no había tomado el camino más sencillo, que era preguntarle directamente a Anna si conocía de antes al individuo. Y, con cierta inquietud, también se dio cuenta de que no preguntaría.

¿Tenía miedo de la respuesta? ¿O de la ausencia de esta?

Miró al otro lado de la habitación con el ceño fruncido. ¿Por qué demonios no había impuesto su autoridad desde el principio? ¿Por qué le había permitido guardarse un secreto que lo había privado de uno de sus derechos maritales? ¿Por qué no la había obligado a decírselo desde el principio?

Su expresión se volvió más ceñuda. ¿Y qué maldita conexión imaginaba que podía existir entre el secreto de Anna y la llegada de un vecino amable al que había visto una vez por casualidad el día de su boda y al que Anna jamás había visto antes de la visita que le habían hecho esa tarde?

La llegada de la primavera supuso cambios en Bowden Abbey. Luke había encontrado un nuevo administrador, Howard Fox, que estaba muy bien recomendado. En unas pocas semanas empezaría a trabajar, en cuanto entregara su renuncia en su empleo actual. Ashley se incorporaría a la Compañía de las Indias Orientales y partiría hacia la India en cuanto lo llamaran. Estaba entusiasmado por su futuro, y Luke se alegraba mucho por él. Allí podría abrirse camino por sí mismo en la vida, igual que había hecho Luke. Pero para Ashley las cosas serían distintas. Él sabría que tenía el amor y el respaldo de su familia... aunque su madre pensaba que estaba deshonrando su apellido al vincularse a una empresa comercial. Ashley sabía que podía volver cuando quisiera.

Además, con la llegada de la primavera Doris se volvía a Londres para participar de la temporada social. A decir verdad, habría partido antes de no haberlas retenido en casa a ella y su madre el bautizo y la boda. Luke no había tenido el mismo acierto al tratar de hacer las paces con ella como con Ashley, aunque al menos se habían tratado con educación durante unos meses.

Luke le deseaba toda la felicidad del mundo y esperaba que ese año tuviera mejores experiencias que la ayudaran a borrar los amargos recuerdos del año anterior. Fuera como fuese, él se habría contentado con dejarla partir sin hablar con ella en privado o decirle nada personal de no habérselo impedido Anna. Pero lo hizo.

—Doris se va pasado mañana —le dijo dos noches después de visitar al nuevo vecino.

Él gruñó a modo de respuesta. Acababan de hacer el amor y casi se había dormido.

—¿Hablarás con ella?

Luke se resignó a seguir despierto unos minutos más.

—¿Una amonestación paterna para que se comporte y no repita la indiscreción del año pasado? No, mejor que no, Anna.

—Espero que no —dijo ella con ardor—. ¿Alguna vez le has dicho que la quieres?

—No desde que tenía veinte años. Y creo que ya ha pasado la edad de necesitar manifestaciones de amor de un simple hermano, Anna.

—Oh, en eso te equivocas. Y sé que la quieres, Luke. No tiene sentido que insistas en recordarme que no sabes nada del amor. Necesita oírte decir que confías en ella, que le deseas que sea feliz, que la quieres. Lleva todo el año esperándolo.

Luke pensó en sus palabras. ¿A Doris le importaba? Parecía haberle ido muy bien sin él en el pasado año. Salvo al principio, no le había parecido malhumorada o abatida como él habría esperado. Pero sabía que Anna tenía razón. Él mismo se había resentido por la brecha que había entre ellos. Y, de un modo fugaz, realmente fugaz, sintió el antiguo resentimiento por todas las responsabilidades y obligaciones que él no había pedido.

—Sí, señora —dijo con un suspiro exagerado—. Y ahora ¿puedo dormir?

—Puedes —consintió Anna acurrucándose contra él, aunque a Luke le pareció notar cierto tono de decepción en su voz.

Sí, Luke notó su decepción, igual que había notado que la desesperación se insinuaba de nuevo en sus brazos y en su cuerpo mientras hacían el amor. El mismo tipo de desesperación que había notado en dos ocasiones anteriores, aunque algo más controlada. Sin embargo, no quería pararse a considerar el motivo en ese momento.

—Hablaré con ella mañana —accedió—. Y la próxima vez que vea a Theo voy a decirle un par de cosas por haberme convencido de que me casara contigo.

Eso estaba mejor, pensó cuando la oyó reír contra su hombro. Y, sin embargo, Luke acababa de descubrir algo nuevo sobre sí mismo: jamás se había considerado un cobarde, pero en lugar de sacar el tema que tanto le preocupaba, había preferido bromear.

Y ya no tenía sueño.

Maldición.

A la mañana siguiente, Doris lo miró un tanto sorprendida cuando entró en el comedor matinal y solicitó hablar con ella cuando terminara de comer. Pero no cometió el mismo error que la vez anterior. Cuando Doris entró en su gabinete poco después, con expresión recelosa y desafiante, no permaneció tras la barrera de su escritorio.

—Esta mañana está algo nublado —dijo—, pero no hace frío. ¿Te parece si damos un paseo por el jardín?

Ella lo miró con mayor recelo si cabía.

—Sé lo que vas a decirme —admitió Doris cuando estuvieron en los jardines y Luke le colocó el brazo cogido al de él—. No intentaré escribirle ni verlo, Luke. Te dije que lo odiaba y es cierto. Ahora soy un año mayor y un año más sabia. No necesito que te pongas en el papel de padre severo.

—¿Y qué tal el de hermano preocupado y afectuoso?

—¿Afectuoso?

Doris lo miró y se echó a reír.

—¿Recuerdas lo que decías que le ibas a pedir al rey algún día?

Ella frunció el ceño.

—¿Al rey?

—Le ibas a pedir que te dejara casarte conmigo porque me querías más que a nadie en el mundo. Más que a papá y a George, y un poco más que a Ashley. ¿Te acuerdas?

Ella lo miró unos momentos con expresión de incredulidad y se echó a reír.

—¡No! ¿De verdad dije eso?

—Tenías cinco años. Pero decías que cuando fueras mayor, se lo pedirías. Te fallé, Dor.

—¿Por no llevarme ante el rey?

La mirada de su hermana se había vuelto melancólica.

—Por comportarme sin pizca de sentido común ni compasión el año pasado en ese asunto con Frawley.

—Ah, eso. —Doris se ruborizó—. Hiciste bien, Luke. Habría sido terriblemente desgraciada con él. Creo que le insinué mis planes a Anna en los jardines de Ranelagh con la esperanza de que alguien me detuviera, aunque en aquel momento jamás lo hubiera admitido.

—Tendría que haberte abrazado con fuerza y haberme negado a soltarte hasta que me hubieras prometido que mi hermana favorita no iba a entregar sus afectos a un maldito cazafortunas.

—Soy tu única hermana, Luke.

—Por eso, y una hermana que no he tenido a mi lado durante demasiado tiempo. No vuelvas a hacerlo, Dor, o mataré al hombre, sea quien sea. Podrás casarte con quien tú desees con mi bendición, dentro de lo razonable, siempre y cuando te ame a ti más que a cinco mil libras o a cincuenta mil o a quinientas mil.

—¿Dentro de lo razonable?

Doris había dejado de caminar y le sonreía.

—Ha sido un comentario inapropiado —dijo Luke con pesar—. Mis disculpas. Tanta responsabilidad a veces me pesa demasiado sobre los hombros. Me preocupas, pero confío en ti, Dor, porque ahora tienes veinte años y la cabeza que tienes sobre los hombros es más sabia que la que tenías el año pasado. Confío en que harás una elección que te dará felicidad duradera.

—¿Como tú con Anna?

La pregunta lo cogió por sorpresa.

—Como yo —contestó, y al decirlo se dio cuenta de que en parte era verdad.

Pero ¿felicidad duradera? Su mente volvió a la desesperación que había intuido en su esposa la noche anterior.

Doris le rodeó el cuello con los brazos y lo besó, primero en una mejilla, luego en la otra, y al final en los labios. Cuando se apartó, tenía lágrimas en los ojos.

—Cómo me arrepiento de haber dejado que fueras tú quien hablara primero. Llevo todo el año queriendo decirte lo mucho que sentía mi comportamiento infantil y cuánto me alegraba de que me hubieras salvado de lo que habría sido una situación intolerable.

Luke le sonrió.

—No sonríes mucho —dijo Doris—. Cuando sonríes, eres como el hermano que recordaba. Ay, sí, ahora sí que creo que eres mi hermano de verdad, Luke.

Él rio y Doris volvió a cogerlo del brazo y se alejó con él por el sendero que discurría entre los jardines.

—Me alegro mucho de que no te casaras con Henrietta, Luke. Ojalá George no se hubiera casado tampoco.

Luke se puso rígido.

—George no tenía elección. Si fue desgraciado, es porque lo merecía.

—Oh, Dios, no lo dirás en serio ¿verdad, Luke?

—Este no es un tema que desee discutir.

—Tonterías. No creerás que George forzó a Henrietta, ¿verdad?

Luke no deseaba hablar de aquel asunto con nadie, y menos con su hermana. En algún lugar, había una herida profunda y dolorosa. La tenía bien tapada y escondida desde hacía mucho tiempo, pero podía volver a abrirse. La pérdida de Henrietta en el pasado y otra pérdida quizá peor: la de George, su querido hermano.

—Había un bebé, Dor —dijo Luke con rigidez—. Y George se casó con Henrietta. No estarás sugiriendo que el bebé era mío, ¿verdad?

Ella chasqueó la lengua.

—Los niños ven muchas cosas que se supone que no tienen que ver. Y yo vi muchas cosas, Luke. Ella le echó el ojo a George en cuanto volvió de su gran tour por Europa, tan guapo y apuesto. Él tenía el título de marqués y era el heredero de papá. Henrietta coqueteaba con él cada vez que te dabas la vuelta. Quería ser marquesa y, algún día, también duquesa.

—¡Doris! —Su voz era fría como el acero—. Debo recordarte que estás hablando de tu cuñada. Y ahora vas a callar o cambiarás de tema.

Pero ella no se dejó intimidar.

—Y también estoy hablando de mi hermano —le espetó— y del tuyo. No puedes haber pensado esas cosas de él todo este tiempo, Luke. No puede ser. Hubo seducción entre George y Henrietta, es cierto. Pero fue Henrietta quien sedujo a George, te lo juro. George solo tuvo un momento de debilidad y lo pagó el resto de su vida. ¡Pobre George!

Luke sintió frío.

—No quiero hablar más de este tema. No voy a discutir contigo cuando acabamos de reconciliarnos.

—Luke. —Doris lo miró con los ojos llenos de lágrimas—. Fue por Henrietta por lo que no volviste hasta dos años después de morir George, ¿verdad? ¿Aún la amabas? ¿Aún la amas? Oh, pobre Anna.

—No, no amo a Henrietta, pero ya te he dicho que no quiero hablar más del tema —dijo, con los ojos llameando peligrosamente, y Doris obedeció por fin.

Luke no sabía si lo que Doris había dicho era cierto. No sabía si quería que fuera cierto, pero le sorprendió no haber considerado nunca. Esa posibilidad. Durante los diez años que había pasado en Francia se había construido una coraza de cinismo y, sin embargo, de alguna forma, Henrietta había quedado fuera, como la única pieza inviolable de perfección de su pasado. El único ejemplo de amor en el que había seguido creyendo aunque no hubiera sobrevivido hasta el presente.

Y, sin embargo, al creer en ella, había tenido que cargar con la profunda herida de la cruel traición de su hermano. Y fue la necesidad de superar el dolor de esa herida lo que lo obligó a matar el amor en su vida.

—¿Puedo decirte qué clase de marido voy a buscar en Londres esta primavera? —preguntó Doris tras unos minutos de silencio.

—Sí, hazlo —dijo él, apoyando la mano sobre la de ella.

22

El coronel Henry Lomax hizo una visita de cortesía a Bowden Abbey esa misma tarde. Estrechó con cordialidad la mano de Ashley, se mostró encantado de conocer a lady Doris y decepcionado al saber que al día siguiente salía hacia Londres con su madre. Decepcionado en su nombre, cómo no, y también en nombre de sus nuevas amistades. Desde luego, para los caballeros de la ciudad, la llegada de dos damas tan bonitas sería un suceso afortunado.

Doris, que rio y se ruborizó, quedó hechizada por su caballerosidad.

Henrietta estaba visiblemente interesada por aquel nuevo vecino tan guapo y atractivo.

—Ay, señor —dijo cuando todos estuvieron sentados en el salón tomando el té—, me cuesta pensar que habrá un extraño en la casa de mi juventud durante todo un año.

—¿Un extraño, señora? Confío en que pronto cambiará esa palabra por amigo y vecino.

Henrietta se ruborizó.

—Tengo tantos buenos recuerdos asociados a esa casa...

—Entonces no debe usted ser una extraña allí durante el próximo año. Puede venir cuantas veces quiera, acompañada por Su Excelencia, su cuñada, espero.

—Ay —dijo Henrietta riendo—, ¿no esperaría que fuera sola, señor? Pero su oferta es muy generosa. Si Anna no puede acompañarme, llevaré una doncella.

—Estaré encantado de verla visitar libremente su antiguo hogar.

Luke observaba con cierto interés. En muchos sentidos, sería un alivio si Henrietta seguía su consejo y dejaba el pasado atrás. Un hombre podía ser justo lo que necesitaba, y supuso que Lomax, aunque era mayor que ella, era lo bastante apuesto para resultar atractivo a las mujeres. El hombre era puro encanto y amabilidad. Dejando aparte los absurdos pensamientos que tuvo después de su primera visita, Luke no acababa de entender por qué seguía sin gustarle.

—¿Ha servido mucho tiempo en el ejército, coronel? —preguntó—. ¿En qué regimiento?

Lomax contestó a todas sus preguntas. Dio información detallada sobre asuntos militares, pero al mismo tiempo consiguió la atención de las damas incluyendo pequeñas anécdotas, sobre todo de los años que había pasado en América. Luke tuvo que reconocer que era un conversador diestro y cortés.

—¿Ha vivido usted en Francia? —le preguntó Luke.

—Ay, no. —El coronel rio—. A diferencia de Su Excelencia, carezco del brillo en apariencia y modales que solo una larga estancia en París puede dar a un hombre. Mis visitas a Francia han sido todas, por desgracia, breves.

Un hecho que no excluía la posibilidad de que Luke lo hubiera visto en algún momento. Pero el recuerdo del momento concreto seguía esquivándolo.

—Por lo que dice, hace ya un tiempo que regresó de América. Imagino que ya estaba en Londres la pasada primavera. Mi esposa y yo estuvimos allí, al igual que mi madre y mi hermana y mi hermano. Es sorprendente que no nos viéramos.

—No tanto como pudiera parecer —dijo Lomax, encogiendo los hombros con una sonrisa—. Tras una ausencia tan larga, me ha costado un tiempo restablecer el contacto con mis antiguos conocidos, excelencia.

Luke había entornado los párpados, un hábito que había adquirido en Francia durante los meses que dedicó al juego en serio. Observar con atención mientras parecía que meditaba, le había aconsejado en una ocasión un viejo y experimentado jugador que se interesó por él. Pero Lomax lo miró a los ojos y vaciló un momento.

—¿Se casó usted en Londres la primavera pasada, su excelencia? —preguntó, frunciendo el ceño—. Tengo la extraña sensación de que fue la suya la boda que presencié desde el exterior de una iglesia. Un día paseaba sin rumbo fijo por la ciudad y vi que un grupo de personas esperaba en el exterior de una iglesia, y en ese momento las puertas se abrieron y vi que una pareja de novios estaba a punto de salir. La curiosidad me empujó a detenerme y a observar en lo que debo confesar fue un gesto poco apropiado. Y creo — dijo e hizo una pausa para mirar a Anna y sonreír—, sí, creo que eran ustedes el novio y la novia. ¡Qué curiosa coincidencia!

—Desde luego —dijo Luke enarcando las cejas con fingida sorpresa.

Así pues, había una explicación perfectamente razonable, la clase de explicación que él mismo había considerado hacía unos días. Había sido una coincidencia y Lomax no los había reconocido al verlos en su casa, casi un año más tarde. ¿Por qué iba a reconocerlos? Eran unos completos desconocidos. O eso, o estaba siendo muy astuto. Había visto algo en la mirada de Luke y había modificado su comportamiento en consonancia con lo que veía.

O quizás era Luke quien estaba excediéndose en sus cavilaciones. ¿Había en realidad algo de lo que recelar?

El coronel Lomax dejó su taza y su platillo vacíos en la mesa junto a él y pareció que estaba a punto de levantarse para irse.

—Los jardines formales de Bowden Abbey son famosos, señor —dijo Henrietta—, como quizás habrá oído decir, y ahora que la primavera ha llegado, vuelve a haber color en ellos.

—Desde luego, señora —reconoció el coronel poniéndose en pie y haciendo una reverencia—. Pude apreciar brevemente su belleza desde la ventanilla de mi carruaje cuando nos acercábamos a la casa.

Henrietta sonrió con cordialidad.

—Hace un bonito día, señor. Demasiado bonito para pasarlo en la casa o encerrado en un carruaje.

—Tiene toda la razón. —Y le sonrió—. Al menos una parte del día debería dedicarse a pasear por un entorno hermoso con una hermosa acompañante. —Se volvió e hizo una reverencia ante Anna—. ¿Me haría el honor de enseñarme los jardines antes de que me vaya, excelencia?

Luke solo reparó a medias en la expresión mortificada que Henrietta se apresuró a disimular. Su atención estaba del todo volcada en su esposa, que se puso en pie con elegancia, sonrió e informó al coronel Lomax de que estaría encantada.

¿Había algo en su rostro, se preguntó Luke observándola con atención, que indicara que la situación no era justo lo que parecía? ¿Algo que hiciera pensar que conocía a ese hombre? ¿O si estaba complacida o disgustada por su petición? Luke no fue capaz de ver nada, salvo una cierta debilidad en su sonrisa, una cierta ausencia de su habitual calidez. Pero eso bien podían ser imaginaciones suyas, que solo estarían deformando los hechos para que se amoldaran a sus sospechas sin fundamento.

Pero ¿y Lomax? ¿Acaso no había desairado de una forma muy clara a Henrietta? Habría tenido que ser ciego para no darse cuenta de que ella le había echado el ojo y le estaba pidiendo que paseara a solas con ella. Luke tenía la sensación de que había algo deliberado, teatral, en el desaire, casi como si Lomax hubiera disfrutado haciéndolo.

Y, sin embargo, una vez más, podían ser imaginaciones. ¿Acaso no podía considerarse un gesto de cortesía volverse hacia la señora de la casa para pedir que le enseñara los jardines o una parte de la casa?

Durante los años que Luke había pasado en Francia, había aprendido a guiarse por su intuición, y en más de una ocasión eso le había permitido evitar situaciones muy desagradables. No podía recordar ninguna intuición tan intensa como esa, que le pinchara con tanta insistencia. Podía preguntarle a Anna. Ese habría sido el camino más fácil, pero él sabía muy bien que Anna lo miraría con expresión perpleja y lo negaría todo. Quizás había otra forma, una que cuando menos le permitiría disponer de algo más de información sobre el guapo y encantador Lomax.

Cuando el coronel salió, con Anna del brazo, Luke estuvo observándolos un rato desde la ventana de su gabinete. Hablaban y charlaban, como se esperaría que hiciera cualquier invitado con su anfitriona. Lomax vestía con una casaca azul con faldones completos, con calzones grises, medias blancas y zapatos con hebilla. Su peluca de bolsa estaba perfectamente empolvada. Llevaba su tricornio con corrección bajo el brazo. Era imposible decir con absoluta certeza si se trataba del mismo hombre que había visto paseando con Anna en los jardines de Ranelagh, cubierto por una capa negra de la cabeza a los pies.

Salvo por una cosa. Tenía una forma de inclinarse un poco hacia un lado, de inclinarse con gesto solícito sobre su acompañante para escuchar lo que decía. Era algo muy impreciso, nada que Luke hubiera podido describir en palabras con convicción. Pero eso lo dejó frío.

Era el mismo hombre. No tenía ninguna duda.

Luke se sentó a su escritorio, sacó papel y probó la punta de la pluma antes de mojarla en el tintero y empezar a escribir. Theo le conseguiría la información que necesitaba. Quería saber todo lo que hubiera que saber sobre el coronel Lomax, empezando por su historial militar.

—Es bueno para mi corazón volver a verla, Anna mía. Ha pasado mucho tiempo. La maternidad le ha sentado bien, aunque ya lo sabía cuando decidí permitir que fuera madre. Está más hermosa que nunca.

Quizá por primera vez, en Anna la ira era más intensa que el miedo.

—No soy su Anna —le espetó muy seca—. Y no tiene derecho a presentarse aquí con una identidad falsa y engañar a personas inocentes.

—Tiene valor —reconoció él—. Siempre he admirado eso de usted, Anna.

—¿Cuál es la suma total de las deudas que quedan por saldar de mi padre? —preguntó, aunque sabía que era inútil—. ¿Qué le debe aún mi familia? Dígame la cantidad, mi marido la pagará y esto se habrá acabado. Usted podrá seguir con su vida y yo con la mía.

—Usted es mi vida, Anna —dijo él, enfriando el fuego de la ira de Anna—. ¿La quiere él tanto? Parece un hombre frío y orgulloso, y tiene reputación de serlo. Pero entiendo que se haya dejado seducir por una apariencia atractiva. ¿Cree que disfrutaría sabiendo que su duquesa es una ladrona y una asesina?

—Sabe muy bien que no soy ninguna de esas cosas.

—Yo la creo, Anna, porque usted es mi vida. Pero, ay, hay personas más objetivas que yo y por tanto más fiables que pueden jurar que es culpable.

Anna ciñó su ira en torno a su ser como un manto.

—Entiendo muy bien lo que ha pasado. Tendría que ser tonta para no hacerlo. Desde el principio me eligió como su víctima y preparó su trampa. Y yo, ingenua de mí, fui derecha a ella. Eso lo entiendo. Lo que no entiendo es por qué. ¿Por qué me hace esto? No se trata de dinero. ¿Qué es, entonces?

—Ah, Anna —dijo él con suavidad acercando más la cabeza—, es porque la quiero.

—¡Quererme! —La ira estalló en su interior, pero, antes de dejarse arrastrar, recordó que estaba en los jardines formales de Bowden y que cualquiera que mirara desde la casa podía verlos—. Me habría casado con usted cuando mi madre murió y se mostró tan atento y comprensivo. Lo habría amado. ¿Ni siquiera se dio cuenta?

—Jamás hubiera podido haber un matrimonio entre nosotros, Anna. No es esa la clase de amor que nos une.

—No hay ningún amor entre nosotros, solo una obsesión malsana por su parte. No me quiere como esposa ni como amante y, sin embargo, me marcó para que ningún otro hombre me tuviera... o eso pensó. Lo odio. Si hubiera una palabra más fuerte para expresar lo que siento por usted, la usaría.

—Eso es porque no entiende —continuó—. Todo llegará, Anna mía. Aún falta un poco, pero a su debido tiempo lo entenderá todo y verá qué bueno es que pase el resto de su vida conmigo. Será más feliz de lo que jamás podría soñar.

—Soy feliz ahora. Tengo un marido y una hija, una casa, familia, amigos.

—Familia —susurró él, con un deje de melancolía en la voz—. Tiene una hija. Me alegró mucho saber que había sido niña, Anna. Es mejor así. Espero poder verla pronto.

A Anna la sangre se le heló en las venas.

—No.

—Los jardines son tan bonitos como ha afirmado cuñada —dijo el hombre volviéndose y mirando hacia la casa—. El emplazamiento perfecto para una casa tan antigua y espléndida. Hay belleza en el diseño en América, Anna, pero no se encuentra esa sensación de historia y antigüedad que tenemos en las viejas casas británicas. ¿Le parece que volvamos? No deseo quedarme más de lo debido.

—¿Cómo entró en la casa? —le preguntó Anna de pronto, aterrada al recordar cosas que había tenido que guardarse durante meses—. ¿O incluso en la propiedad? ¿Cómo entró en las casas de mis vecinos cuando yo estaba allí sin que nadie lo viera?

—Anna —la nombró él con voz tranquila—. Yo soy el aire que respira.

—¿Fue algún sirviente? ¿Sobornó a algún sirviente?

Anna ya había considerado esa posibilidad, pero los sirvientes no podían oír sus conversaciones privadas o asistir a fiestas en otras casas.

—Estoy tan cerca de usted como su corazón, Anna mía. Y cuando lo entienda todo, también estará usted tan cerca de mí como mi corazón.

Su carruaje lo esperaba en la entrada. Cuando llegaron a la terraza, sir Lovatt subió, después de hacer una reverencia sobre su mano. Anna no esperó a que el carruaje echara a andar. Entró enseguida y subió a la habitación infantil, donde Joy estaba benditamente sola con la niñera. Anna la cogió en brazos, mandó a la niñera a tomar un té abajo y trató de hacer sonreír a su hija.

Tenía que haber una forma de salir de aquello, pensó. Tenía que haberla. No podía ser su esclava abyecta el resto de su vida. Ese día no le había pedido nada, pero lo haría. A partir de ese momento, tendría que vivir con el miedo constante a sus visitas y sus exigencias. Pero Anna estaba llegando al límite de lo que podía soportar. No toleraría aquello mucho más.

Incluso si tenía que matarlo.

La idea la aterraba y la fascinaba.

De pronto volvió la cabeza con gesto brusco para mirar a su espalda en la habitación vacía.

«Soy el aire que respira. Estoy tan cerca de usted como su corazón.»

Emily nunca bajaba a tomar el té, aunque ya tenía quince años y casi era una adulta. Ella sabía que para su familia nunca sería del todo adulta. Siempre sería diferente, un tanto extraña. La amaban, Emily lo sabía, al igual que Luke, Ashley y Doris, pero siempre sería un poco como una niña para ellos.

Así pues, a la hora del té ella solía deambular por el exterior y, si el tiempo era malo, se quedaba en la galería, mirando los retratos, o en el invernadero, oliendo las plantas y descubriendo las diferentes texturas de las hojas y los pétalos.

Ese día había tomado el camino que discurría entre los árboles del extremo opuesto de la casa y que llevaba al río y la cascada. También le gustaba pasear por ese lado. Los prados cuajos de coloridas flores silvestres estaban salpicados de árboles. Pero regresaba a casa más temprano de lo habitual. Ashley volvería a su gabinete después del té. Pronto partiría hacia la India y estaba tratando de poner los libros de cuentas en orden y dejarlos listos para el hombre que desempeñaría las funciones de administrador de Luke. Le quedaba tan poco tiempo para estar con él... Emily no quería ni pensarlo. Pasaría todo el tiempo que pudiera en su compañía.

Anna estaba paseando en los jardines formales con un caballero, y aunque estaba algo lejos, al verlos Emily se replegó instintivamente y buscó la protección de los árboles. A esa distancia era imposible ver con claridad quién era el hombre que paseaba con Anna, pero Emily lo supo. Había algo muy característico en su figura y en su porte. Era él. Había vuelto a encontrar a Anna. Eso ya lo sabía, claro. Estaban las cartas. Pero había acabado apareciendo en persona.

Emily se aferró al tronco de un árbol y observó las figuras lejanas de su hermana y sir Lovatt Blaydon, y se sintió físicamente enferma. Ya volvían hacia la casa y un carruaje esperaba en la terraza de la entrada.

Había maldad en ese hombre, Emily lo sabía, maldad en su presencia. Su aparición acarrearía la desdicha y tal vez incluso el desastre sobre Anna. Emily no sabía muy bien por qué estaba tan segura, pero lo estaba.

En cuanto el carruaje se alejó, llevándose a sir Lovatt, y Anna entró en la casa, Emily salió de su escondite y corrió por la hierba. Ashley. Oh, Dios, por favor, que hubiera vuelto a su gabinete. Por favor, Señor. Para cuando llegó allí, sollozaba presa del pánico.

Ashley levantó la vista de sus libros, sobresaltado, y se levantó para rodear el escritorio y aferrarla por los hombros.

—Cervatilla —dijo con el ceño fruncido—. ¿Qué tienes?

Ella lo miró muy seria y señaló en dirección a los jardines.

—¿Ha pasado algo fuera? ¿Algo que te ha asustado?

Ella asintió y volvió a señalar.

Ashley le frotó los brazos y la cogió de las manos mientras con los ojos le examinaba el cuerpo.

—¿No te has hecho daño?

Ella lo miró en silencio y él buscó la respuesta en sus ojos.

—Caray —exclamó, y Emily vio su expresión de absoluta frustración—, tendría que haber un lenguaje. Algún medio para que puedas hablar de una forma más explícita que con la mirada. Tendrías que poder leer y escribir, cervatilla. Tiene que haber una forma de enseñarte. Entiendes el lenguaje hablado. Si me quedara, te prometo que yo mismo te enseñaría.

Emily se mordió el labio superior. No, no tenía forma de decírselo. Pero, incluso si lo hiciera, entonces ¿qué? ¿Qué haría Ashley? ¿Decírselo a Luke? ¿Qué podía hacer Luke? Sir Lovatt Blaydon hacía muy desgraciada a Anna y tenía algún tipo de control sobre ella, pero Emily no entendía por qué. Incluso si hubiera podido explicarse, tampoco tenía mucho que decir.

Ashley le sujetó el rostro con manos tiernas y le acarició las mejillas con los pulgares, deshaciendo dos lágrimas que habían rebosado.

—No llores. No dejaré que nadie te haga daño, cervatilla. Ahora estás a salvo. Ven aquí.

La atrajo hacia sí y la rodeó con sus fuertes brazos. Por supuesto, olvidó que ella no podía oírlo a menos que pudiera verle los labios. Por las vibraciones de su pecho, Emily sabía que seguía hablando. Pero incluso sin verle los labios, sabía que estaba murmurándole palabras tranquilizadoras.

¿Cómo podría vivir sin él? Seguro que se moría. Querría morirse.

Ashley se la apartó del cuerpo para mirarla de nuevo.

—¿Mejor? —le preguntó.

Ella asintió. El corazón se le partía por Anna y por sí misma, pero le sonrió. Le sonrió a su querido y amado Ashley.

—Necesito que me arregles la pluma —le dijo, sonriéndole con expresión tonta—. He vuelto a escribir muy fuerte y he estropeado la punta. Nadie sabe arreglar una pluma mejor que mi cervatilla. ¿Lo harás?

Emily asintió y siguió sonriendo.

El coronel Henry Lomax estaba sonriendo cuando su mayordomo cerró la puerta del salón detrás de Henrietta.

—Ah, duquesa. Me complace que haya aceptado tan rápido mi invitación para que visite Wycherly, tan solo una hora después de mi regreso.

Ella sonrió muy coqueta y fue hacia él.

—La suya es una cara que no necesita enmascararse, señor, y tiene un físico que no debería disimular bajo una capa.

—No sé a qué se refiere usted, señora —negó él con expresión inquisitiva mientras ella le colocaba las manos sobre el pecho.

Henrietta hizo un puchero.

—Ha sido una descortesía que le pidiera a Anna que paseara por los jardines con usted cuando yo acababa de ofrecerme. ¿Acaso deseaba proteger mi reputación? ¿O tal vez es que ya no soy de su agrado?

El coronel Lomax rio con suavidad.

—Y usted desea agradarme, ¿no es cierto, señora? —replicó él aferrando las faldas de su traje de montar por los lados y subiéndolas—. Un caballero siempre debe acceder a los deseos de una dama. —Y la empujó hacia el amplio sofá que tenía a su espalda.

—¿Aquí, señor? —Henrietta casi chilló—. No hay intimidad.

—En esta casa, cualquier sirviente que entre en una estancia sin anunciarse es despedido al instante. Venga usted, Henrietta, y agrádeme.

La volvió para poder sentarse él en el sofá y siguió sujetándole las faldas con una mano mientras con la otra ajustaba sus ropas. La hizo ponerse a horcajadas, la sujetó por las caderas y la hizo bajar con fuerza sobre su miembro. Ella jadeó.

—Sea, pues, como una ramera para mí —dijo sin dejar de sonreírle—. Lo hace usted con tantos jadeos y tanto entusiasmo, duquesa.

—¿Señor? —Henrietta pareció indignada y trató de incorporarse sobre las rodillas para escapar a la penetración.

Pero él se rio y la sostuvo por las caderas con firmeza.

—Disfrute usted, Henrietta. Todo cuanto quiere será pronto suyo. Yo me llevaré a Anna antes de que pase mucho tiempo, pero quizás a Harndon le llevará un tiempo recuperarse y buscar consuelo en usted. Disfrute de esto mientras pueda.

La sujetó con fuerza sobre él y la tomó con rapidez y poca delicadeza. Henrietta jadeó y gimoteó. Y apoyó la cabeza contra su hombro cuando él terminó.

—Pero quizás a quien quiero no es a Luke sino a usted. Quizá ya no quiero que se lleve a Anna. Quizá preferiría que me llevara a mí.

—Henrietta, ha vivido usted mucho tiempo privada de la compañía de un hombre y ha olvidado qué es lo que más valora en la vida: la posición y el poder. Ha conspirado usted por ellos y sigue conspirando, ¿no es cierto? Me trajo toda esa información sobre Anna, que no puede haber hecho nada para ofenderla, a cambio de que la montara una vez por semana. No, mi querida duquesa, no debe perder de vista qué es lo que en realidad le importa. No tengo ningún uso para usted salvo este, y en ocasiones me resulta tedioso. No es algo que me apetezca con mucha frecuencia.

—¿Lo preferiría solo con Anna? —dijo ella con amargura levantando la cabeza.

Él la levantó con brusquedad y la dejó sin miramientos en el sofá, a su lado. Se puso en pie, de espaldas a ella, y se abotonó los calzones.

—Con Anna nunca. Y no mancillará usted su nombre sugiriendo semejante inmundicia, señora. Cuando llegue el momento, tendré su ayuda. Volverá aquí la semana que viene a la misma hora para recibir instrucciones, y cada semana después de eso, hasta que tenga un uso que darle.

Henrietta estaba sacudiéndose las faldas de su traje de montar. La ira le hacía llamear los ojos y le puso hiel en la voz.

—¿Y por qué habría de hacerlo? —preguntó—. ¿Por qué habría de volver a donde he sido insultada?

Él se volvió a mirarla con sorna.

—Señora mía, tengo sirvientes que la han visto hoy aquí, sola, sin doncella ni carabina, y uno de ellos entró en la estancia y la vio copulando conmigo en el sofá, con las faldas levantadas, tan cegada por el placer que ni siquiera reparó en su presencia.

Los ojos de Henrietta se abrieron con desmesura.

—Nadie... —empezó a decir.

—Y tengo otros dos o tres testigos de sus devaneos con un misterioso enmascarado hace varios meses —siguió diciendo—, testigos que bien podrían recuperarse del bochorno que sintieron y empezar a difundir rumores.

—Oh, es usted...

Henrietta se abalanzó sobre él con la intención de clavarle las uñas, pero él la sujetó por las muñecas.

—Además, Su Excelencia volverá, aunque solo sea por esto, ¿me equivoco? —Por primera vez desde que se conocían la besó, con fuerza, tirándole de las muñecas hasta que ella se arrojó sobre él, abriéndole la boca con la suya y metiéndole la lengua bien adentro antes de apartarse finalmente y sonreírle—. Lo necesita usted como el aire que respira, ¿me equivoco? Volveré a dárselo la semana que viene, Henrietta. Solo de pensarlo ya nota usted esa sensación entre las piernas, ¿a que sí?

Ella lo miró muda de asombro, con expresión de ira y deseo en el rostro.

—Sí. —Él volvió a sonreír—. Quizá la próxima semana lo haremos en un lecho, sin el estorbo de las ropas. La semana que viene, querida. —Retrocedió, le soltó una muñeca y se llevó su otra mano a los labios—. Y ahora debe irse. No nos gustaría que la sombra del escándalo amenazara su buen nombre, ¿verdad?

Henrietta lo miró mientras le soltaba la muñeca. Se volvió con rabia y corrió hacia la puerta.

Lo odiaba y lo temía. Los pechos y el vientre le palpitaban de deseo por él.

23

El coronel Henry Lomax se convertía en el centro de atención allá donde iba. No había cena, baile o fiesta que estuviera completo sin la presencia del coronel. Gustaba a los hombres, las mujeres lo adoraban. Incluso las más jovencitas reían tontamente y se ruborizaban cuando les dispensaba sus cumplidos, cosa que hacía con frecuencia.

Luke se encontró considerando formas placenteras y originales de matarlo.

Fuera a donde fuese, siempre buscaba la atención de Anna. Oh, nunca de manera que pudiera suscitar ningún rumor ni escándalo. Siempre lo disponía todo para sentarse junto a ella en las comidas, y entonces dividía escrupulosamente su atención entre ella y la dama que se hubiera sentado a su otro lado. Siempre se unía a su grupo en los salones para tomar el té, pero hablaba más con los otros miembros del grupo que con ella. Siempre bailaba con ella en las fiestas, solo una vez, pero solo bailaba con ella. Y luego pasaba el resto de la velada entreteniendo a otras damas y quejándose del efecto debilitador de antiguas heridas que le impedían bailar lo que le gustaría. Y cuando decía esas cosas, sonreía de una forma que sugería que sus heridas no habían mermado en nada su virilidad.

No había nada impropio en su comportamiento con Anna. Y Luke habría preferido que lo hubiera habido. Habría sabido cómo proceder con un hombre que hubiera hecho proposiciones indecentes a su esposa, pero no había nada indecente en el comportamiento de Lomax, y sus atenciones difícilmente habrían podido considerarse proposiciones.

Por supuesto, esas atenciones molestaban a Henrietta.

—Me sorprende —le dijo una noche en casa de los Pierce, cuando Luke estaba bailando con ella y Anna con Lomax—, que tú en concreto lo aceptes sin más, Luke.

—¿Cómo?

Luke enarcó las cejas y puso su atención en ella.

—Está muy claro que a él le gusta, y ella no hace nada para desanimarlo.

No, no lo hacía. Esa era en parte la razón de que tuviera aquellos instintos asesinos. Pero claro, tampoco había nada que desanimar.

—Deduzco que hablas del coronel Lomax y mi esposa. Te equivocas del todo, Henrietta.

—No lo ves, ¿verdad? Se casó contigo por tu fortuna, pero eso no impide que tenga un amante. El primer día que el coronel nos visitó, me dijo que lo encontraba irresistiblemente encantador y guapo y me advirtió que si se me ocurría coquetear con él, iba a encontrar una competidora en ella. Ay, ¡como si fuera yo a coquetear con un hombre de gustos tan indiscriminados!

La mirada de Luke era tan gélida que Henrietta dejó de hablar y bajó la vista.

—No dirás más, Henrietta —le dijo entre dientes—. Ya has hablado demasiado.

Henrietta se había convertido en una mujer amarga y resentida, pensó Luke con cierto pesar. En otro tiempo había creído ver en ella la perfección. Y tal vez estaba ahí. Pobre Henrietta. La vida no se había portado muy bien con ella.

Luke esperaba con impaciencia una respuesta de su tío en relación con las pesquisas que había hecho sobre Lomax. La respuesta llegó por fin y le heló el corazón, aunque era justo lo que esperaba. En el ejército no tenían constancia de ningún coronel Henry Lomax. Al parecer, el hombre no existía, al menos no para el ejército. Y Theo, a pesar de todos sus contactos, tampoco había sido capaz de descubrir nada sobre él fuera del ámbito militar.

Y, puesto que el coronel Henry Lomax era un hombre muy real, de carne y hueso, ya sabía que estaba viviendo en Wycherly con una identidad falsa.

Era alguien del pasado de Anna, alguien que supo de sus planes de boda y fue a observar de lejos. Alguien que la había seguido hasta los jardines de Ranelagh y aprovechó la primera oportunidad que se presentó para pasear con ella. Alguien que le había escrito en repetidas ocasiones en los primeros seis meses de matrimonio e incluso la había arrastrado a encuentros clandestinos. Alguien que se había tomado la molestia de establecer una relación con William, de convencerlo tal vez para que llevara a su esposa a un largo viaje de boda y le alquilara a él Wycherly durante un año.

Alguien cuyos sentimientos por Anna eran tan poderosos que no podía dejarla marchar.

Su amante secreto.

Luke estaba sentado a su escritorio, haciendo girar distraído la carta de su tío sobre la mesa, con la mirada perdida.

Pero ¿y Anna? ¿Le resultaba a ella igual de difícil dejar marchar a... Lomax, o como se llamara?

No estaba siéndole infiel. Luke no sabía por qué estaba tan seguro, puesto que no la espiaba y no podía saber qué hacía durante cada minuto del día desde que se habían casado. Pero estaba seguro. Era imposible compartir la intimidad con una mujer durante un año sin estar seguro de ciertas cosas. Anna era una esposa fiel y una madre entregada.

Pero ¿y sus sentimientos? ¿Qué fue lo que motivó aquella desazón que manifestó después de los jardines de Ranelagh y después de recibir la primera carta? ¿El miedo a renovar una relación que no quería renovar? ¿Miedo a sus propios sentimientos? ¿Se había aferrado a su marido y había hecho el amor con tanto apasionamiento porque se sentía culpable? ¿Culpable porque no lo quería a él sino al otro hombre?

Luke no podía dejar de recordar la expresión de sus ojos y sus lágrimas la mañana después de la noche de bodas, cuando le preguntó si amaba al hombre que había tomado su virginidad.

Estrujó la carta casi con saña con una mano y se puso en pie de golpe. Una cosa estaba clara: el tiempo para los secretos se había acabado. Iba a averiguar la verdad; no por Anna, no creía que pudiera sacarle ni una palabra, pero averiguaría la verdad. Por sí mismo.

Y en ese ocasión no sería a través de Theo, lo haría él.

* * *

Luke y Ashley habían salido a montar. No tenían ningún destino en particular, pero de alguna manera acabaron en lo alto de la pendiente que subía unos kilómetros por detrás de la casa. Los dos se detuvieron allí sin decir nada y volvieron sus monturas para contemplar la propiedad, los jardines y la casa. Era el último día de Ashley en Bowden Abbey.

—Pensaré en este momento cuando esté en la India —dijo Ashley— y me pregunte qué demonios estoy haciendo allí. Dicen que los ingleses siempre aprecian más su país cuando están lejos. ¿Fue tu caso?

—Yo tenía motivos para no querer recordar Inglaterra —contestó Luke en voz baja—. ¿No habrás cambiado de opinión, Ash? Aún no es demasiado tarde.

Ashley rio.

—¿Ahora que lo tengo todo preparado para partir hacia Londres mañana y hacia la India antes de una semana? No, no he cambiado de opinión, Luke. Pensar en el futuro me entusiasma, pero voy a echar de menos esto y a todos vosotros.

—Fox viene muy bien recomendado, pero dudo que pueda hacerlo mejor de lo que lo has hecho tú. Cuando quieras volver... Pero no importa. Yo también te añoraré, hermano, mi único hermano.

Se habían vuelto a unir mucho en los meses transcurridos desde el nacimiento de Joy.

—Había otro hermano —dijo Ashley—. ¿Has ido a visitar su tumba alguna vez, Luke?

—No —contestó él muy seco—, y no es un tema que desee tocar, Ash.

—Hay una cosa que deberías saber —soltó su hermano de pronto—. Madre dijo que nadie debía enterarse nunca, que bastaba con que lo supiéramos ella, Henrietta y yo. Pero me preocupa, sobre todo ahora que me voy. Tienes derecho a saberlo.

Luke volvió a darle la vuelta a su caballo y empezó a descender por el lado opuesto de la colina.

—Si tiene relación con George, no deseo saberlo.

Ashley lo siguió.

—Se suicidó.

Luke se detuvo de un modo tan brusco que su caballo se encabritó y tardó unos momentos en controlarlo. Su rostro se veía mortalmente pálido.

—¿Qué?

—Se dejó caer sobre un cuchillo —continuó el hermano, tan pálido como él—. A propósito. Por suerte, si es que a eso se le puede llamar suerte, había un brote de cólera en el pueblo e hicimos correr la voz de que había sido eso. De haberse sabido la verdad, no habríamos podido darle cristiana sepultura, Luke.

Luke sintió en la cabeza el mismo zumbido que ya había sentido en otra ocasión.

—Pero ¿por qué?

—Supongo que nunca pudo perdonarse —dijo Ashley—. Te quería. Te mandó dinero una vez, ¿no?, y tú lo devolviste. Después de aquello se pasó dos semanas bebiendo sin parar. Ni siquiera padre pudo hacer nada.

¡Dios!

—Henrietta consiguió lo que quería. ¿La ves ahora como lo que es y entiendes que todo fue cosa suya, Luke? Convirtió su vida en un infierno. George no hacía nada bien. Hasta lo culpó por la muerte del bebé. Se odiaban. Creo que ella en realidad sentía algo por ti, Luke, pero tú solo eras el segundón, y George estaba disponible. Qué ironía, ¿verdad? George solía llevarla a Londres, y ella tenía aventuras y presumía de sus amantes ante él. Oí rumores cuando estaba en la universidad. Y después se mató.

—Por Dios, Ash.

Luke siguió avanzando, sin saber ni importarle hacia dónde.

—Te agravió, Luke, pero por mi vida que lo pagó con creces.

«Le devolví el dinero —pensó Luke, haciendo apretar inconscientemente el paso a su montura—. Le devolví el dinero. Le devolví su ofrenda de paz.»

—Quizá no tendría que habértelo dicho. —La voz de Ashley sonaba desdichada—. Pero tenías otro hermano, Luke. Y yo lo quería.

Y Luke estaba a punto de perder a su otro hermano. No de una forma tan cruel o permanente. Pero lo perdería. Tiró con suavidad de las riendas y miró a su hermano.

—Has hecho bien, Ash. Gracias.

Ashley se encogió de hombros.

—¿Puedo pedirte una cosa? Mañana voy a estar hecho un lío. Quiero irme como si solo fuera a hacer un recado al pueblo. No quiero que tú o Anna salgáis a abrazarme y llorar y despedirme.

De alguna manera estaban cerca de los establos. Ashley debía de haberlos dirigido hacia allí.

—Entonces me mantendré alejado —dijo Luke con desgana— y le pediré a Anna que haga otro tanto.

Ashley dejó escapar un suspiro de alivio.

—Gracias —sonrió—. Escribiré, Luke.

—Eso espero —dijo Luke entrando delante en los establos—. Órdenes del cabeza de familia.

No fue fácil darle las buenas noches a Ashley como si fuera una noche cualquiera y no estrecharle la mano con fuerza o abrazarlo con el suficiente ímpetu para partirle las costillas. Luke había pasado diez años alejado de su familia y nunca esperó ni quiso volver. Y, sin embargo, en ese momento, consciente de que su hermano iba a estar fuera un número indeterminado de años, se lamentó por los años perdidos. Diez años en los que hubiera podido conocerlo.

Anna no tuvo su misma fortaleza. Tras excusarse pronto en el salón para ir a la habitación infantil y darle a Joy su toma de la noche, y después de desearle a Ashley buenas noches con su habitual alegría y buen humor, se dio la vuelta al llegar a la puerta, corrió de nuevo hacia él y le dio todos los abrazos y vertió sobre él todas las lágrimas que el joven esperaba evitar por la mañana.

Ashley salió del abrazo con expresión tierna y llorosa.

Luke desayunó temprano y salió de la casa antes de que Ashley bajara. Se había pasado la noche en vela e incluso se había retirado a su propio dormitorio para no molestar a Anna. Había renunciado a su familia, a todos ellos, y había vivido con sus emociones adormecidas durante diez pacíficos años. Pero habían vuelto, su familia y sus emociones. Quería a Doris y a Ashley. Seguía sintiéndose herido por el rechazo de su madre, tenía que reconocerlo. Y seguía odiando a su padre y a George.

George. George se había arrojado contra un cuchillo y se había matado.

Luke salió de la casa temprano. Ensilló él mismo su caballo y cabalgó despacio y desganado hacia el único sitio al que podía ir. Tenía que hacer una visita, una visita largamente pospuesta.

De niño siempre le había gustado deambular por el cementerio. Le fascinaba pensar que sus antepasados y los antepasados de los vecinos y la gente del pueblo estaban enterrados allí. No era una fascinación enfermiza lo que sentía, era el asombro por el misterio de la vida.

Pero en esa ocasión iba a ver dos tumbas muy concretas, dos tumbas que nunca había visto antes. Se detuvo ante la de su padre primero. Su padre siempre fue un hombre severo. Fue un hombre que amó a sus hijos y a su hija, pero su amor tenía unos límites, y Luke los sobrepasó. El Luke de veinte años había sentido con amargura el rechazo de su padre. El Luke de treinta y uno por fin podía entenderlo. Había tratado de matar a su hermano, o eso pensaron todos, y casi lo había conseguido.

Luke se preguntó si su padre se había arrepentido de algo en sus últimos años de vida.

«Padre», pensó. Pero no había palabras. Solo una imagen que recordó de pronto, de su padre enseñándole con una infinita paciencia a montar su primer poni. «Papá.»

Había una pequeña tumba para el bebé que nació muerto. Hasta le habían puesto un nombre: Lucas.

Luke se quedó un rato mirando la pequeña lápida, temiendo quizá dar el paso que lo llevaría ante la otra tumba familiar, más reciente. Pero, al final, lo dio.

George. Muerto a la edad de treinta y dos años. Muerto por propia mano. Porque no podía perdonarse a sí mismo. Porque su hermano no lo perdonó. Porque su hermano le devolvió el dinero.

Herido y enloquecido, furioso y orgulloso, Luke devolvió el dinero y el papel en el que su hermano había garabateado su firma.

Una ofrenda de paz.

Una ofrenda de amor.

Despreciada y rechazada.

Con el egoísmo propio de la juventud, pensó Luke en ese momento, había creído que él era el único que sufría... él y Henrietta. Y había rechazado aquella ofrenda de amor. Y el amor mismo. Había matado el amor que había en él y se había arrancado el corazón para que nadie pudiera volver a herirlo.

Y, sin embargo, él había herido a otra persona tan profundamente que se había matado. Él había matado a George.

Encorvó los hombros y sintió que el viento frío le calaba los huesos. No llevaba capa. Parecía que iba a ponerse a llover en cualquier momento. Todo a su alrededor parecía adecuadamente gris y lúgubre.

—George —dijo en voz alta—. George. —«Perdóname. Yo te he perdonado. Perdóname. Perdóname.»—. Te quiero.

El amor llegó en la forma de dolor, un dolor sin tamizar, y no lo rechazó. Luke hincó una rodilla en el suelo y apoyó una mano sobre la lápida y la otra sobre la tierra donde descansaban los restos de su hermano.

—Perdóname. —Las lágrimas cayeron libremente sobre la hierba—. Perdóname.

Apoyó la frente sobre la mano que tenía en la lápida y lloró desde el fondo del alma con sollozos profundos y entrecortados.

Pasó mucho rato, hasta que al fin se puso en pie y volvió en dirección a la casa, guiando a su caballo a pie. Nadie lo había molestado, aunque más de una persona, incluyendo el párroco, lo había visto.

Ashley le había dicho que ese día se iba. Luego le puso las manos sobre los hombros, le dedicó una sonrisa alegre, le dijo que fuera buena y se marchó. Fue un breve encuentro. Estuvo toda la tarde cabalgando con Luke.

Emily no quería verlo. No soportaría tener que verlo marchar. Y, sin embargo, cuando se terminó el desayuno, o mejor, cuando no se comió el desayuno, no podía sentir más que pánico. ¿Se había ido? ¿Se había marchado ya? ¿Se había ido para siempre y ella no lo había visto partir?

Se sentó junto a su ventana y trató de encontrar la calma en la contemplación de la hierba y los árboles del exterior. Pero era un día gris y lúgubre, y quizás en ese mismo momento Ashley estaba en la entrada, subiendo al carruaje que lo llevaría lejos de allí.

Nunca volvería a verlo.

Su niñera llegaría pronto y la llevaría a la habitación infantil, donde trataría de interesarla en alguna labor o pintura. Ese día no podría coser ni pintar, porque se le estaba partiendo el corazón. Se levantó de un brinco, corrió a su vestidor para coger una capa, se la echó sobre los hombros y salió corriendo mientras estaba a tiempo.

Si acaso lo estaba.

Pero había baúles y cajas en el vestíbulo. No se veía ningún carruaje esperando. No había ni rastro de Ashley. Estaría desayunando. No se había ido aún. Pero no podía buscarlo. Ese día no quería verlo. Oh, sí, claro que quería. Tenía que verlo. Pero no quería que él la viera.

Corrió al exterior y salió a la terraza más alta de los jardines formales. Corrió con rapidez por los jardines, sobre el extenso césped, por el puente, y siguió el camino de acceso a la casa, hasta que al final se detuvo jadeando entre los árboles. Apoyó la espalda contra el tronco de un árbol para poder ver el camino pero que no la vieran a ella. Pero lo único que vería sería el carruaje. No era probable que él estuviera mirando por la ventanilla, y si lo hacía, la vería. Emily no quería que la viera.

Deseó que su capa no fuera roja. ¿Por qué no había pensado en llevar una distinta?

Para cuando oyó que el carruaje se acercaba, estaba temblando de frío. Aunque no lo oyó, claro, pero era mucho más consciente de las vibraciones que los demás. Supo que el carruaje se acercaba antes incluso de verlo. Y sintió pánico. Ashley se iba para siempre y lo único que ella vería sería el carruaje. Se inclinó hacia delante, desesperada por tener una última imagen de él.

Pero el carruaje pasó y ella no vio nada. Y entonces aminoró la marcha y se detuvo, la puerta se abrió y Ashley saltó al camino y se volvió hacia donde ella estaba, aferrándose al árbol que tenía detrás.

Ashley se acercó y se detuvo muy cerca antes de decir nada.

—Cervatilla.

Si dijo algo más, Emily no lo oyó. Se le nubló la vista.

Notó su peso contra ella, empujándola contra el tronco del árbol, aunque no la tocó enseguida con las manos. Cuando ella lo miró, vio que tenía la cabeza echada hacia atrás y apretaba los ojos con fuerza. Y entonces bajó la cabeza y la miró a los ojos.

Cuando sus labios la tocaron, eran cálidos, suaves, maravillosos, y permanecieron sobre los suyos unos instantes. Ella devolvió el beso buscando consuelo.

Ashley le sujetó el rostro entre las manos y le acarició el pelo.

—Volveré, mi cervatilla, volveré para enseñarte a leer y escribir, y para enseñarte un lenguaje que puedas utilizar.

«Lo único que quiero aprender a decir es te quiero. Siempre te querré. Para siempre, te quiero.»

—Ah —dijo Ashley—. Esos ojos. Esos ojos, Emmy. Volveré. No voy a olvidarte. Te llevo aquí. —Se apartó de ella y se tocó con una mano el corazón.

Y entonces se fue.

Poco después de que cerrara los ojos, el carruaje se fue también. Notó las vibraciones.

Emily se quedó donde estaba durante largos minutos, hasta que se apartó con brusquedad del tronco y echó a correr a ciegas por el bosque, más y más deprisa, como si todos los demonios del infierno corrieran tras ella.

Anna estaba en la habitación infantil jugando con Joy cuando Luke entró. El bebé, que llevaba media hora o más tratando de demostrarle a su madre que esa mañana no estaba de humor, sonrió en cuanto posó los ojos en su padre.

—Niña mala —le dijo Anna.

—Joy tiene tu sonrisa —comentó Luke, apoyando la mano en el hombro de Anna.

—Cuando quiere. Es un diablillo. —Volvió la cabeza para mirar a Luke. Estaba pálido y casi parecía como si hubiera estado llorando—. ¿Qué pasa? ¿Al final has visto a Ashley esta mañana? Me ha resultado difícil quedarme aquí, la verdad. Parece algo antinatural dejar que se vaya sin despedirlo como merece.

—Ash es muy joven, demasiado para querer que lo vean llorar, Anna. No, no lo he visto, aunque me han dicho que ya se ha ido. Lo echaré de menos.

—Lo sé.

Anna le sonrió.

La mano que tenía en el hombro le dio un apretón.

—¿Me invitas a tu salita de estar?

Anna no había invitado a Luke a su salita desde que él le dijo que sería su refugio privado, aunque muchas veces habría querido tenerlo allí y poder estar los dos solos. Le entregó al bebé, que volvió a sonreírle, y llamó a la niñera. Cuando la mujer llegó y se hizo cargo de la pequeña, Anna lo llevó a su salita.

—¿Qué pasa?

Se sentó junto a él en el sofá y le cogió entre las manos una de las suyas, y vio con sorpresa y espanto que a Luke los ojos se le llenaban de lágrimas.

—He ido a ver a mi hermano mayor —dijo, recostándose contra los cojines y volviendo la cabeza para mirarla—. He ido al cementerio a visitar la tumba de George.

—Oh. Me alegro, Luke.

Y, por su expresión, Anna supo que se había producido alguna clase de reconciliación, por muy absurdo que pudiera parecer, puesto que su hermano estaba muerto. Pero Anna sabía que Luke lo necesitaba, que necesitaba recuperar a toda la familia después de años de amargo distanciamiento.

—Se suicidó, Anna. —Luke cerró los ojos mientras Anna sentía un escalofrío, y entonces le contó todo lo que Ashley y Doris le habían relatado, y terminó con lo que Anna sabía que era lo más doloroso—. Me mandó aquel dinero para que supiera que aún me quería y que sentía lo que me había hecho. Y yo se lo devolví. Lo rechacé. No lo maté con aquella bala... ¿Sabías que apunté a un árbol que estaba a casi dos metros de él y casi le acierto en el corazón? Pero lo maté cuando le devolví aquel dinero.

—No, Luke. —Anna apoyó una mano en su mejilla. Era muy extraño ver a su marido débil y vulnerable—. Por supuesto que no lo mataste. No debes pensar eso. Los dos sufristeis mucho. Tú tuviste la fortaleza de superarlo. Él no. Podía haber mandado una carta junto con el dinero. Podía haber ido a París a buscarte. No puedes culparte por lo que él hizo o dejó de hacer. Y si tú lo rechazaste una vez, él también te había rechazado a ti. Por desgracia, la gente hace esas cosas. Herimos a los demás, sobre todo a nuestros seres queridos, y hay gente que no tiene la capacidad de soportar lo que otros sí aguantan. Quizá no pueden evitarlo. Mi pa-padre siempre me pareció un hombre fuerte hasta que mi madre enfermó de tuberculosis, y entonces se desmoronó. Mucha gente se lo echó en cara. Habría sido muy fácil dejar de quererlo.

—Yo quería a George, Anna. Él siempre fue todo lo que yo deseaba ser. Era mi héroe.

—Él también te quería, Luke. Hasta el final, o de lo contrario no habría sufrido tanto. Y no querría que sufrieras ahora. No querría saber que te ha herido en la muerte más quizá que en vida.

Luke volvió la cabeza para mirarla de nuevo.

—El amor no es la emoción dulce y sencilla que a veces nos pintan. Me gustaría poder conseguir que regresara para hacer las paces, pero está muerto. El amor duele, Anna.

—Sí.

Anna volvió la cabeza para besar el encaje de su puño.

—Anna —dijo, mirándola con atención—. ¿Henrietta ha sido siempre tu amiga?

Anna pensó en darle una respuesta ambigua, pero sabía que Luke estaba tratando de enderezar su vida, de reconciliar pasado y presente. Necesitaba sinceridad, al menos en ese punto.

—No, en realidad no. Siempre se toma muchas molestias para describirme sus encuentros contigo y hacerme entender lo mucho que seguís amándoos. Y he acabado por pensar, tal vez injustamente, que es algo deliberado, que le desagrado. Evito su compañía tanto como puedo.

—No es cierto, Anna, lo que insinúa no es cierto. Debo confesar que tenía miedo de volver y que mis sentimientos por ella se reavivaran en cuanto la viera. Y cuando volví, me daba miedo quedarme a solas con ella por la misma razón. Ella lo preparó todo para que nos encontráramos cada vez. Y yo no tardé en darme cuenta de que lo que sentía por ella ya no era amor, sino lástima.

Anna respiró hondo y dejó escapar el aire muy despacio. Bajó la mano hasta el regazo.

—Anna —dijo Luke escrutando sus ojos—, ¿te arrepientes de haberte casado conmigo?

—No —respondió ella cerrando los ojos. Y entonces los abrió y lo miró para decírselo con mayor apasionamiento—. No, en absoluto.

—Yo tampoco —dijo él—. Eres lo mejor que me ha pasado en la vida.

Ella se mordió el labio con fuerza. ¿Qué acababa de decir sobre lo de que el amor dolía?

—¿Hay algo...? —empezó a decir casi vacilante. Volvió a empezar—. ¿Puedo serte de ayuda en algo, Anna?

Con cuánta frecuencia las decisiones más importantes de la vida de una persona debían tomarse en un momento, pensaría después Anna. Sin previo aviso. Sin más que unos segundos de tiempo para sopesar la respuesta. ¿Por qué no se lo dijo?, pensaría después. Estaba de un ánimo suave, casi tierno. Le acababa de decir que era algo precioso para él. Acababa de confesarle sus propios y terribles errores. Luke habría escuchado su confesión con compasión. La hubiera liberado.

Pero solo tenía un momento para decidir, y contestó por instinto... el instinto de supervivencia.

—Siempre te portas bien conmigo —le dijo, y le sonrió.

—¿Y no hay nada...?

—Nada —repuso ella con firmeza, manteniendo la sonrisa.

Él asintió.

—Debo ir a Londres por unos asuntos —anunció con un tono más enérgico—. Estaré fuera una semana más o menos.

Anna sintió que su corazón saltaba de alegría, aunque, evidentemente, cualquier idea de huida era una mera ilusión.

—¿Iremos juntos? ¿Será pronto?

—No. —Y estiró la mano libre para rozarle la mejilla con los dedos—. Iré solo, Anna. Será más fácil que tener que recoger las cosas de Joy y la niñera y llevaros a todas conmigo. Volveré a casa en cuanto pueda.

—Oh —dijo Anna.

—No tienes... miedo de quedarte aquí sola, ¿verdad? —le preguntó mirándola con atención.

¿Miedo? Terror habría sido más exacto.

—No, por supuesto que no. —Le sonrió—. Pero te vamos a echar de menos Joy y yo. Contaré las horas que faltan para que vuelvas.

—Anna, ay, Anna.

Luke estaba extrañamente pensativo. Sus ojos la miraban muy abiertos y tenían una expresión desvalida, pero de repente recuperó su talante habitual y se puso en pie.

—Debo hablar de ciertos asuntos con mi administrador y con mi ayuda de cámara.

Anna le sonrió, resistiéndose al impulso de aferrarse a él, de suplicarle que no la dejara sola, pero se quedó donde estaba cuando él salió de la habitación. Quizás eso era lo que necesitaba, quedarse sola, sin la semblanza de una seguridad tras la que parapetarse. Quizá cuando estuviera sola encontraría el valor para hacer algo en su propia defensa.

Quizá, y el pensamiento regresó sin ser invitado, encontraría el valor para matarlo.

24

Una hora más tarde, aproximadamente, Luke estaba en el gabinete de su nuevo administrador, Howard Fox, escuchando con cierta satisfacción los elogios del hombre por lo bien ordenados que estaban los libros de cuentas y los registros y dándole instrucciones sobre lo que tenía que hacer durante su ausencia. Pero los interrumpieron cuando llamaron a la puerta. Anna entró, parecía preocupada.

—Emmy ha desaparecido —dijo mirando con expresión de disculpa a Fox.

Luke se despidió con un gesto de su administrador y salió con Anna de la estancia.

—No estamos ni a media tarde —la tranquilizó Luke—. Siempre sale a corretear por ahí. ¿Hay necesidad de preocuparse?

—Pero está fuera desde esta mañana temprano. Su niñera acaba de avisarme, la muy necia. Lleva demasiado tiempo fuera, Luke. Ashley se fue temprano. Supongo que lo vio partir y se ha ido a algún sitio a llorar sola. Me arrepiento de no haberle brindado mi compañía esta mañana. Tendría que haber imaginado que iba a pasar esto. Dios sabe dónde habrá ido.

—Pobre Emily. Volverá a casa cuando esté preparada. —Pero miró al rostro de su esposa y la vio muy agitada—. ¿Quieres que la busque?

—Yo tengo que darle el pecho a Joy. Pasará media hora o más antes de que pueda escaparme.

—La encontraré y te la traeré sana y salva. ¿Al menos ha tenido el sentido común de llevarse una capa? Hace un día muy frío.

—Falta su capa roja.

—Ah, entonces será fácil verla —dijo.

Pero estaba seguro de que la joven había corrido a la cascada. Al parecer, era uno de sus rincones favoritos.

Luke la encontró allí, tumbada bocabajo en la roca que sobresalía del agua, cubierta por la capa.

—¿Emily? — la llamó en voz baja mientras trepaba ayudándose con las manos por las otras rocas para llegar hasta ella. Pobre niña. Había estado tan inmerso en la intensidad de sus propias emociones que no le había dedicado ni un solo pensamiento—. ¿Emily? —dijo, tocándole un hombro con la mano.

Aunque Luke temía asustarla, no fue así. La joven volvió la cabeza para mirarlo con ojos apagados y enrojecidos, y volvió a ocultar el rostro entre los brazos.

Luke se sentó junto a ella y estuvo un rato dándole palmaditas en el hombro. Ya no lloraba. Se mostraba del todo pasiva. Pobre criatura. Quería a Ashley con más empeño y determinación que ninguno de ellos. Y ya tenía quince años, ¿no era cierto? Lo más probable era que ya no lo quisiera como una hermana a su hermano o una niña a un héroe, sino como una mujer amaba a un hombre. Pero su afección hacía que fuera más fácil verla como una niña que como una joven que estaba convirtiéndose en mujer.

¿Qué pasaría con ella? ¿Podrían Anna y él encontrarle un esposo amable cuando llegara el momento? Aunque en ese instante Emily sería incapaz de pensar en un futuro satisfactorio. Estaba demasiado absorta en la agonía del presente.

Al final, Luke la hizo volverse, la cogió en brazos y se la sentó en el regazo. Y estuvo acunándola mientras ella se acurrucaba contra él, susurrándole palabras de consuelo, aunque sabía que ella no podía oírlas.

—¿Lo viste marcharse? —le preguntó cuando la joven levantó la vista para mirarlo con los ojos muy abiertos y expresión de desdicha.

Ella asintió.

—¿Hablaste con él? —preguntó—. ¿Te dijo adiós?

Ella volvió a asentir.

Y Luke se preguntó si Ashley sería consciente de que esa niña lo amaba.

—Lo siento. Siento que sufras tanto, Emily.

Ella volvió a apoyar la cabeza en su hombro y se quedó así unos minutos más, y luego se puso en pie y se arregló la capa con la vista gacha. Luke le ofreció el brazo y ella lo aceptó.

—Emily. —Luke inclinó la cabeza hacia ella mientras caminaban, hasta que ella lo miró—. Anna y yo te queremos mucho. Sé que eso no aliviará tu dolor, pero es la verdad, querida.

Ella le sonrió débilmente.

Y fue entonces, cuando estaban caminando por el césped cerca de la casa, cuando se le ocurrió una idea. Aminoró el paso y volvió a inclinar la cabeza hacia ella.

—Emily —dijo cuando ella lo miró—, ¿conoces al coronel Lomax?

Ella lo miró perpleja.

—Nuestro nuevo vecino. El hombre que vive en Wycherly.

Luke vio una expresión de reconocimiento en su mirada. Y algo más. Sí, definitivamente había algo más.

—¿Lo conoces? ¿Lo habías visto antes de que apareciera por aquí?

Ella asintió con los ojos muy abiertos, expresando algo que Luke no fue capaz de interpretar.

—¿Dónde? —preguntó.

Ella señaló en un gesto amplio e impreciso, y después se encogió de hombros con impotencia.

—¿En casa? —preguntó Luke—. ¿En Elm Court?

Ella asintió con vigor.

—¿Pero su nombre no es Lomax?

Ella negó con la cabeza.

Lo sabía, por supuesto. Pero notó una cierta sensación de desolación al ver que sus sospechas se confirmaban.

—¿Te gustaba?

Ella negó con la cabeza y sus ojos le dijeron que sus sentimientos hacia Lomax eran justo lo contrario. Pero ¿por qué? Y a Anna, ¿le gustaba? No podía preguntárselo a Emily. No habría sido justo. Aunque tampoco parecía que la justicia tuviera nada que ver en ese asunto.

Le apretó la mano con fuerza.

—Gracias —le dijo—. Averiguaré la verdad por mí mismo, querida mía. ¿Crees que debo hacerlo?

Ella asintió, con lágrimas en los ojos. Luke volvió a apretarle la mano mientras la llevaba hacia la casa. Sí, descubriría la verdad por sí mismo. Ya era hora. Y tenía la sensación de que el futuro de su matrimonio dependía de que pudiera descubrirla.

Un matrimonio que, poco a poco, tan poco a poco que ni siquiera se había dado cuenta, había ido convirtiéndose en algo muy preciado para él.

Ojalá pudiera volver atrás, pensaba Henrietta mientras cabalgaba sola por el camino hacia Bowden Abbey, y ordenar su vida de un modo diferente. Si se hubiera quedado con Luke, el anodino, poco elegante y formal Luke, con su sueño de hacer carrera en la Iglesia, a esas alturas sería la esposa de un obispo. O tal vez la actual duquesa de Harndon, aunque quizá George seguiría con vida si... Quizá se habría casado y tendría hijos.

Acababa de volver de Wycherly, donde le habían dado las gracias por llevar la noticia del inminente viaje de Luke. Y lo habían hecho de la forma habitual. Cada vez lo hacía de una forma más insultante. Nunca en un lecho, como le había prometido veladamente en una ocasión. Lo habían hecho en una cuadra en los establos, con la puerta cerrada, pero sin echar el cerrojo, mientras oían a los mozos de cuadra trajinando al otro lado de la débil barrera de madera. Él se había reído ante sus protestas.

Y, sin embargo, Henrietta no parecía capaz de vivir sin lo que le daba.

Si por lo menos se llevara a Anna lejos de allí, ya había dejado de desear que se la llevara a ella, al menos sería libre otra vez. Podría recuperar su orgullo. Podría volver a gobernar en Bowden. Y tendría a Luke. A él nunca lo había tenido. Pero si la mitad de las historias que habían llegado sobre él de París eran ciertas...

Y estaba esa expresión en los ojos de Anna algunas mañanas...

Henrietta apretó los dientes y caminó a grandes zancadas desde los establos hasta la casa. Cotes la recibió en el vestíbulo, hizo una reverencia y le dijo que Su Excelencia quería hablar con ella.

Henrietta enarcó las cejas un tanto sorprendida, pero siguió al mayordomo hasta el gabinete y pasó una vez que el hombre llamó a la puerta y le abrió.

Luke estaba sentado detrás de su escritorio. Se puso en pie, pero se quedó donde estaba. Le indicó que se sentara en una silla al otro lado.

—Henrietta. Toma asiento.

Ella sonrió cuando los dos estuvieron sentados. Luke estuvo mirándola fijamente durante unos momentos. Qué diferente estaba, pensó Henrietta. Mucho más guapo y autoritario. Mucho más atractivo.

—¿Qué ha pasado? —Henrietta se inclinó hacia delante y apoyó una mano delicada en el otro extremo del escritorio—. ¿Anna ha...?

—Henrietta —la interrumpió él—, vamos a tener que hacer ciertas disposiciones para que vivas en otro lugar. De forma permanente.

Ella se quedó mirándolo perpleja por unos instantes, mientras lo poco que quedaba de su mundo se desmoronaba a su alrededor. Quizá no lo había entendido bien. Su mirada se suavizó y adoptó un aire triste.

—Pobre Luke. ¿Tú también lo sientes? La tensión constante. La tentación. ¿Te resulta tan insoportable como a mí?

—Has hecho cuanto has podido —dijo Luke con frialdad— por arruinar mi matrimonio. No voy a tolerarlo más. Mi matrimonio es algo precioso para mí.

De pronto, Henrietta apretó los labios y le llamearon los ojos.

—¿Qué te ha contado Anna? ¿Qué mentiras te ha dicho sobre mí? No es más que una ramera, Luke, y tú...

—¡Silencio! —exclamó Luke, sin levantar la voz, pero con un tono tan frío que Henrietta obedeció al instante y lo miró.

—Tengo que ausentarme de Bowden durante una semana más o menos, tal y como he anunciado en el desayuno. Mañana partiré. Y cuando vuelva, quiero que estés preparada para marcharte. Te enviaré a Harndon House hasta que pueda disponer algo más permanente. Tú misma puedes decidir si deseas un domicilio en la ciudad o prefieres una casita en el campo. En algún sitio que no esté cerca de Bowden. Me ceñiré a tus deseos en este asunto.

Henrietta se dio cuenta del alcance de su pérdida, del alcance de su estupidez. Tenía lágrimas en los ojos.

—Luke —susurró—, ¿es a esto a lo que ha quedado reducido nuestro amor?

—Yo te quise en otro tiempo, pero dudo que tú sepas lo que significa esa palabra, Henrietta. Sinceramente, no tengo ningún deseo de discutir este asunto contigo, pero ya hace mucho tiempo que te comportas como una fuerza de destrucción en mi familia. Eres mi cuñada, la viuda de mi hermano George, y como tal tienes derecho a contar con alojamientos relativamente lujosos mientras vivas y a ser mantenida con generosidad por la propiedad. Pero una vez que salgas de aquí, no volverás bajo ninguna circunstancia. Al menos no mientras yo viva.

Henrietta se puso en pie y lo miró con desdén.

—Siempre has sido débil. Soñar con ser un clérigo, huir a Francia, el miedo a regresar, casarte con una ramera por la que no sientes nada para poder esconderte detrás de sus faldas cuando volviste a mí, y ahora con ese miedo que demuestras a reconocer que sigues sintiéndote atraído por mí. Siempre fuiste débil. Me alegro de haberme quedado con George y no contigo. Aunque, claro, es posible que hubiera seguido vivo si no lo hubiera elegido a él, y yo tendría que sentarme en la banca de una iglesia cada domingo por la mañana, fingiendo que te miraba con adoración mientras tú pronunciabas tu sermón.

Luke se sacó la cajita de rapé del bolsillo y abrió la tapa con una uña.

—Puede retirarse, señora —le dijo con mirada fría.

Henrietta comprendió demasiado tarde lo que había conseguido con su estallido de mal genio. Lo había perdido para siempre, había perdido Bowden Abbey. Pero él también lo perdería. Estaba impaciente. Apretó los dientes, se dio la vuelta con indignación y se fue hacia la puerta con la cabeza muy alta. Y entonces se volvió y lo miró furiosa.

—No quiso volver a acostarse conmigo cuando nuestro hijo nació muerto —le escupió con odio—. ¿Qué podía hacer sino odiarlo? Me privó de mis derechos. No quiso arriesgarse a tener más hijos conmigo. Había que preservar el ducado para Luke. Siempre su precioso Luke. Y al final te lo dio... sobre la punta de un cuchillo, podría decirse. ¿Lo sabías? ¿Sabías que tu hermano, mi marido, se quitó la vida? Para asegurarse de que ningún hijo mío podía sucederle, solo su precioso Luke.

Luke tomó rapé con mano firme hasta que Henrietta se dio la vuelta y salió de la habitación. Y en ese momento la última pieza del rompecabezas encajó en su sitio. Todos esos años se había sentido cruelmente traicionado, cuando la realidad era que lo amaban profundamente.

Sí, Anna tenía razón. George no querría que sufriera por el sentimiento de culpa. George lo quería e hizo todo lo que estuvo en su mano por hacer las paces con él, y al final se mató, el muy tonto, para conseguirlo.

Como decía el versículo bíblico: «Nadie tiene un mayor amor que este...».

Anna no quería que Luke se fuera, ni siquiera una semana. Una semana eran siete días. Siete días interminables. Podían pasar muchas cosas en siete días. Sin duda, él descubriría pronto que Luke se había ido y aprovecharía la ocasión. Hasta el momento se había contentado con buscar su compañía allá donde iban, no le había exigido nada, pero eso cambiaría. Y seguro que lo haría esa semana.

También tenía esa semana para hacer algo al respecto, para acabar con aquel terror. O quizá iniciarlo...

No quería que Luke se fuera. Si le suplicaba, ¿las llevaría con él? ¿Se quedaría en casa y mandaría al señor Fox a resolver los asuntos que tenía en Londres? Pero no le suplicaría. Era evidente que creía que debía ir en persona y que prefería hacerlo solo. Anna trató de no sentirse ofendida.

Cuando acudió a su lecho y la tomó en sus brazos, trató de no aferrarse a él, pero supo al instante y con cierto alivio que sería una de esas noches en las que le hacía el amor. Intentó contener el entusiasmo, pero siempre se sentía excitada cuando sabía que él iba a amarla.

Luke la besó en la boca con calidez, muy despacio. Ella le abrió la boca y se arqueó contra su cuerpo.

—Mmm —murmuró Luke—. ¿Qué tienes, Anna?

Él siempre lo sabía. A veces tenía la sensación de que la conocía mejor que ella misma. Era difícil engañarlo.

—Nada —susurró—. Te voy a echar de menos, nada más.

—Aprovechemos al máximo esta noche, ¿te parece? —dijo, volviendo a tomar su boca.

—Mmm.

Le hizo el amor con lentitud. Muy despacio. Fundiéndola en una cálida relajación, llevándola milímetro a milímetro a la excitación, dejando que volviera a relajarse y volviendo a aumentar la excitación, una y otra vez. Sus manos y sus dedos, su boca y su lengua, sus dientes, sus piernas, su cuerpo... Los utilizaba todos con una asombrosa habilidad. Después de un año de matrimonio hubiera podido pensarse que no sabría encontrar nuevas formas de tocarla o excitarla. Y, sin embargo, siempre había algo nuevo y sus propias manos, su cuerpo y su boca habían aprendido también a dar placer de formas diferentes y hábiles.

Anna abandonó sus miedos y se entregó de lleno al momento, al acto de dar y recibir placer. Y cuando llegó el momento de que sus cuerpos se unieran, Anna se abrió a él y levantó el cuerpo y suspiró cuando él la penetró. Anna jadeó de excitación, muy próxima al límite. De haberse movido Luke dentro de ella, incluso una o dos veces, se hubiera dejado llevar por aquel estremecimiento.

Pero se quedó quieto, y las sensaciones remitieron una vez más. Anna se quedó quieta y relajada bajo su peso, sabiendo que pronto, a su debido tiempo, Luke los movería a los dos y los llevaría a la danza de sus cuerpos entrelazados que desembocaría en un éxtasis compartido. Cuando la excitación empezó a remitir, Anna no sintió ansiedad. Luke volvería a provocarla incluso con mayor intensidad, retirándose y empujando con fuerza una vez más.

—Anna. —Luke se había incorporado sobre los antebrazos y la estaba mirando a la cara. Las cortinas estaban descorridas tanto en la cama como en las ventanas, y Anna podía verle la cara casi con claridad, aunque llevaba el pelo suelto y le caía sobre la cara y los hombros. En sus ojos había una luz que hizo que su corazón se sacudiera—. Anna.

Ella levantó las manos, le apartó el pelo de la cara y se lo echó por detrás de los hombros. Le sujetó el rostro con manos dulces y lo miró. En esos momentos lo quería tanto que le dieron ganas de llorar.

—Te quiero —susurró Luke.

Y entonces las lágrimas brotaron y le rodaron por las mejillas.

—Te quiero —dijo él de nuevo con los labios contra los de ella.

Hubo un momento de pausa antes de que profundizara el beso, tal vez para darle tiempo a que correspondiera a sus palabras.

Y luego la amó con su cuerpo como la había amado en incontables ocasiones antes, con embestidas firmes y profundas, incrementando gradualmente el ritmo hasta que cada terminación nerviosa de su cuerpo ardía de deseo y rodó con él más allá de la necesidad a ese cielo temporal donde la satisfacción de las necesidades y los sueños lo era todo.

Como la había amado en incontables ocasiones. Como nunca la había amado. Porque había una diferencia, tanto su cuerpo como su corazón lo reconocieron: Luke le había dado placer en innumerables ocasiones antes, pero nunca le había dado placer con amor. Anna también se sintió amada... como nunca antes.

No quería analizar, pensó perezosa, por qué no había respondido a sus palabras.

Luke buscó su boca y la besó a placer.

—Te quiero —volvió a decir.

Era porque aún no podía entregarse por completo a él. Había secretos, barreras que ella misma había puesto, secretos que debían revelarse, barreras que debían derribarse. Y después... Era imposible saber lo que llegaría después de eso.

No, todavía no podía pronunciar esas palabras. Quizá nunca lo hiciera.

Y, sin embargo, lo amaba más que a su alma, lo amaba más que a su vida. Lo amaba desde que lo vio aquella noche, vestido de rojo y oro, con su afectación parisina, y lo amaría hasta su último aliento, quizás incluso más allá.

Se solían tardar tres días en recorrer la distancia que separaba Bowden Abbey de Elm Court. Luke lo hizo en dos. Le inquietaba la idea de estar lejos de Anna. Quizá se había equivocado al dejarla sola, pero no creía que pudiera estar en realidad en peligro. Sin embargo, si Lomax era su antiguo amante, y Luke estaba convencido de que lo era, quizá le estaba poniendo la ocasión en bandeja al dejarla sola en casa. Quizá le estaba dando a Lomax una oportunidad demasiado buena.

No podía quitarse de la cabeza que Anna no hubiera respondido a su triple declaración de amor. No se habían casado por amor. Anna no estaba obligada a amarlo, y desde luego Luke no deseaba que fingiera que lo amaba si no era así.

Pero tenía la esperanza, creía que...

La noche antes de su partida hubo una ternura especial en el sexo que compartieron. O eso le había parecido a él. Le resultaba imposible creer que solo él lo había sentido. Lo que habían hecho esa noche no era solo físico. No se habían comportado como dos entidades diferentes que daban y recibían placer; habían sido marido y mujer haciendo el amor. Un cuerpo, un corazón.

O eso le había parecido a él. No se había parado a pensar lo espantosa o risible, según se mirase, que le hubiera parecido semejante idea hacía tan solo un año. Entonces no sabía que el amor en sus múltiples formas podía volver a él. Y se habría resistido a esa posibilidad.

Pero el amor había vuelto, incluido el amor hacia su esposa. Sobre todo, el amor hacia su esposa.

Y, sin embargo, bien podía ser que solo él lo hubiera sentido. Anna no había respondido a sus palabras.

Pero derramó aquellas lágrimas silenciosas.

Sí, había tenido que dejarla. Tenía que averiguar la verdad. Tenía que descubrir qué había entre ella y Lomax, si era amor u otra cosa.

Que el cielo lo ayudara, pensó Luke, si era amor.

El conde y la condesa de Royce no lo esperaban y lo recibieron un tanto sorprendidos, aunque se mostraron cordiales. Fue una decepción saber que había ido solo y no había llevado a Anna y Emily con él... y a Joy.

¿Lomax? ¿Henry Lomax? Royce frunció el ceño al oír el nombre cuando Luke al final empezó a hacer las preguntas que le interesaban, una o dos horas después de su llegada. No, no conocía a nadie con ese nombre.

Era lo que esperaba, por supuesto.

—Emily me contó que lo había visto aquí —dijo Luke—. Ahora vive en Wycherly Park, la casa de Severidge, mientras Will y Agnes están de viaje. Diría que tiene cerca de cincuenta años. Un hombre alto, delgado, de aspecto distinguido, incluso guapo. A todos nos gustó. Y encandiló a las damas.

Pero Royce respondió solo a las primeras palabras.

—¿Que Emily se lo contó? —Y después miró a su esposa y rio.

—Sí —dijo Luke sin pararse a dar explicaciones.

¿Sería posible que su propio hermano no se hubiera dado cuenta de que la joven podía comunicarse hasta cierto punto?

Royce volvió a fruncir el ceño.

—Pero ¿por qué no le preguntó directamente a Anna? —preguntó—. Si Emily lo vio aquí, seguro que Anna también. ¿Hay algo que no sé?

Luke respiró hondo. Detestaba dar voz a aquellas sospechas, sobre todo porque Anna ni siquiera sabía que estaba allí, pero Royce era su hermano y siempre le habían parecido una familia muy unida.

—Anna nunca admitirá que lo conoce, pero lo conoce, y de alguna forma ese hombre la hace muy desgraciada. Quiero descubrir la verdad.

—Tal vez —sugirió la jovencísima e idealista Constance con voz temblorosa— tendría usted que confiar en mi cuñada, excelencia.

—¡Connie! —exclamó su marido con una mezcla de vergüenza y advertencia.

—No —dijo Luke, alzando una mano apaciguadora—. Tiene toda la razón, Victor. No me he explicado muy bien, querida mía. ¿Ayudaría si digo que amo con toda mi alma a Anna? ¿Que necesito ayudarla a disipar esa nube que enturbia su felicidad? Sospecho que guarda un secreto que por alguna razón teme confesar.

—Tal vez es que siente afecto por ese hombre —propuso Constance.

Su voz seguía temblando y miró con gesto aprensivo a su esposo. Su joven cuñada era una mujer muy valiente, pensó Luke con gesto aprobador.

—Tal vez. Pero de ser así, querida mía, ese hombre que se hace llamar Lomax no tendría que haberla seguido a la casa a donde la ha llevado su esposo. Sería más honorable y más compasivo marcharse y permitir que el corazón de ella se recupere. Eso es lo que pienso decirle si ese es en realidad el secreto de Anna.

—Sí —dijo Constance con pesar, bajando la mirada a las manos y mirando después a Royce con tanta adoración que Luke a punto estuvo de sonreír—. Sí, excelencia, tiene razón. Perdóneme.

—Siempre respetaré a una mujer que defienda los derechos de las otras, señora —repuso y vio que la joven se sonrojaba complacida por el cumplido.

—Creo —dijo Royce— que el hombre del que habla podría ser Blaydon. Sir Lovatt Blaydon. Alquiló una casa cerca de la nuestra poco después de la muerte de mi madre y se quedó aquí un año. Creo que tras morir mi padre se fue a América. No sabía que hubiera vuelto, pero claro, no tenía motivo para enterarme.

Sir Lovatt Blaydon. El nombre empezó a golpear en una puerta del recuerdo de Luke que había permanecido obstinadamente cerrada durante un año y de pronto la puerta se abrió. Fue durante su primer año de exilio, mientras estaba en un famoso local de juego, muy borracho. Echaron a uno de los clientes cogido de la oreja, casi literalmente, por dejar inconsciente a golpes a una de las rameras del piso de arriba y luego hacer trampas en las cartas. En aquel momento, a Luke le había parecido interesante que fuera el detalle del juego el que hiciera que echaran al hombre, sir Lovatt Blaydon, y que lo otro solo se considerara un agravio que avivó la indignación porque a alguien se le ocurrió hacer trampas y se dejó coger. Luke no había vuelto a ver al hombre desde aquel incidente... hasta el día de su boda.

—¿Blaydon? —preguntó, enarcando las cejas.

—Se portó muy bien con nosotros, sobre todo con Anna. Ella cargó con todos los problemas de la familia cuando nuestra madre murió y padre estaba... —Se ruborizó— Bueno, supongo que Anna se lo ha contado.

Luke asintió.

—Había deudas —dijo Royce—, en su mayoría deudas de juego. Blaydon las compró todas y nos permitió ir devolviéndole el dinero poco a poco. Supongo que no cobró ningún interés, no lo sé. Yo estaba en la universidad y dejé que Anna se ocupara de todo. Ahora me avergüenzo, pero siempre pareció muy capaz, y ella insistió en que yo siguiera con mis estudios y no me preocupara por nada. Debió de saldar todas las deudas, porque nunca he recibido ningún pagaré después de morir mi padre. Por un tiempo todos pensamos que Anna se casaría con Blaydon. Parecían apreciarse mucho. Fue una sorpresa que él se fuera cuando Anna más lo necesitaba. La muerte de mi padre fue un terrible golpe para todos.

Había deudas. ¿Saldadas? Luke lo dudaba. Y mucho. Sabía lo elevadas que podían llegar a ser las deudas de juego, sobre todo cuando las había generado un hombre que bebía en exceso.

¿Era eso? ¿Eso era todo? Luke se permitió el lujo de sentir un inmenso alivio. ¿Anna le debía dinero a ese hombre? O, más bien, Royce, pero Anna, siempre fiel a sus principios, en lugar de echar esa carga sobre su hermano, la reservó para sí. ¡La muy tonta! ¡Pobre tonta, valiente, maravillosa Anna! ¿Por qué no había acudido a él? Habría pagado el doble de todas las deudas para liberarla de la carga de tener a un hombre despiadado acosándola.

¿Por qué no se lo había dicho aquella primera mañana después de la boda en lugar de guardarse el secreto?

Pero pensar en aquella mañana le hizo recordar algo más escalofriante. Anna había tenido un amante. O, para ser justos, puesto que no estaba seguro de eso, alguien le había robado la virginidad. ¿Blaydon? ¿En pago por alguna de las deudas? ¿La había violado?

A Luke se le heló la sangre y de forma inconsciente llevó la mano a la empuñadura de la espada.

—Vic —dijo Constance con timidez—, ¿es posible que algunas de las deudas de tu padre aún estén sin saldar y que por eso haya seguido a Anna a Bowden? ¿Por eso ella es tan desdichada?

—Me ha leído usted el pensamiento, señora —dijo Luke.

Royce lo miró con expresión sombría y un tanto pálido.

—Por Dios, si eso es cierto, me va a oír, y disculpe mis modales, Luke, y si ha estado acosándola, por Dios que también va a probar mi espada. Si esas deudas todavía existen, son mías.

—Llegaré al fondo de todo esto —intentó tranquilizarlo Luke en voz baja—. ¿Puede decirme algo más de Blaydon?

Royce pensó, pero negó con la cabeza.

—Yo estuve fuera buena parte de aquel año —dijo, pero su rostro se iluminó de pronto—. Quizá Charlotte pueda decirle más. Ella estaba aquí todavía. No se casó hasta poco antes de que Anna y Agnes fueran a la casa de la tía Marjorie en Londres.

Charlotte. Quizá ella podría llenar algunas de las lagunas de aquella historia, si acaso aún había lagunas. Quizá las cosas eran justo lo que parecían.

Luke volvió a sentirse helado. Si Blaydon había violado a Anna una o más de una vez, quizá...

Debía regresar a Bowden lo antes posible.

25

Anna supo que había cometido un error cuando dejó pasar tres días después de la partida de Luke y recibió una visita de sir Lovatt Blaydon. Por supuesto, había descubierto que Luke se había ido; habría sido difícil guardar un secreto semejante en la campiña, incluso si lo hubiera intentado, y por eso, en cierto modo, había dejado que fuera él quien tomara la iniciativa. Debería haber ido a su casa y enfrentarse a él el primer día, pensó cuando un sirviente se presentó en la habitación infantil para anunciar que el coronel Lomax la esperaba en el salón.

Anna entregó a Joy a Emily y sonrió.

—Tengo una visita —le dijo.

Cómo no, pensó mientras bajaba la escalera con paso firme y el corazón encogido, tenía que presentarse una tarde en que no había otras visitas. Pero, claro, quizá también sabía eso. Ese hombre siempre parecía saberlo todo. Al menos se sintió afortunada cuando supo que Henrietta estaba en la casa y estaba en el salón con su invitado. Últimamente las relaciones con su cuñada habían sido difíciles, pero en esa ocasión se alegró de tenerla cerca.

La alegría le duró poco. Henrietta ya se había puesto en pie antes de que sir Lovatt se levantara para hacer una reverencia ante Anna. Miró a sir Lovatt con una sonrisa deslumbrante y le dio la mano, y después volvió la cabeza para mirar con aire de superioridad a Anna.

—Tres son multitud —dijo—. Me doy perfecta cuenta cuando dos personas prefieren estar solas. Me marcho.

Anna se quedó helada.

Sir Lovatt se inclinó sobre la mano de Henrietta, se la llevó a los labios y le sonrió.

—Es usted muy perspicaz, mi querida duquesa. Anna y yo le estamos agradecidos.

Henrietta se dirigió hacia la puerta y, de espaldas hacia sir Lovatt, volvió a sonreírle a Anna. Con una sonrisa muy desagradable.

—Anna mía —dijo sir Lovatt tendiéndole una mano en cuanto se quedaron a solas—. Tenemos una aliada en su cuñada. Sin duda, somos muy afortunados.

—Creo —repuso ella con expresión glacial, quedándose donde estaba, junto a la puerta— que según mi vocabulario ella es lo que se llamaría una enemiga, señor. Pediré que nos traigan el té.

Pero él se interpuso en su camino cuando se movió.

—Anna, el momento llegará pronto. El momento en que seremos felices juntos, aunque usted no lo cree aún. Tendría que ser esta semana, puesto que la ausencia de su marido nos ha brindado una oportunidad perfecta. Pero ¿está ya destetada la pequeña?

De pronto, Anna deseó haberse sentado. Se sentía mareada. La visión periférica se le estaba oscureciendo.

—No —soltó con voz cortante.

—Esperaré hasta que lo esté. Ese ha sido mi plan desde el principio. Como puede ver, me preocupo por el bienestar de su hija tanto como por el suyo. Esperaremos un poco, pero tendrá que darme una prenda en señal de buena voluntad. No he recibido ninguna desde que llegué a Wycherly, ¿no es cierto?

—No —volvió a decir Anna.

—Esa noche su pobre padre estaba teniendo una suerte especialmente mala —comentó con mirada y voz compasiva mientras le tendía un pagaré con la firma de su padre garabateada al pie. Una firma vacilante y ebria, pero inconfundible.

Anna echó un vistazo a la cifra y entonces la miró con más atención. La oscuridad estaba cada vez más cerca del centro de visión.

—Mil libras. No dispongo de tanto dinero.

—Oh, Anna, hay otros objetos de valor en esta casa además de dinero. Hay joyas.

Las joyas de más valor, incluidas las suyas, estaban todas en un lugar privado y seguro en las habitaciones de Luke. Anna sabía dónde y hasta sabía dónde estaba guardada la llave, Luke nunca se lo había ocultado. Sus joyas estaban allí no para que Anna no pudiera acceder a ellas, sino para que estuvieran seguras. Sí, allí había joyas más que suficientes para saldar la deuda.

—Yo no tengo acceso a las joyas y demás objetos de valor. Necesito tiempo.

—Lo tendrá, Anna mía. —Y le sonrió—. ¿Pasado mañana por la mañana? Es un día más de lo habitual. ¿El lugar de siempre? Prefiere destetar usted misma a su hija, ¿no es así? ¿No le gusta la idea de que una nodriza lo haga en su lugar?

La oscuridad se cerró de pronto y un aire frío se le coló en los pulmones. Se tambaleó y sintió unas manos en los brazos, y oyó una voz que le hablaba desde muy lejos.

Luke. Luke.

—¡Luke!

—Soy yo, querida mía —dijo la voz de sir Lovatt.

Anna estaba sentada y él le sujetaba la parte posterior de la cabeza y le hacía mantenerla hacia abajo para que la sangre volviera a circular.

—Es absurdo que no confíe en mí. ¿Es que no entiende que todo el dinero que me dio y las joyas que me traerá no son para satisfacer mi avaricia, sino que los he guardado para asegurar su futura felicidad?

El hombre se puso en cuclillas y le frotó las manos, primero una y luego otra, en un esfuerzo por calentarlas. Anna consiguió reunir la energía para apartarlas cuando él se llevó una a los labios.

—No puedo robarle a mi esposo.

—Anna —soltó él con tono de reproche—. No será un robo, querida mía. ¿Acaso no son suyas esas joyas? ¿Se puede uno robar a sí mismo?

—Son mías en mi calidad de duquesa de Harndon —dijo Anna.

Y fue consciente de lo que estaba haciendo en su debilidad. Estaba discutiendo con él. No se estaba enfrentando a él como se había prometido a sí misma. Y no había llevado un arma consigo al salón. Cuán satisfactorio habría sido en ese momento sacar un cuchillo de entre los pliegues de sus faldas y clavarlo en su negro corazón. Iría a la horca muy feliz por semejante crimen.

—Y ahora me iré —concluyó el hombre con amabilidad, poniéndose derecho ante la silla de Anna—. No está en condiciones de atender a ningún invitado para el té, Anna mía. Pasado mañana por la mañana hará lo que se le ha indicado y la más importante de las deudas de su padre quedará saldada.

Anna rio.

Y cuando la puerta del salón se cerró detrás de sir Lovatt, siguió riendo. La carcajada, que era incapaz de controlar, la horrorizó mucho más de lo que habrían hecho unas lágrimas histéricas.

Henrietta estaba esperando entre los árboles en el camino de acceso a la casa cuando sir Lovatt Blaydon pasó a caballo de vuelta a su casa. El hombre se tocó el tricornio y ella le sonrió con la misma sonrisa que le había dedicado poco antes a Anna.

—¿Y bien? ¿Cuándo será? Pronto, espero.

—Sus buenos deseos por mi futuro y el de Anna son conmovedores, señora. Será cuando tenga que ser. Vendrá usted a verme dentro de tres días, como de costumbre.

La sonrisa de Henrietta se evaporó.

—Ay, señor. ¿No va usted a aprovecharse de la ausencia de Luke? Empiezo a pensar que está usted jugando con todos nosotros.

Sir Lovatt se inclinó desde lo alto de su montura, colocó el extremo de su fusta bajo el mentón de Henrietta y la obligó a levantarlo.

—Usted ha disfrutado, y no poco, de nuestros jueguecitos, querida mía. Disfruta con la degradación. Ya veremos qué lugar casi público podemos encontrar la próxima vez para nuestro deleite carnal. Quizá lo arreglaré para que haya un sirviente presente. Sí, creo que lo haré. En cuanto a los otros juegos que me traiga entre manos, no son de su incumbencia, señora, y ni he pedido su opinión ni la deseo. Espero que recuerde que no debe volver a ofrecerla.

El extremo de la fusta apretaba de modo muy desagradable contra el cuello de Henrietta. Ella no quiso retroceder, pero tampoco se atrevió a hablar. Tragó audiblemente.

—Sabia decisión. Hay otra parte de esta fusta que resultaría mucho más dolorosa contra otra parte de su persona, duquesa. Que tenga un buen día.

Se sentó derecho, se tocó el tricornio con la fusta a modo de saludo y se alejó.

Henrietta vio cómo se alejaba, consumida por el odio y también por un deseo doloroso muy a su pesar.

Al principio, Charlotte, satisfecha y con evidentes signos de embarazo, no fue capaz de darle a Luke nuevos detalles aparte de los que le había dado su hermano. Sir Lovatt Blaydon había sido especialmente atento con Anna. Todos, no solo la familia, sino también los vecinos de la zona, esperaban que se casaran, aunque Charlotte y sus hermanas lo consideraban demasiado mayor para Anna.

—Pero a todos nos gustaba —explicó—. Todos lo admirábamos muchísimo, excepto Emily, tal vez. Pero ella siempre ha sido un tanto extraña. No puede evitarlo, pobrecilla. Es por su afección. Siempre se escapaba cuando sir Lovatt nos visitaba.

Luke estaba convencido de que, de haber podido hablar, Emily le habría dicho mucho más que sus hermanos. Se sentía frustrado en sus esfuerzos por encajar las piezas de aquella historia.

—¿Blaydon apareció aquí poco después de la muerte de su madre? ¿Alguna vez dijo por qué había venido y por qué se presentó en aquel momento concreto?

—Estaba buscando un lugar en el campo —dijo Charlotte encogiéndose de hombros— y aquella casa se alquilaba. Supongo que podía haber elegido cualquier otro lugar.

Por alguna razón, Luke estaba convencido de que no. Frunció el ceño. ¿Qué era lo que se le escapaba, qué había en todo ese asunto que no entendía? ¿Cuál era la pieza que faltaba? ¿Había conocido Anna a Blaydon en algún lugar antes de aquello? ¿La había seguido a Elm Court del mismo modo que la había seguido a Bowden Abbey?

—¿Anna fue a una escuela lejos de casa? ¿Estuvo alguna vez fuera por un periodo largo antes de la muerte de su madre?

Charlotte pensó, pero negó con la cabeza.

—Madre estuvo enferma varios años. Anna fue como una madre para nosotros. Siempre estaba en casa.

Por lo visto, pensó Luke, tendría que llevarle su interpretación de los hechos a Anna y rezar para que le confiara la verdad cuando la obligara a enfrentarse a lo que sabía.

—Fue una pena que sir Lovatt no llegara un poco antes, no tuvo ocasión de reencontrarse con madre.

Luke la miró con los párpados entornados.

Por unos momentos, Charlotte pareció algo desconcertada.

—Su familia conocía a la familia de mi madre —explicó—. Se habían conocido de pequeños.

Era curioso, pensó Luke, cómo a veces la información más pertinente aparecía de pronto por accidente. Charlotte había mencionado ese detalle en particular como un aparte, como si no tuviera especial relevancia para el asunto que estaban tratando; y, sin embargo, para Luke tenía toda la relevancia del mundo, porque parecía indicar que la llegada de sir Lovatt Blaydon a Elm Court había sido tan poco casual como su llegada a Bowden.

Pero ¿cómo podía averiguar cómo encajaba ese detalle exactamente en la historia? ¿Hubo alguna disputa familiar que Blaydon continuaba? ¿Le había hecho la madre de Anna daño en algún momento y él buscaba venganza? ¿Había estado enamorado de la madre de Anna?

¿Cómo averiguarlo? ¿Quién podía saberlo?

La respuesta se le ocurrió casi tan pronto como se hizo a sí mismo la pregunta.

—Lady Sterne —le dijo a Charlotte—. Era amiga de su madre, ¿no es cierto?

—Oh, sí —repuso ella, pestañeando desconcertada por el cambio de tema—. Como bien sabe, es la madrina de Anna. Todos la llamamos tía Marjorie, aunque en realidad no es nuestra tía.

—¿Eran amigas desde hacía tiempo? ¿De toda la vida?

—Se conocieron en Londres, de jovencitas, cuando las presentaron a las dos ante la reina, madre nos hablaba de ello con frecuencia. Y siguieron siendo amigas, aunque madre no le permitió visitarla cuando se puso enferma. Solía decir que no quería que la viera tan pálida, delgada y tan fea. Pobre madre.

Había una posibilidad, solo una, de que lady Sterne hubiera conocido a Blaydon o, cuando menos, de que lady Royce le hubiera hablado de él. Por supuesto, eso significaba que debía ir a Londres y posponer el regreso a Bowden al menos otro día. Cada vez le inquietaba más estar lejos de Anna, pero tenía que saber la verdad, o al menos averiguar todo lo que pudiera. Cada vez estaba más convencido de que fuera lo que fuese lo que había entre Anna y Blaydon, no era amor. Algo que le producía felicidad, pero también miedo.

A la mañana siguiente, partió temprano hacia Londres, un día después de su llegada a Elm Court.

Anna se aseguró de informar a varias personas de adónde iba. Quizá no parecería muy adecuado que fuera sola, con la única compañía de una doncella, pero no le preocupaban las apariencias. Solo quería que alguien supiera adónde iba. Se lo dijo al señor Fox, a Cotes y a la señora Wynn, y llevó con ella a un cochero, un lacayo y su doncella.

Iba a hacer una visita matinal a sir Lovatt Blaydon.

Cuando el enviado de Blaydon ya estaba seguramente esperando entre los árboles a que ella apareciera y dejara el dinero y las joyas bajo la piedra que había delante de la casita del guardabosque para poder retirarlos sin dilación, ella salía en su carruaje de Bowden y seguía camino hacia Wycherly. Había decidido visitarlo por la mañana porque no era probable que a esa hora encontrara a otras visitas en la casa.

—Esperadme aquí —les indicó al cochero y al lacayo cuando este último la ayudó a bajar del carruaje ante las puertas de Wycherly. Los dos hombres parecieron decepcionados, porque no iban a poder disfrutar de la esperada visita a la cocina y una buena jarra de cerveza, pero hicieron una reverencia y obedecieron—. Espérame aquí —le pidió a su doncella cuando el mayordomo de sir Lovatt se ofreció a acompañarla al recibidor situado junto al vestíbulo, y Penny inclinó la cabeza, aunque pareció tan decepcionada como los dos hombres.

Anna estuvo unos diez minutos en el recibidor, mirando por la ventana, sintiéndose un tanto reconfortada por poder ver su carruaje y a sus sirvientes en la entrada. Metió las manos bajo la tela de su vestido abierto y por la abertura que había en el lado de las enaguas para acceder a las faltriqueras sujetas a la cintura, bajo el tontillo. Anna tocó con los dedos el frío acero y, de pronto, se sintió fría como el metal. Por unos instantes, notó que le faltaba el aliento y la oscuridad amenazó con tragársela.

No, no pensaba desmayarse. Nunca más. Nunca volvería a ser una víctima. Jamás debería haber permitido que ese hombre tuviera tanto poder sobre ella. Cuando le dijo que tenía testigos de sus numerosos crímenes, debería haberle dicho que los utilizara. Debería haberse arriesgado y haber utilizado su honradez frente a las mentiras. El problema era que en aquel entonces había demasiado que perder, ella misma y, lo más importante, su familia.

No, pensó, no debía culparse por su debilidad pasada. En el pasado había sido necesario, pero ya no. Si cedía a sus interminables exigencias, solo se protegía a sí misma, y eso la convertía en una criatura abyecta y servil.

No volvería a hacerlo.

La puerta se abrió a su espalda. No se volvió enseguida.

—Anna. —Parecía realmente complacido—. Qué agradable sorpresa. ¿Ha traído usted su paquete en persona en lugar de dejarlo bajo una piedra? Querida mía, yo mismo le habría pedido que lo hiciera de haber pensado que tenía el suficiente valor para arriesgar su buen nombre al presentarse aquí sola. Tome asiento. Pediré que nos sirvan un refrigerio.

Ella se volvió al fin a mirarlo. El hombre vestía un batín de seda gris sobre la camisa y los calzones. Sin la consistencia de la chupa y la casaca con sus faldones, parecía bastante delgado. No se había empolvado bien la peluca, parecía que seguía con los polvos del día anterior. Se le veía más viejo que de costumbre.

—Ni quiero tomar asiento ni tomaré un refrigerio. Y, como puede ver, no llevo ningún paquete. —Extendió las manos vacías a los lados—. No hay ningún paquete bajo la piedra de la casa del guardabosque.

En lugar de ponerse furioso, el hombre la miró con gesto compasivo.

—¿Le ha escondido sus bienes y las llaves, querida Anna? ¿Qué clase de marido haría eso, pregunto yo? Nadie que la ame como merece ser amada, querida mía.

«Te quiero.» Por un instante, la mente de Anna le mostró la vívida imagen del rostro de Luke sobre ella, con la tierna luz del amor para demostrar que lo que le decía era cierto. Apartó ese pensamiento.

—No pagaré ninguna más de las deudas de mi padre hasta que se hayan presentado en su totalidad a mi marido o a mi hermano, y no toleraré que siga amenazándome. Si desea acusarme de algo, acuda a las autoridades pertinentes. Mi marido volverá pronto. En cuanto vuelva, se lo contaré todo, hasta el último y más sórdido detalle. Quizá pueda usted complicarle la vida económicamente hablando a mi hermano, señor, y quizá pueda destruirme. Quizá hasta pueda ponerme la soga alrededor del cuello, pero no consentiré que vuelva a intimidarme o a acosarme. El poder que tenía sobre mí se termina aquí y ahora.

El hombre la miró en silencio por unos momentos, con las manos a la espalda. Y entonces sonrió con lentitud.

—Anna, querida mía, es usted extraordinaria. Por fin está convirtiéndose en la mujer que siempre supe que sería.

—Y ahora voy a volver a mi casa. Tengo a tres sirvientes conmigo, señor, y en casa hay varios más que saben adónde he ido esta mañana y a qué hora deben esperar mi regreso. Si intenta retenerme, habrá problemas.

Él se rio.

—Es usted maravillosa, querida. Le mando un beso. —E hizo el gesto de soplarle un beso desde la mano—. Es libre de marcharse cuando desee.

Ella se quedó mirándolo fijamente, tratando de entender su reacción. ¿Sería posible que fuera a dejarla marchar sin más? ¿Había sido siempre tan sencillo como reunir el valor para plantarle cara?

No lo creyó ni por un momento. Se dirigió hacia la puerta y se sintió aliviada cuando él se apartó para dejarla pasar.

—Anna —dijo él con voz suave a su paso—. Mi queridísima Anna.

Anna sintió un cosquilleo en la espalda cuando salió al vestíbulo y llamó a Penny. Se le pusieron los pelos de punta cuando salió y su lacayo la ayudó a subir al carruaje. Y el hormigueo continuó durante los interminables momentos que el hombre tardó en subir al pescante junto al cochero.

Y en ese momento el carruaje se puso en marcha. Unos minutos después, salían de la propiedad de Wycherly Park y siguieron por el camino de vuelta a Bowden.

Era libre. Todo había acabado. Por fin. Era libre.

Pero Anna no lo creía, no lo creyó ni por un momento.

Doris estuvo encantada de ver a Luke. Cuando llegó a Harndon House lo abrazó y miró detrás esperando ver entrar a Anna, pero Luke le explicó que solo estaría allí uno o dos días porque tenía unos asuntos que resolver y había dejado a Anna y Joy en casa. Doris estaba disfrutando de las fiestas de la temporada y tenía una cohorte de pretendientes más grande incluso que la del año anterior.

—Pero, si no te molesta tener que cargar conmigo un poco más, no creo que elija marido entre ninguno de ellos —le contó su hermana—. No hay ninguno por el que sienta un aprecio especial.

El año anterior, seguramente ese argumento no hubiera significado nada para él, pensó Luke. Ese año sí. Le sonrió.

—Entonces debes esperar hasta que lo haya, Dor.

Se las arregló para hablar un momento a solas con su madre.

—He descubierto la verdad —le dijo a su madre—. Sobre la muerte de George. Tendría que habérmelo dicho, madre. Necesitaba saberlo.

—No —contestó ella con expresión rígida y pálida—. No había necesidad de que supieras algo tan vergonzoso. Ya tenías bastante mala opinión sobre él.

—He descubierto toda la verdad. He visitado su tumba, madre, y lloré. Él siguió queriéndome aunque traté de matarlo. Estaba lo bastante furioso para retarlo, porque tenía que dejar las cosas claras, pero lo quería demasiado para matarlo. Apunté a un lado, pero le acerté de todos modos.

—Él lo sabía —admitió la madre—. Siempre defendió ante vuestro padre que no querías matarlo.

De pronto, Luke se puso en cuclillas ante su madre y la tomó de las manos.

—Madre, padre y George están muertos, y es bien triste. Me lamentaré por ellos el resto de mi vida. Pero aún están usted, Doris, Ashley y yo. Querámosnos mientras vivamos y aún podamos hacerlo. Yo viví sin mi familia durante diez años y me convencí a mí mismo de que era mejor así, pero este último año he aprendido que la familia y el amor son la posesión más preciosa que uno puede tener.

Su madre permaneció sentada mirando al suelo con gesto inexpresivo.

—Tantas decisiones —dijo con voz neutra— se han hecho sin tiempo para reflexionar y sin saber cuáles serían las consecuencias. Tuve que decidir, Lucas. Estabas tú por un lado y tu padre y George por el otro. El deber me llevó a elegirlos a ellos. Siempre he puesto el deber por delante, desde que me casé. Siempre he antepuesto el deber al amor. Después de todo, ¿qué es el amor sino una emoción que nos causa dolor y acarrea pérdida? Siempre te quise más a ti, por vergonzoso que me resulte admitirlo, pero antepuse el deber al amor.

—Madre. —Y calentó sus manos rígidas y frías con las suyas—. Madre —repitió, y se llevó sus manos a los labios, primero una y luego otra.

—Os quiero a todos. Me preocupo por todos. Con mi lengua trato de persuadiros para que cumpláis con vuestro deber; con mi corazón temo que todos amaréis y acabaréis sufriendo.

—Madre. —Besó la palma de la mano que tenía contra los labios—. Mamá.

Ella lo miró.

—No puedo cambiar, Lucas, pero quiero que sepas que te quiero y que deseo lo mejor para ti. Hiciste una sabia elección con Anna.

—Sí. —Le oprimió las manos una vez más y las soltó al ponerse en pie—. Debo visitar a lady Sterne para entregarle un mensaje de Anna, y después volveré sin dilación a casa. ¿Todo va bien con Doris?

—Todo bien —dijo la madre—. Es un año mayor en edad que el año pasado y cinco años mayor en experiencia.

Luke visitó a lady Sterne sin demora y tuvo la suerte de encontrarla en casa... con su tío. Estaban sentados muy respetablemente en el salón. Luke sabía que eran amantes y también sabía que siempre eran muy discretos y jamás se les habría ocurrido hacer el amor en la casa de ninguno de los dos.

—¡Dios bendito! —exclamó lady Sterne, cruzando la estancia para recibir a Luke con las manos extendidas—. Está usted tan guapo como siempre, Harndon. No me diga que se ha dejado a Anna y la pequeña en Bowden. Imperdonable.

—Óyeme bien, muchacho —dijo lord Quinn muy severo, poniéndose también en pie—. No me gustaría ver que os distanciáis solo porque el primer año de matrimonio ya ha pasado. ¡Que me aspen!, el matrimonio es una cosa muy mala.

—¡Oh, pamplinas! —repuso lady Sterne—. No le haga caso, Harndon.

—Necesito cierta información que espero que pueda proporcionarme, señora —dijo Luke aceptando el asiento que le ofrecían.

Lady Sterne enarcó una ceja con aire inquisitivo.

—La difunta lady Royce, su amiga, conoció en su infancia a una familia que tenía por nombre Blaydon, en particular, un muchacho de su misma edad que se llamaba Lovatt. El padre debía de ser baronet, según tengo entendido. ¿En alguna ocasión le mencionó a este hombre o a su familia?

—Válgame Dios, Luke —comentó su tío—, haces unas preguntas muy extrañas.

—El hombre se instaló en Elm Court justo después de la muerte de lady Royce y le ha alquilado Wycherly Park a Severidge bajo una identidad falsa. Anna finge no conocerlo, pero Emily sí lo conoce y no le gusta. Acabo de regresar de Elm Court, donde he hablado con Royce y Charlotte.

—Por Dios —se extrañó lady Sterne casi en un susurro—, ¿Anna tiene un secreto?

—Mira, Luke. —Quien hablaba era lord Quinn—. Solo conseguirás problemas si hurgas en los secretos de tu mujer.

—Anna no es feliz. Y la amo, Theo. Oh, sí, los dos podéis felicitaros por el éxito de vuestros tejemanejes. La amo. Por tanto, he de descubrir la verdad.

—Pues por mi vida que jamás he oído ese nombre —dijo lady Sterne—. Blaydon. —Frunció el ceño pensativa—. ¿Está seguro de que no es Blakely? ¿Lowell Blakely?

Luke se quedó mirándola.

—Tal vez. ¿Qué puede decirme de él, señora?

—Era un guapo mozalbete, alto, delgado, sombrío. O eso decía Lucy. Yo nunca lo vi. Él estaba muy enamorado y ella estuvo encaprichada de él cuando era muy joven. Le prometió que se casaría con él, eso siendo muy jovencita, claro. Pero incluso antes de que su padre se la llevara a Londres, ella se había cansado de su insistencia, su ardor y sus celos. Solía enviarle cartas sin ningún pudor cuando vino aquí. Ella siempre se quejaba. Y empezó a devolver las cartas sin abrir. Y entonces conoció a Royce y para ella ya no hubo ningún otro hombre.

—¿Y nunca supo nada más de Blaydon... Blakely? —preguntó Luke.

—Que yo sepa, solo una vez. Lucy se casó en Londres. Recuerdo que más tarde me contó que lo había visto en el exterior de la iglesia, mirando en silencio, cuando salió del brazo de Royce. Por Dios, se me pusieron los pelos de punta cuando me lo dijo.

Luke sintió justo lo mismo.

—El hombre que ahora se hace llamar coronel Henry Lomax estaba en el exterior de la iglesia cuando salí de ella con Anna el día que nos casamos.

—¡Dios nos ampare! —exclamó lady Sterne.

—¡Caray! —replicó lord Quinn.

—Creo —dijo Luke poniéndose en pie— que es mejor que vuelva a Bowden cuanto antes. —Hizo una reverencia—. ¿Me disculpa, señora?

—¡Válgame Dios!. —Lord Quinn se puso en pie también—. Voy contigo, muchacho. Aún puedo disparar mi arma y dar en el blanco, de eso puedes estar seguro. Si a ese Blakely/Blaydon/Lomer o como se llame se le ocurre tocar a esa joven, se va a encontrar mirando al cañón de una pistola con mi dedo inquieto en el gatillo. ¡Ni hablar! No voy a poder acompañarte a la velada de Minden esta noche, mi querida Marj.

—Oh, ve con Harndon, Theo —dijo la mujer llevándose las manos a la boca—. Oh, Anna, mi pequeña Anna.

Luke no discutió. Durante los casi diez años que había pasado en Francia, su pistola y su espada habían sido sus únicos amigos y la única defensa que había necesitado, y ambos lo habían protegido muy adecuadamente. Pero durante esos diez años no había tenido ningún amor que proteger. O Anna. Estaba mortalmente preocupado.

¿Por qué demonios la había dejado allí sola? Él solo había visto desdicha. No se imaginaba que también había peligro.

26

El día que siguió a su visita a sir Lovatt Blaydon, Anna regresó a Bowden Abbey ya avanzada la mañana. Había estado visitando a la esposa de uno de los arrendatarios de su marido, que acababa de dar a luz a su octavo hijo.

Anna se sentía feliz, aliviada y feliz. Luke llevaba seis días fuera y volvería en uno o dos días a lo sumo. Se notaba el estómago un tanto revuelto cuando pensaba en todo lo que tendría que contarle cuando llegara. Pero solo un poco. Ya la conocía lo bastante bien para saber que no era ni una asesina ni una ladrona y para entender por qué había acabado implicada en algunos asuntos turbios. Y también entendería lo del otro acto tan feo, aunque la idea de contarle los detalles le daba escalofríos. Casi parecía mejor dejar que siguiera pensando que había tenido un amante. Pero se lo diría. Necesitaba borrar todo aquello de su mente y de su conciencia. Todo.

Luke creería su historia, seguro que sí, y la protegería si sir Lovatt trataba de hacerle daño. Al volver la vista atrás, no acertaba a entender por qué no se lo había dicho todo desde el principio aquella espantosa mañana en que Luke sugirió que la sinceridad era esencial para que su matrimonio funcionara. Incluso entonces él la habría ayudado.

Pero resultaba difícil volver la vista atrás a cómo era Luke entonces y cómo era ella misma. Luke no la miraba aún con aquella luz en los ojos. No le había dicho que la amaba. De hecho, le dijo justo lo contrario. Le dijo que no habría amor entre ellos. Y lo que Anna veía en su mirada era frío acero.

«Te quiero.» Aún podía oírlo pronunciado esas palabras la noche antes de partir. Aún podía ver la expresión de su mirada. Y subió apresurada a la habitación infantil, sintiéndose tan feliz pese a sus inquietudes que le costó no correr por las escaleras. ¿Qué pensarían los sirvientes si la veían haciendo algo semejante? Anna sonrió ante la idea.

Cuando llegó a la habitación infantil se detuvo de golpe. No había nadie. ¡Qué decepción! ¿Dónde había llevado la niñera a Joy? Hacía un bonito día, pero la mujer siempre evitaba salir a menos que se le hubieran dado instrucciones expresas de que la sacara. Tenía la extraña idea de que el aire fresco era malo para los niños de menos de un año.

Anna cruzó la estancia y tiró del cordón de la campanilla. Si la niñera tenía a Joy en algún lugar de la casa, ella misma la sacaría. Quizá podía llevarla hasta la cascada. Y Emmy podía acompañarlas. La salida la ayudaría a matar el tiempo para que el día pasara más deprisa. Pero no debía hacerse ilusiones con respecto al regreso de Luke, pensó. Si lo esperaba para el día siguiente y después no llegaba, se sentiría decepcionada.

Iba a sentirse decepcionada de todos modos. Volvió a sonreír.

La niñera entró sola en la estancia.

—¿Dónde está Joy? —preguntó Anna.

Debía de estar con Emmy, aunque Emmy nunca la sacaba de la habitación infantil.

La niñera sonrió.

—La duquesa se la ha llevado a dar un paseo, excelencia. Pensé que estaría usted encantada. Nunca había demostrado ningún interés por la pequeña. Se llevó una bolsa llena de mudas, sí, señor, y alguna ropa de recambio. Parece que se va usted una semana, le dije yo. —Se rio—. Aunque también le dije que no tuviera a lady Joy fuera demasiado tiempo, porque querría comer. Aún falta una hora para la próxima toma, excelencia.

¿Henrietta? ¿Se había llevado a Joy a dar un paseo? ¿Ella sola, sin la niñera? ¿Con ropa para cambiarla ella misma? De pronto Anna recordó la sonrisa que le había dedicado cuando los dejó a ella y a sir Lovatt solos en en el salón hacía tres días. Al punto se sintió inquieta, incluso asustada.

—¿Adónde se la ha llevado a pasear?

—No lo dijo, excelencia. —Por primera vez, la niñera pareció inquietarse—. Pero dijo que había hablado con usted durante el desayuno.

Anna salió de la habitación sin decir nada y corrió escaleras abajo. Aunque se paró en mitad de la escalera y volvió corriendo a su vestidor, cogió el cuchillo del cajón donde lo había guardado el día anterior y volvió a escondérselo en la faltriquera. El hecho de volver a coger el cuchillo la asustó y trató de convencerse de que sus miedos eran absurdos. Volvió a bajar las escaleras a toda prisa.

Pero ¿por dónde empezar a buscar? Y ¿por qué buscar? En una hora o menos Joy tendría hambre y empezaría a agitarse y acabaría llorando ruidosamente. Henrietta volvería enseguida, si acaso que no volvía antes. Lo había hecho a propósito, pensó Anna, solo para molestarla.

Cuánto detestaba a Henrietta. Cuánto le entristecía el cambio que se había producido en su relación. Al principio, la había tratado con tanto aprecio y amistad...

Mientras estaba indecisa en la entrada, Anna vio que Henrietta caminaba con tranquilidad por los jardines en dirección a la casa... sola. Dejó de caminar y sonrió cuando Anna llegó corriendo. Con la misma sonrisa que le había dedicado en el salón hacía unos días.

—¿Dónde está Joy? —preguntó Anna.

Estaba realmente asustada.

—En un lugar muy seguro. Está con su amante.

—¿Qué-qué? —La oscuridad la amenazaba de nuevo.

—Yo valoro nuestra amistad incluso si usted no lo hace —dijo Henrietta con un extraño destello triunfal en los ojos—. Sigo queriéndola, Anna. He estado ayudándola y he facilitado su fuga. Solo tiene que ir usted misma hasta la casa del guardabosque. La pequeña ya está allí. Tiene suerte de que su amante también quiera llevarse a la niña, muchos hombres no lo harían. Pero él parece que la adora.

—Ay, Dios mío. —Anna miró a su cuñada enloquecida—. ¿Qué ha hecho, Henrietta? No es mi amante. Y ahora ha secuestrado a Joy. Debe ir a pedir ayuda. ¡Por favor! —La aferró de la manga—. Avise al señor Fox y a Cotes, que manden a tantos sirvientes como puedan. Y deprisa. Por favor, Henrietta. ¡Por favor!

Henrietta siguió sonriendo.

—Por supuesto. Por supuesto, Anna. Corra usted. ¿He hecho mal?

Pero Anna no se paró a contestar. Estaba tan asustada que echó a correr como no se había permitido hacer antes en la casa movida por el impulso de la felicidad.

No quería pensar mientras corría, pero las imágenes no dejaban de aparecer en su mente. Sir Lovatt con Joy en brazos. Sir Lovatt amenazando con destrozarle la cabeza contra la roca ante la casa del guardabosque si ella no le prometía que llevaría el dinero y las joyas y mantenía la boca cerrada cuando Luke volviera.

Y ella lo haría. Vendería su alma para proteger a su hija.

Al llegar al puente tuvo que detenerse, con una mano contra el costado, jadeando para respirar. «Oh, Dios —rezó mientras seguía corriendo a trompicones—. Oh, Dios, por favor, por favor.» Últimamente Dios parecía haber vuelto a ser su amigo. ¿Haría oídos sordos a sus plegarias? Pero en ese momento rezaba por una niña. Un bebé indefenso. Un inocente. «Por favor, Dios. Oh, por favor».

Un hombre esperaba en el claro ante la casita. Un hombre al que Anna no había visto nunca. Debía de ser el sirviente que había entregado las cartas, había dejado los pagarés bajo la roca y había recogido el dinero. Puede que lo hubiera visto una vez cuando llegaba a caballo a la casa.

Anna se detuvo con brusquedad en el límite de la zona arbolada.

—¿Dónde está? —exigió saber—. ¿Dónde la tiene?

El hombre se llevó los dedos a los labios y silbó con fuerza. Y entonces le sonrió.

Unos momentos después, sir Lovatt salió de entre los árboles del otro lado de la casa con un bulto en los brazos. La pequeña no se movía. ¿Estaría muerta?

Anna fue trastabillando hacia él, con los brazos extendidos.

—Démela —le suplicó—. Oh, por favor, démela.

Ni siquiera trató de controlar los sollozos histéricos que brotaron con sus palabras.

Pero dos manos fuertes la sujetaron por la parte superior de los brazos antes de que pudiera acercarse más y la retuvieron donde estaba.

—Queridísima Anna —le dijo sir Lovatt, sonriendo con ternura—, ha llegado el momento. Hay una verja de entrada en el muro que hay cerca de aquí. Mi carruaje nos espera al otro lado. No se preocupe por no llevar baúles ni cajas, yo me he encargado de preparar lo que necesita y preferiría que no llevara nada que él le haya comprado. Vamos, querida.

—¿Cómo? —La histeria dio paso al terror—. ¿Adónde me lleva?

—A casa, querida. La llevo al hogar que le tengo preparado hace más de un año. En América, Anna mía, al otro lado del océano, donde podemos vivir juntos en paz sin tener que preocuparnos por si nos persiguen.

—Oh, Dios mío.

—Vamos —repitió el hombre e hizo una señal con la cabeza al sirviente, que seguía sujetándola por los brazos—. Hablaremos mientras viajamos.

—¡No! —gritó Anna—. No puede llevarnos a América, no sin decirle nada a mi esposo. Y no puede llevarse a Joy. Es su hija.

—La niña le pertenece a usted —dijo sir Lovatt, desplazando su mirada tierna a la pequeña, que dormía en sus brazos—. Y, ahora, a mí. Es muy bonita, Anna mía. Pero vamos. No más demoras.

Anna se debatió en brazos del sirviente, que la empujó para que avanzara.

—Lléveme a mí si quiere. —Estaba sollozando de nuevo—. Pero, por favor, mande a Joy a casa. Oh, por favor. Es de Luke. Su sitio está aquí con él. Mándela a casa. Iré con usted sin resistirme si la envía a casa.

Pero sir Lovatt se limitó a asentir con la cabeza, y a su señal el sirviente cogió a Anna en brazos y caminó con ella a cuestas entre los árboles hasta una verja que jamás había visto. Un carruaje esperaba al otro lado. El hombre la arrojó dentro como si fuera un bulto y sir Lovatt subió detrás, con el bebé aún en los brazos.

Anna se desplazó al extremo del asiento y tendió los brazos ciegamente. Sir Lovatt le entregó a la pequeña y se sentó junto a ella. Anna inclinó la cabeza sobre el bulto cálido de su pequeña y lloró mientras cerraban la portezuela con fuerza desde fuera. Un momento después, el carruaje se puso en marcha.

Emily se aferró al poste de piedra de la verja y vio como el carruaje desaparecía por el camino. Era tal el pánico que sentía que durante un minuto no fue capaz de moverse. No sabía si correr tras el carruaje o hacia la casa o si ir hacia el pueblo. Si corría sin parar, podía estar allí en cinco minutos.

Pero se quedó inmóvil donde estaba, llena de desesperación. No tenía sentido tratar de seguir el carruaje a pie. Y si corría hacia el pueblo, no conseguiría hacer que nadie entendiera que su hermana y su sobrina acababan de ser secuestradas. Si volvía a la casa, perdería demasiado tiempo y el problema seguiría siendo el mismo.

Ashley. Oh, Ashley.

En su miedo y su frustración, se echó a llorar y al final corrió hacia la casa. Tenía que lograr que alguien la entendiera. Tenía que hacerlo. Pero no conseguiría nada mientras esa mujer estuviera por allí... Henrietta.

Emily había visto a Henrietta llevarse al bebé de la habitación infantil, algo que la había sorprendido por lo inusual, sobre todo porque también había cogido una bolsa grande con cosas para la pequeña. Qué niñera tan necia, había pensado Emily, dejar que se llevaran a la niña con tanta facilidad cuando Anna no estaba en casa para autorizarlo y Luke tenía que estar fuera una semana.

Emily la había seguido, manteniendo la distancia para que no la viera. Y, para su sorpresa, no tardó en comprender que Henrietta estaba siguiendo el familiar camino que llevaba a la casita del guardabosque.

Emily lo había visto todo: el encuentro con sir Lovatt Blaydon, cómo cogía al bebé y le sonreía, cómo Henrietta sonreía feliz y volvía hacia la casa. Pero ella se había quedado donde estaba, desorientada, muerta de miedo, sin saber qué hacer. ¿Debía salir y tratar de arrebatarle al bebé? Pero el sirviente al que Emily había visto la otra vez también estaba allí. No conseguiría nada dejando que la vieran. Lo que tenía que hacer era seguir escondida para, al menos, poder decirle a Anna adónde llevaban a la pequeña.

Por eso se quedó allí, y de tanto esperar acabó sintiendo que la desesperación la dominaba. Sir Lovatt desapareció con Joy mientras el sirviente se quedaba paseando de un lado para otro delante de la casa. Esperando. Pero ¿esperando qué? ¿A quién? ¿A Anna? Pues claro. Estaba esperando a

Anna. Henrietta volvería a la casa y le diría a Anna dónde estaba Joy y Anna iría corriendo a buscarla. Pero seguro que no aparecía sola. Seguro que aparecía con algún sirviente que la ayudara a llevar de vuelta a la pequeña.

No, Emily sabía que Anna iría sola.

De modo que se quedó escondida donde estaba, contemplando con impotencia la escena mientras Anna trataba de llegar hasta Joy y finalmente el sirviente la cogía y se la llevaba en volandas, con sir Lovatt siguiéndolos con el bebé. Emily los había seguido con cautela y descubrió la verja, que nunca había visto antes, pese a sus continuos paseos.

Y había visto alejarse el carruaje, con una sensación de desesperación y frustración como no la había sentido en su vida.

¿Cómo iba a contar todo aquello?, pensó mientras corría de vuelta a la casa. Seguro que Henrietta habría contado alguna historia plausible para explicar la ausencia de Anna y Joy y asegurarse así de que durante horas nadie fuera consciente de que habían desaparecido. ¿Cómo conseguiría ella, Emily, transmitir lo que había visto? Pero incluso si podía, si conseguía que alguien la entendiera y la creyera, ¿cómo iba a decirles adónde las había llevado?

«A América. Al otro lado del océano.» Había visto cómo los labios de sir Lovatt formaban las palabras. Emily recordaba que, cuando Blaydon se fue de Elm Court, después de morir su padre, Anna le había explicado que América estaba lejos, al otro lado del mundo, al otro lado de un ancho océano. Anna estaba contenta porque se había ido tan lejos, y esperaba que no volviera nunca. Y Emily también lo esperaba.

Y, sin embargo, pensaba llevárselas allí. ¿Cómo podría explicar todo eso?

Emily corrió, sollozando y sin resuello; tanto era así que le dolía.

—¿Que soy qué? —Anna miraba con los ojos muy abiertos a sir Lovatt Blaydon, haciendo caso omiso a las protestas de Joy porque la tenía abrazada con demasiada fuerza y aún no había saciado el hambre—. ¿Que soy qué?

Sir Lovatt sonrió y la miró con afecto.

—Sí, es cierto. ¿Entiende ahora el maravilloso secreto que he tenido que guardarme todo este tiempo, mi querida Anna? Es usted mi hija. Mía y de mi amada Lucy.

—Desde luego que no —dijo Anna con la indignación destellándole en la mirada—. ¿Cómo se atreve a sugerir semejante infamia, señor?

La mirada de él se suavizó.

—Sé que es una sorpresa, querida mía. Sé que estaba muy encariñada con el hombre al que llamaba padre, por bien que fuera un borracho indigno. Pero lo cierto es que es mía, Anna.

—¡Mentiroso! —le escupió.

—Anna —repuso él sin dejarse alterar por su ira—, queridísima Anna, ¿sabe cuántos meses después de la boda de su querida madre nació?

Ella lo miró con los ojos muy abiertos.

—¡Se cayó! Nací un mes antes de tiempo. Era tan pequeña que todos pensaron que no viviría, y mi madre estuvo a punto de morir.

—Ay, Anna, eso es lo que le contó su padre, querida. Fue una suerte que naciera pequeña, porque de haber tenido un tamaño mayor quizás él habría sospechado la verdad.

De pronto, Anna sintió frío y un terror tan grande que casi la desbordaba. No podía ser. No podía ser. ¿Su madre y ese hombre? ¿Su padre un cornudo? ¿Era la hija del canalla que llevaba tres años acosándola y atormentándola? Preferiría morirse antes que ser su hija.

Y poco a poco cobró conciencia de otra cosa que agravaba la terrible angustia que sentía. Joy no dejaba de llorar.

—Atienda a la pequeña, Anna. Mi querida nieta. ¿Tiene hambre?

—Está mojada y tiene hambre.

—Ah, pero he sido lo bastante previsor para traer mudas para ella —dijo, colocando la bolsa con los pañales para cambiarla y la ropa limpia en el asiento de delante.

Anna cambió a la pequeña entre sus continuas protestas. Y, mientras se sujetaba torpemente con un brazo apoyado para no caer por el balanceo del carruaje, no dejaba de imaginar los movimientos que tendría que hacer para sacarse el cuchillo de la faltriquera sin que sir Lovatt la viera, y la forma en que debía girarse y clavárselo. O sea, clavárselo con la suficiente fuerza para matarlo. Pero apenas había espacio, y si fallaba perdería cualquier esperanza. Además, Joy estaba allí. Sería demasiado peligroso tratar de blandir un cuchillo mientras tenía a la niña sentada al lado.

—Tenga. —Sir Lovatt le sonrió cuando ella volvió a sentarse junto al bebé, que no dejaba de berrear—. Un chal para velar por la modestia en presencia de su padre, Anna.

El hombre se lo echó sobre los hombros, un bonito chal de cachemira que le permitió abrirse el vestido por delante y llevar a Joy a su pecho sin exponer su desnudez ante un hombre que no era su esposo.

¡Oh, Luke!

De pronto la niña calló. En ese preciso momento, en ese lugar, a Anna se le antojó extraño notar el placentero succionar de la pequeña contra su pecho. Era un acto familiar en una situación que era de todo menos eso.

Sir Lovatt sofocó una risita.

—Tenía hambre. Yo no quería que se casara, Anna. Ya lo sabe. Puesto que nos vimos obligados a vivir separados durante su infancia, pensé que sería mejor que viviéramos los dos solos para el resto de nuestros días. Pero al final permití que se casara para que pudiéramos tener un bebé en casa. Su hija. Mi nieta. Tres generaciones juntas. Y que las dos me alegraran el corazón en mi vejez, hasta mi muerte. Y cuando yo no esté, seguirá teniendo usted el consuelo de la pequeña Joy, Anna.

—No soy su hija —dijo Anna con firmeza—. Y mi hija no es su nieta. Esto es absurdo. Inverosímil. Incluso si fuera cierto, su comportamiento es incomprensible. ¿Por qué me ha hecho todas esas cosas en los últimos tres años? ¿Por qué me quiere solo para usted? Un padre normal sería feliz viendo a su hija felizmente casada y dándole más nietos felices.

—Estaba vinculada a una gente que no es nada suyo, Anna. A ese hombre indigno que habría llevado la ruina a su propia familia de no haber acudido yo al rescate. A un joven y tres jovencitas que solo son sus medio hermanos, y una de ellas ni siquiera es del todo humana. Eso duele, Anna. Y saber que mi Lucy, su querida madre, me fue cruelmente arrebatada de los brazos por sus padres, que insistieron en casarla con un conde. Anna, me han tenido alejado de su lado durante toda su vida. Incluso le pusieron su apellido. Pero eso se acabó. Ahora es usted Anna Blakely, mi verdadero apellido, y mi nieta es Joy Blakely. Joy, sí, señor, una verdadera alegría. Me alegro de que le pusiera ese nombre. Por fin estamos los tres juntos. No me culpe por querer que estemos juntos. La haré feliz, Anna mía. Más feliz de lo que jamás habría soñado.

—Soy feliz con mi esposo. Lo amo. Esta niña es su hija. Nuestra.

Apartó a la niña del pezón y se la echó contra el hombro. Le frotó la espalda con suavidad y le dio unas palmaditas para que soltara el aire que hubiera podido tragar.

Gracias a Dios, el hombre se calló mientras Anna terminaba de alimentar a Joy. Anna trató de mantener la calma. Trató de pensar de forma fría y racional. Trató de planificar. ¿Estaban lo bastante cerca de la costa para embarcar ese día? Pero, de todos modos, ¿cuántas probabilidades había de que encontraran un barco en el puerto con destino a América y listo para que el pasaje embarcara? ¿Pasarían la noche en algún lugar en tierra? ¿En una posada? ¿Tendría ocasión allí de conseguir la ayuda del dueño o de algún huésped? ¿Tendría ocasión de hacer uso del cuchillo y escapar con Joy?

Pero estaban el sirviente que la había llevado hasta el carruaje, y el cochero.

Y en ese momento una idea le apareció en la mente. Por supuesto. ¡Por supuesto!

Volvió la cabeza y trató de disimular la expresión de triunfo.

—No soy su hija —dijo—. Y puedo demostrarlo.

—Querida Anna —murmuró él.

—Mi padre — siguió, enfatizando bien las palabras— tenía un retrato en miniatura de su madre, mi abuela, en su habitación. Ahora la tengo yo en mi habitación en Bowden Abbey. Me parezco tanto a ella que siempre ha sido motivo de asombro y risas en la familia. Parece como si yo me hubiera vestido con ropa de otra época para que me hicieran un retrato. Todo el que lo ve está de acuerdo. Si viera ese retrato, no tendría ninguna duda de que era mi abuela, de que papá era mi padre.

Por primera vez, vio algo parecido a una expresión desagradable en el rostro de sir Lovatt Blaydon.

—Es fácil imaginar parecidos en las familias. Lucy, su madre, era mía, Anna. ¡Mía! No había un amor como el nuestro en el mundo. Un amor que Lucy llevó consigo hasta la tumba y que yo me llevaré a la mía. Un amor que nos unirá para toda la eternidad. Y usted es fruto de ese amor.

—Incluso si no tuviera la prueba del retrato —se defendió Anna—, jamás creería eso de mi madre. Nunca habría hecho algo así, y sin duda jamás habría engañado a mi padre con el hijo de otro. Y ya que habla usted de amor de una intensidad inusitada, ese era el amor que compartieron mi madre y mi padre. Me avergüenzo de haber dudado de mi madre por un momento y haber pensado que lo que dice podría ser cierto. Lléveme de vuelta a mi casa. No soy suya. No hay ninguna relación entre nosotros.

Los ojos de ese hombre brillaban con una luz que daba miedo. Pero habló con amabilidad.

—Anna mía, la sorpresa suele traer consigo la negación en los primeros momentos. Con el tiempo acabará por aceptar la verdad. Cuando vea cuánto la quiero y hasta qué punto he provisto para usted y la pequeña, me creerá. América es un bonito país, nuevo e inmenso. Un lugar donde empezar de nuevo. Un lugar de libertad.

¡Libertad! Anna ya sabía que las probabilidades de convencerlo con sus argumentos y conseguir que las llevara de vuelta a casa eran escasas. Y, sin embargo, estaba convencida de que ni tan siquiera existía una posibilidad de que su historia fuera cierta. Su madre nunca fue la clase de persona capaz de entregarse a otro hombre un mes antes de su boda, y era evidente que siempre había amado con locura a su esposo. Eso significaba que sir Lovatt Blaydon ya debía de saber que ella no podía ser su hija. Pero ¿era consciente de que mentía? ¿Estaba loco? ¿Había acabado por creerse sus mentiras?

La idea de que ese hombre estuviera loco la dejó sin aire y a punto estuvo de arrastrarla de nuevo al pánico y la histeria. Pero no podía dejarse llevar. Eso no la ayudaría. Si quedaba algún resquicio de esperanza, y tenía que aferrarse a eso, era fundamental que conservara la calma y pensara con claridad. Tenía que seguir mirando a su alrededor con la mente y con los ojos por si aparecía cualquier pequeña oportunidad para escapar.

Joy, satisfecha con la comida, y descansada tras una larga siesta, tenía ganas de jugar. Anna le sonrió, sintiendo que el amor le oprimía el corazón, y jugó mientras su captor miraba sonriendo con indulgencia.

27

Era media tarde. Pleno día. Un bonito día, con un cielo azul con nubes blancas que el viento movía, veloces. Los miedos que lo atenazaban y las terribles fantasías de algún modo parecían absurdos cuando descendía uno del carruaje en la terraza frente a la casa y miraba a su alrededor, a la belleza serena de Bowden Abbey.

Luke miró con expresión de disculpa a su tío.

—Creo que vamos a descubrir que te he apartado de los placeres de Londres por nada, Theo.

Pero subió los escalones a toda prisa, entró en el vestíbulo y preguntó enseguida dónde podía encontrar a Su Excelencia, su esposa.

—La duquesa no está en casa, excelencia —dijo Cotes haciendo una reverencia ante Luke y otra ante lord Quinn, que había entrado también a toda prisa tras él.

—Ah. ¿Y adónde ha ido, Cotes?

El mayordomo inclinó la cabeza en una nueva reverencia.

—Se ha llevado a lady Joy a dar un paseo, excelencia, a pesar de que su niñera considera que tanto aire fresco es perjudicial para sus pulmones.

Luke se volvió a mirar a su tío, con las cejas enarcadas.

—Ha salido a dar un paseo, Theo. Tantos miedos y mira. Creo que me apetece unirme a ellas después de haber pasado tanto tiempo encerrado en un carruaje. ¿Nos acompañas? ¿Dijo Su Excelencia adónde iba, Cotes?

Pero, mientras el mayordomo negaba con la cabeza, Henrietta apareció bajo el arco que llevaba a la escalera. Estaba sonriendo y se la veía hermosa y feliz... como si no hubieran tenido una conversación antes de su partida, pensó Luke haciendo una rígida reverencia.

—¿Henrietta? Confío en que te encuentres bien.

—Estoy muy bien, gracias. Has traído al tío Theo contigo. Es un placer verlo, señor.

Cruzó el vestíbulo para acercarse a él, con una mano extendida graciosamente, como si siguiera siendo la señora de Bowden, y lord Quinn se inclinó sobre ella.

—Veo que sigue tan encantadora como siempre, querida mía —dijo el hombre—. ¿Cómo no ha acompañado usted a Anna?

Henrietta sonrió con malicia.

—Me hubiera sentido fuera de lugar, tío. Anna tenía una compañía más adecuada que la mía. Ha salido de paseo por las tierras del coronel Lomax por invitación de él. Está claro que al él le gusta, ¡aunque ella siempre es tan correcta, claro...!

—¿Está en las tierras de Lomax? —preguntó Luke cruzando una mirada con su tío. Todos sus miedos volvieron a aflorar. Dios, no tendría que haberla dejado sola, no tendría que haber dado por supuesto que estaría segura en Bowden Abbey sin él—. Cotes, que ensillen mi caballo enseguida. ¿Theo?

—Y un caballo para mí también, Cotes, por favor. ¡Válgame Dios!, esto no me gusta.

—Pero si solo es un paseo —dijo Henrietta con mirada inocente.

Y en ese momento otra figura apareció corriendo bajo el arco y se arrojó en brazos de Luke, profiriendo sonidos inconexos que no parecían del todo humanos.

—¿Emily?

Luke le apoyó la mano en la coronilla cuando la joven se abrazó a su cintura.

Emily levantó la cabeza casi al instante y lo miró con una expresión tan lastimera que Luke frunció el ceño.

—¿Pasa algo malo?

Ella asintió con vigor, pero Henrietta, que estaba detrás, intervino.

—Anna no quiso dejar que las acompañara. La pobrecilla no conseguía entender la razón. Ha venido para que la consueles, Luke.

Luke clavó los ojos en el rostro alterado que lo miraba.

—Tengo que ir a buscar a Anna. Ha ido a Wycherly de paseo con Joy. Hablaremos cuando vuelva.

Pero Emily meneó la cabeza con energía y se aferró con más fuerza a su cintura.

—¿Qué tienes? —preguntó, frunciendo el ceño—. ¿Anna no está en Wycherly?

De nuevo negó con la cabeza.

—¿Dónde está entonces?

Emily tuvo que retroceder un paso para poder usar los brazos. Señaló con agitación primero en una dirección, luego en otra, y luego hizo el gesto furioso de apartarse de sí misma.

—Ah, estamos perdiendo el tiempo —dijo Luke con frustración—. No te entiendo, querida. Henrietta dice que ha ido de paseo con el coronel Lomax.

Y entonces Emily se puso a sacudir la cabeza con fuerza otra vez y se volvió para señalar con expresión acusadora a Henrietta. Hizo el gesto de acunar un bebé con los brazos, volvió a señalar a Henrietta y luego señaló la puerta principal antes de volver a mirar con expresión suplicante a Luke.

Luke volvió a fruncir el ceño.

—¿Henrietta cogió al bebé? Pero Anna se fue sola con Joy.

Emily negó con la cabeza.

—Escucha, Luke —terció lord Quinn—, creo que la criatura está tratando de decirte que Henrietta se llevó a la pequeña a algún sitio.

Emily, que de alguna forma se había dado cuenta de que estaba hablando, lo observó con atención. Asintió de forma enfática con la cabeza.

—¿Que yo me llevé al bebé? —preguntó Henrietta con ligereza—. Por favor, pero qué ridícula. Luke, tú sabes que nunca me he relacionado mucho con la niña. Me recuerda demasiado al hijo que perdí. Tendríais que encerrar a esta cría por inventar semejantes fantasías.

Pero Luke empezaba a sentir el mismo pánico que lo había hecho volver a casa a toda prisa, llevando a su tío consigo.

—Emily —dijo, cogiéndola por la parte superior de los brazos y vocalizando bien—, ¿qué tiene que ver el coronel Lomax con esto? ¿Henrietta le llevó el bebé a él?

Emily asintió y Luke sintió que las entrañas se le revolvían.

—¡Esto es ridículo! —se defendió Henrietta.

—¿A Wycherly? —dijo Luke preguntando a Emily.

Ella negó con la cabeza y señaló con el gesto al exterior, lejos de la casa.

—¿A algún lugar cerca de aquí? ¿Dentro de la propiedad?

Ella asintió.

—¿Y Anna no estaba con ellos?

No, negó ella con la cabeza.

—Así que Lomax tenía al bebé —dijo Luke, tratando de controlar el pánico para poder pensar con claridad y descubrir la verdad lo antes posible—. ¿Está Anna con ellos ahora?

Emily asintió.

—¿Cómo lo supo Anna? ¿Vino Henrietta a buscarla?

Emily volvió a asentir y se volvió a señalar para a Henrietta.

—Esta criatura está loca —dijo Henrietta con desprecio—. ¿No iréis a creer a una muchacha lenta de entendederas, Luke...?

—¡Válgame Dios! —dijo lord Quinn—. Si no refrena su lengua y la usa solo cuando se le indique, le aseguro que voy a olvidar que soy un caballero.

—Así que Anna fue hasta donde estaban —le estaba diciendo Luke a Emily—. ¿Lo viste?

Las lágrimas aparecieron en los ojos de Emily y pestañeó para contenerlas.

—¿Y se fue con él? ¿La obligó, Emily?

«Sí», asintió con la cabeza.

Dios, pero ¿por qué nadie, él, sin ir más lejos, se había molestado en enseñarle a la joven un lenguaje más adecuado para expresarse? ¿Por qué nadie había intentado enseñarle nunca a leer y escribir?

—Emily. —De forma inconsciente, Luke aferró sus brazos con más fuerza. ¿Cómo iba a contestar su siguiente pregunta?—. ¿Adónde la llevó? ¿Lo sabes?

«Sí», le dijo.

—¿A Wycherly?

«No.»

Dios.

—¿A Londres?

«No.»

¿Adónde podía haberlas llevado? A algún lugar seguro. Un lugar donde no era probable que buscara un marido frenético. Emily ya había indicado que no era Londres. Pero sabía qué sitio era.

—¿A Francia?

«No.»

—¡Caray! —exclamó lord Quinn—. ¿No me dijiste que el canalla se fue a América después de la muerte de Royce, muchacho?

América. ¡Claro!

—¿A América, Emily?

Ella asintió, y las lágrimas empezaron a rodarle por el rostro, que se le descompuso por la desdicha. Luke la atrajo hacia sí y la rodeó con los brazos. Y miró directamente a Henrietta por encima de su cabeza.

—Y usted, señora —dijo muy sereno—, se quedará donde está hasta que tenga un momento para ocuparme de usted. Y mientras espera puede rezar y dar gracias porque será solo un momento. Quizá si consigo traer a mi esposa y a mi hija sanas y salvas a casa, mis ánimos se habrán aplacado un tanto.

—¡Válgame Dios! —terció lord Quinn—, qué mujer tan perversa. Déjala encerrada en su habitación, muchacho, y que Cotes guarde la entrada. Tú vas a salir a buscarlas. Y quiero ir contigo.

—No. Prefiero que te quedes aquí, Theo, para proteger a Emily de esta bruja. Maldita sea, ¿adónde puede haberlas llevado? ¿A Southampton, tal vez?

—Seguro, muchacho —convino el tío.

—Caballos frescos para el carruaje, Cotes. Y deprisa.

Emily estaba mirándolo de nuevo, con los ojos enrojecidos, despeinada, con expresión frenética y esperanzada.

—Voy a buscarlas, querida mía —le dijo—. Las traeré a casa, no temas. Tú te quedarás aquí. Lord Quinn se asegurará de que estés a salvo. Las traeré a casa. —Y dicho esto, se llevó sus manos a los labios y se obligó a sonreír.

Lord Quinn tomó a la joven de la mano y le sonrió con expresión afable y paternal, y fue con ella hacia las escaleras.

—Puedes entender los labios, ¿verdad, niña? Pues, venga, vamos allá. Ahora mismo nos vamos a tomar una buena taza de té.

Henrietta alzó el mentón y miró a Luke.

—Lo hice porque te quiero. Siempre te he querido, aunque el amor y la desdicha me hicieron sugerir otra cosa la última vez que hablamos. Lo hice porque ellos son amantes y Anna no es digna de ti. ¿Cómo puedes siquiera estar seguro de que la criatura es tuya?

—Señora —dijo Luke con una expresión tan gélida en la voz y en los ojos que hubo un destello de alarma en los ojos de Henrietta—, puede dar usted gracias por tres cosas. Primero, que mi tiempo es poco; no tardarán mucho en preparar caballos frescos para el carruaje. Segundo, que no es usted un hombre, porque, si lo fuera, ahora estaría sintiendo los golpes de una fusta contra su espalda. Y tercero, que no me gusta castigar a las mujeres, porque, si lo hiciera, iba usted a descubrir que tengo una mano muy dura.

—Nunca me amaste. Qué engañada he estado. Siempre pensé que eras el amor de mi vida.

—Si desea usted ver al amor de su vida —dijo Luke con desprecio—, le sugiero que se mire en un espejo, señora. Sedujo a mi hermano por su título y su riqueza y abrió una brecha entre nosotros que nunca desapareció. Me mintió usted e hizo que una parte de mí muriera durante diez años. Mató usted literalmente a mi hermano. Durante el pasado año ha utilizado la amistad para sembrar la duda y la desdicha en la mente de Anna y ha tratado de seducirme. Y ahora ha puesto la vida de mi esposa y de mi hija en grave peligro. Y no pienso disculparla pensando que tal vez no era consciente de lo que hacía. Lo sabía perfectamente.

Ella abrió la boca para hablar, pero volvió a cerrarla enseguida.

Cotes carraspeó detrás de Luke.

—El carruaje está listo, excelencia.

Luke mantuvo la vista clavada en Henrietta unos instantes.

—Cotes, acompañe a Su Excelencia a sus aposentos y asegúrese de que hay un guarda ante su puerta en todo momento. No debe abandonarlos bajo ninguna circunstancia.

No esperó para ver si sus órdenes se cumplían. Salió de la casa a grandes zancadas.

Había prometido a Emily que devolvería a Anna y a Joy sanas y salvas a casa, pero cuando se encontró de nuevo en camino, solo en el carruaje en esa ocasión, siguiendo un rastro que podía haberse enfriado, viajando en una dirección que bien podía no ser la correcta, no se sintió tan seguro.

«Anna —pensó, apoyando la cabeza contra el acolchado y cerrando los ojos, y sintiéndose mareado al momento—. Dios, Anna.»

¡Y Joy!

Sí, estaban lo bastante cerca de la costa para llegar antes de que cayera la noche, y cierto era que había un barco que zarparía hacia América atracado en el puerto. Pero no zarparía hasta el día siguiente, y no se podía embarcar hasta el amanecer. Tuvieron que tomar habitación en una posada cercana al puerto... una sola habitación con una salita privada.

Anna tenía que ser buena, le advirtió sir Lovatt antes de que entraran en la posada. Si intentaba llamar la atención, le haría daño a la niña... y la cogió personalmente cuando bajaron del carruaje. Y tampoco conseguiría nada. El posadero había recibido una bonita suma para no hacerle caso, y su sirviente estaría apostado en la puerta de la habitación durante toda la noche.

—Se sentirá muy feliz en cuanto zarpemos —le dijo sir Lovatt—. Será una maravillosa aventura, Anna mía. Pero es lógico que ahora mire atrás con pesar.

Y así fue como Anna se encontró a última hora de la tarde paseando de un lado para otro en la salita, haciendo caso omiso de la sugerencia de su captor, que le decía que se sentara y se relajara un poco o se retirara al dormitorio a descansar.

—Tenemos que salir temprano por la mañana, querida mía.

Anna seguía llevando el cuchillo en el mismo sitio donde lo había llevado desde el principio. Pero poco a poco, durante el atardecer, había ido apartándose la falda y ensanchando la abertura de las enaguas para acceder mejor a la faltriquera y tener más a mano el cuchillo.

Pero, incluso si sacaba el cuchillo, ¿sería capaz de utilizarlo para matar? ¿Clavarlo con la suficiente fuerza para que la hoja no quedara atascada entre la tela de la casaca, la chupa y la camisa, y penetrara hasta el corazón? La idea de matar la aterraba, pero ¿y si era para salvar a Joy? ¿Para salvarse a sí misma? ¿Para tener una oportunidad de volver a ver a Luke?

Oh, sí, podía hacerlo. Y lo haría en cuanto se presentara la ocasión. El problema era que sir Lovatt no le dejaría llevarse a Joy al dormitorio, aunque hacía más de una hora que se había dormido y seguro que dormiría toda la noche. Anna no podía arriesgarse a utilizar un cuchillo en la misma habitación donde estaba su hija. ¿Y si fallaba y él la castigaba acuchillando a la pequeña? La idea le dio escalofríos.

Y decidió posponerlo.

¿Cuándo sería un buen momento? ¿Acaso esperaba que la ocasión se presentara en bandeja de plata? ¿No sería mejor que lo provocara ella? Pero ¿cuándo? Solo tendría una oportunidad. Una. No tenía más armas. Nadie iría a rescatarla. Nadie sabía dónde estaba. La única ayuda que podía esperar era la suya y la de su cuchillo.

«Oh, Dios. Luke.»

Pero no le habría servido de nada ceder al pánico o compadecerse de sí misma y por eso paseaba de un lado para otro.

Hasta que un sonido al otro lado de la puerta la hizo detenerse y aguzar el oído. No fue muy alto, pero sonaba como una refriega.

No, no se había equivocado. De pronto sir Lovatt se había puesto también en alerta. El hombre estaba a medio levantar de su asiento cuando fuera se oyó un gruñido seguido de un fuerte golpe en la puerta, que se abrió y se estampó contra la pared.

—Blakely —le dijo Lucas Kendrick, duque de Harndon, a sir Lovatt Blaydon, muy frío y formal—, lamento informarlo de que su sirviente acaba de tener un desafortunado accidente. Por decirlo sin tapujos, diría que está muerto.

La espada que llevaba en la mano derecha estaba roja hasta la empuñadura y goteaba sobre la alfombra raída.

Anna se cubrió la boca con manos temblorosas.

«Oh, Dios, gracias. Por favor, que no sea un sueño. No, a menos que todo lo demás también lo sea.»

Luke había estado muerto de preocupación durante todo el camino. Había varios puertos desde los que se podía zarpar hacia América, incluyendo Londres. ¿Y si Blakely no se había dirigido al más cercano? ¿O si lo había hecho y había tenido la buena fortuna de encontrar un barco que estuviera a punto de zarpar? Y, de todos modos, ¿cómo iba a encontrarlos en Southampton? Recordaba que Blakely siempre había utilizado un carruaje sin blasón. Aunque lo viera, no sería capaz de reconocerlo.

Cuando llegó a Southampton ya anochecía, pero encontrar el rastro de su presa le resultó increíblemente fácil. Un barco zarpaba hacia América al día siguiente. El capitán estaba a bordo y confirmó que sir Lowell Blakely había reservado un pasaje para él, su hija y su nieta. Debían embarcar en cuanto amaneciera al día siguiente. Teniendo ese hecho en cuenta, en opinión del capitán no era probable que hubieran buscado una posada lejos de los muelles, y había cuatro posadas a tiro de piedra, por así decirlo.

No estaban ni en El Caballo Blanco ni en El Delfín. Los posaderos de ambas miraron con anhelo las monedas de oro con las que Luke jugaba distraído en una mano, pero no pudieron darle ninguna información. En El George fue diferente. El posadero se pasó la lengua por los labios al ver las monedas y miró de reojo hacia las escaleras. Ya había negado haber visto a los viajeros. Luke añadió otras dos monedas.

—Pues mire usted, hay un caballero con una señora y una pequeña en la doce, excelso. Pero no sé yo si será su hombre.

—¿Quién más hay con ellos? —preguntó Luke, con las monedas suspendidas sobre los dedos cerrados a mitad de la barra.

—Un sirviente —contestó el posadero—. Está vigilando en la puerta de la habitación, excelso. Y tiene pistola. Pero espero que me pague los daños que haya en mi casa, ¿me oye usted bien?

Luke miró fijamente a los ojos del hombre mientras dejaba caer las monedas de oro en su mano abierta. El posadero volvió a pasarse la lengua por los labios y miró otra vez hacia la escalera de reojo.

—Como le decía a su excelso, encontrará a la señora en la doce.

El hombre que estaba sentado con expresión aburrida ante la puerta de la habitación número 12 era el mismo que se había negado a entregarle la carta que llevaba para Anna una mañana cuando se cruzaron en la verja de acceso a Bowden Abbey. En cuanto lo vio, la expresión aburrida desapareció, se puso en pie de un salto y adoptó una postura defensiva, levantando los puños ante él con actitud amenazadora.

Luke se hubiera contentado con dejarlo inconsciente, pero mientras se acercaba también con los puños en alto y esquivaba el golpe de su oponente, para propinarle un satisfactorio puñetazo en la mandíbula, el hombre sacó una pistola. Acababa de cometer un grave error y no viviría para contarlo. Antes de que tuviera tiempo de poner el dedo en el gatillo, Luke había sacado su espada y se la había clavado en el estómago. El hombre gimió, pero ya estaba muerto cuando cayó al suelo.

Luke abrió la puerta de golpe. Con un solo vistazo vio que había tres personas allí. Anna estaba en un lado, de pie. Joy dormía envuelta en una manta sobre el sofá, en el otro extremo. Blakely estaba entre las dos.

Y fue en Blakely, que se había medio incorporado en su asiento, en quien Luke concentró toda su atención.

—Blakely, lamento informarlo —dijo— de que su sirviente acaba de tener un desafortunado accidente. Por decirlo sin tapujos, diría que está muerto.

Su mente captó el detalle de que su esposa y su hija estaban en extremos opuestos, y de que Anna estaba cerca de una puerta que sin duda daba a un dormitorio, pero Joy estaba lejos. Era imposible quitarlas de en medio.

Sir Lowell Blakely acabó de incorporarse, desenvainando su espada en el proceso.

—Harndon —dijo, mirando la espada de Luke con cierto desagrado—, acaba de interrumpir muy rudamente una plácida velada que estaba compartiendo con mi Anna.

—Mancilla usted el nombre de Su Excelencia al ponerlo en su boca. Haría bien en utilizar su espada si es que sabe cómo hacerlo.

—Me pregunto —dijo sir Lowell sonriendo— si sabe usted la clase de ramera que tiene por esposa, Harndon. Deje que me la lleve. No la querría si la conociera de verdad.

—Imagino que habrá visto usted —dijo Luke con voz serena— que lo he llamado Blakely, no Blaydon ni Lomax. No ignoro los hechos. En guardia, Blakely.

—El bebé —gimió Anna—. Oh, Dios, el bebé.

Pero Luke no podía permitirse desviar la atención hacia el peligro real que había para su esposa y su hija.

Blakely no era un oponente digno, Luke pudo comprobarlo enseguida, en cuanto sus espadas chocaron. Luchaba a la defensiva, a lo loco, tratando de coger a su oponente por sorpresa y terminar cuanto antes con el enfrentamiento. Pero era un hombre desesperado, y los hombres desesperados siempre eran peligrosos. Luke luchó con cuidado e inteligencia, deteniendo las estocadas desesperadas y llevando con paciencia a su oponente a la inevitable abertura que le permitiría ensartarlo con su espada.

Era consciente de que Anna no se había quedado donde estaba y estaba tratando de rodear la habitación para llegar hasta Joy, pero no podía permitirse mirarla o advertirle de que se quedara donde estaba. Lo único que podía hacer era asegurarse de que quedaba fuera del alcance de su espada y de la de Blakely.

Sin embargo, Blakely también la había visto, y Luke había cometido el error de suponer que tampoco él le haría caso y se concentraría en el combate a muerte entre los dos. De pronto Blakely se volvió, dejó caer la espada con gran estruendo sobre la alfombra, rodeó a Anna con un brazo y retrocedió con ella sujeta, utilizándola a modo de escudo entre él y Luke. Se sacó una pistola del bolsillo. Un momento después, su cañón estaba contra la sien de Anna.

Sir Lowell sonreía y respiraba algo jadeante.

—Le recomiendo que deje la espada en el suelo, mi querido Harndon. No creo que quiera ver los sesos de su esposa esparcidos por el suelo. Y ahora, si me hace el favor...

Por primera vez, los ojos de Luke se centraron en su esposa. Estaba mortalmente pálida. Y lo miraba.

—Lo siento —se disculpó Anna—. Lo siento tanto. —Y cerró los ojos.

Luke se inclinó muy despacio y dejó la espada en el suelo, a sus pies. Volvió a incorporarse. ¿Y qué podía hacer en ese momento? ¿Qué demonios tenía que hacer? Y se maldijo por no haber anticipado un movimiento tan obvio.

—Luke —decía Anna en ese momento—. Es mejor que te vayas. No nos matará ni a mí ni a ti si accedes. No te quiero, de verdad. Nunca te he querido. Y no deseo seguir viviendo contigo. Me voy a América con sir Lowell. Tiene una casa preparada para mí allí. Y aunque he estado todo el día algo reacia ante la idea de irme, ahora que te veo, creo que en realidad quiero irme.

Luke clavó los ojos en ella mientras oía las hirientes palabras, pero la mirada de Anna le decía otra cosa y con el rabillo del ojo vio que su mano se deslizaba muy despacio sobre la parte plegada de su vestido, hacia el lado de las enaguas. Allí había una abertura desde la que se accedía a una faltriquera. ¿Qué había en el bolsillo? ¿Qué demonios había allí?

—¿Ramera? —dijo con los ojos llameantes y la voz destilando desprecio—. Dice usted bien, Blakely. ¿Es eso lo que me ofreces ahora que vengo a buscarte para reclamarte? ¿América, dice? Pues a tomar viento, señora.

Resopló por la nariz. Y de pronto sintió que las rodillas le flaqueaban. Había visto que Anna estaba sacando la mano de la abertura de las enaguas.

Anna volvió la cabeza de modo que el cañón del arma pasó de su sien casi al centro de su frente. Sonrió.

—Dispárale a él en vez de a mí. Querido padre. Mi queridísimo padre.

Los ojos de sir Lowell se volvieron hacia ella con sorpresa y desvió ligeramente la pistola de tal manera que ya no la apuntaba a ella... ni a ningún otro ocupante de la habitación.

Luke observó, con el corazón en un puño, que Anna levantaba la mano y clavaba el cuchillo en la cara interna del muslo de sir Lowell.

El hombre aulló por la sorpresa y el dolor, Anna se apartó a toda prisa y Luke recogió su espada del suelo y la clavó en el corazón del hombre.

Sir Lowell lo miró por un momento, con una sonrisa espantosa en los labios. Luke sacó la espada antes de que el hombre cayera desplomado hacia delante, muerto.

Anna cogió en brazos al bebé, que milagrosamente seguía dormido. Luke soltó la espada y abrió los brazos para abrazarla.

Las abrazó a las dos con fuerza, cerrando los ojos.

Ni él ni Anna hablaron.

—El Señor se apiade de nosotros —oyeron que decía el posadero desde la puerta—. Dos cuerpos y más sangre que la que se puede limpiar con una docena de baldes de agua. ¿Y quién responderá por esos dos muertos, su excelso?

—El duque de Harndon —dijo Luke con altivez—. Mandará usted a por el magistrado que haya más cerca sin demora, buen hombre. No va a conseguir nada quedándose ahí con la boca abierta.

Un grupo de huéspedes y sirvientes curiosos se había congregado en el pasillo para contemplar el espectáculo fascinante del cuerpo ensangrentado que había allí. Y varios de ellos se asomaron a la habitación para ver el fenómeno por partida doble... aunque el del interior el cuerpo era el de un caballero, según rumoreaban.

—Anna —dijo Luke guiándola hasta el dormitorio—, no hay necesidad de que sigas viendo esto. Espera aquí con Joy.

—Sí —contestó Anna cuando él abrió la puerta y pasó al dormitorio con ella. El rostro que levantó para mirarlo estaba más mortalmente pálido si cabía—. Luke, gracias por venir. Gracias por matarlo por mí. No vine por voluntad propia. Lo juro.

—Lo sé. —Luke inclinó la cabeza y la besó fugazmente—. Lo sé, amor mío. Y a partir de ahora te prometo que te trataré con mucho cuidado. Viviré por siempre con temor a esa mano con la que has blandido el cuchillo.

Anna rio con una risa entrecortada y se mordió el labio.

—Quédate aquí ahora —dijo mirando a su pequeña, que seguía ajena a todo, e inclinó la cabeza para besarla también a ella en la frente—. Volveré, Anna. Aunque es tarde, partiremos esta noche. Volvemos a casa.

—Sí. —Las lágrimas afloraron a sus ojos—. Sí, por favor, Luke.

28

Era casi medianoche cuando Luke volvió a la habitación. Ella había estado tendida en la cama todo el tiempo, mirando al techo, y solo se había quitado el tontillo. Joy, a su lado, no se había movido. En algunos momentos, Anna había acallado sus pensamientos escuchando la respiración tranquila de la pequeña. Había tratado de silenciar las voces que llegaban de la otra habitación o la línea de luz que veía bajo la puerta.

Había clavado un cuchillo en una persona viva y había oído el grito de agonía que le había provocado. Y le había gustado la sensación de poder y triunfo. De haber podido, habría extraído el cuchillo y se lo habría clavado en el corazón, y eso le habría hecho sentirse más triunfal incluso. Se estremeció.

Y en ese momento, por fin, la puerta volvió a abrirse y Luke entró. Anna volvió la cabeza para mirarlo mientras se acercaba a la cama. Tenía la luz por detrás, no podía verle la cara.

—¿Quieres que nos quedemos aquí esta noche, Anna? Es muy tarde.

—No. —Anna se sentó en la cama. La idea de quedarse, de tratar de dormir en esa habitación, incluso aunque Luke se quedara con ella, le provocaba náuseas—. Quiero ir a casa.

—El carruaje está listo —dijo, bajando la vista para mirar a su hija—. Está bien abrigada. ¿Son esos tus baúles?

Ella negó con la cabeza.

—Dentro hay lo que él ha traído para mí. No los quiero. Solo la bolsa con las cosas de Joy.

Pero Luke se inclinó sobre uno de los baules, abrió la tapa y, tras rebuscar un instante, sacó una gruesa capa. Se la echó a Anna por encima cuando se incorporó.

—Podemos quemarla cuando lleguemos a casa si quieres.

—Sí.

Anna se estremeció, pese al calor que notó al ponerse la prenda.

El posadero aún estaba levantado y les hizo una obsequiosa reverencia cuando pasaron por la taberna. Algunos huéspedes, que todavía estaban allí bebiendo, hablando quizá de los emocionantes acontecimientos de la noche, los miraron en silencio. Y poco después se encontraron en la bendita oscuridad y familiaridad de su carruaje.

Anna se instaló en uno de los asientos y miró mientras Luke colocaba a la pequeña en el asiento de delante y la dejaba bien parapetada entre unas mantas, para que no pudiera caerse.

—Qué maravilla —dijo Anna— tener la inocencia y la sensación de seguridad que le permita a una dormir en una noche como esta. —Luke se sentó a su lado y la tomó de la mano—. ¿Cómo lo supiste? ¿Cómo supiste que nos tenía? ¿Cómo supiste dónde buscarnos? ¿Te lo contó Henrietta?

—Fue Emily. Lo vio todo, Anna, y de alguna manera consiguió decírmelo, incluso que iba a llevaros a América. Theo está en Bowden para protegerla de Henrietta, de modo que no tienes que preocuparte por ella. Henrietta se irá mañana y no volverás a verla.

Anna no dijo nada. No había nada que decir sobre Henrietta, a quien los dos habían querido en diferentes momentos. Durante un rato permanecieron sentados en silencio.

—Lo llamaste por su verdadero nombre —se extrañó Anna a la postre—. Ni siquiera yo lo he sabido hasta hoy.

—Ese era el asunto que me hizo ausentarme de casa. Necesitaba averiguar quién era en realidad el coronel Lomax, Anna, y qué clase de poder tenía sobre ti. Tu hermano y tu hermana y lady Sterne me ayudaron a unir las diferentes piezas de la historia. Lo llamaste padre.

—Hoy me ha dicho que era mi padre. Y casi parecía creérselo.

—Pero no es cierto. —Le oprimió la mano—. No tienes que cargar con eso, Anna. Estuvo obsesionado con tu madre mucho después de que ella lo rechazara siendo jovencita e incluso cuando se enamoró de tu padre y se casó con él.

—Lo sé. Sé que no es mi padre. Tengo un retrato de mi abuela colgado en mi habitación.

—Ah, sí. El retrato en el que pareces tú disfrazada de abuela paterna. Me alegro de que te parezcas tanto a ella, Anna. Así no quedará ningún resquicio de duda en tu mente.

Anna cerró los ojos. Tenía ganas de inclinar la cabeza hacia un lado y apoyarla en su hombro. Pero no podía hacerlo, no todavía.

—Luke —dijo Anna, aunque de pronto le costaba hablar—, no lo sabes todo.

—Sé que estaba obsesionado contigo, Anna. Sé que compró todas las deudas de tu padre para tener poder sobre ti. Sé que te ha pedido que vayas pagando esas deudas una a una. Y sé que quieres demasiado a tu hermano para echar una carga como esa sobre sus hombros. Y que eras demasiado orgullosa para acudir a mí y dejar que yo las pagara por ti. ¿Por qué no confiaste en mí desde el principio? ¿No viste que te hubiera admirado en lugar de censurarte?

—No lo sabes todo —volvió a repetir ella con el corazón apesadumbrado.

En la cabeza, una voz maliciosa le decía que lo dejara. Luke no tenía por qué saber el resto, pero Anna tenía que contárselo todo. Todo. Necesitaba contarle toda la verdad.

Luke la cogió una mano y se la llevó a los labios.

—Dime entonces, amor mío.

—Quizá no me llamarás así cuando lo sepas.

Y le habló de todas las cosas que había hecho para redimir algunas de las deudas, además de pagar con dinero, y de los testigos que había comprado Blakely para que cometieran perjurio si era necesario y declararan que era una ladrona y una asesina.

—Anna —dijo él con un leve tono de reproche cuando calló—. Ay, Anna, ¿por qué no me lo contaste? ¡Qué absurdo considerarte culpable de unos delitos que fuiste obligada a presenciar! ¡Y qué absurdo pensar que te iba a llevar ante la justicia cuando él mismo era culpable! Amor mío, yo podría haber calmado tus temores en un instante. ¿Has vivido en este infierno durante tres años? Yo podía haberle puesto fin hace un año si hubieras confiado en mí.

—Pensé que no podrías; peor aún, pensé que quizá lo creerías todo y me repudiarías.

—Anna. —Luke le soltó la mano para pasarle la mano por el hombro y hacer que se girara hacia él—. Entonces es que me tenías por un canalla.

Le levantó el mentón con una mano y la besó profundamente.

Anna se relajó contra él y devolvió el beso. El aturdimiento de su mente iba remitiendo poco a poco. Apenas empezaba a ser consciente de que todo había acabado, de que la pesadilla que ya duraba tres años había acabado; de que era libre, de que volvía a casa con su marido y su hija y podrían vivir allí sin miedo para el resto de su vida.

Luke la miraba a los ojos con la cara muy cerca de la suya. Podía ver su rostro con claridad a la luz de la luna y las estrellas.

—Decía ser tu padre y sin embargo te violó, Anna. Fue él, ¿verdad? ¿Fue una vez o varias? Habla de ello, querida mía, para que podamos dejarlo atrás y dejar que la herida se cure.

Sí, también estaba eso. Otra barrera a la felicidad. Anna no quería pensar en ello. No quería recordar.

No había sido exactamente una violación, aunque en realidad sí lo fue. Fue algo feo y sórdido, y tan humillante como pudiera serlo una violación. Y Anna no había acabado de entenderlo, ni en aquel momento ni después. No lo había entendido hasta que él le dijo que era su padre.

Aquel día él la engañó para que fuera a su casa con algún pretexto... cosa que era fácil, puesto que no osaba desobedecerlo en nada, y la llevaron arriba, sus dos sirvientes la llevaron por la fuerza a un dormitorio cuando ella se negó a ir por su propio pie. La llevaron entre los dos, uno a cada lado, medio a rastras, mientras él subía detrás, diciéndole palabras tranquilizadoras. Y entonces la ataron a la cama por las muñecas y los tobillos para que quedara con las piernas abiertas y no pudiera defenderse y se sintiera privada de su dignidad y su humanidad.

La mujer le levantó las enaguas y la camisola hasta la cintura y Anna cerró los ojos con fuerza y lloró por la vergüenza. Y después la mujer tomó algo, Anna no vio lo que era, pero lo sintió como algo duro, frío y grasiento, y se lo introdujo despacio, haciéndolo girar.

Hubo un terror ciego, gritos por encima de aquellas palabras tranquilizadoras que no cesaban, y dolor. Anna pensó que estaba a punto de morir, que la iban a empalar hasta matarla.

Pero la mujer retiró lo que fuera que le había metido y ella notó un flujo caliente entre las piernas.

—Ahí tiene la sangre —le mostró la mujer con voz satisfecha—. Ya está hecho, señor.

Después, él le dijo que ya no era virgen, que ningún hombre la querría como esposa, que se olvidara del matrimonio.

Anna sollozaba, con un llanto seco y doloroso que le dolía en el pecho y no la dejaba respirar.

—Tranquila —decía Luke, acunándola contra su pecho mientras le quitaba la cofia y las horquillas para poder acariciarle el pelo—. Amor mío, perdóname. Por favor, perdóname.

De pronto, Anna se dio cuenta de que él también estaba llorando. Se quedó como estaba, hasta que por fin el eco de sus palabras cobró sentido en su mente.

—¿Perdonarte? ¿Por qué?

Luke tragó.

—Me imagino sentado al otro lado del escritorio, la mañana después de nuestra boda, diciéndote que tenías que explicarme algo, exigiendo que me dijeras cuántas veces, con cuántos amantes, exigiendo que me dijeras si lo querías. Ay, mi dulce amor, perdóname.

Anna echó la cabeza hacia atrás y lo miró.

—Sí, si te hace sentirte mejor. Pero yo fui una tonta al no contártelo todo en aquel momento. Ahora lo veo. Tenía mucho miedo, Luke. Miedo de perderte.

—¿Tan pronto? Pero ¿por qué? Apenas nos conocíamos. Solo hacía una semana que nos habían presentado, o menos. Cuando vuelvo la vista atrás y lo pienso, no dejo de maravillarme.

—Yo te quise desde el momento en que te vi, mucho más guapo que ningún caballero que hubiera visto nunca. Con tu maquillaje y ese abanico que debería haberte dado un aire poco masculino y que sin embargo tenía el efecto contrario. Me sentí deslumbrada, y a partir de aquel momento estuve perdida. Por eso fui lo bastante necia para ceder a la tentación cuando me pediste matrimonio. Habría hecho lo que fuera para no perderte. Fui una tonta.

Luke suspiró.

—Y yo hablándote con tanta sensatez de deber y placer. Anna, Anna, qué hombre necio fui.

—No. —Levantó una mano para apoyarla contra su rostro y lo miró con toda la ternura que sentía en ese momento—. Solo eras un hombre muy desgraciado y herido, hábilmente escondido detrás de una fachada de esplendor y de una reputación de implacable e insensible. Creo que parte del dolor ya ha desaparecido, ¿me equivoco?

Él rozó su boca con los labios.

—Todo. Todo ha desaparecido, Anna. Durante diez años estuve muerto, amor mío, y en uno tú me has devuelto la vida.

Anna sonrió y se acurrucó contra su hombro. De pronto se sentía muy cansada.

Aún estaba oscuro cuando Luke despertó. Supuso que no había dormido mucho rato. El carruaje seguía avanzando a un paso regular. Tenían suerte de que fuera una noche clara. Su cochero le había asegurado que no tendría ningún problema para guiar el carruaje con la luz que había, y ni el cochero ni Luke tenían un miedo especial a los salteadores de caminos.

Joy estaba durmiéndose otra vez, y Luke se dio cuenta de que eran sus ligeros balbuceos los que lo habían despertado. Pero se quedó tranquila y calló mientras él la miraba. Anna seguía durmiendo contra su hombro.

Había matado a cuatro hombres en su vida... dos de ellos esa misma noche. Era una pesada carga saber que había privado a alguien de la vida, aunque en cada caso se había sentido por completo justificado y en cada caso la muerte había parecido inevitable. Y, sin embargo, en ese momento supo que solo lamentaba una cosa por haber matado a Lowell Blakely, y era poder hacerlo solo una vez.

Otra cosa de la que se alegraba: daba gracias porque Blakely en realidad no fuera el padre de Anna y que ella tuviera una prueba que la convenciera más allá de toda duda. Durante mucho tiempo, quizá durante el resto de su vida, tendría que convivir con los malos recuerdos;

al menos no tendría que cargar con la conciencia de que era su padre quien la había utilizado de aquella manera y que ella había ayudado a matarlo.

Aún faltaban horas para llegar a casa. Ya sería de día cuando llegaran a Bowden y el amanecer aún no se intuía. Estaba impaciente por llegar.

¡A casa! Una sensación casi insoportable de añoranza y amor lo invadió. Bowden Abbey, el lugar a donde pertenecía, donde vivía con su mujer y su hija, donde engendrarían a sus hijos y nacerían y los educarían; donde viviría rodeado por su familia y arropado por el amor que les daría y que ellos le darían a él para el resto de su vida. Donde podría estar con Anna, compartiendo su vida hasta que fueran ancianos, si esa era la voluntad de Dios.

De modo inconsciente, la rodeó con más fuerza con los brazos.

—Mmm. —Anna suspiró profundamente y se acurrucó más contra él, antes de echar la cabeza hacia atrás y sonreírle con gesto somnoliento—. ¿Ya estamos en casa?

—Tengo a mi esposa ante los ojos y la siento en los brazos. Solo tengo que volver la cabeza para ver a mi hija apenas a unos centímetros. ¿No estamos ya en casa, amor mío?

Ella le sonrió lentamente.

—Sí —dijo—. Oh, sí, Luke.

De pronto Luke rio por lo bajo.

—¿Recuerdas cuando volvíamos a casa desde los jardines de Ranelagh? Supongo que para ti no será un recuerdo agradable, Anna, puesto que estabas muy asustada y te habías vuelto hacia mí buscando consuelo. Pero para mí sí lo es, es un recuerdo agradable y excitante.

La sonrisa de Anna se hizo más intensa y se convirtió en su risa de siempre, una risa radiante, como un sol en la noche, con un toque travieso.

—¿Y qué recuerdo es ese? —preguntó poniéndose en pie y volviéndose con torpeza por los traqueteos del carruaje en el limitado espacio del interior para sentarse sobre su regazo.

—Empezó así —dijo Luke, besando su boca mientras con la mano exploraba uno de sus pechos a través de la tela del peto, que luego introdujo para acariciar la carne suave y cálida—. Mmm, Anna, son tan agradables cuando hay leche. No los he chupado desde que diste a luz, y esta noche lo haré.

—Creo que empiezo a recordar —susurró ella—. Pero me cuesta.

—Y luego vino esto —siguió diciendo, mientras movía la mano con sensualidad bajo las enaguas y subía por sus piernas hasta que sus dedos pudieron acariciarla y excitarla—. Aunque mi recuerdo también parece algo impreciso, amor mío. Creo que en aquella ocasión los dos teníamos un apetito tan voraz que pasamos enseguida al plato principal.

Ella gimió.

—Tengo un apetito voraz.

—Yo también, amor mío—repuso Luke, y dicho lo cual, la levantó y se la sentó a horcajadas sobre el regazo, le levantó las faldas y se desabotonó la bragueta—. Vamos con el plato principal, Anna. Comamos hasta saciarnos.

—Sí. —Fue en parte un jadeo y en parte un suspiro, mientras Luke la bajaba sobre su miembro y la dejaba así unos momentos. Llevó la boca al pecho que tenía descubierto, tomó el pezón y chupó con fuerza. La leche era cálida y dulce... e infinitamente excitante—. Ah, Luke, Luke, eres tan bello.

Luke sofocó una risa y la miró.

—Pero también masculino, en eso estábamos de acuerdo, ¿no? Dime que soy masculino además de bello. Vamos, querida, si no le vas a dar un duro golpe a mi hombría.

Anna se encontró riendo de forma contenida y sin poder evitarlo contra su pelo.

—Oh, sí, sí, eres muy masculino, Luke, lo confieso. Tan enormemente masculino que me sorprende que haya sitio para ti ahí dentro.

Así pues, se entregaron a un festín placentero y se deleitaron en él durante los siguientes minutos. Un festín placentero, purificador, revitalizador. Hubo placer en abundancia y éxtasis al final. Pero, sobre todo, hubo felicidad, entrega y amor. Y la perspectiva de poder disfrutar de un banquete abundante para toda una vida.

Cuando terminaron, no se durmieron, permanecieron el uno junto al otro, abrazados, mirando con afecto compartido a la hija que dormía en el asiento de delante, ajena al hecho de que su seguridad se había visto seriamente amenazada durante varias horas.

La llevarían a casa juntos y le darían la seguridad del amor que compartían hasta que llegara el momento de que ella pasara el amor que le habían dado a otra persona y fundara su propia familia. La llevarían a casa y le darían hermanos y hermanas si tenían suerte.

—Luke —dijo Anna—. Siempre he tenido la suerte de poder disfrutar de la felicidad cuando se me presentaba. Siempre he tenido esperanza, y la capacidad de disfrutar de las cosas pequeñas que hacen que valga la pena vivir. Pero ahora sé que hace muchísimos años que no me sentía del todo feliz, y en este momento lo soy. Soy total y maravillosamente feliz. No importa lo que nos depare el futuro, quiero recordar que hemos tenido este momento y que incluso este momento por sí solo, sin nada que lo preceda y nada que venga después, haría que todo el misterio de la vida hubiera valido la pena.

Luke se frotó la mejilla contra la coronilla de Anna.

—Viviremos el día a día y daremos gracias por cada momento que podamos pasar juntos. Mira, Anna, empieza a clarear. Ya amanece.

—Ah, la luz del día y la esperanza.

—Y el sol y la risa. ¿Te apetece que veamos salir el sol juntos?

Anna suspiró satisfecha. No hacía falta que contestara con palabras.

ECOSISTEMA DIGITAL

NUESTRO PUNTO DE ENCUENTRO

www.edicionesurano.com

2 AMABOOK
Disfruta de tu rincón de lectura
y accede a todas nuestras **novedades**
en modo compra.
www.amabook.com

3 SUSCRIBOOKS
El límite lo pones tú,
lectura sin freno,
en modo suscripción.
www.suscribooks.com

DISFRUTA DE 1 MES
DE LECTURA GRATIS

1 REDES SOCIALES:
Amplio abanico
de redes para que
participes activamente.

4 APPS Y DESCARGAS
Apps que te
permitirán leer e
interactuar con
otros lectores.